魅丽文化
飞言情工作室

忆你思甜

一南风语 著

江苏凤凰文艺出版社
JIANGSU PHOENIX LITERATURE AND ART PUBLISHING

图书在版编目（CIP）数据

忆你思甜 / 南风语著 . -- 南京 : 江苏凤凰文艺出版社, 2020.7
ISBN 978-7-5594-4769-2

Ⅰ . ①忆… Ⅱ . ①南… Ⅲ . ①长篇小说 - 中国 - 当代
Ⅳ . ① I247.5

中国版本图书馆 CIP 数据核字 (2020) 第 057203 号

忆你思甜

南风语 著

责任编辑 李龙姣 张 倩
特约编辑 何 进
装帧设计 ABOOK STUDIO 碧瑟&殷舍 Design
出版发行 江苏凤凰文艺出版社
南京市中央路 165 号，邮编：210009
网 址 http://www.jswenyi.com
印 刷 湖南天闻新华印务有限公司
开 本 880mm × 1230mm 1/32
印 张 10.5
字 数 283 千字
版 次 2020 年 7 月第 1 版，2020 年 7 月第 1 次印刷
书 号 ISBN 978-7-5594-4769-2
定 价 39.80 元

目录

CONTENTS

目录

CONTENTS

第一章 先生，你的脸真大

“你是我最好的朋友，为什么要勾引我的男朋友？”女子抬手，朝周西西的肩膀用力一推。周西西的身体一倾，便顺着楼梯滚下去，她努力护住脸，可二十级的楼梯依然把她磕得腰酸背痛。

“咔！”

导演一声令下，立刻有助理冲过来，越过她身边奔向楼上，导演满脸笑容地说道：“蓉蓉姐，你这次的情绪酝酿得比上次好多了，不过还是有点遗憾，我们再试一次，下一次可以更完美！”

听到这句话，原本扶着楼梯刚刚站起来的周西西差点晕过去，一边的群演忍不住抱怨：“这都已经第十次了，就这么一幕戏……”

导演立刻沉下脸，威严地说道：“演戏就是要精益求精，不想演就滚！”

四周立刻噤声，导演扫过周西西的脸，冷冷地说道：“再滚一次！”

周西西很想一巴掌扇到他的脸上，就因为蓉蓉的演技差导致这场戏反复拍摄，更可气的是，导演不实事求是地指出对方的缺点让她加以改正，反而昧着良心去讨好。

虽然心里有无数个不满，可是一想到现在的自己不过是一个十八线小演员，能跟女主角有对手戏已经很了不得了，就只能忍气吞声。

周西西揉了一下酸痛的背，强撑着身体去配合。

第十八次滚下楼梯之后，这个镜头终于搞定，回家的时候已经是深夜。

周西西一身男装，戴着头盔，骑着电动车飞快往家里冲，她租的地方在乡下，距离影视城有一大段路程，之所以租下它，看中的是那个独立的小院子。

此刻，她站在家中的院子里，全身僵硬，因为她居然看到了一个人！一个身前有血的男人！

情杀？仇杀？犯罪未遂的小偷？

一瞬间，周西西的脑海里蹦出了无数个剧本，她连忙摇摇脑袋甩掉这些莫名其妙的念头。

“喂！”隔着几步远，周西西喊了一声，见没有应声，她小心地走近男子，俯身以稍大些的声量又喊了一遍，“喂！”

男子不动如死猪。

周西西蹲下身子，将男子翻了过来，就见到一张极其俊朗的面容。单从眉目的轮廓来看，绝对是个顶级帅哥。别说她接的那部剧里的一群男演员们了，就算是和当红的一线巨星张致臣相比，也是有过之而无不及。

“喂！醒醒！”周西西摇晃了他几下，对方依然没有动静。看惯了娱乐圈的帅哥，对眼前这个只是一瞬间的惊艳，周西西立刻想到另一个问题，这家伙来历不明啊，还是先看看是不是逃犯再说！

于是她立刻往他的身上摸去，想在这个男人身上找一找有什么能证明他身份的东西，终于摸到了一个钱包，她的心中一喜。

此时，昏睡中的陆禹琛悠悠醒转，胸前传来被人抚摸的触感，让他几乎下意识地坐起身来，伸手去抓，不承想握了满手的柔软细腻：“你——”

“我不是要偷——”

拿着钱包的周西西被这么一抓险些惊叫出声，连忙出声解释。可话还没说完，陆禹琛竟然闭上了眼，一只手按在了她的胸口。

“啪！”周西西猛地推开男子，几乎毫不犹豫，反手就是一个清

脆的巴掌，口中愤愤不平地骂道：“色狼！”

陆禹琛被她打翻在地，一动不动。

“小子，别装死！”周西西气急败坏地踢了他一脚，没有反应，再踢一脚，依然没有反应。她的心头一紧，连忙蹲下去一看，这家伙又昏死过去了。

“我的掌力真的那么厉害？”周西西不可思议地看了一眼自己的手掌，又小心翼翼地抬手在他的鼻子上探了探，这才松了口气，有气息，还没死。

她要不要报警？

不行！

很快，她便否定了这个想法。

不管这家伙到底是因为什么受伤的，只要躺在她家的院子里，她肯定脱不了干系。再说了，她刚才还打了他，如果他被警察带走了，等他醒来反咬一口，自己是导致他受伤的罪魁祸首，到时候她跳进黄河也洗不清了。

再看看他身上的伤势，也不算严重，她带回屋子里处理一下，等他醒来问清楚状况再做决定。

“是你运气好，还是我倒了八辈子霉。”周西西咬牙切齿地冲陆禹琛吼了一声，认命地将他拖回家。

陆禹琛被一阵刺痛惊醒，他下意识动了一下，就被一双柔软的手按住，一道冷冷的女声传入耳朵：“不怕痛就继续动！”

他本能地停下，就见到一颗脑袋俯在他的手臂上，眼前闪过剪刀的光芒，他只能见到半个侧脸，虽然说不上倾国倾城，但足够令男人怦然心动，待她抬起头，他终于瞧清楚了对方的眉眼。

她的五官精致美丽，透着一股少女特有的清纯，可是那一双眼，对男人来说，是楚楚可怜；对女人来说，就是一双勾人的狐狸眼。

看着她熟练地为自己包扎伤口，他的目光挪到了一侧，便见到一应包扎器材，甚至连消毒用品都齐全，他笃定地说道：“你是护士。”

“不是。”周西西不耐烦地应了一声，将纱布打结，粘上胶带。

“你很熟练。”陆禹琛不认为自己猜错了，只当她是故意隐瞒，毕竟谁见到一个浑身是血的男人躺在自己家门口都会提高警惕，她没有将自己直接丢到外面，胆子算是十分大。

周西西最不耐烦这种自大的人，站起身一边收拾东西，一边否认道：“我是一名演员。”

陆禹琛眯着眼看她，完全不相信的样子。

这种莫名而来的气压令周西西的气场不自觉地弱了一些，她不情愿地解释：“我之前为了接护士的戏份儿，在医院学习了三个月。”

“没见过你。”

“十八线演员，不需要认识。”周西西没好气地应他，这种揭人伤口的行动实在可恶，刚才她应该对他下重手。

“不是小偷？”陆禹琛淡淡地开口。

周西西瞬间想到之前那一幕，想到他按住自己的胸口，脸一红，怒道：“大色狼！我只是想要确认一下你的身份，你少恩将仇报！”

陆禹琛的目光扫过对面的镜子，淡淡地问道：“所以，我脸上的巴掌印？”

“你自己撞的。”周西西撒起谎来脸不红气不喘，“我一个弱女子怎么拖得动你，你自己迷迷糊糊地跌倒了，你忘记了？”

陆禹琛目光一沉：“是吗？”

“啪！”那种压迫感又来了，周西西立刻将桌子一拍，怒道：“难不成还是我打的！”

“承认就行。”

“你！”周西西一下被噎住，似乎确实是她打的。

陆禹琛将目光扫向厨房，无视她的怒火：“我饿了。”

周西西非常想理直气壮地拒绝，然而在触到他的眼睛之后，她立刻软了下来。这个家伙的眼神有种不怒自威的压迫感，简简单单三个字，她居然不敢拒绝，真是见了鬼了！

周西西将早上做好放在电饭锅里的饭菜摆好，看着陆禹琛左手拿筷子不紧不慢地吃着，一点胃口也没有，上班在剧组受气，回来居然还遇到煞星！

等到她气完回过神的时候，桌子上的饭菜已经空空如也，陆禹琛拿着纸巾，单手优雅地擦了擦嘴，慢条斯理地评价道："还行。"

"喂！先生！"周西西再也忍不住了，吼道，"我救了你，给你吃给你住，你至少也该收敛下态度，做人要懂感恩好吗？"

"我允许你为我做饭。"陆禹琛完全无视她的暴走，面无表情地开口。

周西西完全被他打败，她强压住怒火说道："先生，你的脸真大，信不信我现在报警，到时候看你怎么跟警察解释你的伤口。"

"你误伤了我。"

"无赖！"周西西简直抓狂，"我们就是东郭先生和狼。"

他依然无视她的态度，淡淡地说道："给我做饭，我让华天娱乐捧红你。"

华天娱乐原本是娱乐圈名不见经传的影视公司，后来被陆氏集团收购后，凭借着陆氏集团的财力，迅速成为影视界的大公司。可以说，但凡是华天想捧的艺人，不论你有没有长相，会不会演戏，它都有能力让你成为一线明星。

"让华天娱乐捧我？你以为你是陆禹琛呢！真会吹牛！"

他抬起头，看着她，一字一字说道："我是陆禹琛。"

"陆禹琛？"周西西险些惊掉下巴，"陆氏集团的掌舵人？传闻中不到二十岁就接管陆氏集团，仅用了不过五年时间就将陆氏集团的商业版图扩大两倍的商界传说，就是你？"

陆禹琛神色冷漠地看着她，淡淡地点头。

周西西嗤笑一声，说道："你以为我会相信？我也可以说自己是陆禹琛的未婚妻呢！"

陆禹琛抬眸："哦？"冰冷的语调全然没有丝毫情绪。

在陆禹琛森冷的眼神下，她默默地收起了笑容，严肃地问道："你说你是陆禹琛，你怎么证明？"

"手机。"陆禹琛冷冷地下令。

周西西被他的眼神中的威严震慑到，竟乖乖地把手机递了过去。

陆禹琛抬手发了一串信息，随即拨通电话，吩咐道："把合约发到这个手机上，现在。”

电话刚挂不过两分钟，周西西的手机就响起嘀嘀的提示声。陆禹琛淡淡地扫了一眼就将手机丢还给周西西。

周西西将目光往手机上一扫，顿时露出惊讶的神色：“华天的艺人合约！”

她的手下意识将图片往下滑，随即落在其中一个条款上：“搬进陆家为你做饭？这算什么？”

“酬劳。”

“进华天的酬劳是为你做饭？你开什么玩笑！”

陆禹琛的冷眸全是昏暗不见底的漠然，对她的说话语气依然没有丝毫波澜：“进华天，是做饭的酬劳。”

周西西更加惊愕，对她这个十八线龙套来说，能进华天，是一个绝佳的机会，比起旁人来说无异于一步登天，可是……

“华天的合约虽然并不外传，但是想要弄到并不难，只凭这一点，依然不足为信！”周西西警惕地说道，她才不相信这家伙有通天的本事呢。

周西西的话音刚刚落下，突然，电话就响起来，她下意识接通，就听到电话那头传来一道声音:“陆总,你在哪儿啊！公司要翻天了！”

周西西的手一颤，她知道这个声音是谁的，华天娱乐的发言人，她曾经在几次发布会上见到他，声音早就已经记住了。她小心翼翼地问道：“请问，你是……肖衍远，肖先生吗？”

肖衍远在那边正着急，听到一个女人的声音，顿时惊讶了：“对，你是谁？陆总的……女朋友吗？天哪，我跟着他这么久了，没听他说过啊……”

“我……”周西西正要开口解释，陆禹琛已经拿过手机对电话那头的肖衍远说道：“马上来接我。”

说罢他朝周西西看了一眼，周西西连忙将自己的地址报了出来，听着他在那边转述，心头还一阵恍惚。

眼前这个吃霸王餐还诋毁她厨艺的人是陆禹琛？

周西西的表情有些一言难尽。

陆禹琛放下电话，看向她，眸色幽深：“如何？”

“可以！当然可以！一万个可以！”周西西愣了一下，瞬间明白他的意思，毫不犹豫地点头，能抱上陆禹琛的大腿，那可是天大的机会，谁拒绝谁是傻子！

转念她又八卦地问道：“陆总，你这样的大佬，为什么会受伤？而且，为什么你会屈尊降贵倒在我家的院子里？”

陆禹琛慵懒地抬眸，冰冷的目光落在她的脸上：“你们演的戏里，死得最快的，永远是知道得最多的。”

周西西嘴角一抽，瞬间噤声。

算了，大佬之间的恩怨情仇，不是她这种小透明能打听的。

肖衍远带着助理很快就亲自开着车来接，在见到他的那一刻，周西西卸下对陆禹琛的最后一丝怀疑，顿时有种快要飞上枝头的感觉。

陆禹琛屈身坐进车内，朝窗外依然呆若木鸡的周西西看了一眼，就绝尘而去。

肖衍远十分兴奋地走过，来朝周西西说道：“周小姐，我们来签约吧！”

她终于回过神，有些奇怪地问道：“肖先生，您似乎很激动。”

“是啊，这么多年了啊……”肖衍远看着她，有种老母亲的感慨，“我终于可以证明我的清白了。”

陆总这么多年下来，身边空荡荡的，大家都在怀疑他的性取向有问题，甚至连他自己都成了陆总的“绯闻男友”，顶着这么大的压力，肖衍远很有辞职的冲动，可惜，他家老爷子不肯。

现在，陆总居然在一个女人家里过夜！

肖衍远搓着手高兴地说道：“总之，我们来签约吧，您的卖身契。啊，不，华天艺人合约！”

周西西的目光更加困惑，突然有种不妙的感觉。

当天晚上，周西西东西都来不及收拾，就被肖衍远连拖带拽地搬去了陆家。

“肖先生，我什么都没收拾……”周西西欲哭无泪，她是要搬进陆家当厨子，不是来坐牢啊！

“周小姐有需要尽管告诉我，我来准备。”周西西话音未落，一名年约五十的管家便出现在客厅，面色严肃地说道。

“我来介绍一下，这是陆家管家，你称呼一声七叔就好。”肖衍远笑眯眯地看着周西西，这可是头一次让陆禹琛留下过夜，也是头一个踏进陆家的女人啊！“七叔，这里就交给您了，公司还有事，我就先回去了。”

七叔微微颔首，单手朝楼梯的方向行了个礼说：“周小姐，请随我来。”

眼见着肖衍远吹着口哨悠哉地离开，周西西唯有认命地跟着七叔去了厨房。

“周小姐，陆家共四层，一楼你可以随意走动，二楼是客房，你的房间也在二楼。至于三层和四层是少爷的生活工作区域，没有少爷的允许，是不可以踏入的。”七叔简单地说明。

“让我去我也不去。”周西西小声嘀咕，兀自查看各种调味料及食材，盘算着今晚要做的菜肴。一回神，便撞进一双毫无波澜的眸子里。

“赶紧做饭。”陆禹琛的语气和他的表情一样硬邦邦的。

“我总要熟悉一下厨房，不然东西都不知道放哪。”周西西翻了个白眼，“还是说无论我做成什么样，你都吃得下去？”

如果说陆禹琛刚刚还只是冷漠，这会儿的神色已经转为嫌恶了。他拿出手机快速滑动，而后摔到料理台上，生硬地提醒道：“你赔得起违约金吗？”

周西西这才想起来，当时自己因为太过震惊压根儿没细看合约内容。她连忙拿起手机，看到最后已经是火冒三丈——如果饭菜不合陆禹琛的心意，立刻退出娱乐圈。

“陆禹琛，这种不合情理的霸王条款是怎么出现在合约里的？”周西西怒气冲冲地冲陆禹琛吼，后者却只是冷冷地抬腕扫了一眼手表，语气越发森冷：“一个小时。”说完干净利落地转身要走。

“变态！吃货！”周西西下意识地将手机扔了出去，重重砸到陆

禹琛的后背。陆禹琛被击中，停下脚步，缓缓地回头，望着周西西的眼神似乎是要将她生吞活剥了一般，道："半个小时！"

什么？

周西西愣在当场。

七叔摇了摇头，捡起地上可怜的手机，同情地说道："周小姐，你现在只有二十七分钟了。"

周西西回过神来，一边麻利地洗菜切菜，一边咬牙切齿地暗暗咒骂。陆禹琛你记着，等我爆红的那天，我第一件事就是踹了你建立自己的工作室！

翌日，周西西站在华天公司人事部，深刻地感受到被打脸的酸爽。

陆禹琛对她不闻不问，她只身一人来公司报到，接待她的助理并不清楚她进华天的缘由，完全没放在心上，自顾自忙了一个上午，直到她出声询问经纪人是谁，助理才想起还有她这么一个人等着。

"潇潇，来了个新人，交给你了。"

"小文，你不是吧，又要我带新人？"

熟悉的声音闯入周西西耳中，她循声望去，映入眼帘的是一张熟悉的面容。

"潇潇！"

"西西？"

两人同时叫出对方的名字，下一秒周西西就扑上去抱住孙潇潇，兴奋至极："潇潇，我真是没想到能在这遇见你！"自从大学毕业，她俩可就没见过面了。

孙潇潇虽然不知道为什么周西西会成为华天的签约艺人，但表面上仍旧是一副故人重逢的喜悦表情："西西，咱们找个地方细聊。"

"陆禹琛帮你进来的？"茶水间里，周西西简单地和孙潇潇说了自己进华天的缘由，省略了救人和做饭的部分，但这也足够让孙潇潇吃惊了。

怎么让周西西捡了便宜呢。为什么她就没有这种好运气，待在华天做了三年练习生都无法出道，最后转行做了经纪人。想到这儿，孙潇潇握着杯子的手不禁用力了几分。

“嘘——”周西西示意孙潇潇小点声，“这事要传出去，指不定传成什么样，我可不想被八卦周刊乱写。”

“你放心吧，凭咱俩的交情，我肯定不会乱说的。”孙潇潇拍胸脯保证，内心却嫉妒得要疯了。

“你好毒你好毒你好毒……”歌声乍然响起，周西西瞬间哀叹一声，认命地接起电话。

“午饭呢？”不等周西西开口，陆禹琛单刀直入。

这三个字足以让周西西明白，此时此刻电话那头的“陆大吃货”心情十分不爽。鉴于目前他掌控着她的前途，她唯有小心伺候着，道：“先生，饭菜都做好了，微波炉热一下就可以了。”

“你让我吃剩饭？”陆禹琛的声调突然拔高，已经在暴走边缘。

“不不不，是我提前做好的！”周西西连忙解释，“我中午不是在公司吗，不方便做午饭，早上就先把午饭做……”

“回来做饭！”

周西西望着已经挂断的电话，仰天长叹一声。一旁的孙潇潇见状不由试探道：“谁呀，你男朋友？难道是陆禹琛？”

“就我这条件，你觉得陆禹琛能看得上我吗？肯定不可能！”一听这话，周西西不禁奓毛，“我有点急事要回家处理，今天没有什么工作吧？”

“看你这敬业精神，今天第一天上班，不会太忙的。再说我是你的经纪人，你说有事我还能给你安排工作吗？快去忙吧，咱们改天好好聊聊。”孙潇潇柔声道。

周西西连声道谢，一溜烟跑了。

待她的身影消失在拐角处，孙潇潇脸上的笑意也一同退去。

她和周西西是大学同学，两人的演技都较为出众。可所有人都觉得周西西长得好、演技好，未来的星途不可限量。至于她，上至老师下至同学，都认为她不如周西西。同窗的那四年，她一直活在周西西的光环之下。毕业后，她们分道扬镳，再无联系。

这些年，她混得不够好。

好在周西西也没有如老师和同学所言的“星途不可限量”，她和自己一样是个十八线演员。因此，心里没有失衡感。

如今周西西凭借陆禹琛进华天，未来必定少不了资源。而她呢？她只是周西西的经纪人。以后她所做的一切，都是帮周西西站在聚光灯下，成为万众瞩目的明星。自己却成为背后无人可知的“影子”。想到这里，孙潇潇眼底的妒意再也藏不住。

我，一定不会输给你！

第二章 我给你做一辈子的饭

周西西提着大包小包的食材一路杀回陆家厨房，干净利落地开始做饭。不多时，几道热腾腾的家常小菜就出锅了，外带一锅蛋花汤。

七叔那边已经把餐桌布置好，陆禹琛冷着脸就座，眼神巡视一遍菜色，最后定格在系着围裙的周西西脸上，已经拿起的筷子又搁下。

“有两道菜昨天做过了。”

“时间仓促，陆先生多包涵。”短时间能够做出来的菜色，她也就会那么几道，这吃货真以为她是米其林大厨呢。再说哪家米其林大厨做菜不得几个小时，能和她比吗？

“换掉！”他毫不留情地下令。

周西西没有动，七叔也没动。

“我说，”陆禹琛已经面露不耐烦，“换掉！”

“换掉可以，再给我一个小时。”周西西也不知道哪里来的勇气，竟然和陆禹琛谈起了条件。她昂首挺胸，直视陆禹琛，方才的小心翼翼都不见了踪影，徒留眼底的一片无畏无惧。

“少爷，有时候等待也是值得的。”七叔意味深长地说了一句，引得陆禹琛注目。七叔朝周西西使了个眼色，她当即心领神会，进了厨房重新做菜。

等周西西重新端上两道新菜时，陆禹琛正好整以暇地掐着表，说：

“晚了两分钟。”

周西西心想：不与傻瓜论长短。

“菜咸了。”

周西西心想：天将降大任于她也。

“汤甜了。”

周西西心想：小不忍则乱大谋。

庆幸的是两道新菜很得陆禹琛欢心，酒足饭饱后他便起身上楼。刚走几步，又停下脚步，回头对周西西说：“不许有重复的菜色。”

“陆禹琛，你是不是觉得做菜特别简单啊？你知不知道做菜比拍戏还累呢，研究新菜跟研究角色一样耗费心力！你让我做新菜的同时总得让我接新戏才公平吧！”周西西忍不住咆哮出声。

她今天在公司被人当空气晾了一个上午不说，马不停蹄地回来做饭又被嫌弃，现在还要求只能做新菜。

这日子不过了！

“一部戏，一个月新菜。”良久，陆禹琛开口道。也不等周西西反应过来，他就上了楼。

周西西愣了片刻才回过神来，跑到楼梯上冲楼上喊：“喂！陆老板！女主角和女配角不能一个价啊！”

自从陆禹琛许诺做菜就有戏可以接之后，周西西就开始对各类美食网站进行轮番轰炸，每天除了练基本功，就是做菜、试菜、品菜。

“小西西！”

刚进陆家客厅，肖衍远就以腻死人不偿命的声音呼唤着周西西。

七叔忍住笑意，朝厨房一抬下巴，肖衍远打了个响指，风一样地进了厨房。

周西西正在灶台前忙着做菜，而餐桌前坐着的那尊冷面阎罗，不是陆禹琛又会是谁？

“这个月的财报不太好看。”不等肖衍远开口，陆禹琛先抛出问题来。

肖衍远二十岁就进入陆氏集团跟随陆禹琛，多年来培养出的默契令他无须陆禹琛多说也能明白他的意思。他拨弄了额前的银色碎发，说：“陆总，没什么太大问题。营收（营业收入）掉了一个百分点。夏盛那边张致臣刚拿了环球奖，风头正盛。厂商嘛，都是看风使舵的好手，自然趁着这股风找他合作了。”

陆禹琛余光注意到，周西西在闻及张致臣的名字时，身影有微微的停顿。他并未在意，收回视线靠向椅背问：“所以，你们就等着？”

“等可不是华天的作风。”肖衍远微微一笑，“华天其实有不少好苗子。”

肖衍远意有所指，陆禹琛自然知道。他望着将最后一道菜端上桌的周西西，熟练地为他盛好饭，摆好碗筷。甜甜的笑容自始至终都挂在嘴边，不禁令他想到初见她做菜时的模样。

“衍远，没你的饭。”陆禹琛冷然的目光忽而转向肖衍远，后者已经拿起筷子正准备大快朵颐，犹如晴天霹雳的一句话让他立刻蔫了。

他费尽心思来陆家汇报工作就是为了蹭饭！结果被陆禹琛一眼识破，他可怜巴巴地看向周西西。

周西西于心不忍：“我做了很多，肖先生可以……”

“《倾城》的女二号。”陆禹琛淡淡地抛出一句话来，“给我做一个月不重复的饭菜。”

周西西自然听出其中深意，极其迅速地收起肖衍远的碗筷。

《倾城》可是眼下热度最高的电影！

导演陈请在国内国外拿奖无数，多少一线演员自降片酬也要出演！陆禹琛居然帮她拿下了女二号！

她只能对不起肖衍远了！

“这明明是我——”肖衍远欲哭无泪，“受陆总指派谈下来的，没有功劳也有苦劳啊！”

周西西感激涕零：“陆总，你对我的恩情犹如再生父母，别说是一个月不重复的饭菜了，我给你做一辈子的饭都行！”

这话听起来好像哪里不对？

陆禹琛这边的想法却是——这话听起来好像挺顺耳。

“少爷，公司服装部来电话找周小姐。”七叔恭敬地站在门口，

打破了这片刻的宁静，“说是周小姐毁了凌汀的高级定制礼服。”

凌汀是华天的当红一姐，因为身体原因不得已退出娱乐圈。

那件高级定制礼服是华天特意从维纳品牌商定制，用作凌汀告别会上的战袍。

先不说礼服本身的价值，单就是影响告别会的罪名，也是周西西担不起的。

“去公司。”陆禹琛下令，肖衍远也收起玩笑的神色，连同周西西三人一起去了公司。

陆禹琛和肖衍远直接去了服装部，而周西西则先去了服装间。

见周西西来了，里面的工作人员开启了嘲讽模式——

“你还有胆子回来？”

“好好的一件礼服，居然被她毁了！”

“你是多嫉妒凌汀姐，才下这种手！”

原本挂在衣架上的星空礼服，眼下却被扔在地上，裙摆上的水晶钻石也被拆得七零八落，飘逸的裙摆也被剪成破布。

周西西双手握拳站在原地，眉头几乎拧在了一起。

这事怎么就怪到她头上来了，她压根儿就没见过这件礼服，又哪来的机会破坏呢。与此同时，孙潇潇拨开人群跑到她身边来，焦急地说：“你这个时候怎么能来呢？快回去！”

“礼服不是我毁的，我为什么不能来？你们有什么证据证明是我毁了礼服？”周西西抬头，目光坚毅地环视四周，周身散发出一股无畏无惧的气势来，震慑得周围众人不敢言语。

“凭你是最后进入服装间的人。”服装部部长走了进来，她身后跟着的正是陆禹琛和肖衍远。

陆禹琛面色一如平时那般漠然，看不出半点情绪。倒是肖衍远，一反往常的嬉皮笑脸，神色肃然地看着地上的礼服。

“陆总……”孙潇潇讶然，她没想到会惊动陆禹琛，更加没想到陆禹琛会亲自来。进入华天几年，这是她头一次这么近距离地看到陆禹琛。

棱角分明的脸部线条，丝毫不输当红男明星。黑色短碎发不似平日里梳得服帖，反倒展现出另外一种随性的气质来。不光是孙潇潇，周围一众女演员的注意力也都被陆禹琛吸引住，全体进入花痴模式。

“服装组的娜娜每天都要盘点服装，也是她发现了礼服被毁。之后我们调取了监控，监控显示你是最后一个进入服装间的人。”

“那在娜娜之后，在我之前进入服装间的人也有可能毁了礼服！”周西西厉声道，目光如炬盯着躲在人后的娜娜。

“那天没有人进入服装间。”服装部部长说道，“而且礼服在服装间放了这么久都没有问题，偏偏你来之后就出了问题，这难道还不够明显吗？陆总，事已至此，我有监管不力的过错，但元凶周西西也不能放过。”

“明显是陷害！”周西西冷笑一声，“毁了礼服对我有什么好处？”

尽管她据理力争，心里头却是紧张不已，下意识转头朝陆禹琛看去，却见他双眉紧蹙，面色冰冷，看不出丝毫的异样。她的心一沉，更加紧张。

“礼服有问题。”陆禹琛盯着地上的礼服良久，如是说道。

肖衍远闻言俯身查看，片刻后起身说道：“礼服是我亲自去维纳监工的，况且这件礼服的镶嵌工艺与众不同，而这件礼服不是维纳出品。”顿了顿，肖衍远继续说道，“当然，这只是我的初步判断，后续还会把这件礼服寄回维纳鉴定，至于监控也会重新取证，务必抓到真正破坏礼服的人。”

听到这句话的时候，孙潇潇禁不住打了个冷战。她偷偷瞄了一眼周西西，后者正一动不动地望着陆禹琛。她暗暗咬紧了牙，不明白这件事怎么就轮得到陆禹琛亲自过问！

“你，”陆禹琛指着周西西说，“跟我来。”

周西西跟着陆禹琛走进了专属电梯，一路直达三十七层的总裁办公室。

“陆总……”她试图说些什么来打破沉默，然而陆禹琛却完全没有理会她的意思，自始至终沉着一张俊脸。直到两人进了办公室，他才冷冷地开口：“你之前的烂账，全都处理清楚。我不希望你进华天之前的所作所为影响现在。再惹出麻烦来，我不会像今天这样帮你收

拾烂摊子。”

自周西西认识陆禹琛以来，这是他对她说过的最长的一句话。然而却是指控她此前行为不端的话！

“什么叫‘之前的烂账’？”周西西气得七窍生烟，“我才是那个无辜的人好吗？人在家中做饭，锅从天上来，礼服的事情怎么就和我扯上关系了？你凭什么认定是我的原因而不是华天内部人员故意陷害我呢？”

“陷害你？”陆禹琛的嘴角扯出一抹轻蔑的弧度，“一个十八线艺人？”

“陆禹琛，你不要小看我，总有一天，我会让你知道我有多红！”周西西深感被侮辱，撂下狠话来，“不靠你，我也会爆红！”

看着周西西倔强的神情，陆禹琛先是一愣，随后又换上那副蔑视的神色，道：“你别忘了，自己是怎么出演《倾城》女二号这个角色的。”

说到底，还是靠他。

被羞辱的感觉瞬间从脚底炸开，周西西双颊发烫。正在她窘迫万分的时刻，肖衍远欠揍的声音突然响起，化解了她困窘的局面：“哎呀，计较那么多干什么呢，女二号的角色不是小西西做饭的酬劳吗？”他摸了摸周西西的头，像哄小孩子一样，“小西西乖，角色可是咱们正大光明拿到手的。”

咦，他怎么突然觉得有道冰冷的视线在注视着他呢。

“想为我做饭的人数以万计。”陆禹琛怎么看都觉得肖衍远的那只手分外碍眼，“她算什么……”

话音未落，陆禹琛就察觉到周西西眼圈泛红，平日里妖娆妩媚的狐狸眼波光盈盈，透着十足的委屈。这下他越发心烦了，大手一挥冲肖衍远说：“尽快解决礼服的事情，否则扣你两个月奖金。”

“喂喂！陆总，你这就有点不近人情了！”

“半年奖金！”

“我马上去查！”

沉闷的办公室再度剩下陆禹琛和周西西两人。

“你说得对，我是靠你拿到了《倾城》的女二号。今天没有你在场，礼服的事我也百口莫辩。谢谢你。”许久后，周西西开口道谢，她的声音略带哽咽，听得出在极力压抑着自己的情绪。“但是，之后我也会向你证明，我配得上这个角色，甚至，哪怕是女主角，我都有自信演好！”说完这句话，周西西头也不回地走出办公室。

陆禹琛站在原地，脑子里久久挥散不去的，是周西西刚刚双目含泪的面容。

周西西走后，肖衍远的脑袋就从门侧伸了进来，见里面只有陆禹琛后，他便大摇大摆地走了进来。

“不是让你查礼服的事情吗？”陆禹琛的语气满是不耐烦。

“哟哟哟，这么着急让我查明真相，是不希望自己的小情人受到半点委屈吧。”肖衍远玩味地笑着，“你说你，明明知道礼服的事情跟她无关，嘴上却不饶人。瞧瞧你，小姑娘都被你气哭了。你这样，是没办法泡到妞的。”

按照常理来说，周西西傍上了陆禹琛是不愁资源的。再说了，她跟凌汀无冤无仇也没有资源和利益上的牵扯，没道理要做这么愚蠢的事情。

他知道这点，陆禹琛也不例外。但陆禹琛出言嘲讽小西西，可能是出于他个人的“低级趣味”。或许，他纯粹就是想让自己的小情人哀求他，然后他就能享受高高在上的俯视感，没想到英明一世的陆总也有偷鸡不成蚀把米的一天。思及此，他忍不住在心里偷笑了好几次。

“说够了吗？”陆禹琛的目光像是一记冷刀砍在了他脸上，“如果你很闲的话，我不介意给你多加一点工作内容。”

肖衍远连忙摆手，秀气的脸几乎都要扭成麻花：“陆总，我错了！我这就去查，但你知道根据监控显示小西西的嫌疑确实最大。这个……需要一点时间，甚至我们还要等机会，让那个人再一次下手，才能让小西西洗脱罪名。”

“所以？”陆禹琛的眼神仿佛要杀人。

肖衍远忙不迭地往外跑：“我马上去查！”

暗恋中的男人真可怕，情绪跟天气一样，阴晴不定。

一连几天，陆禹琛都只见到做好的饭菜，完全不见周西西的人影。

“她人呢？”晚饭时间，陆禹琛再也忍不住问。

七叔瞧着自家少爷那怅然若失的神色，脸上露出了然的微笑，道：“少爷，我也不清楚，周小姐最近只在做饭的时间赶回来。我打个电话让她回来。”说着就准备拨号。

“她回来干什么！”陆禹琛烦躁地制止七叔，“就当没这个人！”

七叔偷偷地看了他一眼，用公事公办的口吻道：“好的，少爷，我这就去安排。”

他刚转身，身后就传来陆禹琛沉闷的声音：“安排什么？”

“让少爷切身地体会‘没这个人’的日常。”七叔一本正经道。

话落音的瞬间，七叔感觉到周围的温度冷了好几分，并且强烈的低气压不断地压迫着他的身体。

“我刚才这么要求了？”

七叔强忍着笑意，却并没有打算给他台阶下：“没错。”

陆禹琛没料到七叔这么不给面子，但又不好发作，只是淡淡地强调：“她做的饭菜不错。”

“我会让她交出食谱，并且安排新厨师跟她交接，然后让她永远消失在少爷面前。”七叔贴心至极。

陆禹琛眯起眼睛，脸色黑得像是狂风暴雨来临前的节奏。

七叔心下了然，瞬间停止自己的放肆。他认真道：“看在她做饭不错的分上，暂时让她留下。如果下次还分不清主次，我会让她知道什么叫规矩。”

闻言，陆禹琛乌云压顶般的脸色稍稍恢复了自然。

见状，七叔感慨着，他家的龟毛少爷终于有恋爱细胞了，真是可喜可贺。

周西西正在公司化妆间苦读剧本，她一定要演好这个角色，而台词是基本功。

自从《倾城》这部电影公开宣布了女二号是她之后，舆论哗然。

因为她是十八线女演员，居然演了一个这么重要的角色。有人说她被潜规则了，也有人说她背靠金主带资进组。而观众们更是担心，她会拉低这部电影的格调。

虽然她能接《倾城》的女二号确实是沾了陆禹琛的光，但她要用扎实的演技告诉所有人，她对得起这个角色，也配得起这部电影。

“西西，你休息一下吧。”孙潇潇端来倒好的咖啡，劝她休息，“剧组那边我已经沟通过了，要过几天才进组，趁现在你好好休息。”

明面上是要她好好休息，暗地里孙潇潇却是希望她准备不充分进组，要知道陈请导演可是出了名的严厉。当然这些事，她是不会告诉周西西的。

“剧组已经开拍了，我是临时进组，自然要加把劲。”如果试戏不能证明自己，那就验证了自己是带资进组的传闻。

想到陆禹琛那天傲慢鄙夷的神情，周西西就眼眶一阵酸。

步入社会后，她不是没被人诬陷误解过，但这次觉得分外委屈。

孙潇潇硬是把咖啡塞到她手里，佯装生气：“好了，你那么拼命当心累着自己，我命令你马上休息！”

“好吧，我听你的。”周西西回以一笑，“潇潇，我这个月的行程定下来了吗，我想看一下。”

孙潇潇把行程表递给周西西，话题却转到那天的意外上：“那天幸好有陆总在，不然礼服被毁的事一定不会这么简单就解决了。西西，为什么陆总会亲自来呢？他是不是对你有意思？还是……他其实是你的靠山？”

周西西当下听出了孙潇潇的意思，瞬间就冷下脸来：“我和陆禹……陆总之间就是上下属的关系。他会亲自来是因为那件礼服对凌汀姐很重要，毕竟凌汀姐是华天的一姐。”

孙潇潇仔细想了想，说：“也对，真要是你的靠山，怎么可能对你那么冷冰冰的。”

“这个月的档期排得这么满，这样我在剧组根本待不了几天，没法好好拍戏。这几个广告看起来商业价值不是很高，能不能推了？”

孙潇潇面露难色：“这是我跟人苦苦谈下来的，你现在曝光率太少，拍点广告有助于你攒路人缘。”

然而她心里却把周西西骂了个遍，真当自己是一线巨星呢，说什么商业价值不高，人家愿意找她就不错了。

“那好吧，辛苦你了。”听孙潇潇这么说，周西西只好应允。她拿起手机，看到通话记录里十几个未接电话，全都是陆禹琛打来的，当下心绪杂乱起来。

剧本是看不进去了，索性刷一会儿微博。然而当她刚进入界面，就发现自己的微博沦陷了——

“狐狸精！毁了我们凌汀的礼服！”

“周西西滚出娱乐圈好吗？心机女！”

周西西脑子嗡的一声炸开，她的微博并非真名，也没有实名认证。入行以来，她的微博内容都是自娱自乐，但眼前这些谩骂的人，分明是打探清楚了她的微博名，一起来骂她的。只是，这些粉丝是怎么知道她的微博的？

“这些人哪里来的消息，造谣生事！我必须要解释清楚！”周西西恨不得冲进屏幕手撕那些“键盘侠”，奈何只能发微博呛回去。

孙潇潇闻言眼疾手快地抢过周西西的手机，一副恨铁不成钢的样子：“你解释什么？发个微博告诉他们？你觉得他们会信吗？这样只会越描越黑！”

“那怎么办，难不成要这么耗着？”

“你先不要理他们，我想想办法。”孙潇潇表面上急得如同热锅上的蚂蚁，内心却早已笑开了花。这些消息自然是她放出去的，她早就联系好几个营销号联手抹黑周西西，为的就是让周西西无法翻身。她得不到的，凭什么周西西轻而易举地就得到了。

“就按你说的办。”周西西握住孙潇潇的手，感激地望着她，“潇潇，你来做我的经纪人真是太好了。”

“说什么客气话啊，咱俩可是闺密。”孙潇潇一脸闺密情深，将所有恶毒计策悉数藏进心底。

接下来的几天，舆论不断地诋毁周西西。面对铺天盖地的辱骂，周西西的心情像是深谷的寒水，冷得没有任何温度。

陆家。

“难吃。”吃了几口菜，陆禹琛皱眉吐了出去。近日来饭菜虽然是不重样地出现在餐桌上，卖相也属上乘，但比起之前的味道就是少了些什么。

七叔一副了然的模样：“少爷，我心情好的时候养出来的花花草草都特别漂亮，心情低落的时候呢，连同花草们也都无精打采。这做菜啊，也是一样的。”

陆禹琛挑眉，他这是在告诉他，周西西心情不好？这就是为什么他近半个月没见到她的原因？

饭菜不合胃口，陆禹琛索性不吃了，径自上了二楼。刚走到周西西的房前，就听到她房间里传来一声尖叫声。

陆禹琛心头一紧，推门就闯了进去——“你叫什么！”

“是，是……”周西西脸色苍白地望着面前的盒子，陆禹琛顺着她的视线看过去——那是一个包装精美的礼盒，但礼盒内的东西却传来一阵阵恶心腐烂的味道。陆禹琛走近了看，是一堆散发着恶臭的不明物体以及一张周西西的照片。

“哪来的？”陆禹琛眼底迸射出骇人的光芒。

周西西被吓得面色苍白，断断续续地说：“这些……是粉、粉丝寄给我的……”

“你也有粉丝？”他不屑地说道。

周西西原本还战战兢兢，听到这句话，立刻来了火：“废话，十八线也是明星，怎么没有粉丝了！”

陆禹琛看着她的眼神透着嫌弃。

“陆禹琛！”

陆禹琛不理会她，拍了几张地上的照片后，很快便发送到肖衍远的手机上，随即拨通电话：“查清楚，敢动华天的人，必须付出代价。”

那头肖衍远稍稍一想就把事情的来龙去脉猜了个八九不离十，不禁调侃道：“陆总，娱乐圈里这种事司空见惯，你对西西未免也太上心了点。”

“她是我的人！”

不等肖衍远做出反应，陆禹琛就挂了电话。他转而看向周西西，她的精神不再恍惚，脸色也恢复了不少。

“等等，你是怎么进来的？我明明锁门了啊！”这会儿周西西才后知后觉地反应过来。

陆禹琛瞥了她一眼，淡淡地说：“这是指纹锁。”

言下之意，他的指纹也能开门。周西西一脸蒙，深吸一口气，抄起床上的玩偶娃娃就冲陆禹琛扔了过去。

“你滚！我还有没有一点隐私了！”

陆禹琛躲闪不及，被玩偶砸了个正着。他大腿一迈，走到她面前，俯身将她困在自己的胸前，冷冷地盯着周西西。

“你……你想干什么……”

他们的脸贴得如此近，近得她甚至能听到他的呼吸声。周西西的心跳加速，看着他的脸越靠越近，几乎要贴上她的唇……

第三章 把你当甜点吃掉

他的脸越靠越近，在她以为他要贴上来的时候，他突然停住，一字一顿道：“你，晚饭重做。”

“呃……”周西西的心提在了半空，有些下不来。

陆禹琛已经转身离开，走到门口，他才微微松了口气，有些懊恼。

该死，刚才居然很想亲下去！

屋内，周西西望着陆禹琛离开的背影，这才想起刚刚他的那番话。这个冰块脸居然护着她，还说什么“她是华天的人就是他的人”，结果她却拿玩偶扔他。

“什么华天的人就是他的人，我什么时候成他的人了。”周西西捡起玩偶喃喃自语，嘴角却止不住地扬起弧度。

“周！西！西！”楼下传来大魔王的咆哮声，“做！饭！”

周西西翻了个白眼，她怎么会认为他会护着她，明明是觉得影响到他的晚饭了才会对她这么上心吧。

想来也奇怪，陆禹琛这种级别的男人，什么样的大厨请不到，为什么却偏偏让她来做饭呢？

这样的疑惑也只是一瞬间，很快她便没有探究的欲望。反正，这是一笔稳赚不赔的买卖，她没必要刨根问底。

不过几天时间，肖衍远就已经把事情调查清楚。

“陆总，我已经查过了，西西收到的快递根本不是正常途径邮寄来的快递，没有任何一家快递公司有这个单号。”电话里，肖衍远难得正经起来，“也就是说，这是有人直接送到华天大厦的。问题就在这里，知道西西签了华天的人并不多，大概是华天内部人员所为。”

“收拾了。”

陆禹琛的话只有简单的三个字，但其中透骨的寒意，肖衍远隔着电话也能感受得到，他忍不住为那人默哀。

“还有一件事，陆总，其实有必要开个签约发布会。”肖衍远试探着开口，“一来呢，告诉那些图谋不轨的人，西西是华天要捧的人，行事上会小心一点；二来呢，西西马上就要进剧组了，总得有个正规渠道来宣传一下，陈导的这部戏，夏盛投了不少钱，片方对咱们这边不够重视也是正常。”

“论投资，夏盛还不够资格跟华天斗。”陆禹琛驻足在落地窗前，隔着玻璃凝望深沉的夜色。

此时敲门声突然响起。

“交给你来办。”他简单交代完，挂了电话，说了声“进来”。

周西西端了一碗不知名的东西进了房间，脸上带着几分不好意思，说：“陆总，那天不好意思啊，我一时情急才会拿玩偶丢你的。你大人不记小人过，原谅我呗。”

陆禹琛只是盯着那碗东西，挑眉道：“这是什么？”

“这是我新开发的甜点，陆总，你尝一尝。”周西西把碗递到陆禹琛面前，以一种万分期待的眼神看着他。

哪知道陆禹琛嫌恶地别过脸，说：“拿走。”

周西西哪里肯放弃，只当陆禹琛还在生自己的气，盛出一小勺，说：“陆总你就尝一口，就一口！”

陆禹琛躲开送到嘴边的甜点，周西西又不死心地喂上去。两人一个躲避，一个进攻，周西西脚下踉跄一下，直直地朝陆禹琛扑了过去。

陆禹琛未作准备，被周西西撞了个满怀，整个人倒向后方。而那一碗甜点，全撒在了陆禹琛的脸上，随即又滑落在地。

气氛一度微妙。

周西西感觉手掌间软软的，她下意识地抓了抓，男人便发出了一声怪异的闷哼。她定睛一看，便发现自己的手放在了对方的关键部位。

一想到刚才的“咸猪手”行为，周西西的脸红得像个煮透的龙虾。

“陆、陆总，我没骗、骗你吧，这甜点是不是很好吃……”周西西已经被陆禹琛森然的目光吓得吞吞吐吐。她缓慢地从他身上退开，哪里料到过分亲密的接触却让陆禹琛的身体有了反应。

周西西敏感地察觉到他身体的变化，羞怯得无地自容。此刻，她也顾不得陆禹琛是不是火冒三丈，爬起来就跑了出去。

望着她落荒而逃的背影，陆禹琛气得要追上去，可还没走几步，脚下一滑，要不是他反应快及时抓住了桌子，一定会摔个人仰马翻。

他稍稍垂眸，便看见自己踩在了甜点上。此刻，他恨不得被踩在脚下的，是周西西那张妖媚的脸！

周西西进剧组的这天就是一场重头戏。

她分外忐忑，毕竟自己以往只是出演一些没什么存在感的角色，第一次接到这么大制作的角色，虽然不是挑大梁的主角，但也足够让她紧张了。

这场夜戏是女一号、女二号和女三号的群戏。饰演女主角的是苏玲沫，而饰演女三号的是夏盛公司的唐以柔。换好服装，众人不由将三人一番对比，如果说苏玲沫是知书达理的大家闺秀，周西西就是艳丽无双的妖女，而唐以柔在两人的衬托下，一张人工痕迹分外明显的整容脸毫无战斗力。

这场戏里，周西西饰演女二号奸妃杨琴清，苏玲沫是女一号苏雨禾，同为宫中妃子，唐以柔则是苏雨禾的好姐妹，这是一场对质戏。

苏玲沫和周西西入戏极快，两人一来一往，对手戏演得极为过瘾。镜头一转，到了唐以柔这边，只听见陈请一声“咔”，紧接着就是连珠炮似的训话：“唐以柔！你那是什么表情？告诉过你了是恐惧，恐惧！你就只会瞪眼珠子吗？通过眼神来表现角色才对，你怎么就听不懂呢。”

唐以柔委屈地咬了咬嘴唇，说：“导演，恐惧不就是这样吗？”

陈请的情绪已经在爆发的边缘，他强忍着翻脸的冲动一遍遍地给唐以柔讲戏。

周西西站在一侧安静地听着，突然听到苏玲沫的声音：“你的演技很棒，潜力无穷哦。”

一抬头就见到苏玲沫朝她微笑。

“跟玲沫姐比起来还差得远呢。”苏玲沫也是华天的艺人，只能算是第二梯队，但也足以让周西西称呼一声“玲沫姐”。“我叫周西西，以后还请多指教。”

苏玲沫笑着说：“大家都是一个公司，不必那么客气。你第一天来剧组，早点休息吧，陈导严格起来可是能拍通宵的。”

“谢谢玲沫姐。”周西西道谢，苏玲沫的口碑在华天向来不错，今天一见果然如此。

“西西，你累的话先去休息一下。”苏玲沫继续温和说道，“以柔每次拍戏都会拖几个小时，我们都习惯了。”

这时随行助理忧心忡忡地跑到她面前，小声说：“刚刚潇潇姐来电话，说你今天晚上七点有个广告要拍，商家要求下午三点就要到场，绝对不能迟到。”

“她什么时候给我接了广告？还有，为什么把广告安排在今天，还要求三点到场？”周西西惊呼了一声，从片场赶回市区怎么也要三个小时，今天有几场戏要开拍，稍有不顺，就会延误时间，“先不说时间的问题，单从这个安排来说，我也觉得不合理。”

助理小心翼翼地问道：“要不要跟潇潇姐说一下，请她帮忙延迟一下？”

周西西连忙拨通孙潇潇的电话，却显示对方无法接通。她有种不好的预感。

因为联系不上孙潇潇，助理低声在周西西旁边提醒道：“要不找陈导请假吧？”

“来剧组第一天就请假，还是陈请大导演的戏，我一个十八线的小艺人，以后怎么在电影圈立足？”周西西想也不想就否认了。

“那商业广告呢？如果你不去的话，就是违约，到时候更麻烦。”助理忧心忡忡道。

“我尽量演好自己的戏份儿，争取一次性全过，这样就有空闲时间。反之，我只能做取舍了。比起商业广告，我更看中这部戏。”

周西西把话说到这个份上，助理也不好再多说什么。

她下意识地看向了拍摄区，此时的唐以柔因为自身问题，导致不断的重拍。无奈之下，副导演一直教她怎么演，可她却依然没有弄明白，只是一场戏却反复拍了十几遍。

按照唐以柔这个节奏，轮到周西西的戏份儿一定会靠后，就算她能一次通过，时间上也未必来得及。果不其然，今天的唐以柔像是中了邪一样，总是不在状态，但凡涉及她的镜头，总是反复拍摄十几次。

无奈之下，副导演只好请陈请亲自上场沟通，最终在他的训导下，唐以柔终于勉强通过，大家才能收工。这时已经是晚上九点多了，周西西火速换下戏服，准备赶回去。

商业广告定在了晚上七点，现在已然违约。但她要快点回公司找到孙潇潇，商谈弥补事宜。

“西西姐，真是对不起。”唐以柔一把抓住要走的周西西，愧疚地说，“要不是我，也不会害得大家这么晚才收工。要不我请你吃夜宵吧，附近有一家咖啡店不错……”

“谢谢你，不用了，改天我请你好了。”周西西一心想走，奈何唐以柔抓她抓得紧。

“西西姐不给我这个面子，那就是怪我拖延了大家的时间，不肯原谅我。”

“你可是咱们剧组的宝贝，谁会不原谅你。”刚换下戏服的苏玲沫笑盈盈地走来，不着声色地挽过唐以柔说道，“都别争了，今天我请大家吃夜宵，想去的就一起，累了的就回去休息。”

“谢谢玲沫姐，我们改天再约。”周西西感激地望了苏玲沫一眼，转身离开。

唐以柔看了一眼腕表，惊呼一声：“都这么晚了，玲沫姐，我明天还有一场戏呢，还是早点回去休息。要不，咱们改天再约？”

她的目的已经达到，夜宵也不需要了。

“咱们夏盛的小公主说了算。”苏玲沫心里如明镜，也不强求。

唐以柔带着得意的神情回了酒店，拨通了一个电话：“喂，我可是费了大力气才拖到现在的，周西西刚走，剩下的就交给你了。”唐以柔按下挂断键，心中的仇恨如同无边的夜色一般。

周西西，你有本事抢了我的女二号，就看你有没有本事在这个剧组待下来！

周西西赶回公司的时候天已经大亮，她刚进大厅，迎面撞上低垂着头的孙潇潇。

“潇潇……”

“你还知道回来？你居然放了商家的鸽子！”孙潇潇生气地吼道，“你知不知道这个合约是我拼命谈下来的！现在倒好，商家要我们赔违约金，那么大一笔钱你赔得起吗？”她本以为这事是周西西全权负责，可总监却告诉她，她也要负连带责任，这下她是真的坐不住了。

周西西一天一夜没合眼，又急着赶回来，整个人几近虚脱，被孙潇潇这么一吼险些晕倒，所幸一旁的助理眼疾手快地扶住了她。

“你明明知道昨天我有戏要拍，为什么还要定在昨天拍广告？还没有提前告诉我？”

“你真以为自己是凌汀那种一线明星呢？有厂商找你拍广告那都是烧高香了！”孙潇潇开始口不择言，“总之这次违约都是你的过错！”

“我赶不回来是有错，但我的工作行程不都是你安排的吗？”是她的错她绝对会认，但这次的事，错不全在她！

“你的意思是我安排出了问题？你说话要讲良心，我这么辛苦谈合约还不是为了你。现在出了事，你来怪我？”孙潇潇尖着嗓子，一副痛心疾首的样子，“你根本是想把违约的责任都推到我身上！”

周西西无力地叹了一口气，感觉自己在对牛弹琴。

“潇潇，我有错，但是你也没安排好我的行程，在这一点上我们没有配合好。现在我们应该做的是怎么让我不丢掉角色，而不是在大庭广众下互相指责。”

“现在我们应该做的就是分清责任，解决违约金的问题！”孙潇潇拔高了音量。

周西西怔住了，她怎么都没想到，她视为闺密的人，在这种时刻脑子里想的不是怎么渡过难关，而是如何推脱责任！

“我已经说过了，在这件事情上，我们都有责任。”周西西冷着脸缓缓说道，语气中透着不容反驳的威严。

“明明都是你的责任，凭什么赖到我头上？想让我替你付违约金，不可能！”

两人的争吵声吸引了周围众人的注意力，周西西只觉得耳边孙潇潇的声音越来越大，当她的忍耐告罄，即将爆发时，一道低沉的男声成功地止住了孙潇潇的吼叫。

“吵够了吗？”

不知何时，陆禹琛颀长的身影出现在两人身后。

他隔开两人，转向孙潇潇厉声质问：“华天养你是为了跟自己带的艺人当场对骂的吗？”

“陆、陆总……”孙潇潇不敢相信自己见到了陆禹琛，还和他相隔不到两米。她痴痴地望着他，难以掩饰心中的雀跃，又暗暗懊悔今天没有打扮得漂亮些。

“经纪人贬低自己的艺人，你对她没信心，还是对自己没信心？”陆禹琛的声音透着彻骨的冰凉，孙潇潇忍不住打了个寒战。

“陆总，我不是这个意思。”孙潇潇着急地解释，“是西西……”

“经纪人安排艺人的行程，这是你的职责。”他冷声说道。

“陆总您教训得对。”孙潇潇识时务地低头认错。

“艺人犯错，是经纪人失职。”

陆禹琛言辞间已经没了刚刚的寒意，但隐藏的意思却令孙潇潇背脊发凉。这是要辞退她吗？

“陆总，这件事我也有责任……”周西西出声为孙潇潇辩解。开始她以为陆禹琛只是训斥一下，但听这话的意思是要开除孙潇潇。虽然孙潇潇的做法有些令她寒心，但毕竟是她闺密，她又怎么忍心看她被开除。

“没你说话的份儿。”

周西西碰了个结结实实的钉了，一口气堵在胸口。原本她就虚弱，这会更是胸口发闷，眼前的景象开始天旋地转。而后眼前一黑，失去了意识。

陆禹琛及时接住了晕倒的周西西，紧接着一个冷眼甩向孙潇潇。

“再有第二次，滚出华天。”说完就抱着周西西离开了。

孙潇潇这才长舒一口气，她怎么都没想到，陆禹琛会这么护着周西西。

周西西还说和陆禹琛没关系，分明是骗她！

她愤愤地望着大门的方向，对周西西的恨意又深了一层。

周西西是被饿醒的。

她睁开双眼，发觉自己躺在陆家的卧室里，更让她吃惊的是，陆禹琛居然在她旁边看文件！

“陆总，谢谢你帮我说话。”她还记得在大厅时陆禹琛替她反驳孙潇潇的情形。

“我不做亏本生意，自然不会白白帮你。”陆禹琛头也不抬地说了一句。

“啊？”周西西的思绪还处于迟缓的状态，“你的意思是，我得赔偿吗？”

“违约金八百万，你负主要责任。”

“多少？”也不知是饿的，还是被即将来临的巨额债务吓的，周西西的话说得有气无力。

“百分之九十。”陆禹琛终于合上电脑，双手交叠搭在膝上，面无表情地说，“这还不算华天受损的声誉。”

周西西的喉咙像是被人掐住，许久之后才发出虚弱的声音：“陆总，这件事不能完全怪我，行程上我已经说过不要排得那么满了，但是……”

“行程安排并不是没有留给你时间。”陆禹琛打断周西西的辩解，修长的手指微微敲击着电脑外壳说道，“是你出了意外，造成违约，所以违约金必须由你来承担。”

周西西把心一横，道：“我如果付不出这笔钱，就只能跑路。”

陆禹琛仿佛听到了一个笑话：“你能逃得出华天的势力范围？”

“陆总，能不能借钱给我？”周西西突然爆出惊人之语，“只有我继续拍戏才能替公司挽回损失不是吗？往后接戏或者商演，除了生活费，其余的都算还债。”

陆禹琛注视她良久，起身走到床边，俯身说：“每天再加一顿夜宵。”

说完这话他转身走出房间，周西西愕然，这就成了？

“小西西，来来，快吃点东西。”偷听完毕的肖衍远端着一碗粥进了门，“钱的事你不用太担心，回头我打个招呼，你多拍几个广告就好了。话说你是不知道，陆总抱你回来的时候，七叔的下巴都给惊掉了。”

“陆……咳咳……陆总抱我回来的？”周西西被呛了一口，一脸难以置信。

“英雄救美啊！”肖衍远星星眼闪啊闪，估计现在公司要炸开锅了，当时那些前台小妹子伤心欲绝的模样啊。

“英雄……”周西西呛了一声，陆禹琛这算哪门子英雄，是英雄就不该这么压迫她一介弱女子！

艰难地咽下最后一口粥，她不禁感慨了一声，从今天起，她可是背着一身巨额债务的人了。

第四章 少爷的恋爱细胞

因为晕过去的缘故，周西西耽误了《倾城》拍摄的进度。

回到剧组后，她正式和陈请道歉。

“陈导，对不起，因为我的一些私事耽误了拍摄，我保证没有下次了！”

不等陈请回复，苏玲沫就开口为她求情：“陈导，西西是用心拍戏的人，她一定是有什么急事，所以没跟您请假。”

“我希望这是最后一次。”陈请如是说。

“谢谢陈导！”周西西不断鞠躬道谢，朝苏玲沫投去感激的一眼。

等陈请走后，苏玲沫又安慰周西西：“陈导都不怪你了，你也别想那么多，收拾一下准备拍戏。”

两人各自去准备，不远处，陆禹琛摘下墨镜，问道：“那是谁？”

“为小西西说好话的人吗？”肖衍远摸着下巴想了想，“好像是叫苏玲沫，公司的二线演员。”

“都安排好了吗？”

“陆总放心，陈叔那边我已经打过招呼了。”肖衍远一副看好戏的神情，内心忍不住为周西西默哀三分钟。

这头周西西已经准备妥当，这场戏讲的是她被贬后自己生火做饭，原本不是什么重头戏，但当她面对一桌子的食材和调料时，内心是蒙圈的。

“陈导，这些……”

“忘了告诉你了，西西，这场戏咱们实拍。”陈请坐在摄影机前冲她喊了一句，他也明白这有些说不过去，奈何自己外甥要求的，他也没办法。

实拍？

“我要做饭？用这个土灶？”这是什么情况？

“小西西，加油喔！”

周西西循声望去，几米开外，肖衍远挥动着小扇子，一旁的陆禹琛正坐在太阳伞下闭目养神，顿时就明白这是谁的主意了。

“西西，准备好了吗？”

“可以了！”周西西忍下一肚子的火气，先行拍戏。

拍戏一结束，周西西第一时间就冲到陆禹琛面前，质问他道：“陆总，你这是什么意思？”

“做饭。”陆禹琛回答得异常简洁。

“我在拍戏！”

“一举两得。”

“我说为什么之前陈导要我多学习戏里道具的用法，原来都是为了给你做饭！”周西西一手叉腰，一手指着陆禹琛，“你这就是假公济私！以权谋私！公报私仇！”

“公报私仇？”陆禹琛抬了抬眼，“三顿饭外加夜宵，你最近做到了吗？”

陆禹琛一句话堵得周西西没了声，她心虚地笑了几声，“我这不是忙着拍戏嘛，分身乏术……”

陆禹琛不再搭理她，径自吃起饭来。

没人注意到，角落里有一双充满妒意的眼睛，正盯着周西西和陆禹琛的一举一动。

结束了一天的拍摄后，周西西回到公司跟孙潇潇对行程。

换作从前，她一定会服从孙潇潇的安排，不会提出异议。因为上

次的事情后，她们明面上没有闹僵，但关系已然发生改变。

周西西步入社会已有一段时间，自然不是什么都不懂的小白兔。孙潇潇的所作所为，明面上为她好，实则有刁难的成分。

同学一场，她不会让这段关系变得糟糕，但心里也会留一手。

“西西，大后天有个手游代言要拍一下。”办公室里，孙潇潇翻看着日程本对周西西说。

周西西翻动剧本的手顿了一下，并未抬头：“据我所知，公司最近给我的行程安排里，没有这个代言。”

“西西，”孙潇潇又露出一副柔弱可怜的神情，她心知周西西现在有陆禹琛做靠山，自然得罪不起，“我能力不够，目前只能给你谈下来这些合约，毕竟上次的事我也有错。”

周西西见她这样说，也不好再那么严厉，换上比较温和的语气说：“过去的事就算了，但是潇潇，你身为经纪人应该知道，拍这些东西对我而言有害无益，我只想好好拍戏。”

“但是你还有违约金在身，如果不多拍一些……”孙潇潇还在试图说服她接拍代言。

“这你就不用管了，你只要记住别再私下帮我接那些乱七八糟的合约就好。”

“话是这么说，可违约金我也要承担一部分啊。”孙潇潇忧愁地说，“其实我这么做也是为了你好。华天的局势你也不是不清楚，凌汀退出演艺圈之后，大家削尖了脑袋想坐上一姐的位置，抢资源抢得六亲不认。我不给你接商演，接广告，怎么增加你的曝光度和流量。难道要花钱去买热搜数据吗？咱们没这个资本，公司也不愿意出这个钱啊！”

说这话时孙潇潇紧紧盯着周西西的反应，以为能从她的反应里验证她的猜测。可惜周西西并没有太大反应，只是淡定地回道：“我不需要那些虚无的流量和数据，我只想稳扎稳打地拍戏。”

从一开始她的目标就不是在娱乐圈赚钱，她是奔着更高的目标去的，为了这个目标，几年来她忍受了太多难以忍受的事。

“还有，你被连带的那部分钱我也会帮你还上。”虱子多了不怕咬，反正已经背着巨款了，无所谓再多几十万。

孙潇潇心里乐开了花，然而周西西接下来的话却让她明白自己高兴得太早。

“我替你还债，但是以后你谈的所有合约我都有知情权和拒绝的权利。”周西西自然也不会做亏本的买卖。

“既然你坚持，那就按你说的来。西西，我也是为了你好，你何必生这么大的气。”孙潇潇的脸色一阵青一阵白，但为了钱只有忍气吞声。

“我只是说清楚自己的想法。”周西西说完又埋头研究剧本。

孙潇潇见话不投机，只好讪讪地离开了。走出公司大楼，她拨通了唐以柔的电话，约好在一家咖啡馆见面。

“潇潇，亏我费了那么大力气帮你，结果都是白费功夫。”结果，刚见到唐以柔，对方就埋怨个不停，“现在倒好，非但没让她滚出剧组，你们华天给她的资源越来越好了。”

这也正是让孙潇潇想不通的，周西西明明犯了错，为什么反而得到公司的青睐。而强她百倍的自己，只能做个经纪人。

想到这，孙潇潇的嘴角扬起一丝嫉妒的冷笑，压低了声音说：“让她滚出剧组的办法倒是有，不过我不好下手。”

唐以柔由怒转喜，勾起孙潇潇的胳膊说：“学姐，自从你去了华天，咱们可是好久没聚了。咖啡馆虽然安静，但总觉得少了点什么。今天我做东，找个高端餐厅，咱们边吃边聊。”

“行。”孙潇潇会意一笑。

这几天周西西的戏份儿都比较少，休息之余，她回了陆家。

刚进家门口，七叔便像见到救星一样迎上前：“周小姐，你终于回来了。你不在的这几天，少爷不但胃口不好，连胃都不好了。”

周西西顿了顿，道：“胃都不好了？”

七叔开启了老妈子模式，絮絮叨叨地说道：“少爷工作忙，用餐时间不固定，他的肠胃本来就不好，这几天一折腾就更差了。”

周西西将七叔的话记在了心里。

中午的时候，陆禹琛刚一落座，看到满桌子的清粥小菜，俊眉不由得拧紧。

“重做！”

“不行。”一改往日的听话，周西西今天格外强硬，“我听七叔说了，你胃不太好。从今天起，一三五我就做清淡的，二四六换重口味，周日就一半一半。”

“要你管！”陆禹琛听到她关心的话，心头流过一股莫名的暖流，但嘴上依旧不饶人，“我说重做！”

周西西的脾气也上来了，掰开陆禹琛的手，把筷子放到他手里，一字一顿道：“不做！”

陆禹琛的手心接触到细嫩的肌肤，目光一沉。他突然发力，反握住周西西的手腕。下一瞬他蓦然起身，凑近周西西，温热的气息徐徐喷在她耳边。

“你胆子不小。”

周西西不断地往后缩，这这这……他这是想干吗？

望着周西西急欲逃开的模样，陆禹琛的征服欲反而被激起。他稍一用力将她拉至身前，眼看着越凑越近……

“陆、陆总，咱们先吃饭……等养好你的身体，你让我做什么都行……”

陆禹琛眉峰轻扬：“做什么都行？”

该死，只是听她说了句话而已，为什么他的身体就不由得兴奋起来了？

周西西的胸口剧烈跳动着，她头一次距离陆禹琛这么近，近到他的呼吸声交缠着她的，他的气息也将她紧紧围住。

就在两人越靠越近的时候，一道煞风景的声音骤然响起——

“陆总！陆总不好了啊！”

肖衍远人没到，声先行，直接闯了进来。看到两人几乎是抱在一起的情形，却没有半分开玩笑的心情。

“你们还有心情卿卿我我！”

下一刻周西西就猛地推开陆禹琛，可陆禹琛早有准备，紧紧拉住周西西的手，顺势往怀中一带，佳人不偏不倚地撞进他怀里。

这在旁人眼里看起来实在是有投怀送抱的嫌疑。

“你们这是要现场实战拍戏啊！”肖衍远捶胸顿足，“都什么时候了还玩角色扮演！”说罢他上前要拉开两人。

周西西霍地往后一缩，满脸通红否认：“我们在做饭……”

“知道你们在做，什么时候做都行，现在可是出大事了！”肖衍远浑然没有察觉到陆禹琛阴沉的脸，他直直地看向了周西西道，“你不想拍戏了吗？”

周西西这才回过神，惊愕地问道：“到底是怎么回事？之前还好好的！”

肖衍远一边推着她往外走，一边说道：“别纠结之前之后的，陈导要换掉你，你赶紧去剧组走一趟，不然你的星途真的要凉了。”

周西西不敢耽搁，立刻出发赶去剧组。

肖衍远松了一口气，立刻笑眯眯地朝陆禹琛邀功般道：“我这个通知还及时吧！”

陆禹琛冷眸扫过他的身上，一股冷空气瞬间在肖衍远身上弥漫。

肖衍远顿觉不对，陆禹琛似乎很生气的样子啊！ 他委屈地说道：“不是你让我多多关照西西吗？”

陆禹琛不高兴，对肖衍远的态度更加恶劣：“有什么是我不能解决的？”

肖衍远一愣，是哦，眼前这位是华天的大老板，有什么事情是他不能解决的，而且刚才自己好像破坏了他的好事。

肖衍远干笑着说道：“那不是要顾着西西的自尊嘛。”

陆禹琛冷哼一声，说道：“《沙漠之鹰》的剧组需要你去跟一跟。”

肖衍远听到这句话，立刻拉下了脸：“不要，老板，我不想风吹日晒！下不为例，我马上去干活！”

说完，他立刻灰溜溜地跑了。

想着差点就一亲芳泽，却戛然而止，陆禹琛不知道为何心情颇为烦躁。

周西西赶到剧组的时候，陈请正阴沉着脸训斥工作人员。

“陈导。”她上前喊了一声。

陈请怒目回瞪了她一眼，之后又再度训斥工作人员去了，丝毫没有要理会她的意思。

“陈导，您能和我说说为什么要换掉我吗？”她鼓起勇气问，就算是死，也要死个明白。

“你进剧组前，应该学过剧组的规矩。”陈请终于肯理她，但神情仍旧是极其严肃和生气的。“可你都干了什么？你居然把剧组未公开的摄制场景发到微博上！你这样属于泄露剧本！这种没有保密意识的人，《倾城》剧组不需要！”

这番话听得周西西茫然无措，陈请说的这些，她什么时候做过了。她慌忙拿出手机登录微博。自己最新发布的微博内容，居然是《倾城》的拍摄画面，还爆出了部分剧本和台词。

她自从上次被骂之后，就认证了微博，但还是由她自己来管理。她鲜少发微博。那么，那条微博是被谁发布的呢？

“陈导，你相信我，我绝对没有做过这些事！”她急忙辩解。

然而陈请却认定是她泄露了剧组的机密，不愿意听她的解释，不给她机会多说，转而离去。周围的工作人员也都躲得她远远的，大都在小声议论微博的事。

这种感觉周西西太熟悉了，以往在剧组遭受排挤的时候，就是这样被所有人戳着脊梁骨议论。她握紧了拳头，冷不丁身后响起幸灾乐祸的笑声。

“哎呀，西西姐姐真是，怎么能把剧组和剧本的详细情况发到微博上呢。”唐以柔嗔怪着出现在她面前，“就算是想吸引粉丝，也不能做出损害剧组利益的事来啊，这可是做演员的基本操守呢！”

“在事实没有调查清楚之前，不乱嚼舌头，这是做人的基本原则，以柔你是不是没学过？”周西西毫不客气地回呛过去。

“微博是你发的，现在证据确凿，白纸黑字，难不成你还抵赖？”

周西西回击道：“白纸黑字是不假，但微博也可以被盗号。”

唐以柔冷哼一声，道：“任凭你在这儿牙尖嘴利，也要马上滚出剧组了！”

看着唐以柔恨不得她立刻消失的神情，周西西隐约察觉到一丝不寻常，或许这件事跟她脱不了干系。她死死地盯住唐以柔，狐狸眼微微眯起，肯定地说道：“你知道是谁？”

“大家都知道是你啊！”唐以柔摆明了是在打太极，得意扬扬地回答。

“唐以柔，我自问没有和你有过节，你何必这么针对我。”

“自己做过的事，装什么白莲花。不过还好，你这朵白莲花，再过段时间就要败了。”

“你什么意思？”周西西听唐以柔这么说，立刻警觉地盯着她。听起来，唐以柔十分肯定她无法翻身。

这就不单单是知道幕后人是谁那么简单了。

唐以柔抬起双手，对着阳光看了看：“我能有什么意思，无非是人在做，天在看。这人啊，不是你的抢来也没用。西西姐姐，你就等着看好戏吧。”说完她趾高气扬地离开了。

从剧组被赶出来后，周西西第一时间就联系上孙潇潇。

“潇潇，你有门路能查出微博登录 IP 吗？”通常经纪公司和微博官方多少都有些关系，何况华天这么大的公司。

如果能查出她微博所有的登录 IP，顺藤摸瓜也许就能查出来盗用她微博的人。

孙潇潇装作万分焦虑的样子，回答说：“西西，你也知道，我在华天向来不受重用，这次你一出事，我就动用所有关系去查，只是我实在没用，什么也查不出，官方那边也以保护隐私数据为由不透露半点消息。我真是没用……”

“你别太自责了，这不能怪你。”圈里向来拜高踩低，她人微言轻，自然连同孙潇潇也不受待见。

“西西，你有没有线索能确定是谁干的？”

周西西摇了摇头：“照片只能说明是剧组内部的人拍的，其余的我就不清楚了。”即使她现在怀疑唐以柔，在没有确凿的证据之前，也不能告诉孙潇潇。

“我会再和剧组里的人打听，我已经安排公关那边对外说是被盗号，但是陈请那边怕是不太好过。”

周西西心里清楚，那天陈请当着那么多人的面撂了狠话，怕是没什么转圜的余地。但她还是对孙潇潇道谢：“辛苦你了，潇潇。”

“谢什么，咱们可是好闺密，我又是你的经纪人，于公于私，我都要帮你才对。”孙潇潇面不改色地说着虚伪的话。

走出华天总部，周西西打算先回陆家。

近段时间陆禹琛隔天清粥小菜吃得老大不爽，今天她有时间，干脆做几道好菜给他改善一下伙食。谁知道她刚出华天大门，一堆娱乐记者就蜂拥而上。

“周西西小姐，听说你是靠潜规则才进了《倾城》剧组，现在又因为微博事件被剧组开除，你有什么需要澄清的吗？”

“还有传闻说你之前的角色都是靠陪睡得来的，对此你有什么想说的？”

各种问题纷至沓来，周西西只觉得耳边嗡嗡作响，丝毫没有思考的能力。就在她被这些问题淹没之时，一双有力的手将她从这片泥淖中拖了出来。

陆禹琛冰冷的眼神环视了四周一遍，周遭瞬间噤声。他将周西西护在身后，吐出一个字：“滚。”

“各位记者朋友们，华天的大门有什么好堵的。关于周西西小姐的事情，稍后我们会召开发布会，到时候一一解答各位的问题好不好？”肖衍远面带笑容拍了拍手，内心早已把自家老板吐槽了个遍，每次都是这副样子对记者！

记者们忌惮陆禹琛，又得到了肖衍远的消息，当下就散了。周西西见状想把手臂抽回来，可陆禹琛却没有放人的意思。

“陆总，你放开我吧。”

“刚刚怎么没见你让我放手。”陆禹琛瞥了她一眼，补刀。

周西西微微一窘，目光转向别处。

“小西西，出了这么大的事，你都不知道来找陆总……旗下英明神武足智多谋的我吗？”肖衍远话锋拐得甚是辛苦。

“我不想给公司添麻烦，这件事我可以自己查清楚的。”周西西解释道。

“如果你能查清楚，就不会在这被记者围堵。”陆禹琛又补一刀。

突然响起的手机铃声把周西西从窘迫的境地中解救出来。她接通电话，那头孙潇潇急切而兴奋的声音传了过来：“西西！我联系到剧组那边，有人知道是谁干的！不过那人不愿意在电话里说，约了今晚在酒吧碰面，地点我等下发给你。”

“真的？”周西西喜出望外，挂断电话，她目光坚毅地看向陆禹琛说，“陆总，我知道我给公司带来了很大的麻烦，请相信我，我一定会查清楚是谁在搞鬼！”话音落下，她用力地挣脱陆禹琛的掌控，一溜烟地跑了。

“我的陆总啊！你是不是傻啊！哪有这么跟小姑娘说话的！”肖衍远捶胸顿足，“你明明是关心小西西，怎么说出来的话都这么惹人嫌啊！”

陆禹琛闻言甩了个眼刀过去，肖衍远便不再吱声。

看周西西的表情，难道事情有了转机？这个女人也是笨得可以，有那么多条简单的路可以选，她非要选自己查证这条最笨的路子。

他舅舅的剧组出了名的口风严，她才进组几天，能查出什么。

是夜，周西西到了孙潇潇发给她的那家酒吧。进门之前，她再一次检查自己的“装备”——录音笔、防狼喷雾、迷你报警器。

头一次进酒吧这种地方，她多少还是有些忐忑不安。穿过热舞的人群，她摸索着找到约定的包间，揉了揉险些被震碎的耳朵，她轻手轻脚地推门进去。

“潇潇？”

没人回应。

周西西瞪大眼睛一脸警惕地看着昏暗的房间，有些犹豫是否要进去，此时房内却传来了陌生的男声：“是周小姐吗？潇潇姐已经到了，在这里等你呢。”

“潇潇来了吗？”周西西仍旧抱有戒心，只向前迈了一小步。然而就是这一小步，阴影中突然出现一只手将她一把抓过，利落地反手

扣住她两只手腕，用麻绳绑住。

“你是谁？你干什么？潇潇呢，她人在哪？”周西西挣扎着，奈何手腕被绑得结实，她的挣扎毫无意义。

那人听完周西西一连串的问话，大笑了几声：“你说孙潇潇？她就在这躺着呢！”说着将周西西往前一推。

周西西身形一晃，直直摔向前去，倒在一具柔软的身躯上。借着晦暗不明的光线，她看清那人的轮廓——

正是孙潇潇！

“你到底是什么人？你知不知道绑架是犯法的！”周西西大声呵斥，可内心却心虚得很。以往对付想借机揩油的导演之流她还能一战，但眼下她双手被缚，完全没有还手的余地！

人倒霉起来真的是喝凉水都塞牙！她不过是想来查清楚到底是谁在背后陷害她，怎么就莫名其妙被绑架了！

“犯法？我马上就让你见识下什么是真正的犯法！”那人狞笑着，缓缓走向周西西。

周西西想大声呼救，可是下一刻她就被陌生男子捏住嘴巴，灌下一杯不明液体。

“你……咳咳，你喂我喝了什么？”周西西咳了好半天，终于顺了气。

“这可是好东西。”男子猥琐地说着，手已经不老实地摸上周西西的衣领。

“滚开！”意识到男子的无耻想法，周西西当即一脚踢了过去。然而她这软绵绵的一脚没有造成任何实质性的伤害，反而被男子一把握住了脚踝，沿着小腿一路摸了上去。

此时此刻周西西是真的慌了神，她恐惧地往后退，仍旧逃不过男子的钳制。男子的手已经探到她的领口，她绝望地别过脸，不敢想象接下来要发生的事。

这一瞬，她脑子里闪过的居然是华天大楼前，陆禹琛赶走一群记者的画面。

陆禹琛，你现在在哪？

“她让你滚。”

伴着轰的一声，房门被大力踹开，灯光瞬间亮起，陆禹琛如冷面阎罗一般出现在门后，他的身后，站着一群黑衣保镖。

“让他们长点记性。”陆禹琛简单下令，一众保镖一哄而上，将男子控制住，紧接着就是如雨点般的拳头落下。

“你们轻着点，留条命啊！”肖衍远不放心地在后面嘱咐，他太了解陆禹琛了，越是冷脸就越是动怒。

今天这种程度的生气他已经很久没见到了，哪怕是之前他被人追杀，也比不上现在这样。

陆禹琛俯身解开绑住周西西的绳子，宛如对待一尊易碎品，动作极其温柔。

周西西望着他，刚刚的绝望转为委屈，夹杂着尚未褪去的惶恐，一齐涌上心头，一时间说不出话，怔然落泪。

“别哭了。”陆禹琛蹙眉，他没有哄人的经验，出口的话也如下令一般。

“小西西，陆总就是这脾气，虽然说话不好听，但还是关心你的，陆家的私人护卫队都搬出来了……哎哎，你们几个轻点啊！”肖衍远嫌恶地听着男子惨叫，做了个轻点的手势，“陆总，咱们还是先回去，让小西西好好休息。”

陆禹琛颔首算是同意。

“潇潇也被绑架了……”周西西起身，可虚软的无力感自脚底漫开，险些摔倒，所幸，肖衍远眼疾手快地跑到她身后撑住她，才免去她摔个四脚朝天的窘境。

“滚开！”眼见周西西倒在肖衍远的怀里，陆禹琛吼了一声。

肖衍远登时高举双手以示清白：“陆总，我哪都没摸！”

说得周西西一阵窘迫，脸上越发热了起来。

等等，她怎么越来越热了，身体也越来越虚软。

肖衍远察觉到不对劲，仔细看了看周西西的症状，直冒冷汗。

摊上这事，是好是坏啊。他偷瞄了下陆禹琛，小心翼翼地在陆禹琛耳边说道：“陆总，这……小西西像是被下药了。”

陆禹琛目光一凛，肖衍远立刻打了个冷战。

“陆总，这怎么解？”

“回家，泡冷水。”

肖衍远抬手抚额，脸上满是绝望。他暗自吐槽：陆总，你富可敌国还单身这么多年。外界都说你单身是因为性取向。其实，你这是凭实力单身啊。

第五章 少爷，悠着点

夜色浓稠。

华灯破开黑暗，与天上的星光交相辉映，让这个城市显得灯红酒绿。高架桥上，一辆豪车匀速行驶。

驾驶座上，陆禹琛一边注视前方的路，一边看着瘫坐在副驾驶室上的周西西。此时的周西西头靠在玻璃上，脸色一片潮红。她迷离地瞅着身侧的男人，不安分的小手时不时伸过去，在他的腿上和衣领上胡乱地抓着。

被她这样直接地撩拨，陆禹琛的身体像是被火烧了一般，灼热得难以自抑。

好不容易回家后，他随意地停靠了车子，将周西西抱了出来。

男人温暖的气息萦绕在她周身，她迷迷糊糊地环住了他的脖子，殷红的唇在他耳边厮磨着，嘴里含混不清地呢喃着：“好热……”

陆禹琛抱着她大步流星地走进别墅。

七叔开门时，便瞧见了这辈子都难以忘怀的一幕。

不近女色的少爷抱着温香软玉般的周西西回来，而他怀里的周西西看起来非常的“豪爽”，她似乎不顾及任何人的眼光，手指一直在少爷的身上乱摸。更离奇的是，少爷没有拒绝，反而有一丝丝享受的意味。

孤男寡女，终于要干柴烈火了吗？虽说他是看着陆禹琛长大的，对少爷操着老父亲般的心。可真看到自家的猪懂得拱白菜了，欣慰中居然透着一丝感伤。

“少爷……”

没等他说出完整的话，陆禹琛便吩咐道：“准备冰水。”

七叔无语凝噎。

少爷不愧是少爷，平时不开荤，一开荤就玩花样。好在年轻人的身体经得起折腾，要是换作他这个年纪，半条腿都踏进棺材了。

脑补了各种剧情后，七叔笑眯眯地去浴室准备冰水。

准备好冰水后，七叔刚走出门，陆禹琛便抱着周西西走了进去，很快里面就传来了落水的声音，紧接着就是女人娇媚的“啊——”的惊呼声。

七叔嘿嘿笑了几声后，迅速离开给他们留出二人世界。

浴室里，周西西被丢进泡有冰块的浴池后，瞬间清醒了过来，她惨叫了一声后，抱着身体瑟瑟发抖。半晌，她仰起头看着罪魁祸首陆禹琛，漂亮的狐狸眼里波光晃动。

“陆禹琛，你干什么？”周西西的声音有些颤抖。

“干什么？”陆禹琛居高临下地看着她，他用手指松了松领带，动作迷人，“我还要问你刚才对我做什么。”

“我对你做了什么？”周西西抹了一把脸上的冰水，浑身抖个不停，她下意识地站起来，却被陆禹琛连人带头给摁了回去。

冰水浸透身体的那刻，周西西猛地伸手一把抓住了陆禹琛的领带，将他扯进了浴缸里。

猝不及防的陆禹琛一头栽了下去，落水的刹那，他吻上了柔软的唇，冷冷的，却带着香甜的气息。还未等他细细回味，周西西一把将他的脸推出了水面。

两人跌坐在狭小的浴缸里，身上湿漉漉的。摸着唇瓣上残留的温度，周西西面红耳赤，更可耻的是纵使水温是负数，她的身体还翻涌着热浪，她甚至忍不住靠近他的身体，然后将陆禹琛……压倒。

想到这里，周西西惊恐地摇头，把这个猥琐的念头强行压下。

他们对视了一眼后，周西西气呼呼地说：“陆禹琛你是不是男人啊？我是女孩子，你……你把我丢冰水里，还把我摁进去。”

陆禹琛淡漠地看了她一眼道：“这么生龙活虎，看来药效已经没有了。”

“什么药效？”周西西问着问着，就不停地打喷嚏。

“你被下药了。”

没等她消化这句话，陆禹琛便起身，冰水将他的衬衫浸透，他完美的身材隔着一层衣服若隐若现，加上他俊美不凡的面容，看得她热血沸腾。

陆禹琛的脚从冰水里抬起，冰凉的水随着他抬脚的动作溅起一片水花，水珠打在了周西西的脸上，凉意彻骨却也浇不灭她身体里腾起的火焰。此时，她满脑子都是花式扑倒陆禹琛，然后做些少儿不宜的事情。

此刻本能早就战胜了理智，她伸手抱住了陆禹琛另一只准备抬起的脚。陆禹琛一个趔趄再一次跌进了水里。

当男人的身体靠近的刹那，她的小手不受控制地摸上了他的胸口。

陆禹琛抓住她试图点火的胳膊，眼里迸出危险的光：“你知道你在做什么吗？”

他半跪在她身侧，两人的身体紧紧贴在一起，原本冷冰冰的水，仿佛也跟着他们的体温热了不少。

“啊——”周西西仿佛触电了一般猛地甩开手。

她捂着发烫的脸，忍着身体里奇怪的感觉，整个人尴尬得恨不能钻地洞。

她刚刚在做什么呀，只是一个湿身诱惑而已，她什么时候这么好色了。

“继续泡，什么时候冷静下来，才准离开这里。”丢下这句话后，陆禹琛迅速起身，不给她任何反应的机会便离开了浴室。

出门的瞬间，陆禹琛懊恼地扯了扯黏糊糊的衣领。

该死，他差点就没把持住！

周西西一觉醒来，发觉自己躺在陆家卧室里，身体没力气不说，还头痛欲裂。她环视四周，没发现陆禹琛的身影。

还好他不在，不然她都不知道怎么面对陆禹琛。

“周小姐，这碗姜汤你先喝了。”七叔端着餐盘走了进来，“你泡了很久的冷水，怕是会着凉，等一下喝了姜汤，再去吃东西。”说着，他瞄了周西西几眼，暗想着：少爷真是的，自己的体力好也要考虑姑娘的承受度啊。

“谢谢七叔。”周西西接过姜汤，“陆禹琛在吗？”

“少爷正在餐厅等你。”七叔露出一个意味深长的笑容，“今天你一定要多吃点。”

七叔的神情让周西西疑惑，她到了餐厅，陆禹琛已经在餐桌前坐着看新闻，而肖衍远坐在他旁边，他表面上像是看电视，实则小眼神一直往餐桌上瞟，时不时还会摸一下干瘪的肚子。

周西西挑了个不远不近的座位坐下。

一见到周西西入座，肖衍远露出了“得救了”的笑意：“陆总，小西西都来了，我可以吃了吧？”说着，他的手就伸向了靠他最近的寿司。

然而东西还没拿到，就被一道冷如刀锋的目光给制止了。

无奈之下，他缩回手，可怜巴巴地看着周西西：“小西西，你看看陆总多重视你，必须你先吃，我才能动筷子。”

听罢，周西西悄悄地看了一眼陆禹琛，过了许久，才艰难地开口道：“谢谢你昨晚救了我。”

陆禹琛双臂环胸，视线仍旧停在液晶屏幕上：“然后呢？”

“潇潇怎么样了？”她忽然想起孙潇潇也在场，陆禹琛应该把她一起带回来了吧。

“你打算怎么报恩？”陆禹琛的目光移到周西西的脸上，淡淡地开口。

周西西被问得一愣，这陆禹琛未免也太不按常理出牌了，见过主动报恩的，倒是头一次见到主动要人家报恩的。他什么都不缺，她拿什么报恩，还是说陆禹琛挖好了坑在等她。

因为心虚，她只好以吃早餐的方式来转移注意力，她端起饭桌上的粥，看也没看就着碗一口喝了下去。

“教我做菜。”见周西西一直不出声，陆禹琛等得不耐烦了，索性直接说明要求并做了决定，“就这么定了。”

听到陆禹琛说的报恩方法，周西西险些被呛住。她没听错吧，陆禹琛要学做菜？跟她学？

“呕……这粥煳了！”还煳得异常严重！没来得及咽下的粥全被吐了出来，周西西猛灌了大半杯水企图洗去嘴里残留的那股怪味。一抬眼，陆禹琛正以一种极其怪异的眼神看着她。

“不好喝？”

“是根本喝不下去。陆总你也别喝了，这粥煳得厉害，喝了对身体不好。”周西西秀眉蹙起，嫌弃地把碗推得远远的。

陆禹琛的脸色倏地转白，生硬地说：“有那么难喝吗？”

啥？为什么他的表情那么奇怪？

突然，她试探着问：“陆总，这粥难道是你做的？”

“对啊对啊，小西西，我头一次见到陆总做饭啊！有生之年，有生之年！”肖衍远一把抓过桌上的面包狼吞虎咽地吃了起来，“不过说真的，面包片烤得还是能下肚的。”

“半年奖金。”陆禹琛再度变身那个冷面老板，四个字成功地让肖衍远味同嚼蜡。“不想被扣的话，就马上解决剧组微博事件。”

“关于这个，我找到证明我清白的证据了。”提起这事，周西西立刻来了精神，“等下我就去找陈导解释清楚。”

陆禹琛狐疑地看向了周西西：“你？”

“怎么，不相信？”被他用这么怀疑的眼神盯着，周西西信誓旦旦地说，“你就等着我胜利的消息吧。”

陆禹琛冷笑一声：“拭目以待。”

周西西本以为，和陈请解释清楚就好，谁想到，她连陈请的面都见不到。任凭她磨破了嘴皮，剧组相关人员就是不许她进去。

“哟，我当是谁呢，这不是我们西西姐姐吗，你不是已经被陈导

赶出剧组了吗？又厚着脸皮来干什么？我说你们几个，她可是泄露剧组机密的人，又被陈导亲自赶出去，你们还这么磨磨叽叽，当心被陈导知道了。”唐以柔走了出来，朝拦住周西西的人使了个眼色，几人上前要把周西西撵出去。

周西西拼命挡住几人的推搡，大声喊道，“陈导！陈导我真的是被冤枉的！有人盗取了我的微博号，然后以我的名义发布剧组的现场情况和剧本，处心积虑栽赃！”

唐以柔冷笑了几声，双臂环胸好整以暇地看着周西西：“你说有人盗了你的微博号，你有证据吗？”

“证据就是微博里的那张图片！那张图的角落放着场记板，第二十五场戏根本没有我的戏份儿！那天我也根本不在剧组！”

“该说你天真还是愚蠢，这也能算证据？”唐以柔一副看笑话的神情。周西西胸有成竹地登录微博，指着照片左上方说：“那个人拍照的时候没注意到吧，这台摄像机还是开着的，只要找到对应的场次视频，我相信很容易就能找到这个人是谁。”

周西西一番话说完，唐以柔暗暗慌了神，她当时拍照的时候一心想着赶快把周西西赶出去，哪里顾虑那么多，如果真的被查出是她扰乱《倾城》剧组，依照陈请疾恶如仇的性格，她不但会被赶出剧组，被封杀也说不定。

那就更加不能让周西西见到陈请！

唐以柔一抬下巴，几个工作人员就连拖带拽地把周西西拖走。

早知道就吃胖点了，也不会像现在这样由着人拖走！周西西眼见自己离剧组越来越远，不由暗自悔恨。

“都给我住手！”陈请威严的声音骤然响起，一行人都停下了动作，周西西也得以喘息。趁着这个机会，她赶紧举着手机跑到陈请面前，指着图片上的摄像机和场记板重新解释了一遍。

陈请神色凝重道：“小张，去查一下 1 号摄像机。”

没等小张去查，一道清亮的声音传来：“陈导，不用费力了。我已经查过了，拍摄那张照片的人，正是唐以柔！”

肖衍远笑眯眯地出现在众人面前，内心却是哀号连天。想他堂堂一个私人特助，现在几乎都要成了专职收拾周西西烂摊子的人。然而任凭他多少个不愿意，陆禹琛一声令下，他只有乖乖照做的份儿。

都是给华天打工的，陆禹琛也太有异性没人性了，只知道剥削压榨他。

随即，他又补充一句："陈导，视频截图我已经发到您邮箱里了，等您查看过后再说。"

陈请点了点头，其实到了现在他也明白了七七八八，唐以柔对周西西有敌意也属正常，毕竟两人之间存在截和角色的情况。但是唐以柔的做法，实在是令人难以苟同。

"我的剧组容不下瞎搅和的人。"言下之意，唐以柔不必待在剧组里了。

"陈导！我确实拍了照片，但是我只是自己看，没有对外发布呀！"唐以柔瞪大了内眼角开得过度的眼睛，竟有些吓人。她难以置信，这部剧是夏盛主投的，陈请居然真的要赶走她。

"陈导，这事还有疑点，就这么下定论未免有点轻率。"

说话的人身着戏服，头套已经摘下，栗色的短碎发在阳光下泛着微微的光芒。挺拔的身姿犹如一道风景伫立在人群之中，俊朗的面容上是一副严肃的神色。

正是当红男星张致臣。

是他，周西西看到那张脸，有一瞬间的恍惚。

她刚入行时跟张致臣有过接触，当时他给予了她帮助，他是她的榜样和奋斗的目标！

只是，多年过去，自己仍然是一个小透明，而他已经是一线巨星。他可能不记得自己了，但自己却因为对他的欣赏和崇拜，更加坚定地在娱乐圈摸滚打拼。

她希望自己和张致臣一样，当一个美好的人。哪怕处于风光无限时刻，也能给予刚出道的新人温暖和关爱。

"致臣，你刚到剧组不了解情况，就不要掺和这件事了。没有足够证据的话，肖衍远不会胡说。"陈请说。

张致臣一笑："华天老总的特助自然是不会胡说，但是即便是那

人拍到了这张照片，也不能说明盗号发布微博的人就是拍照的人。毕竟，剧组里的演员、化妆师、场务等都会拍照。谁的手机里没几张剧组的照片呢，只要不对外公布就不算违约。”

他的这几句话是说到点子上了，周西西有十足的把握陷害她的人是唐以柔，拍照是可以查出来的，但自己的微博账户是不是唐以柔盗取的这件事，她确实没有证据。这也是为什么她没有指证唐以柔的原因。她的证据，只能证明自己的清白，而没有办法指认唐以柔。

“登录周西西微博的IP地址我们已经查到了，是剧组之外的人。”肖衍远慢悠悠地说，同时注意到唐以柔的身形一晃。

这个登录微博的人就是那天绑架周西西和孙潇潇的人，他对盗号的事供认不讳，但是却不知道幕后主使人究竟是谁。

“不管是谁，现在总能证明我是清白的了。陈导，我没有泄露剧组的机密。”周西西一心想要回到剧组，急切地说。

陈请心里明白，周西西是被冤枉的，她这么积极找证据他能够理解，但是肖衍远对这事这么上心却是奇怪，肖衍远的意思恐怕就是陆禹琛的意思。

想到自己那个无人能管的外甥，陈请默默叹了一口气。他对周西西说：“明天有你的戏份儿，回去好好熟悉下剧本吧。唐以柔，以后你要多加注意，这种泄露剧组机密的照片还是少拍。”

“是！谢谢陈导！”周西西激动万分，连连鞠躬，兴奋之情溢于言表。

反观唐以柔，见到周西西重回剧组气得七窍生烟。

张致臣看出小师妹的不悦，上前拍了拍她的头，出声安慰：“你毕竟有错在先，陈导不计较，你该谢谢陈导才对，还生什么气。”

张致臣话里的暗语唐以柔不是听不出来，目前还是保住她的角色要紧。她点了点头，说：“我等一下就去和陈导道歉。”

张致臣赞许地笑了笑，转而看向周西西。岂料这一回眸，正撞上周西西的视线。

周西西没想到张致臣突然看她，一瞬间慌了神，刚刚还霸气四射的眼眸这会儿只剩下惊慌失措。

真的是张致臣，他居然距离她这么近。短短几年不见，他越发璀璨闪耀了。

张致臣察觉到周西西在盯着自己，冲她回以一笑。身为一线巨星，这类情形他见得太多了。然而令他没想到的是，周西西竟然直直地朝他走了过来。

周西西站定后，缓慢地深呼一口气，面带笑容说："张老师你好，我叫周西西，我很喜欢你的戏，也是'芝士'一员。"

"你好，我看过你的戏，演技不错，期待后面的合作。"张致臣面上噙着笑意回答。

周西西早就听闻《倾城》的男主角竞争非常惨烈，不到最后一刻，谁也不知道由哪个演员担任。

这段时间，《倾城》的角色陆陆续续地试戏结束，就差男主角了。

最终，这个角色花落张致臣。

由于他角色定得晚，进组的时间也晚了很多天，所以她一直没机会见到张致臣。

今天见到他，心情激动得无以复加。再想到他是男主角，自己会跟他有很多对手戏，更是喜不自禁。张致臣是新生代男演员中好评度最高的艺人，不但颜值高，演技也不输老戏骨。跟他演对手戏，自己的实力也会得到提升。

然而，张致臣对这种崇拜的眼神见过太多，早已麻木，正准备找个借口离开，刚换下戏服的苏玲沫却在此时加入两人的聊天中。

"致臣哥，可算是把你等到了。你是不知道，你不在的这些日子里，剧组多少人翘首以盼，就等着你这位超级巨星进组呢！"

"玲沫，你就别调侃我了。我档期太满拖到现在才进剧组，陈导没对我大刑伺候就已经很感激了。你倒好，刚刚在陈导面前也不帮我说话，反倒一直拆我的台。"张致臣和苏玲沫原本就相识，和她交谈起来也比较放松。反倒是周西西，看着他和苏玲沫两人之间轻松的氛围，隐隐有种被隔绝的感觉。

苏玲沫虽然不是一线，但在华天多少也是能排得上号的，拿得出手的作品也不少。然而她这几年却游走在不知名的剧组拍一些不讨观

众喜欢的角色，别说是和张致臣相提并论，就算是苏玲沫，她也差了不少番位。

“致臣哥，今天你进剧组，就由我做东，当是为你接风洗尘了。”苏玲沫笑着说，“西西也一起来吧。”

“真的吗？我也可以一起去？”这简直从天而降一块大馅饼砸她头上了！

难道这就是传说中的大难不死必有后福？周西西像在做梦一样。

“真的，就去上次咱们去过的烧烤店。”苏玲沫推着周西西往前走，回头冲张致臣喊了声，“致臣哥，地点发你手机上，你快点哦！”

华灯初上，张致臣才姗姗来迟。

“我都要饿死了。”不等张致臣坐下，苏玲沫抱怨道，“也难怪，谁让致臣哥这张脸太显眼了，不像我们安全系数这么高。”

张致臣看了看四周，压低了帽檐入座。

“玲沫，除了你还真的没人敢请我吃露天烧烤，我觉得明早就该被各大八卦周刊轮挂了。”

什么叫“我们”，明明只有她安全系数比较高好吗。周西西一边吃着烧烤，一边在心里默默吐槽。

吃饭期间一直是苏玲沫在和张致臣聊天，周西西偶尔能搭上一两句话。等苏玲沫去拿烤串，餐桌上只剩他们两人时，空气瞬间就安静了。

太尴尬了。

说什么好呢，不然把这些年积压在心里的话都告诉张致臣。

不行，万一吓到他了怎么办。

可是不说这个要说什么啊！

周西西开了罐啤酒，仰头喝掉一半，仍旧是一个字没说出口。

“你喜欢喝酒？”

先开口的反而是张致臣，他背对着店里的灯光，周西西看不清他的神情，只听出他话里的笑意。

“也不算喜欢啦。不过烧烤嘛，还是和啤酒比较搭。”周西西捧着啤酒罐的手稍稍用力，接着后知后觉地拿起一罐啤酒准备开了递给张致臣。

“怎么能让美女劳累。”张致臣伸手要抢过啤酒。

周西西哪里肯放过亲手为张致臣开啤酒的天赐良机，极其迅速地打开啤酒递过去。谁承想她的动作过大，啤酒洒出来不少，滴在张致臣的衣服上。

“张老师，对不起！”周西西险些哭出来，连忙抽了抽纸要替张致臣擦拭。她是猪吗？递个啤酒都能洒人家一身！

“不要紧，我自己来。”张致臣不着痕迹地隔开周西西，机警地抬头四处察看，并没有什么发现。

周西西坐回自己的位子，像个做错事的孩子，对吃饭也没了兴趣。

低落的情绪一直持续到回陆家。

“你还知道回来？”

刚一进门，周西西就听到熟悉的冷言冷语。陆禹琛靠在沙发上，俊容上挂着一层寒霜，看得出他现在心情极度不爽。

换作平时，周西西一定上前好言好语地哄着了，可今天经历了在偶像面前丢人的事之后，周西西犹如霜打的茄子，一点精神都没有。

陆禹琛见她没有回应，怒气立现。他几个跨步走到周西西面前，酒精的味道钻入鼻腔。他皱眉：“你喝酒了？”

“一点点。”周西西回答，踏上楼梯准备回房，却被陆禹琛一把抓住了手腕。

“做饭去。”

周西西先是一愣，接着望向客厅的座钟，又转而看向陆禹琛，用一种看神经病的眼神看他：“现在？晚上十一点？”

“你也知道十一点了。”陆禹琛从牙缝里挤出几个字来，“而我，还没吃晚饭。”

“我跟你请假了啊！”周西西一脸无辜。

“‘我今晚有事，晚点回家’，这种消息算请假？”陆禹琛额角一抽，怒气值噌噌往上涨。

“总之我跟你说过了，就算请……”

周西西略显不耐烦，想要挣开手腕，奈何陆禹琛握得极紧，她分

毫动弹不得。下一刻陆禹琛一把将她推到墙边，双手撑在她耳畔，垂眸看着她。

周西西那点不耐烦瞬间跑得干干净净，他这是干啥？

“陆总，我这就去做饭！”她往下一蹲准备逃跑。可惜这点小伎俩早已被陆禹琛看穿，他双手箍住她的腰，死死地将她摁在墙边。

“陆、陆总，别生气啊……”周西西这会儿彻底不敢动了，腰间的大掌和她的肌肤只隔着薄薄的一层衣料，她能够感受到陆禹琛掌心传来的温热，逐渐暖热她的肌肤。

这种感觉太奇妙也太诡异，她甚至不敢抬头看他。

“不生气可以。”陆禹琛凑近她，像对待猎物一般看着周西西，“我要吃你……”

“不行！现在不行！”周西西一听要吃她瞬间奓毛。

陆禹琛脸色一沉，手上的力道加重了几分：“我要吃你今天吃的东西。”

“呃……”周西西一“囧”，今天晚上她为什么总是干这种丢人的事。

“当然我也不介意吃你。”

望着陆禹琛越来越近的脸，周西西的心如小鹿乱撞，她应该大喊大叫才对，为什么心里竟然有一丝隐隐的期待。

陆禹琛露出得逞的笑容，在她耳边轻声说：“别急，等下次。”说完放开周西西，丢给她一把钥匙。

“你开车，带我去。”

周西西接过钥匙，看着陆禹琛的背影越走越远，默默地鄙视刚刚自己被调戏还有所期待的心情。

第六章 糟糕的绯闻

“陆总，咱们还是走着去吧。”在车库里选了半天，周西西选择放弃。

陆禹琛眉峰一挑：“为什么？”

“你的车都太招摇了！”指着满车库的豪车，周西西内心早已泪流满面。

陆禹琛这家伙，明明有这么多好车，明明都顺路，为什么早上不带她一起上班！

“坐我的车可以，加菜。”陆禹琛的嘴边扬起一抹不自觉的笑容。

周西西一脸黑线。

陆家所在的别墅区距离市中心有段距离，她最终还是决定开车。周西西挑了一辆价格最低的车子，一路开到附近最近的烧烤店。

两人要了个小包间，周西西点完菜，用一种很好奇的眼神看着陆禹琛。

“我没允许你看我。”陆禹琛瞥了她一眼。

“陆……”周西西原本想称呼陆总，转念一想在这种地方还叫陆总未免也太奇怪了些，“陆禹琛，我很少看到你出来吃饭啊，到底为什么？”

换作平时陆禹琛肯定不会继续这个话题，但周西西的直呼其名令他莫名感到愉悦，也就不介意再多说一些。

“我不喜欢外面饭菜的味道。”

“外面饭菜的味道？什么味道？”

“难吃的味道。”陆禹琛说，“不如你做的。”

“你这是豪华大餐吃腻了吧！”周西西被陆禹琛的话说得飘飘然起来。

说话的空当儿，服务员已经把东西送了上来。周西西将盘子往陆禹琛面前一推，讪笑道：“陆禹琛，你肯定没试过烧烤吧，多吃一点啊，我就不和你抢了。”

其实是她现在撑得压根儿吃不下去啊！

陆禹琛看透不说透，兀自吃了起来，但也只是尝了尝，就皱眉不再吃了。周西西把剩下的东西一一打包，说准备带回去明天当早点。

“你想吃，明天再来。”上车后，陆禹琛对她说。

周西西又是一愣，陆禹琛今晚有些反常啊，不光和她聊天，还要继续请她吃饭！

“不是想不想的问题，是不能浪费。你这种含着金汤匙出生的人是不会了解没饭吃的滋味的。”周西西发动车子说道，“我有一阵子接不到戏，余钱又花光了，连泡面都是分两顿吃。”

“辛苦就不拍了。”陆禹琛有些不解，以她的条件找一份稳定的工作也不难，何必非要在娱乐圈扎根。

趁着等红灯的间隙，周西西转头看向陆禹琛。路灯下的她被覆上一层迷离的光，显得分外朦胧。

“演戏是我的梦想，很多年的梦想。”她目光坚定地回答，而后又漾开温柔的笑，笑意融进弯弯的狐狸眼中，煞是动人，“陆禹琛，我还没有谢谢你呢，如果不是你，我是接不到这么好的角色的。”

她带着笑意的道谢，如藤蔓般缠绕着陆禹琛的心，一点点地扎根、生长。

“满汉全席。”许久后，陆禹琛收回目光，吐出四个字来，“想谢我就学做这个。”

周西西的笑容瞬间凝固，恨不得捏碎方向盘。也不管陆禹琛受不受得了，一脚油门踩到底，飞车回家。

第二天刚到剧组，周西西就发觉有些不对劲。

平时嘻嘻哈哈的大家今天都用一种鄙视的眼神看着她，更有甚者窃窃私语些什么，但都在她走近的时候齐齐噤声。

她正纳闷儿，唐以柔冲到她面前，不由分说就是一巴掌。庆幸的是周西西早有准备，迅速退开，才没让唐以柔得逞。

“周西西，你有本事做就别躲！你可真有心机啊！缠着致臣哥闹出绯闻，现在全网都知道你周西西的大名了！你这个贱女人得逞了！”

“唐以柔你嘴巴放干净点！”周西西呵斥道，“你莫名其妙地骂我，你真以为我不敢把你怎么样吗？”

“你把狗仔喊来拍照的时候怎么没想过做事放干净点！现在闹出绯闻了，你开心了？”唐以柔恨恨地说着，一张脸因为过大的表情而略显狰狞。

“绯闻？”周西西一头雾水。

“我和你昨晚吃饭被偷拍了。”张致臣信步走了过来，将手机递给周西西。

她狐疑地接过手机，这一看几乎惊掉下巴。

满屏都是昨天她和张致臣吃饭的图片，更过分的是，借位拍了她替张致臣擦拭啤酒的照片，从这个角度看，太容易想入非非了。图片借位过分就算了，标题更是劲爆——影帝张致臣牵手周西西，是因戏生情，还是露水情缘？

周西西无语，她自认为安全系数很高，可这帮狗仔的眼力未免也太好了！

“你装什么白莲花！明明就是你把狗仔叫来的，还在这惺惺作态！”唐以柔脸上净是掩不住的嫉妒。她不是没想过和张致臣传绯闻来提高自己的热度，可公司不许，加上金主看着，她自然是没这个胆子。

“周小姐，我真的很失望。”张致臣一改昨天的亲和，冷冰冰地说。原本他对周西西还抱有一丝好感，眼下这好感也都因为这则绯闻而烟消云散了。

“张老师，我没有！”见张致臣误解自己，周西西急忙辩解，却显得分外苍白无力。

张致臣也不再理会她，独自回了化妆间。

周西西再次环视四周，等来的全是众人轻视的目光。这种似曾相识的感觉令人生厌，周西西的双手紧握成拳，指甲深深嵌入掌心。

“西西！”孙潇潇急匆匆地跑了进来，一脸焦急。“你还杵在这干吗！还不回公司！公关部都要疯了！”

“疯什么疯，不就是个绯闻吗！狗仔们捕风捉影，能信吗？”

娱乐圈里传绯闻再正常不过的事，为什么到了她这里所有人都大惊小怪。还是因为她是个十八线的小艺人，而对方是超级巨星。

巨大的落差再一次袭上心头，周西西说不清心头那口气是怨气还是窝火。

孙潇潇急得跳脚：“你懂什么！华天和夏盛水火不容，你现在和张致臣传绯闻，多少人以为你进组是张致臣的缘故！你赶快和我回去，想想对策解决！”

周西西这下才明白事情的重要性，慌忙随孙潇潇回公司。她没有注意到的是，孙潇潇临走前向后方投过去的眼神。

唐以柔轻轻颔首，示意一切都已经准备妥当。

一场暴风雨，正等着即将回去的周西西。

在回华天的路上，周西西一直刷娱乐新闻，上面的报道含沙射影又不怀好意。还有一些“知情人士”不方便接受采访，却放出“周西西是靠张致臣进剧组”这个消息。

周西西气得想砸掉手机：“我是靠张致臣进组这件事是怎么传出来的？”

她始终想不明白，不过一个晚上的时间，消息是怎么传得这么快的。八卦出了，剧组全知道了，就连公司也得到了假消息。

她觉得，这件事没有那么简单。

“今早公关部的通知，说是除了刊登出来的八卦，还有另外几家营销号已经准备好通稿，内容大概就是你搭上了张致臣进入《倾城》

剧组。”孙潇潇回答道。

周西西翻了翻微博，这次在她微博下骂她的人远比上次多得多。她撇一撇嘴，对司机说：“正门咱们就不走了，估计也走不了，咱们去地下停车场。潇潇你和公司保卫负责人通个电话，派几个人在地下车库的电梯口等着。”

孙潇潇听到她强硬的语气，明白她是不给自己反驳的余地。她装作为难的样子说：“西西，别说我没有保卫负责人的联系方式，就算有，也不是这一时半会儿就能请得动人家的。”

周西西不由蹙眉，眼前这种情形只能碰碰运气了，期望地下车库没人蹲点。

可惜，周西西的运气不太好。

车子刚停稳，周西西只是打开车门，周围等候多时的记者就蜂拥而上，将她围了个水泄不通。

“周西西小姐，此前张致臣从来没有爆出过绯闻，请问这次是你放出的消息吗？”

“传闻你拿下《倾城》的女二号是因为张致臣的帮助。既然如此，你为什么没有和夏盛签约，而是选择华天呢？还是说华天有你无法放弃的人或事？”

“大家让一让好吗？让一让！”孙潇潇早一步下了车，挤到另一边替周西西打开车门，催促道，“西西，快下车。”

这个时候下车实在不明智，然而孙潇潇已经把车门打开了，各路记者的闪光灯拍个不停。周西西唯有硬着头皮下来，从人群中挤出一条路朝电梯走去。

意想不到的事就发生在瞬间，从消防栓旁边冲出来几个学生打扮的女孩子，直直地冲向周西西。她躲闪不及，被三个人摁住了胳膊，另外一个人拿出一个瓶子，拧开瓶口就朝周西西泼了过去。

“这是给你的教训，以后离我们致臣哥远一点！”

不知名的液体泼了周西西一脸，下一瞬她的脸开始火辣辣地疼，几滴液体飞溅到她眼睛里，此刻她连睁眼都难以做到。

“西西！”孙潇潇见状连忙将她护住，内心却在狂喜。按照那些

粉丝的性子，即便不是泼硫酸也是强碱一类的，如此一来周西西的这张脸怕是毁掉了！她倒要看看，周西西以后要怎么在华天混下去！

周西西已经顾不得那些狂热的粉丝们了，眼下她的感官只剩下疼痛。她强忍着不喊出声，在孙潇潇的搀扶下进了电梯。

“潇潇。”半晌后她艰涩地开口，“我的脸……怎么了？”

“西西，你别太难过了，现在医学那么发达，都会治好的。”

周西西的心渐渐沉了下去，被毁了容的她，以后要如何在娱乐圈立足。

总裁办公室，弥漫着森冷的气息，连空气都是紧绷的。

“你再说一遍？”陆禹琛死死盯住肖衍远，难以置信地反问。

肖衍远面色沉重，看也不敢看陆禹琛，视线一直在地面上，硬着头皮说：“西西在地下车库被记者围堵，又被张致臣的粉丝泼了液体，医生已经看过，只是普通的辣椒水，不过对皮肤还是有点伤害，庆幸没有伤到。”

“没有伤到？”陆禹琛面色一紧，眸底阴鸷之色尽现。

“公司安保该换了。”陆禹琛沉声下令，抄起外套就往外赶，“还有签约发布会，尽快办了！”

“知道了，陆总。”肖衍远点头，明白这次陆禹琛是真的动怒了。

医院病房外，孙潇潇捂着手机打通了唐以柔的电话，刚一接通，她就连珠炮似的质问：“以柔，你都找了些什么人啊！泼辣椒水？亏她们想得出来！真是一群废物！”

这下好了，医生说只要静养一段时间，就没什么大碍了。害得她白白高兴一场不说，白费了之前的种种安排。

那边唐以柔也是又气又恨：“那群‘芝士’说的比唱的好听，喊着什么利用致臣哥的人都得死，结果就这么点胆量！”

“现在好了，她的脸安然无恙，你还是要继续做你的女三号！以柔，你说你亏不亏，被一线抢角色也就罢了，她一个十八线的艺人，我都替你觉得不值！”孙潇潇又开始煽风点火。

这句话踩到了唐以柔的痛处，原本属于她的女二号被周西西抢走，处心积虑费了这么多功夫，以为能毁了周西西让她彻底滚出娱乐圈，没想到还是被她躲过了。

“这事没完！”恶狠狠地抛出这句话，唐以柔挂了电话。

孙潇潇露出一个得逞的微笑，一抬眼却发现陆禹琛和肖衍远正往这边走来。她敛去刚刚的表情，装出一副忧心忡忡的神色，迎了上去。

“陆总……”

“不能保护艺人安全，”陆禹琛扫了她一眼，“是你失职。”

陆禹琛的一句话噎得孙潇潇无言以对，她想起之前陆禹琛对她的警告，慌忙认错：“陆总，是我疏忽大意……”

陆禹琛却不给她解释的机会，径自进了病房。孙潇潇还想跟上去，被肖衍远一把拉住。

“你去准备一下，明天举行周西西的签约发布会。”嘱咐了这一句，肖衍远便不再管孙潇潇，径自趴在门边偷听墙角去了。

周西西半靠在病床上，脸上包着厚厚的纱布。见来人是陆禹琛，她扯出一抹虚弱的笑，冲他挥挥手。

“陆禹琛，我最近可能没办法回去做饭了，你可别扣我工资啊。”

这本是玩笑话，可陆禹琛听起来却分外不是滋味。见周西西这副样子，他心里有说不出的心疼。但想到八卦新闻上的描述，种种心疼又变为难以言喻的嫉妒。

“你和张致臣是什么时候的事？”

此话一出，周西西当场愣住。

门外的肖衍远也愣住，内心哀号不止：陆总啊，你这一开场就送人头，简直不能更蠢了啊！

“你说什么？”

因容貌受伤而沉浸在低落情绪里的周西西以为自己听错了，又问了一遍。

“不要和我装糊涂。”看她一副茫然不知的样子，陆禹琛只当她在装听不懂，口气不由恶劣了几分，“你和张致臣是什么时候开始恋爱的？”

“你觉得我在装糊涂？”周西西反问陆禹琛，没有被纱布遮挡的眼睛里透出一丝不易察觉的哀伤，“陆禹琛，你觉得我在骗你？”

“你的意思是没有恋爱？”陆禹琛不回答周西西的问题，只关注到这一点，微微的窃喜攀上心头。

周西西扬起一抹戏弄的笑，说：“我可没这么说过。不过被你一眼看穿，是你眼光毒，还是我演技后退了呢？唉，这样可不行，演技烂成这样，我怎么拍戏？”

言不由衷的话，听进陆禹琛耳中，反倒证实了他的疑问。

“拍戏？你的目标难道不是攀上那些一线明星？”陆禹琛的目光骤然冷了下来，他走到病床边，居高临下地看着周西西，周身散发着生人勿近的气息，“借着华天做跳板，你主意倒是好。”

“你看出来了？”周西西佯装被人拆穿，实则内心已疼痛万分。

“收起你不该有的居心。”陆禹琛眯眼说，话里满满都是警告意味，“和夏盛那边保持距离。”

“如果我不愿意呢？”

话音刚落，陆禹琛就一把捏住了周西西的下巴。他认识周西西这么久，头一次见她这么明确地违抗他，只是因为张致臣！

“你是华天的艺人，是我的人。”陆禹琛凑近周西西，极其缓慢地说着，“我能给你一切，也能收回一切。”

如果言语能化作利刃，周西西现在已经被伤得千疮百孔。

“这话你之前也说过，不过意思可是完全不一样啊！”周西西咽下喉头的苦笑，状似轻松地说。

两人的距离极近，气息交缠在一起，然而彼此间的心却相隔极远。

陆禹琛当她是在逃避话题，呵斥道：“别妄想转移话题。”

不等周西西开口回答，护士端着托盘走进病房。

“周小姐，该换药了。”

陆禹琛听闻要换药，自觉地放开周西西。失去了钳制的周西西马上垂下头，长发披散遮住了没有纱布遮挡的半边脸。

痛，心犹如被撕扯搅碎一般痛。

她不是没有被人误解过，以往她要么一笑置之，要么回呛过去，然而今天她却丧失了所有战斗力。只因，这话是由陆禹琛所说。

“哎，怎么哭了呢？周小姐你的伤口不能碰水，何况是眼泪呢？当心影响伤口复原，留下疤痕啊！这么漂亮的脸蛋，留下疤可就不好了。”护士小心翼翼地揭开纱布换药，细心嘱咐道。

“不许哭。”陆禹琛厉声下令，“毁了脸，拍不了戏，同样是违约。”

杵在门外的肖衍远实在看不下去了，哪有这么安慰流泪的妹子的！他甚至怀疑陆禹琛是给张致臣送助攻的了！

“陆总，下午有个跨国视频会议，您该回公司了。”

陆禹琛看了一眼腕表，视线又转向周西西。这会儿她已经换完了药，整个人都蒙在被子下面，分明就是不愿意再理他。

这种失控无力的感觉，实在不爽。

“回公司。”陆禹琛咬牙说道，转身走出病房。

肖衍远并没跟着陆禹琛离开，他半蹲在床边，柔声说：“小西西，咱们不哭了，不然漂亮脸蛋恢复不好。”

被子动了动，肖衍远看出是周西西点头的动作。

“你放心，陆总已经交代医生了，一定会治好你的脸。”肖衍远打算为陆禹琛扳回一点印象分，可惜周西西不予回应。“你先好好休息，其他的事情就不要多想了。”

周西西沉默着点头，躲在被子里泪如雨下。

周西西的伤势并不重，观察了几天没什么大碍，就出院了。

陆禹琛特意抽出时间去接周西西出院，然而却扑了个空。他赶到医院的时候，周西西早已不见了人影，只留下一张写着“我过几天回家”的字条。

“这家医院就这么看护病人的吗？”陆禹琛把字条揉成一团扔掉，怒气冲冲地要找负责人。

肖衍远抢先一步拦住他，拿出手机来递给陆禹琛，安抚他说：“陆总，小西西去了苏玲沫家，不用太担心了。”

“她为什么给你发消息，不给我发？”陆禹琛扫了一眼手机屏幕，很是不满。

肖衍远欲哭无泪，自家老板简直就是个醋坛子，这都吃醋。逮谁

谁倒霉啊！

“大概是……不好意思跟你发吧，毕竟前几天，你们之间发生了一些……小小的插曲。”肖衍远谨慎地思索着措辞，以免陆禹琛再度暴走。

陆禹琛双眉紧拧，问道：“苏玲沫是谁？是男，是女？”

这关注点，这反射弧，绝对是镇江陈年老醋成精啊！肖衍远默默在心里吐槽。“苏玲沫是咱们公司的女艺人，之前在片场帮小西西说过话的那个。”

一听说是女艺人，陆禹琛的神经才放松下来，紧接着又再度绷紧了神经，说：“去查一下，她取向正常吗？”

肖衍远一时无语：“陆总，您这就想得太……”见陆禹琛眼神一凛，他连忙改口，“周全了！您应该让小西西了解到您对她的关心，而不是总在‘吐槽’或者否定她。”

“我表现得很明白了。”陆禹琛否认道。

天啊！为什么在商场上所向披靡的陆总在情场上居然是个蠢货！肖衍远仰天长叹，算了，算了，就当上帝是公平的。只是辛苦了他这个私人特助，除了工作，还要操心自家主子的感情生活。

“陆总，这个关心是要正面的，积极的。比如小西西现在最需要什么，您就投其所好，送她最需要的。”肖衍远在一旁出谋划策，“陆总，我都已经准备好了，三天后举行小西西的签约发布会，把近段时间发生的意外统一做个回复，给小西西正名，有华天撑腰，背地里使坏的人或许能收敛一点。”

“我记得发布会已经交给你办了。”一旦涉及公事，陆禹琛的智商就瞬间归位，“拖到现在？”

“陆总，这是我失职。”好汉不吃眼前亏，认错！

“你好好准备，发布会上有半点闪失，下个月亚马孙取景就派你去了。”

“陆总放心，我保证圆满完成任务！”肖衍远一面信誓旦旦地保证，一面盘算着早点把周西西劝回陆家。

毕竟，她再不回来，死的就该是他了！

发布会当天，盛况空前。

华天为了这次的发布会倾注了不少精力，包下当地最豪华的酒店举行发布会，在各大网络平台造势宣传，重视程度也只有当年的凌汀能够与之媲美。

“周小姐，你的皮肤真好。”

化妆间里，马克斯忍不住又一次感叹。身为华天首席造型师，他接触过不少艺人，美人他见过不少，但就气质和身段来说，像周西西这么出色的确实少见。

周西西却没搭理他，脑中想的都是最近她住在苏玲沫家，陆禹琛一通电话、一条信息都没有。他说过自己不喜欢吃外面的饭菜，她不在家，也不知道他有没有好好吃饭。期间她忍不住打电话和七叔问好，却也没敢提半分关于陆禹琛的事。

“真是尤物啊！”马克斯再三发出赞叹，冷不丁地被身后的肖衍远一巴掌拍上后脑勺。

“我奉劝你，想多活两年的话就离小西西远一点。”

自家老板的醋劲他是领教过了，换成马克斯这个见到美人就往上扑的二货，难保不会做出什么找死的行径来。

“摸不到美人的人生和咸鱼有什么区别！”马克斯吹了声口哨，将旋转椅调了个方向，“搞定！”

周西西这会儿还在魂游太空，一脸的茫然，神色分外清纯，可染上几分迷离的狐狸眼却又妖娆至极，雪肤红唇，配上一袭红色吊带拖尾礼服，简约大方，将她的姣好身段显露无遗。

“怎么样，远哥，就凭西西这一身装扮，今天绝对秒杀菲林。”马克斯从后面揽住周西西的双肩，一脸得意。

“西西你可真漂亮。”孙潇潇一进门就惊叹道，“马克斯老师真是天才。”

“我不过是锦上添花，还是西西底子好，稍作打扮就惊为天人了。”

“小西西，发布会马上就开始了，你再休息一会儿，等一下要应付不少记者。”肖衍远看出周西西一副心不在焉的样子，以为她是没

有休息好，拖着马克斯就离开了。

“西西，你可是走运啊，华天签约艺人举办发布会的艺人一只手数得过来，你现在也是其中一个了。连首席造型师马克斯都请来为你量身打造形象，公司这么看重你，往后你可就是华天的一姐了。”孙潇潇惊喜之情溢于言表，可内心里的嫉妒却早已将她的心吞噬。

凭什么她周西西能够这么好运，刚签约就是陈请电影的女二，又有这么多好资源，就连签约发布会也是一姐的规格水准。

她凭什么？凭什么！

“潇潇，你别胡说，一姐怎么样也轮不到我。现在我只求能够安稳拍戏，你往后也要注意自己的言行，小心说错话惹出是非来。”近来发生的事让周西西越来越谨慎。

“知道啦。”孙潇潇嘴上轻松地答应了，暗地里却是一派厌恶，身为艺人也敢教育起经纪人来，她周西西真以为自己是一姐了。

“时间差不多了，西西，我再去和会务组确认一下流程，等下来带你去现场。”孙潇潇的眼底闪过一抹异样的光。

周西西点头，转过身面向镜子陷入沉思。

化妆间的门再度被打开，周西西以为是孙潇潇去而复返，一回眸，陷进一双幽深的瞳眸中。

是陆禹琛。

“陆总，有事吗？”周西西没想到是在这种情况下和陆禹琛见面，有些不自在。

“送东西。”陆禹琛回答得言简意赅，将一个蓝色丝绒盒子放到化妆台上说，视线却自始至终没从她的身上移开过，“别丢人。”

马克斯果然解女人，清楚什么样的装扮最能展现女人的美丽。

陆禹琛没有想到，周西西在青春和妖娆之外，还能有这么风情的一面。

“陆总，”周西西出声叫住陆禹琛，“我曾经说过会向你证明我配得上《倾城》女二号甚至女主的角色。现在我想说的是，我会证明给你看，我也配做华天的艺人。”

“拭目以待。”他深深地看了周西西一眼，走出化妆间。

待陆禹琛离开，周西西才打开盒子，一套熠熠闪光的钻石项链和耳环静静地躺在其中。周西西微微惊叹了一声。

她听苏玲沫提起过，女艺人出席场合的珠宝要么是自己的私货，要么是关系不错的品牌商租借。她显然两条路都走不通，原本周西西打算不戴首饰出席发布会。

等等，陆禹琛刚刚说的别丢人，难道是说别让她自己丢人，而不是丢华天的人？她理解错了？

瞬间，周西西的内心五味杂陈。

发布会开始，随着主持人的介绍词结束，周西西做了个深呼吸，昂首走上前台。

她出场的瞬间，会场先沉默了几秒钟，随即镁光灯开始闪烁个不停，各大平台媒体的记者接二连三地拍照，不少记者开始提问。

“之前爆出那么多关于你的负面消息，你现在召开发布会，是想进一步炒作热度，还是要澄清？”

“今天是我加入华天的发布会，华天本身就是热度的代名词，我无须炒作。至于澄清一说，清者自清。”

周西西在台上从容应对，一颦一笑异常动人。

台下的孙潇潇几乎咬碎了牙，她死死盯着那条钻石项链和那对耳环，这些珠宝在灯光的照射下映衬得周西西华贵逼人，整个人越发焕彩。她一个欠债几百万的穷鬼，到底哪来的珠宝首饰。

周西西和各大媒体谈笑的一举一动，都被站在二楼的陆禹琛尽收眼底。

“陆总，您出席发布会不是更好，也免得站在这干瞪眼。”立在他身侧的肖衍远不解，“家传珠宝都送出去了，这会儿在这装什么深情守候。”

“你还是挺闲的。”陆禹琛冷声说，“公司最近项目挺多……”

“我为陆总鞍前马后，甘之如饴！”肖衍远当即打断陆禹琛接下来的话。

就在此时，楼下传来了周西西的惊叫声，肖衍远循声望去，只见

周西西蹲在地上，双臂环住胸前，一脸惊慌失措。

她的礼服带子断了！

镁光灯闪烁得更加凶猛，肖衍远急忙冲到一楼，刚跑到楼梯口，就见到陆禹琛的身影已经冲向了台上。

他这是会瞬间移动？等等，他该不会是从二楼跳下来的吧？

周西西百思不得其解，崭新的礼服为什么会出现衣带断开的情况，如果不是她眼疾手快地拽住衣服护在胸前，又蹲在地上，只怕明天一早的头条就该是她春光尽现的照片了。

现场乱作一团，华天的工作人员挡在她面前，也仍旧敌不过疯狂的记者们。

“滚开！”

一声暴怒的呵斥突然在会场内炸开，周西西急切抬头，陆禹琛犹如神祇一般大步冲她走来，平日里的冰块脸越见森然。

“会场的相机，清理干净再带走。”陆禹琛脱下外套披在周西西身上，吩咐道。

随着陆禹琛的话音落下，现场突然多出十几个黑衣人，个个戴着墨镜，全副武装。一行人走到每个记者面前，直接将相机抢了过来。

面对这一变故，不少记者表达出不满，嚷嚷着要拿回自己的相机，几名年龄稍大些的记者反倒不出手阻拦，畏惧地望着这些黑衣人，连连摇头。

“陆家护卫队轻易不出手，不惹上他们才是明智的。”

“华天可不仅仅靠商场上的手段立足，不过是几张照片，他们要就给了啊！”

周围的一团杂乱却影响不到周西西，她紧紧抓住西装外套，把自己包得密不透风。陆禹琛见她一副吓坏了的模样，干脆打横抱起她，朝电梯走去。

“陆总，剩下的交给我。”肖衍远接手处理现场，向陆禹琛保证说。

陆禹琛点了点头，抱着周西西进了电梯，直到进了总裁办公室，他才把周西西猛地往沙发上一丢。

“啊！”

周西西没做准备，冷不丁被丢下，惊呼了一声，倒也顺利回过神来。

“陆……陆总。”她嗫嚅着说，回想刚刚乱作一团的发布会，咬了咬下嘴唇，“搞砸了对不对？发布会变成这样，算是完了。”

“这样的你，确实配不上华天。”陆禹琛抬眼看她，不容置疑地训斥，“这么容易就认输。”

“不认输，我也算是凉了。”周西西太过清楚，“我太清楚这些媒体了，他们只会把今天的事当作最大的头条，争先恐后地爆料。”

“你怕了？”陆禹琛挑眉。

“我……”周西西突然不语，她是怕也不是怕，不怕媒体爆料，而是怕爆料后给华天带来的损失，怕自己跟陆禹琛放下的豪言壮语全都变成吹嘘。

她怕他对她失望。

想到这她不由地抓紧滑落的礼服，陆禹琛第一次见到她这么低沉消极的模样，不由上前强硬地抬起她的下巴，逼迫她和自己四目相对。

“一个小时前你的信誓旦旦呢？全都喂了狗吗？”

陆禹琛的恨铁不成钢，看在周西西的眼里只觉得是在嘲讽自己。她一只手抓住礼服，一只手打掉陆禹琛的手，眼中含泪，倔强地说：“对，喂了狗。你这种天之骄子自然不会知道，像我这样的人要付出多少努力才能换来一个机会。你也不会知道，我摔一跤的下场，是再也爬不起来，只能跪在坑里一辈子！你除了用你的标准来丈量我，还做过什么？”

周西西的指责令陆禹琛的火气骤然升起，他俯身上前，单手将周西西的双腕抬高，另一只手撑在周西西的一侧，将她整个人困于沙发内，温热的气息喷吐在她耳边，说：“我做过很多事你并不知道。”

“陆禹琛……”周西西挣扎着，却是徒劳。反倒是礼服没了双手提拉，滑落了不少，虽然有西装外套遮挡，但隐约还是能够看到一丝春光。

“我想做的很多事，你也并不知道。”陆禹琛的目光变得深沉，下一瞬就吻上了周西西。

突如其来的吻让周西西慌了神，她想躲开，奈何陆禹琛一只手改为摁在她脑后，控制着她，她分毫动弹不得。这个吻太过绵长，等陆禹琛放开她时，她立刻大口呼吸，面色潮红。

“陆！禹！琛！”

周西西已经顾不得是否走光，伸手就要打过去，却被陆禹琛接了个正着。

他的脸上挂着得逞后的笑容，掺杂着几分邪气几分浪荡：“还有力气打人，说明我吻得不够。”

周西西闻言迅速收回手，一时间不知道如何自处。陆禹琛这到底是什么意思，说亲就亲，就没有考虑过她的感受。

“你当我是什么人？”周西西问道，语调微颤。

“想亲的人。”陆禹琛答得干脆，退开，站直身体，居高临下地望着她，“你觉得是发布会上的事严重，还是被我吻了严重？”

周西西神色一顿，没有答话。

“如果是失身呢？如果没命呢？”

周西西与陆禹琛对望，面对一连串的逼问，她良久才反问：“你想表达什么？除非我死了，不然发布会的事情我就不该在意是吗？”

“已经发生的事情你无力更改，只能设法补救。”陆禹琛伸出手指细细描绘周西西的嘴唇，后者被惊得忘记反应，“这算惩罚，再有下次，会罚得更重。”说罢他迈步离开办公室，徒留周西西愣在当场。

罚得更重？他陆禹琛，都这么罚人的？

刚出了办公室，陆禹琛就看到肖衍远一脸揶揄地杵在门口，笑得好不猥琐。

“陆总，现场我都处理好了，那些照片也都全部销毁，一张不剩。

另外，控制舆论我交由公关部去解决，还有小西西礼服的问题，我也安排人去查个清楚。”

提起这个，陆禹琛的眸色凝上一层冰霜：“找出人来，我要亲自问。”

陆禹琛的神情让肖衍远不寒而栗，他不禁为那人感到悲哀，动谁不好，非要动他家老板最心爱的小西西，这不是找死吗。

“还有，账户的事查得怎么样了？”

肖衍远收起玩笑的神色，回答道：“绑匪的社会关系比较混乱，拥有几个假身份，汇款账户的事已经有了眉目，不过对方很谨慎，要再过些日子才能有结果。”

“好。”陆禹琛冷笑了声，他倒要看看，究竟是谁，敢这么明目张胆地对周西西。

被他抓住，死路一条。

发布会上的意外虽然没有照片，但消息还是扩散了出去，一时间各大头条无不在报道华天签约发布会上的意外。

周西西在回剧组前就已经做了心理建设，会议论并没有什么，除了个别人可能会当着她的面提及——比如唐以柔。

“哟，这不是咱们华天的大明星周西西吗？今天的衣服带子，系紧了没有啊？”周西西刚到剧组，就撞上唐以柔，她似乎是专门在等着看好戏。

“难得你今天没迟到，真是稀奇。”周西西也不示弱，冷冷地回了一句。

唐以柔的心情完全没受到影响，叉着腰冷哼了一声，说：“我堂堂正正拍戏，偶尔迟个到又怎么了，不像你，为了博眼球什么下三烂的招数都使得出来。这下可好，全网都是你的新闻和通稿。”

“论博眼球我可比不过咱们夏盛的小公主。”周西西狐狸眼扫了她一眼，“搞这种新闻不如拍个写真集，照片放一放，可是比我这新闻效果好太多！话说以柔，你的那本写真我这还有几张照片呢！”

“周西西！”唐以柔气得挥拳，却又奈何不了她。

她刚出道时的确是拍了不少大尺度的私人写真，不过之后洗白不少，网络上的照片基本都处理干净了，周西西是怎么知道这些的。

“你不要以为有人给你撑腰就这么嚣张！”唐以柔恨恨地说。

“撑腰？你说这个吗？”周西西做恍然大悟状，从T恤衫里抽出一条护腰来。她笑着挥了挥，说，“以柔，给我撑腰的就是这个了。至于给你撑腰的，我就不知道了。不过看样子，你很会讨给你撑腰的那位欢心呢！”

“你——”面对周西西不按常理出牌的路数，唐以柔一时语塞，只好愤愤离开。

“西西，你今天战斗力可是爆表啊！”观看了全程的苏玲沫忍不住夸赞，“平时一味忍让的小包子，今天居然知道反击了，了不得。”

周西西被苏玲沫说得不好意思，她叠好护腰，略微窘迫地说：“玲沫姐就别吐槽我了，我不过是觉得自己一味息事宁人没有什么效果，反倒是让对方得寸进尺，不如奋起反击了。”

如果她早有这个意识，那天陆禹琛放浪的时候，她就该一脚踢上去！让他知道厉害！

想起陆禹琛，周西西忍不住又记起那个吻，火热而压迫的触感，似乎仍停留在嘴唇上。“西西，该换衣服了，你今天的戏份儿可不少，早点准备吧。”

“嗯，玲沫姐等会儿见。”

回化妆间的路上，周西西途经张致臣的化妆间，她停下脚步驻足许久，犹豫着要不要进去打个招呼。她忘不了出事那天张致臣对她态度的转变，如果由着他这么误解下去，只会加深误会。

周西西走到门前准备敲门，发现门是虚掩着的，从门内传来了唐以柔哭哭啼啼的声音。

“致臣哥，你看那个周西西把我欺负成什么样了。”

“以柔，你别哭了，再哭下去可就不漂亮了。”张致臣哄着唐以柔，任由她抱着自己撒泼耍赖，内心早已吐槽了千万遍。要不是看在唐以柔背后金主的面子上，他怎么可能对这个网红脸新人这么包容。

“致臣哥，你想想办法把周西西赶出剧组嘛！有她这样的人在，整个剧组都不会有好日子过的，致臣哥也没办法好好拍戏啊！”

张致臣沉吟了一下："这件事我会处理的，以柔，你先在这里休息一下，我等一下还有几场戏，拍完了再来和你聊，好不好？"

唐以柔轻轻嗯了一声，张致臣这才得以脱身。他刚出化妆间，就见到周西西在门口站着，当下脸色就转沉，不过仍旧淡淡地打了声招呼："你回来了。"

"张老师，"周西西十分谦恭地叫道，"我想和您说明一下，那天的八卦记者，真的不是我找来的。"

"现在说这些，有用吗？"张致臣并没有继续停留的意思，转身就要走。

"这很重要，"周西西见状忽然拉住他衣服的一角，"至少，对我来说很重要。"

张致臣警觉地环顾四周，并没有什么异样，但他还是用力甩开了周西西，说："没有必要，这种事我见多了，也早就习以为常。不过你倒是让我开了眼界，这么年轻，来剧组这么短的时间，用起炒作的手段这么熟练，真是前途无量。"

说完张致臣拂袖而去，周西西望着他离开的背影黯然许久，径自回了化妆间。

化妆间里，服装组的助理已经等候多时，她拿出准备好的戏服交给周西西。可当周西西穿上去之后，顿时觉得不对劲。

"小李，这衣服不对劲啊。"周西西纳闷儿道，"应该是很轻薄的衣服才对，可是这身这么厚，明明就是秋冬的服装啊！"

小助理挠了挠头，无奈地说："西西姐，我一个小兵，导演让我给你什么我就给你什么，至于其他的，我就不知道了。"

听小助理这么说，周西西也就不再挑剔，心里想着大概是导演另有安排，乖乖换上了那身秋冬季节的戏服。

可这种衣服穿在身上是真热啊！

片场里，周西西时不时地用手充扇，企图能够凉快些。

"西西！你在干什么，注意力集中一点！"导演的声音透过扩音喇叭响彻整个剧组，周西西默默地摆正手的位置，欲哭无泪。

所有演员都是正常的戏服，薄薄一层，只有她，里三层外三层，抹胸襦裙也都换成了十分严密的服饰。

三十九度的天气，加上是在摄影棚里拍摄，密不透风，周西西只觉得整个人都在冒火，连同意识也都慢慢模糊，对戏的演员的声音也渐渐听不清楚。而后扑通一声，周西西整个人倒在了地上。

“陈导！周西西晕倒了！”场记上前查看了一下，“好像是中暑了。”

陈导心知肚明，又不好发作，只得找人把她带回房间休息，转而先拍其他的场次。

“臭小子！你说你要泡妞就正大光明地泡，整这些乱七八糟的有什么用！现在人中暑了不说，还影响了拍摄进度！你不要以为《倾城》有华天的投资就可以随心所欲，夏盛才是第一投资商！”

陆禹琛听着电话里陈请的咆哮声丝毫不以为意，但听到“中暑”两个字时，俊眉紧拧：“她怎么样了？”

陈请在电话那头瞬间无语，他说了半天敢情这外甥就关心美人的身体。

“已经去休息了。禹琛，如果真的喜欢人家，就正正经经地追求，你这样会影响西西的。我看得出来，这个孩子是真的喜欢演戏，也肯吃苦，现在这个圈子里，像她这样的年轻演员越来越少。”

听到周西西没什么大碍，陆禹琛紧皱的眉头才稍稍松开，他话锋一转：“我会追加投资，这样华天就是第一投资商了。”

“你真是……”陈请一时语塞，说他败家吧，陆氏集团在他的手里业绩蒸蒸日上；说他节省吧，为了周西西一掷千金。真不知道自己姐姐姐夫是怎么养出这么一个怪胎的。

“舅舅，过几天我去看您。”陆禹琛不再多说，径自挂了电话。

这边刚切断电话，肖衍远就笑眯眯地凑了上来：“陆总，小西西中暑了？是因为换上秋装了吧。”

陆总几十年不谈恋爱，动了心就跟小孩子一样，占有欲强得令人窒息。小西西拍戏的戏服有些透，而且露了一点胸，他就看不过去了，便私下安排服装组加厚衣服。

这还没交往就这么吃醋，要是走到一起，他岂不是会将小美人圈起来当金丝雀。

“事情查得怎么样了？”陆禹琛压根儿没接话，兀自问起自己关心的问题。

肖衍远见状收起嬉皮笑脸的样子，一本正经地说：“陆总，西西的礼服是维纳的成衣，做工绝对没有问题。发布会上礼服吊带断了是因为接线处被人做了手脚，依靠现有的证据，没有办法完全论断做手脚人是谁，只能判断是内部人所为，毕竟礼服是在拿到公司之后才出的问题。”

“又是内部人。”陆禹琛冷笑，“之前的快递也是。”

听陆禹琛提起这个，肖衍远后背冷汗涔涔，快递的事情到现在他也没查出什么，生怕自家主子盛怒之下把火气都撒到他身上。

“不过绑匪的身份有进展。”总算有一件是他查得出来的事，肖衍远稍稍松了一口气，“给绑匪汇款的账户是唐以柔在国外的私人账户，用的是她出道前的名字。”

“凭夏盛也想跟华天斗。”陆禹琛眼神中的狠戾一闪而过。

跟着陆禹琛这么久，肖衍远当即就明白了他的意思：“陆总放心，我会处理的。”

他只能为夏盛默哀三分钟，尤其是那个叫唐以柔的，惹谁不好，非要动这个霸王的心头肉。

自从中暑之后，周西西的服装终于变回正常的夏装，然而和其他女演员比起来，还是属于偏厚。

“杨琴清不是奸妃吗，按理说应该是比较能魅惑君王才对啊！穿这么厚魅惑谁啊！”

拍摄的间隙，周西西疑惑地问，眼光瞄到苏玲沫，她忍不住为自己打抱不平，说：“玲沫姐，你这衣服看起来才像个奸妃啊！看看这轻纱，这分明就是引人犯罪，这才有勾引的资本好吗！”

苏玲沫笑着摇了摇头：“西西，你这么说就不对了，这魅惑啊看的是神情，不是外观。凌汀姐当年拿奖的那个角色，明明是道姑打扮，却是媚骨天成，举手投足都是媚态。”

“像这样吗？”周西西朝着苏玲沫投去一个迷离的眼神，红唇微启，唇畔扬起绝色的弧度，狐狸眼透着满满风情。

这一眼连苏玲沫这个女人也看得呆愣几秒，周西西的清纯模样，只要稍一演绎，就变成了风情万种的迷人角色。

“哟，西西姐这是本色出演啊！”唐以柔的声音不合时宜地出现，周西西顿时翻了个白眼。

“本色出演也是演啊，就怕本色出演都演不出来。因为啊，平时假面目示人太久了，都忘了自己原本什么样了，你说是不是啊，以柔妹妹。”

“你——”唐以柔气结，“你除了嘴上逞能还会什么？”

“你会的我会，你不会的我也会。”周西西毫不留情地回击。正当唐以柔想再继续对骂时，休息时间却结束了。

“我会好好拍戏的。”唐以柔忽然换上一副得意的神情，趾高气扬地走了。

苏玲沫忧心忡忡地望着唐以柔离开的背影，嘱咐周西西：“西西，你现在和她闹掰了，待会儿那场戏……”

下一场戏是唐以柔掌掴周西西，现在惹怒了她，只怕等下周西西要实实在在地挨巴掌了。

岂料周西西却娇俏一笑：“玲沫姐你放心，看我的。”

唐以柔这边已经做好了准备，刚念完台词，抬手就冲着周西西打了过去。谁知周西西却一掌接住了唐以柔的手腕，另一只手上去就是一个巴掌。

“凭你也想动本宫？你配吗？”周西西捏着唐以柔的手腕，眼神狠绝，又似在讥讽她，“莫说皇上如今还在，即便不在，你一介小小贵人，也敢以下犯上？”

唐以柔蒙了，剧本不是这么写的啊！这个周西西怎么不按剧本上的演？

“周……”

“咒本宫的人何其多，本宫又岂会怕你？”看着唐以柔险些脱口

而出自己的名字，周西西迅速地把台词圆了回来。“回去告诉你的好姐妹，这后宫是本宫的，她想抢，也要看看有没有这个本事！”

“咔！”

导演一声令下，唐以柔瞬间如同炮仗一般炸开了：“陈导！周西西她压根儿不按剧本演，她乱改台词！”更可恶地是还白白挨了她一巴掌！这口气她怎么咽得下去！

然而陈请却是喜出望外：“西西，改得好，改得好啊！和你之前说的一样，改完以后更好地塑造了杨琴清的性格，她是绝不会任人打骂而不还手的！你果然有灵气！”

周西西被陈请夸得不好意思，她略带羞涩地笑了笑：“这也多亏了平时陈导对我的指点，经常给我讲戏，我才能更好地揣摩到角色的性格。”

苏玲沫这会儿也看明白了缘由，不禁也佩服起周西西起来：“西西，能改陈导剧本的演员，你可是头一个。”

“主要是以柔妹妹配合得好，不然还要重来。是吧，以柔妹妹。”周西西笑着看向唐以柔，眼神里却写着不服来战。

就算她是“白莲花”，那也是一朵会反击的“白莲花”，惹她？做梦去吧！

第八章 我是喂猪的

“致臣哥哥，那个周西西她摆明了欺负我，你要帮我出头！”

张致臣头疼地放下剧本，顺便甩开挽着自己胳膊晃个不停的唐以柔，稍显不耐烦地说：“以柔，那天的事我听说了，既然导演认同她改戏，你就接受了，或者你也可以改回来啊！我等一下有场戏，先不陪你了。”

他实在是受够这个唐以柔了，之前还看在她的金主面子上，近来听说她的金主转而去捧另一个女明星。她失了宠，他自然也不像从前那么有耐心了。

“致臣哥哥，你怎么不理人家呢？”唐以柔一副委屈巴巴的模样，自以为惹人怜爱，看在张致臣眼里却是分外讨嫌。

试问谁能受得了一张发面馒头似的整容脸？

“唐以柔！我要准备拍戏，你再胡闹下去，我只有跟公司高层反映情况！”见唐以柔油盐不进，张致臣唯有拿出撒手锏来。

果不其然，唐以柔一听说要跟公司反映，立刻乖乖收手，噘着嘴出去了。她不是不清楚周围人态度变化的原因，但是任凭她施展浑身解数，金主就是不愿意搭理她。

正当她愁绪万千的时候，几个群演姑娘兴奋地朝外跑去。

“听说陆禹琛来了啊！”

“赶快过去，万一被他看上，那可就是飞升了！”

听说华天对这部电影追加了投资，夏盛从第一投资商变成第二了，那陆禹琛可就是这里的老大。

唐以柔眼珠一转，当下有了主意。

拍摄现场，众人大气不敢出，数十双眼睛盯着沉浸戏中的一男一女，原因无他，只因场景实在是太过香艳了。

“皇上，几日不见，怕是您忘了琴清，只记得其他妹妹们了。”周西西一袭粉色襦裙，外着一层薄纱，前胸后背大片如玉肌肤暴露在空气中。她似八爪鱼一般趴在皇帝身上，媚眼如丝，娇嗔着凑上前。

皇帝淡淡一笑，大掌揽过她水蛇般的腰肢，不断抚摸她的肩头，道：“爱妃这是什么话，朕怎会忘了爱妃，实在是国事繁忙。”

“国事重要还是臣妾重要，皇上陪陪臣妾嘛！”周西西双手揽着皇帝的脖颈儿，越凑越近，两人的嘴唇相隔不过毫米，周西西却游戏般欲拒还迎，似亲非亲，反倒更令人遐思。

“自然是爱妃重要！”皇帝将奏章扔到一旁，一个翻身将怀中美人压到身下，作势就要亲上去……

“陈导，华天的艺人资质怎么样？”

熟悉的腔调入耳，周西西就知道陆禹琛这个唯恐天下不乱的又来剧组了。

皇帝的饰演者放开周西西，无意间对上陆禹琛的双目，那恨不得把他剥皮的眼神，令他忍不住打了个冷战。

陈请无力地望着自己的外甥，淡淡地说道：“西西是个很有灵性的演员，一点就通。刚刚这场戏就拍得不错，可惜陆总你打断了，又要重拍一遍。”

“重拍？”陆禹琛双眉拧得死紧，那个男人还要对周西西“上下其手”一次？

站在陆禹琛身后的肖衍远险些笑出声来，偷鸡不成蚀把米，这下倒好，非但没阻止小西西和男演员的亲密戏，还要再拍一遍，当真是天道轮回，报应不爽啊！

“陈导，陆总这次来呢，主要是想听听您对华天艺人的评价，顺便和您谈一谈后续的工作。”笑得正灿烂的肖衍远猛然惊觉陆总凛冽的眼神，慌忙收起笑意，冠冕堂皇地把导演拐走。

导演一走，戏自然是拍不成了。周西西白了陆禹琛一眼，转身要回休息室，却被陆禹琛抓了个正着。

“跟我来。”

“我要拍戏。”一看到陆禹琛，周西西就忽地想起两人接吻的那天，脸上不由一阵发烫。

陆禹琛闻言驻足回首，锐利的眸子紧紧锁住周西西，不容反抗地说：“我说，跟我来。”

周西西被他周身散发的霸道气息所震慑，乖乖跟着他一路走进保姆车。等周西西上了车，陆禹琛躺入真皮座椅中，干净利落地落锁。

“你想干吗？”封闭的空间里，周西西瞬间进入一级戒备，背靠着车窗，一副随时准备破窗而出的样子。

陆禹琛对她这副避之唯恐不及的模样很是不满，起身走近她，将她逼至退无可退的境地：“做饭。”

周西西无语：“我每天都做好饭菜送回去啊！还是专车从剧组送回陆家，比我待遇高多了！”

“冷饭冷菜，不吃。”陆禹琛嫌恶地撇嘴。

难伺候。

周西西默默吐槽，手却已经开始切菜。她一边切菜，一边忍不住偷瞄陆禹琛，他好像是瘦了，难不成真是没好好吃饭。

陆禹琛似乎也注意到她探询的视线，将目光从电脑上移开，正巧撞上她的双眼，后者一走神，手下一抖，当即痛呼一声。

“你是猪吗？”陆禹琛一边心急地上前查看，还不忘骂她一句，一边从兜里拿出手帕来为她止血。

“我是喂猪的。”周西西小声辩驳。

“戏拍得不错，怎么那天实战起来这么弱？”陆禹琛听到她的嘀咕声，也没发怒，只挑了挑眉说。

起初周西西还没反应过来，什么拍戏实战的，可看了看陆禹琛玩味似的眼神，猛地顿悟，双颊当即飞上两朵红霞。

陆禹琛见状更是得寸进尺，一把揽过周西西的腰。两人之间隔着薄薄的衣料，陆禹琛甚至能感受到周西西肌肤上的温热。

“你需要一个陪练。”陆禹琛眸色转浓，低头缓缓凑近周西西。而周西西这会儿心思早就乱了，本能地往后退，奈何被陆禹琛紧紧抱住，动弹不得。

“陆总要练什么？”周西西抄起菜刀隔在两人中间，以抵挡陆禹琛的进犯。可陆禹琛一只手揽着她，另外一只手捏住她持刀的手腕，稍一用力，刀子就应声落地。陆禹琛连进几步，直到周西西的后背撞上车厢壁。

周西西慌乱地别过脸，这什么情况，他这是饿出毛病了？可是，总不能真的一刀下去啊！那可是她的金主爸爸！

呃，为什么她会想到这四个字！

周西西胡思乱想的时候，陆禹琛可是没有停顿，周西西就被他困在一个角落里，纤细的身姿微微颤抖，楚楚可怜之中带着引人犯罪的诱惑，委实令人心猿意马。

唔，他的自制力似乎也有点不受控制。

漆黑的眸子里凝了一层热意，高大的身躯贴得愈加近……

“嘭！”

就在两人即将零距离接触时，保姆车的门忽地被打开。

肖衍远呆愣着望着俩人，尤其是看到陆禹琛森然的面容时，只觉得自己大难临头。他往后退了一步，双眼盯着周西西，勉强露出笑容：“这车太小了！陆总，我马上去换一辆空间大的！那种大到能方便您施展动作的！”

说着，就要往后跑，但是，有人动作比他更快，陆禹琛还没有应话，周西西往下一滑，从他的臂弯里冲了出去，一溜烟跑了，边跑边喊：“陆总！我这算工伤，申请休假一周！”

陆禹琛望着窈窕的身姿越来越远，内心一股无名怒火霍地升起。

“肖衍远！明天滚去亚马孙拍鳄鱼！”

肖衍远：陆总，求放过！

天朗气清的好日子，正适合拍外景。

一大早，剧组众人就开始忙碌起来。今天的戏是张致臣和周西西的对手戏，剧中周西西饰演的杨琴清恋上大将军林逸，却得知他早已心属苏雨禾，更为苏雨禾与一干人等合谋逼她殉国。

“西西，准备好了吗？”导演在一旁问。

“没问题。”周西西比了个“OK”的手势，她向来认真，尤其这场是和张致臣的对手戏，她背地里排练了很久。

另一边张致臣也准备好了，导演一声“Action（开始）”，两人瞬间进入了状态。

杨琴清：“林逸，你可知，我做这一切皆是为了你！圣上昏庸，听信谗言害你林氏一族，我对他下手，是为林氏报仇！”

林逸面色冷峻，拔剑指向她，毫无感情地冷言道：“林氏忠心天地可鉴，圣上被奸人蒙蔽，我自是要铲除奸佞，而非对圣上不利！你这个妖妃，祸乱后宫，其罪当诛！”

杨琴清难以置信，怔怔落下泪来，一步步走近林逸，道：“我如此待你，你竟要杀我。究竟是铲除奸佞，还是为苏雨禾报仇？”

“雨禾待你如亲妹妹一般，你却毒害她，你恶毒至此，有何脸面提及雨禾！”

“哈哈哈，待我如亲妹？若待我如亲妹，不会同我争恩宠！若待我如亲妹，不会与我争你！凡我喜爱的，她必与我相争！”杨琴清投入林逸怀中泣道。

在场的人被两人的演技所折服，然而刚到现场的陆禹琛却不这么认为。

看见周西西扑进张致臣怀里的那瞬间，陆禹琛原本就冷漠的扑克脸可以媲美冰山了。

张致臣正与周西西对视，隐约察觉到充满敌意的视线，奈何正在拍戏不能抬头。此时陈请略带无奈的声音传了过来：“大家先休息一会儿，西西，你过来。”

周西西这会儿还沉浸在戏中，没想到导演冷不丁地喊了她一声，一时没有反应过来。张致臣却以为她是故意缠着他，当下有些反感，

说：“娘娘，导演要休息了，您还抱着我不放吗？”

周西西这才意识到，慌忙退开几步，不好意思地说：“张老师，我一时没听到……”

“周西西，过来！”陆禹琛明显快炸了，周西西闻言头疼地叹了一声，赶快跑了过去，一脸笑意地看着陆禹琛，完全无视他周遭散发着生人勿近的气息。

“陆总，您怎么来了？”她瞟了一眼一旁的肖衍远，只见他无奈地耸肩。

“投资商来审查。”陆禹琛的话简洁得很，眼神如雷达一般在周西西身上来回扫描。周西西谄笑着冲他摆了摆手：“陆总，既然这样您可得好好审审，那我就不耽误您的宝贵时……”

周西西脚底抹油正准备开溜，陆禹琛早就料到她有这招，一把抓过她手腕，堂而皇之地拖她进了保姆车。

张致臣若有所思地望着两人离去的方向，心中的想法渐渐成形。

“陆禹琛！”

一进保姆车，周西西卸下刚刚的乖巧面具，冲他大吼道：“你能不能别在别人面前这么拉着我！我不要面子的啊？”

“哪个别人？”陆禹琛逼近她问。

两人间瞬间拉近的距离令周西西的呼吸一顿，她往后退缩着答道：“就是大家都在看着啊，潇潇说我现在有绯闻不好。”

只能对不起潇潇了！

“绯闻也要分对象，和我传绯闻有益无害。”

周西西做了个呕吐的表情。

“手上伤口怎么样了？”陆禹琛执起她的手问，细细查看了一番。

温热的掌心贴着她冰冷的指尖，周西西只觉心头一暖，没想到他来剧组就是为了检查她的伤口，她抬眼看他，只看得见他半边侧脸，轮廓分明的面孔上那双深邃的眸子正静静凝视着她的伤口，眼中渗着一丝担忧。

他是在担心她吗？周西西的心不由自主地提了提，低下眼，脸也不觉地红了半边："你打个电话问下就好啊，不用特意跑来……"

"恢复得挺好。"陆禹琛很是满意，顺手将手掌一松，她的手就从掌心滑落，他挥了挥手，说道，"去做饭吧。"

"我……"周西西的心驰荡漾，还来不及回应就被顶了一下，那脸更红了，气红的，"你就是来让我做饭的？"

"不然呢？"陆禹琛躺进沙发中，跷腿答道。

"你……"周西西的心口一窒，低下头闷闷应了一句，"我先去换衣服。"

说罢转身走出车子，心头被一股说不清道不明的情绪所占据，似乎是……失落。

笑话，她有什么可失落的，原本她和陆禹琛就是厨师和雇主的关系，不是吗？

她怎么可能失落！除非天塌下来！

陆禹琛靠在沙发上闭目小憩，正想着周西西刚刚的神情，听到车门被打开又关上，以为是周西西去而复返，睁眼却看到一张意外的脸——唐以柔妖娆地走到沙发前，脱掉身上的大衣，露出性感的紧身衣来。

陆禹琛一动不动，然而脸上的冷意越发深了。

"陆总，你难得来一次，就让以柔好好伺候你吧。"她熟练地坐在陆禹琛的腿上，涂着艳红指甲油的手攀上他的胸口，轻轻地打着圈。

"你要伺候我？"陆禹琛的神色稳如泰山，口气却透出凉意。

然而唐以柔满心想的都是把陆禹琛勾引到手，完全没有注意到。她不断晃动着身体，逐渐贴上陆禹琛说："陆总，以柔保证能够把你伺候得舒舒服服，欲仙欲死。"

"你想要什么？"陆禹琛面无表情地看着她的手，眸中泛着冷意。

听到陆禹琛的话，唐以柔心中大喜，她就知道，只要自己出马就没有勾引不到的人！陆禹琛又怎么样，还不是乖乖听她的！

正当她想开口要奖赏的时候，车门突然被打开来。周西西换好自己的衣服，一只手拿着围裙，一只手拿着笔记本。然而脸上的笑意却在见到车里的景象时瞬间凝固住。

“你们……在干吗？”

陆禹琛并没有推开唐以柔，只是扬了扬眉，气定神闲地问道：“你觉得呢？”

周西西的胸口又酸又涩，难以言喻的窒息感盈满胸口。她难以置信地看着陆禹琛：“你跟她，你们两个……”

“周西西，你是傻子看不出来吗？”唐以柔扭动着衣着暴露的身体，说，“当然是做想做的事喽！”

“陆禹琛！”周西西顺手将笔记本扔了过去，被陆禹琛偏头成功躲开，“你真恶心！”

说完也不给陆禹琛反应的机会，扭头就跑。

“陆总，碍事的人走了，咱们继续吧。”唐以柔伸手解开陆禹琛的衬衣。可陆禹琛却不像刚刚那么配合，大手一扬，把她推倒在地。

“凭你也想勾引我？”陆禹琛冷眼看她。

唐以柔愣在当场，这个陆禹琛，怎么说变就变。

“夏盛没人了吗？派你来和华天抗衡。”陆禹琛站起身来，居高临下地看着她，“居然敢绑架周西西。”

唐以柔仰望着阎罗一般的陆禹琛，彻骨寒意自脚底泛出。

“陆总，你在说什么啊？”唐以柔僵硬地笑着，“什么抗衡、绑架啊，你别开玩笑嘛。”

“还敢抵赖？”陆禹琛俯视唐以柔，扯出一抹冷笑来。

唐以柔已经被吓得瑟瑟发抖，她曾经听过陆禹琛对付商场上敌人的手段，令人闻风丧胆。今天这些手段都要用在她身上了吗？

“对付你只会脏了我的手。”看穿唐以柔的心思，陆禹琛鄙夷地说道。

唐以柔如蒙大赦，连连道谢：“谢陆总！谢陆总！”但转念一想，这样道谢岂不是变相承认了罪行，于是又补充说，“陆总，我和西西只是对演技的认识不同，偶尔有些争论，别的我可什么都没做过。”

“你该庆幸今天是在剧组。”陆禹琛冷冷地说，“否则连抵赖的机会都没有。”

听了这话唐以柔整个人都僵住了，前所未有的恐惧攀上心头。

“你还应该庆幸绑匪没有伤害到西西。”想起当时他闯进房间时绑匪的意图，陆禹琛的神色越发凶狠。如果不是他及时赶到，只怕后果不堪设想。

想到这，陆禹琛的怒火险些压抑不住，他冷冷地看着唐以柔，一言不发，全身上下充满了冰冷的气息，似乎在一瞬间将车内的温度降了又降。唐以柔不自觉打了个战，忙不迭拉起衣服准备往外退，就听到他冷漠的声音再次响起：“带上你所有的东西，滚。”

这话的意思，是要她退出剧组？唐以柔愣住了，她费尽心思拿到的女二号变成女三号已经让她损失惨重了，现在连这个女三号都保不住，就因为周西西？

“陆总。”唐以柔试图做最后的挣扎，她爬到陆禹琛的脚边，抱住他的腿不住地用胸口去蹭，嗔道，“陆总你就放我一马，只要你愿意，以柔做什么都可以的，以柔会的陆总你一定没尝试过呢……啊！”

唐以柔痛呼一声，只因陆禹琛一脚踹在她胸口上，毫无怜香惜玉之情。

“听不懂我的话吗？”陆禹琛脚下的力道越发重了，唐以柔的脸也因为痛而变得扭曲，她试图推开陆禹琛的脚，却是徒劳。

“滚！”陆禹琛收回力道，大喝一声。

唐以柔揉着胸口，踉跄地离开车子。

“陆总，陈导说小西西请了假。”肖衍远已经在车门前等候多时，见唐以柔出来才进去汇报。

陆禹琛的表情转为沉重，他没料到唐以柔会闯进来，更没料到会被周西西撞见，处理唐以柔很容易，但是周西西……

“把这车换了。”想到唐以柔曾经进来过他就忍不住恶心，周西西也说他恶心。

“陆总，小西西那不是真心话。”生平第一次见到陆禹琛露出这种头痛又揪心的神色，肖衍远忍不住安慰道。

一道利光射过来：“你偷听？”

为啥他家老板的重点总是抓得这么诡异呢？肖衍远求生欲极强地摇了摇头：“陆总，这种情况下不论小西西说什么都不是真心话，女

人吃醋说的话能信吗？”

“吃醋？”陆禹琛皱眉，“她吃醋了？”

肖衍远抚额：“陆总，你不会看不出小西西喜欢你吧。”见陆禹琛目光一凛，他立刻改口，“陆总您肯定是看出来了，我的意思是我也看出来了，皆大欢喜，皆大欢喜……”

喜欢他？

陆禹琛的面色这才缓和了些，余光瞥到周西西刚刚用来扔他的笔记本，他俯身捡了起来，稍稍翻看，居然是本菜谱。除了记载各类菜式的做法，还有他的口味喜好。

“陆总，为了你的身体，小西西可没少下功夫。”肖衍远在一旁助攻，“你礼尚往来一下，哄小西西高兴，她就不会生气了。”

“我还用你教？”一记眼刀送给肖衍远。

“夏盛那边处理得怎么样了？”提及夏盛，陆禹琛再度恢复成“冰山脸”。

“夏盛虽然不能跟华天相提并论，但规模也不算小，处理起来没这么快。不过陆总放心，我会加快速度的。”

陆禹琛合上笔记本，目光转为阴鸷，胆敢对周西西不利的人，他绝不会放过。

唐以柔跌跌撞撞地从保姆车里跑出来，也顾不上别的，就急急忙忙给孙潇潇打电话。

“学姐，你可要帮帮我啊！”她警惕地环视四周，话里已经带了哭腔。

“出什么事了，以柔？”孙潇潇这头刚刚结束跟一个广告商的洽谈，把对方哄得高高兴兴，更满口答应以后再来合作。当然这是她背着公司和周西西给自己谈的资源。

唐以柔简单地说了一下事情经过，孙潇潇听得胆战心惊，但听说陆禹琛认为唐以柔背后是夏盛，并不知道她也参与其中时，她才暗暗松了口气。转念一想，更加恶毒的想法在脑中萌生。

“以柔，绑架的事陆禹琛已经知道了，你现在的处境太危险，还是出国避一避，只是不知道能不能逃开陆氏的搜查。”孙潇潇佯装担忧地说，“只是可惜了你的大好前途。”

“你让我放弃一切出国？”唐以柔惊呼。

她爬到今天这个地步付出多少，费了多大力气，孙潇潇竟然让她远走他乡。

“以柔，不是我让你放弃一切，是因为周西西啊！她先是抢了你的角色，现在又因为她你遭到陆禹琛的威胁，陆禹琛什么手段你不知道吗？我是怕你被他盯上了，到时候别说爆红，怕是生命都有危险！我就算再想让你待在国内大红大紫，可周西西能愿意吗？”

“周西西那个贱人凭什么？凭什么让我一无所有！”唐以柔对周西西的恨意在孙潇潇的煽风点火下越来越深，“装得一副白莲花清纯无害的模样，谁不知道她靠什么手段拿到的女二！剧组里是个男人都对她照顾有加！”

“那有什么办法，人家的人设就是清纯白莲花啊，粉丝媒体都买账。”孙潇潇叹息，“现在的媒体，都只看到想看的，哪还关心什么真实。”

唐以柔闻言灵光一闪，随即扬起一个充满阴谋的笑：“学姐，我倒是想让所有人看看，她周西西究竟是白莲花，还是绿茶婊。”

孙潇潇看到唐以柔已经上钩，心中大喜，按捺住喜悦之情状似不解地问：“以柔，你有什么好办法了吗？”

“你等着看好戏就是了。”

第九章 吃醋也要有限度

Think of You
Think of Honey

陆家，餐厅。

陆禹琛望着一桌子的骨头，额角一抽：“七叔，为什么又是排骨？”

七叔毕恭毕敬地回答：“因为西西小姐做的就是排骨，这还是她亲手剁的。”

他当然知道是她亲手剁的，并且是一边剁，一边喊着他的名字！恨不得把他大卸八块、五马分尸！

陆禹琛拿起筷子又搁下，转而上楼去抓人。

“西西，你这休息了几天差不多了，也该回剧组了。”电话里，孙潇潇嘱咐道。一早唐以柔通知她要周西西赶快回剧组，否则她怎么会来劝她。

“我跟陈导请过假了。”周西西敷着面膜，玩着消消乐，心不在焉地回答，“潇潇，拍完戏我想休息一阵子。”

“休息？”孙潇潇诧异，“你这个拼命三郎也会想休息？不过可惜你的工作日程都排满了，你忘了当初可是你自己说的，要努力工作还债。”

周西西叹了口气，对，她还有巨额债务要还，穷人哪来的资格休息。

“我后天回剧组，再有几场戏就杀青了。潇潇你放心，我不会耽误工作的，就这样，我先睡啦！”

挂了电话，周西西伸了个懒腰，一转头看到门前站着陆禹琛。

两人对视了十几秒。

“陆禹琛你进别人房间不会敲门吗？”周西西从床上蹦下来，一把扯掉脸上的面膜丢了过去。

“这几天都是排骨。”陆禹琛稍一闪躲，成功躲过面膜攻击，“我说过了，不许有重复的菜色。”

“我没重复，大前天是排骨汤，前天是炖排骨，昨天是蒸排骨，今天是红烧排骨。”周西西逐一数道，“是说不准有重复的菜色，没说不准有重复的食材啊！”

陆禹琛额角一抽：“你跟我玩文字游戏？”

看到陆禹琛吃瘪的样子，周西西分外解恨，她双臂环胸，一脸得意：“这怎么是文字游戏，我可是照合约来的。”

“提到合约，”陆禹琛从身后拿出一份文件，“这是补充合约，签了。”

刚刚还在得意的周西西瞬间犹如吃了只苍蝇：“不签。”

“因为你的欠款，我要对合约做出修订。”陆禹琛一击必中，准确地踩到周西西的死穴。

“我欠款是和华天之间的债务关系，跟你没关系！”周西西还在做最后的挣扎。

“华天是我的。”

四个字将周西西打得一败涂地。她恨恨地接过合约翻看，口中不住地念叨：“土豪了不起是不是，总有一天，我也会变成土豪，到时候我……这是什么东西？”

做饭要甲方（陆禹琛）指定菜色。

吃饭地点要甲方指定。

请假要当面和甲方申请并经甲方同意。

乙方拍戏的服装造型需经甲方同意。

……

“不签！”周西西斩钉截铁地否定。

“还钱。”

她是不是应该把小时候学的跆拳道重新捡起来学一学，方便打人。

“你这段时间的总收入是二十三万。”陆禹琛提醒道。

“多谢。”周西西皮笑肉不笑，“合约我不签，要钱是吗？给我几天时间，我去找个来钱快的工作。”

陆禹琛面色倏地一沉，一把抓住要走的周西西，厉声道：“别说气话。”

“这怎么能算气话，你能做我为什么不能说？”

“你吃醋也该有个限度。”陆禹琛直白地说。

“开玩笑！我吃醋？我吃什么醋！我还喝酱油呢！”周西西被说得又羞又窘，当场奓毛，想要甩开陆禹琛，奈何他抓得紧紧的，完全是做无用功。

“那天在车里……”

“并不是我见到的那样，你只是在等我换衣服。是唐以柔勾引你的，和你完全没有关系，你也是被害人。”周西西一口气说完，然后直视陆禹琛的眼睛。

“如你所言。”陆禹琛挑眉。

“现在我说完了，可以走了吗？”

“签合约。”陆禹琛仍然没忘记此行的目的。

周西西接过合约，却没有签名，反倒不慌不忙地说：“要我签合约可以，把我的房间门锁改了，或者你让我搬出去。”

“不可能。”陆禹琛想也不想直接拒绝。让她搬出去，谁来做饭，而且不能随时见到周西西，这种事只是想想就觉得难以接受。

周西西不再说话，好整以暇地坐回床边，继续玩她的手机游戏。

陆禹琛沉吟片刻，走到门前，在门锁上快速点了几下：“控制权已经解除了。”

周西西倒也干脆，大笔一挥就签下了自己的名字，再将合约递给陆禹琛。陆禹琛饱含深意地看着她：“不错，已经学会讨价还价……”

话音未落，他就被周西西猛地推出门外，踉跄着后退了几步，险些摔倒。紧接着房门砰的一声重重关上，门后传来周西西中气十足的喊声：“去你的吃醋！自恋狂！”

陆禹琛的脸瞬间变成餐厅里酱排骨的颜色。

周西西刚回到剧组，唐以柔就凑了上来，神态亲昵。

“西西姐，你终于回来了。”她上前挽住周西西的胳膊，一副苦等已久的模样，“你这几天去哪了啊，也不跟我说一声。”

“我没必要跟你汇报行程吧。”周西西冷漠地回绝她，本以为唐以柔会生气，谁知她仍旧笑眯眯的，完全不像平时的做派。

无事献殷勤，非奸即盗。周西西当下就进入一级戒备。

“西西姐，大家姐妹一场，说什么汇报不汇报。西西姐，我想着马上就杀青了，大家一起聚一聚，也当是庆祝你杀青，玲沫姐和致臣哥他们也一起。”

正说着，就见到苏玲沫和张致臣一同走了过来。苏玲沫在听说了唐以柔的想法之后，虽然不知道她葫芦里卖的什么药，但毕竟是庆祝周西西杀青，也就同意了。而张致臣也找不到什么理由拒绝，应允了下来。

如此一来，周西西再拒绝反倒不给面子了。

“西西，你就来吧，杀青以后咱们好好庆祝一下。”

周西西看了一眼张致臣，点头算是答应。转眼间就要杀青了，之后怕是和他渐行渐远，想到这周西西不禁心生一丝惆怅。

唐以柔望着沉浸在自己情绪中的周西西，内心早已欢呼雀跃。周西西，等着瞧，今晚就让你尝尝身败名裂的滋味。

夜幕初上，周西西也越来越忐忑。

今天的三场戏，有两场是在白天拍的，周西西完美地完成。而这最后一场夜戏，除是她这个角色的最后一场戏外，也是在《倾城》剧组的最后一场戏，素来淡定的她不禁感到些许紧张。

“别紧张，按照你平时的水准去演就好。”正当周西西在墙边背台词的时候，张致臣走过来安慰她说。

周西西倍觉诧异，前几天他还对她万分嫌恶，今天怎么主动来开导她。

“谢谢张老师，我会加油的。”

最后一场戏原本是要杨琴清跳崖身亡，但周西西和导演编剧等人商量后觉得跳崖还会给观众留有悬念，不如服毒死在心爱之人面前来得更有悲剧色彩。

万事俱备，周西西走到绿幕前，不过半分钟就进入了角色。这一刻，她不再是周西西，而是爱而不得，谋划一生终究徒劳的杨琴清，她的眼前，是深不见底的万丈深渊，她的身后，是奉命追杀她的林逸。

在对林逸说出事实真相后，她迅速拿出已经备好的瓷瓶，将其中的毒药一饮而尽。而后深深凝望着林逸以及林逸身后虚弱的苏雨禾。

她到底是输了，在后宫输给了苏雨禾，在朝堂上输给了林逸，赔上自己一颗真心，却教人践踏至此，甚至对她除之而后快。

杨琴清扬起一抹虚无而苍白的笑，嘴边的血缓缓流下，映衬得她更加凄美。另一边得知真相的林逸大叫了一声，匆忙上前，却只能眼睁睁地看着杨琴清倒在地上。

镜头缓缓拉远，现场一片沉默，许久过后，众人才从这一幕中回过神来，掌声接二连三地响起。

“西西，你演得太棒了！这就是我心目中的杨琴清！宁为玉碎不为瓦全！”陈请不住赞赏道。

周西西不好意思地笑了笑，谦虚地说：“陈导您过奖了。”她冲在场的所有人深深鞠了一躬，“谢谢各位一直以来的鼓励和支持！我们杀青啦！”

“终于杀青了！”

现场所有人开始欢呼，苏玲沫也上前和周西西拥抱，在剧组的这段时间，两人已经因戏结缘成了好友。

周西西忍不住感慨：“没想到这么快就杀青了，玲沫姐，我还真是有点舍不得。”

“有什么舍不得，咱们是一个公司，往后还多得是机会一起拍戏呢！”苏玲沫拍拍她的肩膀，“好啦，别再感慨了，赶紧收拾收拾，等下去杀青宴好好吃一顿！”

周西西应了一声，准备回休息室换衣服。刚准备进门的时候，唐以柔突然出现，拦住她的去路。

“西西姐，你准备好去参加杀青宴了吗？”

“我把戏服换下来就过去。”周西西本不想和唐以柔纠缠，但想着这是最后一天在剧组，口气不免柔和了些。

唐以柔白了周西西一眼：“你以为杀青宴就是简单吃顿饭吗？”

“难道不是吗？”周西西不解，“以往杀青宴都是吃个饭就散伙的啊！”

“你以往是什么角色，待的是什么剧组，这可是《倾城》剧组，陈导的团队，你是女二啊！”唐以柔恨铁不成钢，“你赶快好好收拾下再去参加杀青宴！”

“你来找我就是为了说这个？”周西西心头疑窦丛生，什么时候唐以柔开始这么好心为她着想了。

唐以柔低眉顺眼的模样看起来很是委屈：“西西姐，我知道以前咱们俩有矛盾，不过那都是过去的事了，怎么说也是一个剧组待过的，你就别和我这个做妹妹的计较了。”

不管唐以柔打的什么算盘，伸手不打笑脸人，再说今天是杀青宴，周西西也不好说什么，大方地说：“你想多了，我也没往心里去。”

“那就好，西西姐，我和服装组的小赵说过了，让他给你准备了礼服，你去找他就好了！”边说边推周西西往服装间走去。

周西西正想开口，头却莫名地发晕。她微微抗拒着进服装间，奈何这会儿身体有些使不上力气。

唐以柔将周西西推进服装间，扬着计谋得逞的笑容，说道：“西西姐，你就慢慢换衣服吧！”说完将服装间的门锁死，得意地低笑了几声。

周西西，我看你这次怎么翻身！

热，像身处火炉一样，整个人几乎要燃烧起来，一股燥热在身体里乱窜，凶猛地涌向下腹。

这种感觉见鬼般熟悉！周西西忍不住在心里咒骂，这和上次在酒吧被绑架的时候一模一样！

她又被下药了！唐以柔果然没安什么好心！

周西西无力地靠在门后，用尽气力敲打着门，可虚浮的力道犹如捶进棉花一般，压根儿没有什么响声。

这下完了，她也没带手机，眼下只希望这个房间里只有她自己——

“西西啊，你果然来了。”

周西西美好的愿望很快就被打碎，副导演从一排衣架后走了过来，脸上挂着色眯眯的笑容，搓着双手靠近她。

她刚来剧组的时候就被副导演骚扰过，不过被她武力解决了。这会儿她被下了药，别说把副导演打趴下，怕是站都站不稳了。唐以柔究竟是多恨她，非要置她于死地啊！

此时副导演油腻的手已经摸上了周西西的脸，凝脂般的肌肤这会儿透着烫人的温度，副导演淫笑几声，抱着周西西就要亲下去。

“滚……开……”周西西还在挣扎，用尽气力抬腿踢向副导演的腿间。

“呼，好险！”副导演退开两步庆幸道，他可是尝过周西西的厉害，要不是这会儿她药性发作全身无力，只怕他该和之前一样鬼哭狼嚎了。副导演抽过一条绸带，上前将周西西的双手绑住，急切地扯开周西西的衣服说：“剧组的人都去杀青宴了，就你跟我，我倒要看看今天你能往哪跑！”

周西西无助地看着自己的衣服被一层层解开，愤怒地别过脸。她回想上次陆禹琛来救她的情形，期望这次陆禹琛也能够出现。然而她明白这次他是不会来了，他在陆家，在华天，在任何地方，就是不会出现在这里。

“陆……禹……琛。”话音刚落，服装间的门就被撞开。

周西西循声望去，一道挺拔的身影出现在门后。

那身影飞速冲过来，扯开副导演，对准他的胸口重重踹了一脚。

副导演只觉得被人重重一踹，胸口传来剧痛，整个身体重重砸到墙上，前胸后背痛不欲生，可是心中更加惶恐！

他的眼中倒影着陆禹琛森冷的面孔，似乎下一秒就会把他撕裂。

“我的人，你也敢碰？”

“陆总，这一定是误会，误会。”副导演冷汗涔涔地连连后退。惹上陆禹琛，他在这行不用混了！当务之急是怎么说服陆禹琛饶过他，可周西西这副满面潮红又被绑的模样，只怕他是说不清了。

“误会？”陆禹琛上前解开周西西腕间的绸带，脱下西装外套小心翼翼地披在她身上。触及她凌乱的胸前，他目光忽地一沉，将她用力拥在怀中，冷声说道：“我会让你知道误会的代价。”

他的话音落下，门外的保镖一齐拥入房内，将副导演围了个结实，架着走了出去。

陆禹琛的眼中闪过一丝怜惜，将她抱了起来，顺手扯了一件宽大的戏服将她娇小的身子裹在怀中。

“陆禹……琛，是你吗？”熟悉的气息在鼻端缭绕，周西西眼神迷离，朦胧中她似乎看到了陆禹琛的脸，一颗惶恐的心莫名安定了许多。然而身体里的那股热气令她异常难受，而抱着她的陆禹琛周身似乎透着冰凉的气息，让她忍不住靠近。

“不许动！”陆禹琛一声呵斥，却仍旧阻止不了在他身上蹭来蹭去的周西西，“笨死了！居然又被人下药！”

“我不笨……”就算在思绪已经涣散，听到这句话嫌弃的话，周西西依然不服气地反驳，身体不安地扭动着，紧紧往他身上贴去，那股冰凉引导着她身体的本能。

“再乱动就把你扔出去！”陆禹琛的眸色愈加深沉，连声音也乱了几分。

周西西的思绪愈加迷茫，听到这句话，便乖乖地停下来，只是放在他的身上的手依然没有远离。

肖衍远看着陆禹琛毫不怜香惜玉地把周西西丢进车子后座，略显担忧：“陆总，小西西这样，不如让我带回……”

陆禹琛一个冷眼抛过来：“带回哪，非洲分公司？”

肖衍远乖乖转了话锋：“陆总你放心，这次我一定查清楚事情缘由。”开玩笑，小西西第二次被下药，再查不出来他就真的要打包滚去非洲或者亚马孙了。

送走了陆禹琛，肖衍远望着被五花大绑的副导演，冷冷地说道：

“该咱们谈谈心了。”

“好热啊，陆禹琛你不热吗？”

刚一进房，周西西就忍不住扑到陆禹琛身上，小脸贴在他胸前蹭个没完。

到了家后，陆禹琛驾轻就熟地扛着周西西往浴室的方向走。

七叔准备好冷水后，刚走出浴室，便见到了这一幕。他崇拜地看了一眼陆禹琛，嘴里嘀咕道：“陆总怎么这么喜欢浴室模式。”

吃饭时间，陆总不安排他准备食材，反而命令他放冷水。

他的饭前准备，还真特殊！

进了浴室后，陆禹琛沉声命令道：“进去泡澡。”

可周西西这会儿借着药性，倔脾气上来了，完全不配合。

“我不要！”她固执地抓住陆禹琛的领带，“陆禹琛你知不知道你好烦啊，总是逼我做我不愿意做的事。”

她微微噘着唇，半是抱怨半是撒娇地晃着领带，或许是药性使然，一双狐狸眼除平日里的眼波流转外更蒙上一层迷人的情欲。没了西装外套的遮挡，胸前露出大片肌肤，煞是惹眼。

陆禹琛只觉得口干舌燥，连下令都软了几分：“泡个澡你会舒服一点。”

“哦……”周西西也觉得越发难受，体内的热气渐盛。

她迈进充满冷水的浴缸里，禁不住打了个寒战，回眸可怜巴巴地望着陆禹琛：“冷。”

“进去！”面对眼前的软玉温香，陆禹琛的忍耐力即将告罄。

“我不！”周西西咬着嘴唇，化身八爪章鱼攀在陆禹琛身上，陆禹琛拼命地把她拽下来。周西西原本就站在浴缸旁边，两人一来一往，她重心不稳，直接仰倒在浴缸里。陆禹琛下意识地护住她的后脑，整个人也扑进浴缸里。

扑通一声，水花四溅，两只落汤鸡就此诞生。

“周！西！西！”陆禹琛忍无可忍，摁着她往浴缸里泡，也顾不得自己湿了一身。

周西西见状笑得好不灿烂："陆禹琛，你可是湿身了啊！"

经水一泡，周西西的衣服全都贴在身上，姣好的曲线毕露。陆禹琛眼底跳动着欲望的火焰，一把揽过她，凑近说："周西西，你知不知道我是谁？"

"陆禹琛。"她边说边轻点他的鼻尖，笑嘻嘻地回道。眼下她只觉得陆禹琛看起来比巧克力蛋糕都好吃，忍不住轻咬他的嘴角。

陆禹琛被她的动作惊到了，一股热流汇聚在小腹处，呼吸也随之急促起来。周西西被药性驱使着，越吻越深。就当她即将把陆禹琛的上衣脱光时，一双手重重地按住她的肩，将她死死摁进水里。

"泡澡！"陆禹琛忍着巨大的疼痛命令道。

满浴缸的冷水也熄不灭陆禹琛体内的火热，他暗暗叹了口气，这注定是不太好过的一夜。

翌日，陆禹琛顶着一双熊猫眼下楼，肖衍远早已等候多时。

"陆总，我看你这副样子就知道东西带对了！"他献宝似的把一堆礼盒摆出来。

陆禹琛粗略扫了一眼，都是海参鹿茸海马一类的补品，顿时俊眉紧拧在一起。

"什么东西？"

"补身体。"肖衍远揶揄地看着他，"这可都是我压箱底的好东西，全送你了。陆总，你大人有大量，非洲就别派我去了。"

补身体？陆禹琛的额角突突地跳，他陪着周西西泡了大半夜的冷水，她的药性是退了，他的火可是越烧越旺，冷热交替，没少受罪。

"扔出去。"

"陆总，你可别硬撑啊！"肖衍远关怀地说，见陆禹琛越来越黑的脸，他恍然大悟，却又难以置信，"难道你们什么都没发生？"

不是吧，他还能坐怀不乱？他的性取向该不是真……

"事情查得怎么样？"不再理会肖衍远的胡思乱想，陆禹琛话锋一转。

肖衍远一听他没有继续提去非洲分部的事情，心中一喜，立刻端

正了姿态，说道："现在我们手里已经掌握了不少证据，除了绑架和这次下药的事，还有之前寄快递以及小西西礼服被毁事件，主谋都是唐以柔。"

"她胆子倒是不小。"陆禹琛语气森然。

"目前夏盛是否牵扯其中还不好说，但是唐以柔对小西西肯定是恨之入骨的，《倾城》的女二号，原本是唐以柔的角色。"

"她的角色？"陆禹琛冷笑一声，犹如听到天大的笑话，"不过是钱说了算，什么她的角色。"

"除此之外，还查到了一些了不得的事情。"肖衍远接着说，"她背后的金主在利用她洗钱。"

闻言陆禹琛的目光闪了闪，说："证据充分吗？"

"足够进去待个几年了。"

"让她永远都翻不了身。"陆禹琛如修罗一般说道。

胆敢对周西西不利的人，他统统都要清除。

第十章 她这是要红

《倾城》剧组的花絮在网上放出来造势，令人意外的是周西西走红了。

“我们西西太萌了！”

“‘西瓜’表示求更多花絮！”

“西西颜粉一本满足！”

办公室里，周西西一边看着微博上的评论，一边喜不自胜。短短几天，她的微博粉丝就飞涨到数十万。要知道，在这之前她可是个粉丝刚过千的小透明啊！

“西西，这波花絮的吸粉效果太好了。”孙潇潇美丽的脸上净是笑容，但实则早已恨得牙痒痒。这个周西西，不过是一段戏外的视频，怎么就那么受欢迎！

“我也挺意外。”周西西自然开心，能够被观众认可，能够有粉丝期待自己，她的心里盈满了激动和喜悦。

“公司那边也要我配合炒热度，连文案都已经定好了。”孙潇潇将一沓纸丢到周西西面前，随即以一种八卦的神情凑了过去，“西西，你是不是和咱们公司高层比较熟啊，这么上心新人的情况，我倒是头一次见。”

听到“高层”这两个字，周西西的脑中瞬间闪过陆禹琛那张冷若

冰霜的脸。

“没有啊，我能认识什么公司高层，这都是意外惊喜啦。”周西西眯眼笑了笑说，“最近真的是辛苦你了，今天我请你吃饭！”

“好啊！你等我想想去哪儿让你大出血！”见周西西不愿多说，孙潇潇只得放弃追问。她想起唐以柔那天的话，那种惶恐、畏惧和不甘的语气——

“学姐！他们简直是恶魔！连我高中时期的事情都挖了出来！周西西这个贱人！她都没想放过我！我可能会去坐牢！”

就像是一夜之间，唐以柔的艳照在网络上呈井喷式爆出，而她此前上位的种种事迹也被爆料。更为严重的是她参与洗钱的事被抖了出来，触犯了法律，要全身而退就没那么容易了。

看来，她也要悠着点了，不然下一个唐以柔就是她孙潇潇了。

吃饭的地点选在一家比较高档的日料店。当孙潇潇看到周西西从停车场开车载她过去的时候，被惊到了。

“你什么时候买的车？你居然有钱买车了？”她的百万巨债都还完了？

“没有啦，是朋友的车，借我开一下。”周西西不好意思地笑笑，自从上次她抱怨过连饭菜都有专车送之后，陆禹琛就给她配了一部豪车。后来，在她再三要求下换了一辆适合她目前身份的代步车。

可惜了最初那辆兰博基尼啊！周西西忍不住默默哀叹。

孙潇潇看了一眼车牌，沉默着上了车。

日料店距离不远，等两人下了车，刚一进门迎面撞上几个陌生人。几人盯着周西西，先是愣了一下，之后突然兴奋起来。

“你是周西西吧，能给我们签个名吗？”

孙潇潇当下就准备拦人，顺便营造一下周西西大牌高傲的形象，谁知周西西连连点了点头，笑得灿若琉璃，满口答应：“可以啊！”

“那能跟你合个影吗？”

“没问题！”

周西西有求必应，等粉丝们都离开了，她仍然处于那种兴奋的状态："潇潇，我居然也有吃饭被要签名的一天，真的是太梦幻了！"

她这是要红啊！

"这有什么，你要早点习惯，毕竟是要成为一线巨星的人。"孙潇潇说着违心的话，开始点菜。

"我以后出门要不要也戴个口罩墨镜什么的。"

这顿饭，孙潇潇吃得味同嚼蜡。她发现周西西正以惊人的速度成长，并且有爆红的趋势。而她，必须把这股势头压下去。

饭后送孙潇潇回家，周西西径直回了陆家准备晚饭。

"七叔，陆总最近身体怎么样？"

七叔笑呵呵地点头："好多了，不过医生上次有说要多补充维生素，你也知道，少爷比较挑食。"

"看我的吧！"周西西心领神会，朝七叔比了个"OK"的手势。

当陆禹琛回来，面对大半桌子的素菜时，内心是极度崩溃和暴怒的。厨房里找不到周西西的身影，他一路杀到房间。

周西西刚洗完澡，听到有人敲门，料定是陆禹琛。当下心跳就加速，面上不自觉地飞上红霞。

"有事吗？"开了门，周西西强迫自己的声音听起来自然些，眼神乱瞄，就是不和陆禹琛对视。

"我什么时候改吃素了？"

"吃素也挺好的。"她盯着陆禹琛的胸前，莫名想到被下药那天自己死命在他胸前蹭来蹭去的情形。

那天的事她多少还有些印象，所以近来她一旦面对陆禹琛，就窘迫得不知所措。

"抬头。"见她始终低着头，陆禹琛下令道，"你看着我的眼睛回答，吃素很好吗？"

这是什么鬼问题？周西西抬眸，正撞进陆禹琛一潭幽深似海的眼中，当下脸色就发烫起来："吃、吃素挺好的啊。"

她挣扎着说完，随即又低下头，缓缓地长长地舒了一口气。

"抬头！别一副畏畏缩缩的模样！"陆禹琛对她的样子略有不满。

抬头就抬头，周西西的暴脾气也上来了，仰头一直盯着陆禹琛，

沐浴后的狐狸眼本就水汽氤氲，眼下那股不满的神情反倒透出几分娇嗔的味道来，看得陆禹琛一时愣神。

“医生说你要多补充维生素。”

“哪个医生说的，”陆禹琛微眯眼说，“我换了。”

万恶的金钱啊！周西西瞪着他，想到自己此刻正被万恶的金钱压迫着，胸口就喘不过气了，又不敢吼得太大声，只能转过身默默嘀咕了一句：“有钱可以为所欲为是吧！”

陆禹琛的听力很好，她说得再小声，依然清晰地钻进他的耳朵里，看着她敢怒不敢言的样子，他的目光微微闪动，带着些笑意，长腿微屈，缓缓靠到她的耳边：“不然怎么让你乖乖做饭呢？”

“你——”周西西一时语塞，万恶的有钱人！万恶的陆禹琛！

“饭菜重做。”陆禹琛做出最后裁决，“记住，不要素菜，要肉，懂吗？”

“懂。”

“乖。”陆禹琛心情莫名的好，伸手抚了抚周西西的头。他完全是下意识的动作，等回神过来时，周西西已经惊愕在当场。

“愣着干什么？你要穿浴袍做饭吗？”

“哦，我去换衣服。”周西西终于回过神来，回房换了衣服。合上门之后，她摸了摸自己的头，想着刚刚陆禹琛柔出水的眼神。

他难道是饿晕头了？不然怎么那么温柔。

难得的周末，苏玲沫约了周西西一起去泡温泉。

这家温泉会所仅限上流人物进入，苏玲沫是这里的常客，要了个包间，谈话也方便。

一进到温泉里，周西西舒服地嘤咛了一声，她靠在池边，闭上眼睛享受。

“西西，唐以柔的事情……你听说了吗？”苏玲沫问，“听说她被抓了。”

“哦。”周西西只简单地回应。

肖衍远和她提过唐以柔的所作所为，她也明白自己遭她忌恨的原因，一个女二号的角色，让她最终走上这条不归路。想她落魄的时候，也没有选择这种捷径，反观唐以柔，不禁令人唏嘘。

“对了西西，你和陆总是怎么回事，听说那天你不舒服是他抱你回去的。”苏玲沫问出压在心头许久的疑问，“还说带了一群人，剧组内部都传疯了，不过陈导和公司都发话压了下来。”

“咳咳！”周西西正喝水，听到苏玲沫的问话不小心呛到了，她稳了稳气息，解释道，“玲沫姐，这话你也信？怎么可能是陆总，那天我不舒服，是我朋友带我回去的。他是安保公司的，带的人可能比较多。”

这么蹩脚的理由，苏玲沫自然是不信的。

“你不想说就算了。”她耸了耸肩，“我还以为你和陆总在谈恋爱呢！”

“谁要和他谈恋爱啊！找虐吗？”周西西条件反射般地回了一句，见苏玲沫诧异地盯着自己，她只好继续说，“像陆总这样的人，身边肯定是不缺花花草草的。我想要的是专属的、独有的感情，陆总不符合我标准啦！”

“陆总都不符合你标准，我怕你是找不到真命天子了。”苏玲沫撩着温泉水说，“多金帅气，事业有成，又没什么绯闻，我觉得他应该挺专情的。”

听着苏玲沫对陆禹琛一顿夸，周西西嗅到一丝莫名的不对劲，她试探着问：“玲沫姐，你该不会喜欢他吧。”

说罢就看到苏玲沫双颊染上绯红，嗔笑说：“什么喜欢，就是欣赏，陆总这样的人不是我能够高攀得起的。”

霎时，周西西的心仿佛被人打了一闷棍，若有似无的酸涩感在心里游走。苏玲沫只是表现出对陆禹琛的好感，她到底在不高兴什么。

手机铃声打断了周西西的思绪，她看了一眼手机屏幕，神色一黯，接通了电话。

“喂，姑姑。”

“小西，这么久了也不知道打个电话。”姑姑很是不满地说，“你什么时候回来看看，我和你姑父都挺想你的，你爷爷他……”

“姑姑，我最近太忙了，过几天就回去看您和姑父。”周西西打断她的话。

“好，好。你哥哥说你现在有名了，还在电视上看到你的广告，西西，你在外要多注意身体，有什么难处和姑姑说，别自己憋着。”

听着姑姑略显苍老的声音，周西西鼻头一阵酸，她淡淡地应了一声，挂断电话。

算一算，她七年没回老家了，近来发生的事情太多，她也没顾上和姑姑联系，也是时候回老家看看了。

“哄妹子开心？”

陆禹琛斜了肖衍远一眼：“你可以再大声一点。”

“陆总，我发现你真是天资聪颖进步神速，居然都能想到哄小西西开心了。”肖衍远马屁拍得极其顺溜。

“别废话，有什么好办法吗？”陆禹琛不耐烦地说。近来周西西总是郁郁寡欢，连带做饭都没了兴致。

“陆总你算是找对人了，放眼看还没有我肖衍远哄不好的妹子！”他拍了拍胸脯保证。

难得陆总老树开花，甚至还想开得鲜艳一点，跑来找他咨询“哄妹攻略”，作为陆禹琛的“贤内助”，自然要把自己的看家本领都拿出来，让这棵老树学个够！

“没要你哄，是我哄。”陆某人很介意地提醒。

“我懂，我懂。”肖衍远笑得甚是猥琐，“陆总，其实这很简单，你想想小西西现在最缺什么，你就送她什么。女人其实很容易感动的，只要对她的心思，别说是哄，骗都行啊！”

“最缺的东西？”陆禹琛沉思片刻，忽然间灵光一闪，拿起车钥匙就赶回陆家。

肖衍远一副孺子可教的神情：“陆总，我看好你哦！”

有他这个军师在，陆禹琛和周西西怕是好事将近。话说，结婚红包要包多少呢？

陆家，周西西正和孙潇潇通话中。

“请假？”孙潇潇难以置信地听着电话那头周西西的声音，“还要请一周？”

“嗯，我有些事要处理一下。”周西西不愿多说。

“需要帮忙吗？”孙潇潇假装好心地说，实则好奇不已。要知道，大学四年周西西都没有请过假，整个拼命三郎的样子。眼下正值宣传期，她居然请了一周的假。不过这样也好，缺席站台宣传，对她有害无益，孙潇潇自然乐见其成。

“不用，我应付得来。”

“那好，你安心处理事情，剩下的交给我。”孙潇潇显得很仗义。

“谢谢你，潇潇。”

挂了电话，周西西看时间还早，打算下楼提前准备饭菜。正盘算着多做点肉菜，也好方便自己跟陆禹琛请假，打开房门，门外站着的可不是陆禹琛。

“你怎么在这？我饭菜还没准备好呢！”周西西确认了下时间，才四点而已，通常这个时候他还没下班才对啊！

“饭菜不急。”陆禹琛把一个文件袋交给她，“这个给你。”

是她看错了吗？她怎么觉得陆禹琛眼里有一闪而过的期待。而且他说什么？饭菜不急？真是天降异象啊！

周西西搞不懂陆禹琛葫芦里卖的什么药，狐疑地接过文件袋。拆开来看，居然是之前违约的欠款合同，还有一张等额的现金支票。

“什么意思？”周西西皱眉，欠款合同和支票，怎么看都像是……

“还钱。”陆禹琛简洁地回道，“你现在有钱还我了。”

“我没钱啊！”

陆禹琛见她丝毫跟不上自己的节奏，索性握住她拿着支票的手，伸到自己面前，说：“你现在有钱了，还钱。”

“这不是我的钱。”陆禹琛怕不是傻了，周西西有点“囧”。

“我送你的，就是你的。”王者一般的语气。

“你送我钱，让我还你？”

“对。”

“为什么？”周西西不解。

“我高兴。”

“你高兴就随意拿钱砸人吗？”她原本想说侮辱，话到了嘴边又换了个字眼，“陆禹琛，你觉得这样用钱欺负人很好玩吗？”

陆禹琛双眉紧皱：“你缺钱不是吗？你缺钱，我送你钱，有什么不对？”

周西西深吸一口气，缓慢而坚定地吐出一句话来：“没什么不对，就是你脑子不对！还有陆总，我家里有点事，想要请假一周回去处理。”

说完砰的一声关上门，结结实实给了陆禹琛一个钉子。

陆禹琛：她怎么就生气了，难道自己做错了什么？

关上门后，周西西无力地靠在了门上，胸口处不知道为什么难受得厉害。

如果她不欠陆禹琛钱的话，他们之间还有别的羁绊吗？做饭？他只要换个厨师就好了。那么，她有什么理由继续跟他接触呢。

或许，很快她就要搬离陆家了。

这样一想，她的胸口又是一阵难挨的刺痛。

她到底是怎么了？难不成她对陆禹琛……

不不不，她不应该生出这种想法出来，他们是两个世界的人，永远都没有可能。而且陆禹琛的脾气和性格都那么恶劣，她又不是受虐狂，为什么要喜欢这种人。可能是最近发生的事情太多，导致她的想法也出现了偏差，不如趁着这次回家好好调整一下心态吧。

周西西下了飞机，又转汽车，终于回到老家凉城。

老旧的街道，颇具上世纪气息的建筑，淳朴而守旧的村民，外面飞速发展的世界似乎和凉城隔绝。

拖着行李箱，周西西直奔姑姑家，在门前驻足许久，她调整好情绪准备敲门，身后的叫声止住了她的动作：“西西？”

周西西听到姑姑的声音，连忙回头，来人正是姑姑以及被姑姑推着的、坐在轮椅上的爷爷。

“爷爷。”她不带感情地喊了一声。

周立峰低低地应了一声，姑姑倒是很开心，要周西西进门。

“你这孩子回来也不提前打个电话，早知道让你哥哥和姑父都休班，一家人也好聚一聚。”

周西西环视一圈，这个家和记忆中一样，简单朴素而温馨。她久久凝望玄关处的照片墙，眼眶一阵酸楚。

“西西，进来坐啊！”姑姑安顿好爷爷，招呼周西西进门。

“姑姑，我最近挺忙的，所以一直没和您还有姑父联系，这些东西是我特意带给你们的。”她将行李箱放到客厅，歉疚地说，“我还有别的事情要办，等下再回来。”说完就跑了出去。

姑姑略带哀伤地看着她的背影，又深深地看了一眼墙上的照片，喃喃道：“终究还是忘不了。”

周西西一口气跑了许久，脑海里全是墙上她和父母的全家福。等她回过神来时，发现自己跑到了郊外。

“周西西？”

一道略带惊喜的声音响起，周西西循声望去，来人竟是张致臣，这令她吃了一惊。张致臣怎么会出现在这种地方？

“张老师？你怎么在这？”

“我有部戏在附近取景，早上事情不多，我出来走走，这边风景不错。”张致臣温文一笑，“你呢，也是拍戏吗？”

“不，我老家在这。”周西西方才还处于忧伤的情绪中，这会儿见到偶像，一时间情绪难以转换，“张老师……”

“打住打住。”张致臣急忙喊停，“你不要总是叫我张老师，都把我叫老了。这样，你和其他人一样，喊我致臣哥好了。”

“致臣哥——”周西西原本的低落情绪一扫而空，印象里张致臣应该是很讨厌自己的才对，怎么今天反而这么和气亲切。对她而言这一切似乎幸福得太不真实了。

“杀青那天没来得及和你要联系方式，又不好意思跟别人要，还好今天遇见你了。”张致臣说着拿出手机，“加个微信？”

“哦，好的。”周西西机械地拿出手机来，两人互加了微信，张致臣这才心满意足。

“这样以后联系就方便了。”张致臣收起手机，“时间也差不多，

一起吃个午饭怎么样？我来请客。”

周西西几乎僵在原地，我天，她是撞大运了吗？张致臣居然请她吃饭！

短暂的错愕之后，周西西忙不迭地点头应允。张致臣立刻在手机上看美食攻略，最后选了一家评分很高的餐厅。

“你近来怎么样？接了新戏吗？”等上菜的间隙，张致臣柔声问道，“陈导对你赞不绝口，你可别自我放松，浪费一身好演技。”

周西西被夸得有些赧然，借喝水掩盖自己的窘意：“致臣哥你别说笑了，我一个十八线艺人，哪来的什么新戏，目前待业在家。”

如果陆家也算家的话，陆禹琛也算家人的话，想到这周西西莫名一阵心酸。

张致臣敏锐地察觉到周西西情绪的低落，只以为她是因为没接到戏而失落，于是安慰道：“别气馁，是金子总会发光。我当初也是一个个小剧组拍起来的，凡事都有个过程。”

“致臣哥你也在小剧组待过？”周西西的心跳突然加速。

“待过不少呢。相比大制作的剧组，小剧组反而事情更多一些，欺负新人的事很常见。”

“是吗？”周西西喉头发紧，小心翼翼地追问，“致臣哥你也经历过这些吗？”

“我其实还好，比较幸运，出名快也出名早。不过见过挺多，像是针对某个演员的事情，暗地里设圈套。”说话期间服务生已经把菜端了上来，张致臣细心地为周西西布菜，“边吃边说。”

周西西心不在焉地吃了几口菜，话横在喉间几乎脱口而出，突如其来的电话铃声却打断了她积累许久的勇气。

“你好毒你好毒你好毒……”

这铃声，是她特地给陆禹琛设置的。

“周西西！你又无故旷工！”

“我请假了。”周西西淡然地说道。

“你签过补充合约的。”电话那头陆禹琛“好心”提醒，“不经我允许，不得请假。”

“所以呢？”周西西轻哼了一声。

“立刻，马上，回陆家！”

“我不回去。”周西西不想再多言，直接挂了电话。

张致臣一直观察着周西西，混迹多年娱乐圈，一眼就看出周西西的情绪纷扰背后实则是在耍性子。

“和男朋友吵架了？”

“他才不是我男朋友。”周西西想也不想回了一句，又觉得哪里怪怪的。

“那就先吃饭。”张致臣也不多问。

另一边，陆禹琛简直要气炸了。

“她居然挂我电话？很好！”

“陆总，小西西大概是在忙，所以才会挂您电话。”肖衍远为周西西开脱，“她不是这么不讲道理的人。”

“先是拒绝我，接着挂我电话。”陆禹琛的眼睛里闪烁着显而易见的怒火，“好得很！”

“拒绝你？拒绝你的告白？”肖衍远捕捉到关键字眼，下意识脱口而出，话音刚落他就觉得周身一股凉意。

“她拒绝了我送她的东西。”良久后，陆禹琛终于开口了，“你出的馊主意。”

“陆总，你这是在质疑我的能力，我怎么会出馊主意呢？”肖衍远誓要肯定自己的能力水平。

“你说缺什么送什么。”

“没毛病啊！”

“那我送她，她不要。”

“陆总，你送的什么？”肖衍远隐约觉得某人可能跑偏了。

“送钱。”简单粗暴。

上帝果然是公平的。肖衍远忍不住感慨。就这情商，小西西挂他电话都是小意思。

“陆总，这个也不能真的缺什么就送什么，太直接了。”他试图以比较委婉的方式告诉陆禹琛，奈何大老板完全不体谅他的苦心。

“是吗？”陆禹琛扯出一抹冷笑，“通知召开临时会议。”

“现在吗？”肖衍远冷汗涔涔，完了，他家主子生气了，他是不是该找个理由跑路？

“现在。”陆禹琛简单地抛下两个字，肖衍远险些哭出声来。

小西西啊，你什么时候才能回来救我于水火之中？你不在，陆总所有的火都撒在我身上了。

第十一章 见家长了

吃完饭后，由于周西西是本地人，她自然而然地当起了东道主，带着张致臣在周围转悠。小地方没有都市的繁华，但是乡野气息透着自然的清新，也别有一番滋味。

“这里原本是个农场，小时候我和同学经常来这里摘玉米，看场子的大爷总会拿着小棍追杀我们。”

“这么看你小时候也是个淘气鬼。”张致臣笑了笑，“西西，谢谢你当导游带我逛凉城，不然我真是少了许多乐趣。”

“致臣哥不用客气。”周西西展颜一笑，“只要‘芝士们’不生气就好了。”说着做了个捧脸的动作，她可没忘粉丝们有多疯狂。

提及这个张致臣面带愧色：“对不起，是我没有引导好粉丝，之前还对你说了那么多重话。”

“致臣哥口渴了吧，我去买两瓶水。”周西西火速换了个话题，跑去不远处的小卖部买水。她实在好奇，张致臣究竟是因为什么转变得如此之快，毕竟不久前他还对她避之不及。

“致臣，你戏都拍完了怎么还不回来？”等周西西的间隙，经纪人的电话打了进来。

“凉城这个地方风景不错，我打算待几天当是休假，顺便探望一个重要的朋友。”张致臣听着电话里经纪人的质问，心不在焉地回答，心里却盘算着其他的事情。

周西西出道也不早了，之前都没有什么名气，偏偏在签了华天之后星途顺畅。而华天放着一个现成的绩优艺人苏玲沫不去培养，反而下大力气捧红新人周西西，这只能说明一件事——资本大佬愿意捧周西西。

“你不要待太久了，之后几天，你的通告都排满了，早点回来做准备。”经纪人心知管不了他，嘱咐几句就挂断电话。

张致臣一转身，周西西已经等候多时。

“致臣哥，喝水。”周西西将水递了过去，心头盘踞的疑惑越发迷离。重要的人是指她吗？这不科学啊！他身在夏盛，她人在华天，压根儿就是对立双方，何况之前还发生了一些令人不愉快的事。

“想什么呢，西西。”张致臣伸手在她眼前晃了晃。

周西西回过神来，露出不好意思的微笑说：“我在想能作为我的偶像的导游，简直就像是做梦一样。”

“这里没有偶像，只有致臣哥哥和西西小妹妹。”张致臣温柔地揉了揉她的头发。

这动作却惹得周西西仓皇后退了两步，躲开他的触碰。

为什么都是相同的动作，她对陆禹琛就没有这么大的反应？

张致臣的手尴尬地僵在半空，旋即理了理自己的头发。

周西西佯装看了下手机，双手合十歉疚地说：“致臣哥，我家里人催我回家，不然今天就到这？”

张致臣看透她急于离开，并没说透，扬着专业的无害笑容答道：“好，我就不送你回去了，路上小心。”

周西西回了姑姑家，刚一进门，客厅里坐着的人令她吃了一惊，连忙揉了揉眼睛。

她没眼花吧，陆禹琛怎么会在这？而且，家里堆了半面墙的礼品是怎么回事？

“做饭。”陆禹琛阴沉着脸，老大不爽。

“你来……是为了吃饭？”周西西还处在他上次用钱砸人的愤怒中，可看见他这副样子不知道说什么好，这才不过几天，他看起来消瘦了不少。莫名地，周西西心头泛起一丝心疼。

“西西啊！过来帮忙做菜！”姑姑的声音从厨房传了过来。

“你先坐一会儿。”说完周西西就钻进厨房。

“陆先生，你和西西是同事吧。”周西西接手大厨，姑姑反而有了空闲好好“盘问”陆禹琛。“你是哪里人啊？今年多大了？家里还有些什么人哪？和家里人一起住吗？”

周西西一听惊悚极了，她想去阻止，可是姑姑的话已经问出来了，覆水难收的道理她还是懂的。为此，她有些尴尬地看向了陆禹琛的方向，生怕这位养尊处优的老总会发脾气。

结果令她意外的是，陆禹琛只是稍稍皱了一下眉头，随即老老实实地回答了姑姑的问题：“同事。A城人。二十八岁。我和父亲。我自己住。”

陆禹琛回答得相当简洁，但相较于他的身份来说，是非常给面子了。相貌好，年龄又和西西相当，是同事又在A城，自己住，说明家里房产不止一处。

为此，姑姑对陆禹琛很满意。

陆禹琛松了松领带，如坐针毡，被拷问的感觉如影随形。从小到大，还没有人敢这么问他问题，但他却一一作答了。

“西西，你愣着干什么呢？”姑姑把几乎石化了的周西西推到了厨房里，然后又回到客厅，像老妈子看女婿一样，将陆禹琛从头到脚打量了一番。

虽然他说是西西的同事，但怎么看都像是见家长的架势！毕竟，他登门时带的礼物都堆满了半面墙。如果不是为了见家长，只是普通同事之间的礼尚往来，至于这么破费吗。

“西西这孩子呢，从小就有主见。她父母去世得早，跟着我长大，都没让我操过什么心。”姑姑走到柜子前，搬出几本相册来递给陆禹琛，“你看看，这都是西西小时候的照片。”

“父母去世得早？”陆禹琛翻开相册，第一张就是婴儿百日照。

“我哥哥嫂子去世的时候，西西只有六岁，一转眼都十几年了。”姑姑的神情变得沉痛，似乎是不愿意触及那段往事。

陆禹琛也不再继续追问，细细翻看周西西的成长轨迹。

“这张是西西幼儿园毕业典礼上唱歌表演，她是真不怕人，唱得可好了。”姑姑解说道。

想到周西西几次三番和自己叫板的情形，陆禹琛点头：“确实不怕人。”

“这张是她十岁吧，大过年的和同学打架，灰头土脸地拍了这么一张。

“这张是初中参加舞蹈比赛，还拿了一等奖呢！

“这张是高中毕业照……”

今天家里只有周西西和姑姑两个人，算上陆禹琛，三人份的饭菜不多时就已经做好了。菜端上桌，陆禹琛却迟迟没有入座。

“看什么呢？”周西西走近了才发现陆禹琛看的是自己的相册，当下伸手就要夺。可陆禹琛长臂一挡，断了她的念头。

“原来你也可爱过。”陆禹琛看了她一眼，视线再度回到相册上。

“你什么意思，我现在就不可爱吗？我告诉你，粉丝们可是夸我又萌又可爱又美丽又有气质！”周西西出声抗议。

高中之后的照片寥寥无几，陆禹琛翻到最后一张照片，似乎是剧组的杀青宴。周西西一副青涩的模样躲在相册一角，表情淡淡的，那双顾盼生辉的眼眸里也没有太多光彩。

“张致臣？”照片正中的男人让陆禹琛吃了一惊，刚刚的温柔神情霎时冰冻，他看向周西西，问，“你们原来是故交。”

他的目光紧紧锁住周西西，质问，探询，冷漠，种种情绪杂糅在一起，看得周西西头皮发麻。

“不是，我……”她下意识地开口解释，转念一想，“不对啊，我没有必要跟你说我的私事吧！”

“私事？”陆禹琛合上相册，口气酸得很，“你和张致臣，就是华天和夏盛，怎么算私事？”

“私事。”周西西态度坚决，“要么吃饭，要么滚，你选吧。”

周西西已经做好了陆禹琛暴走的准备，谁知他只是看了姑姑的方向一眼，乖乖走到餐桌前就座。

在家长面前这么老实吗，早知道就该早点带他来见家长啊！

陆禹琛在沙发上端坐了一上午，目光随着打扫卫生的周西西来来去去，满腹疑问却始终没有开口。

“抬脚。”周西西挥舞着拖把命令陆禹琛。

陆禹琛凝视她许久，纹丝不动。周西西被盯得发毛，挤出一个笑脸来说：“陆大老板，麻烦高抬贵脚，我要拖地呢！”

周西西终于如愿以偿，正当她想撤回拖把的时候，陆禹琛双脚踩了上去，目光灼灼地看她，问道：“那张照片，你解释一下。”这口气，活脱脱在质问出轨的老婆。

“没什么好解释的。”周西西憋着口气，硬是拽回了拖把，回送他一对白眼进了卫生间。

陆禹琛胸口的火气简直要烧到嗓子，正要发作，姑姑端着一盘水果笑眯眯地送了过来：“禹琛啊，来吃水果。”姑姑热情招呼道，“对了禹琛，你说你自己住，那你爸爸呢？没听到你谈你妈妈，她……”

“我母亲过世很久了。”提及母亲，陆禹琛脸上的情绪如旧，但语气里却透出一丝哀伤，“我父亲人在国外，不常回来。”

“那真是难为你爸爸了，把你带大，不过现在你事业有成，他也该享享清福了。”姑姑笑得更加和蔼，“禹琛，你爸爸见过我们西西没有？你们俩年龄也不小了，尽快把事情定下来，也好了了我们做长辈的心事。”

支着耳朵偷听的周西西这会儿是彻底明白姑姑的意思了，搞了半天姑姑她是拿陆禹琛和她当情侣呢。

“姑姑，陆总虽说是我的同事，但我们是上下属关系。他是我们公司的总经理，这次是顺道来逛逛凉城的。您再误会下去陆总生气了，我就该被炒鱿鱼了。”

周西西冲了出来，边说边朝陆禹琛使眼色，要他解释清楚。而陆禹琛眼见周西西急于和自己划清界限的样子，简直要吐血，于是说：“阿姨，是我惹西西不高兴了。”

他不痛快，又怎么可能放过周西西。此话一出，姑姑立刻脑补出

周西西耍性子，小情侣闹别扭的情节。

“西西，这就是你的不对了，两人之间有事要商量。”

“我……”她转向陆禹琛，发觉他正一副看好戏的模样。

“姑姑说得对，以后凡事我都会和西西商量。姑姑放心吧。”

放心你大爷！

“姑姑，我一直羡慕您和姑父的感情，我也想找到一个和自己三观相符，互相扶持的人过完一生。陆总这种家大业大的富豪，又怎么是我高攀得起的。”

姑姑闻言皱眉：“这说得也有道理，当初西西她爸妈就是……”意识到自己说了什么，姑姑连忙噤了声。

陆禹琛察觉出不对劲，但眼看周西西的情绪瞬间低落，当着姑姑的面，他也不好再追问。

周西西消沉地回到房间，孙潇潇的电话打了进来：“西西，告诉你一件好事，电影《奇迹之声》的出品人来挑女演员，想和你吃个饭，讨论一下，你看约个时间……”

“我不去。”不等孙潇潇说完，周西西就斩钉截铁地拒绝了，“合不合适我自己有判断，用不着讨论。”

“那你的意思是，不来了啊？”孙潇潇惋惜地说，实则内心早已乐开了花。

“以后这种事也不用特地给我打电话，全都推了就好。”说完周西西就挂了电话。

等挂了电话免提，孙潇潇堆起满脸笑容，对身后的出品人歉疚地说道：“王总，您也听到了，西西她不愿意来。”

被称呼为王总的男人犹如受了侮辱一般，道：“我倒要看看她要怎么自己判断！”说完就拂袖离开。

王总是圈内投资大佬，得罪了他自然没什么好处。孙潇潇见此情形，心情越发好起来，果然这免提是开对了。她就是要把周西西的路，一条条地，全都堵死。

房间内的周西西正在接电话，坐在客厅的陆禹琛在同一时刻也接到了肖衍远的工作电话：“陆总，后天的会议基本上就是这些内容。具体方案我也已经发送到你邮箱里。”肖衍远对着电话一端的陆禹琛作汇报。

“你说，周西西是不是不喜欢我？”沉默了许久，陆禹琛问出一个和工作完全不相干的问题。

肖衍远当场吐血：“陆总，你这半天都在想这个？”那他汇报的工作，算是白做了？

“她说我是富豪，高攀不起。”陆禹琛完全不搭理肖衍远的问话。

“陆总，你其实从来都没承认过自己喜欢小西西啊！”肖衍远长叹一声，他现在几乎变成陆禹琛的私人情感顾问了，“而且陆总，据我分析，小西西只是觉得你们俩差距太大了，并不是不喜欢你。”

“是吗？”陆禹琛反问，“你的意思是，她喜欢我？”

这会儿能听见他说话了。肖衍远默默吐槽后，才继续说：“你们俩在这方面真的是，小学生都不如啊！”

“南非、亚马孙、中东，你选个地方。”

“陆总，时代变了。以前很多女性喜欢依附男人，而且时时想着嫁给有钱人。现在的女性越来越独立，对情感的需求也从金钱上的索取变成了寻找精神上的共鸣。我的意思是，小西西是一个好强又独立的女孩，在两性关系上可能更注重相互平等、相互尊重。可你们俩现在非但是上下属的关系，她还要每天按照合约要求给你做饭，这必然导致地位的不平等，就算她喜欢你也不会承认的。我想等她成为超级巨星，有了足够的实力跟底气和你相配，就会答应你的求爱了。”

陆禹琛若有所思地点点头，这么说来确实如此。不过凭周西西自己的努力，要成为超级巨星怕是还要等个三年五载。他略一思索，对肖衍远做了安排：“你尽快想一想，怎么样才能让周西西成为华天一姐，超级巨星。”

“陆总，这么公然放水真的好吗？小西西知道会不开心的，她更加希望用自己的实力……”肖衍远良心建议，但一想到陆禹琛的冷眼，立刻调转话锋，说道，“陆总这个办法真是一举多得。另外，陆总，你一定要制造浪漫。女人嘛，都是喜欢这种的，像什么花啊，首饰啊

之类的。”

“快去准备。”陆禹琛挂断电话，内心却早已在构思一个巨大的惊喜。

之后的这几天，陆禹琛仗着姑姑的认可，公然住在了家里，每天与她朝夕相处。

假期总是转瞬即逝，明天就是回 A 城的日子，周西西也着手收拾东西。

“西西，你是打算不理爷爷吗？”房门没有关，周立峰推着轮椅进房，孱弱地说道。

周西西充耳不闻，始终埋头收拾行李。

周立峰重重地咳嗽了几声，见周西西仍旧没有理会他的意思，面子上有些挂不住，掉转轮椅就要离开，却又不甘心，说：“西西，我知道你恨我，但我终归是你爷爷。”

然而周西西仍旧没有回应，周立峰幽幽叹了一声，终于离开。

周西西虽然表面上一切如常，但心底情绪却早已波涛汹涌。此时房门响起轻微的异响，她以为是周立峰去而复返，当下回头大喊道：“你是我爷爷又怎么样！我根本不想见……”

陆禹琛一身正装皱眉立在门前：“这么冲，那个来了？”

这男人果然还是穿正装最帅。周西西难得花痴了一下，随即才反应过来他话里的意思，脸色一红骂道：“你滚！”

“胆子见长，顶头上司也敢骂了。”陆禹琛双臂环胸讽刺道，“你跟我走。”

“顶头上司，现在是我的休假时间。你没有权利命令我，我也没有必要听你的。”她冲陆禹琛翻了个白眼，继续埋首行李之中。

陆禹琛见她压根儿不把自己当回事，索性大步上前，完全不给她反抗的机会，抓着她就往外走。

“陆禹琛！你干吗！”周西西一路被连拖带拽塞进车子里，气急败坏地质问，“你要把我带哪去？”

“看电影。”

陆禹琛上了车也还是紧紧攥着她的手，示意司机开车。周西西愣了片刻，看看司机，又看看陆禹琛，说:“这司机不像是华天的员工啊。”

“电影院的员工。”陆禹琛简洁地答道。

啥？周西西怀疑自己出现了幻听，这年头看电影都专车接送了？

电影院的距离并不远，不过片刻，车子就已经稳稳停在影院门前。周西西仍旧是被陆禹琛拖着下了车。她别扭地环视四周，生怕自己窘迫的样子被人认出来。然而令她奇怪的是，平常人流不少的影院门前今天却一个人都没有。

“这是什么情况？”

“我不喜欢被打扰。”陆禹琛已经放开她的手腕，牵着她的手走进影院。

“所以……你这是清场？”周西西已经难以用言语来形容陆禹琛了，土豪就是土豪，为了看电影居然还清场。“那你自己来看就好了啊！我还要收拾行李不然赶不上明天的飞机！”

“明天跟我乘专机回去。”陆禹琛已经在座位上坐定，以不容反抗的语气说。

周西西尽量把注意力放在电影上，而不是陆禹琛自始至终都握着自己的手上。肌肤相贴的温热感持续传来，似乎传进心口，酥酥麻麻的。

电影放映了片刻，陆禹琛的双目自始至终紧紧盯住巨大的屏幕，直到他听到周西西均匀而绵长的呼吸声。

等等，均匀而绵长的呼吸声？

陆禹琛转头看向周西西，借着屏幕上的光亮，他看到周西西睡得正香，登时一股无名怒火冲上心头。

“周！西！西！”

“啊？谁在叫我！”睡梦中的周西西猛然惊醒，意识还没有完全清醒。只见黑暗的电影厅内灯光骤然亮起，紧接着无数五颜六色的气球从天而降，轻飘飘地落在电影厅里。

周西西的表情，只能用蒙来形容。

陆禹琛的表情，倒是一副山雨欲来的模样。

“谁许你们开灯了？”陆禹琛站起来，面对一地的气球火冒三丈。

灯光瞬间全灭，有颤巍巍的声音传来：“陆总，是您说一喊名字就亮灯的。”

陆禹琛的心，好比这厅里的灯光一样，晦暗无光，外加攒满了怒气值。

“开灯！”

影厅里的灯光瞬间又全都亮起，一名女子手捧巨大的玫瑰花束急急忙忙地走进影厅，送到周西西面前，微笑着说：“西西小姐，这是陆总送您的。”

刚刚的陆氏咆哮彻底让周西西清醒过来，这会儿的鲜花又让她再度陷入云里雾里。她机械地接过鲜花，看了看陆禹琛说：“送我的？”

陆禹琛极其艰难地点了点头。

“噗。”周西西忍不住笑出声来，察觉到陆禹琛更加铁青的脸色，她连忙收敛笑意，说，“花挺好看的，谢啦。”

“喜欢吗？”

“喜欢啊，我还是头一次收到这么大的花束呢！真好看。”

“我说我。”

“你？”周西西一怔，“你也好看。”

等等，他刚刚说什么？

“我说我，”陆禹琛定定地看着周西西，“你喜欢我吗？”

他脸上一片平静，胸口的心跳仿若擂鼓。他曾面对无数惊心动魄的场景，向来镇定自若，可眼下，他却紧张得不能自已。

周西西张了张嘴，试了几次终于发出自己的声音：“你这是……表白？”

陆禹琛喜欢她？

陆禹琛喜欢她！

怎么可能，他是在开玩笑吧？

陆禹琛颓然地理了理额前的碎发，眼光瞟到躲在入口扶梯边偷偷观察的影院经理，一记冰冷慑人的眼刀甩了过去。

“哈哈哈！”周西西很没形象地笑出声来，“你这是哪看来的招数啊？人家表白都是惊喜，你这简直是惊吓！陆总你这个玩笑，还挺……声势浩大。”

从没遭受过如此耻笑的陆禹琛当下就拽着周西西大步走了出去，周西西来不及反应，花束掉落在地，顾不上捡就被陆禹琛一路拖出了影院。

“喂喂！我的花！”周西西好不容易跟上步伐，等陆禹琛放慢脚步两人已经走到影院外的小亭子。“陆禹琛！你慢点走！”

陆禹琛一言不发，脚下的步子却慢了下来。周西西单手抱住一旁的石柱，扬头说：“你说清楚刚刚的事，不然我就不走了！”

“你是瞎还是蠢，看不出来吗？”陆禹琛回头，何况刚刚他都已经承认是表白了。

周西西笑容一僵：“看不出来什么？”

表白？除了开玩笑，她实在没办法解释陆禹琛刚才的行为。

他喜欢她什么？无论是相貌、出身，还是事业，她都没有特别出彩的地方，怎么就被陆禹琛喜欢了呢？

陆禹琛正要反驳，一旁突然冒出来一男一女，小心翼翼地问周西西：“你是周西西吧？能给我们签个名吗？”

周西西的神情刹那间切换成如沐春风——她居然也被人当街要签名了！

第十二章 债奴与摇钱树

周西西激动之余，接过笔记本和签字笔，大笔一挥，签下了自己的名字。

小女生开心得飞起，宝贝地收起签名说：“请问，能跟我们合个影吗？”

合影？没问题！

周西西正要答应，一旁的陆禹琛适时地拉过她，正色道：“你已经休假很久了，再不回去，陈导可没耐心等你。”

“小美女，真是抱歉，我现在赶着回剧组。而且大半夜的光线也不好。这样吧，你留个联系方式，等我回去了再寄签名照给你，好不好？”这是她能想出的最好的办法了。

“好好好！”一听说她在拍戏，姑娘点头如捣蒜，生怕耽误了她的工作。

这边陆禹琛已经略有不耐烦，等周西西收好对方的联系方式，他抓起人就走。周西西一时不察，险些摔倒。

“喂！陆禹琛！你慢点行不行！”周西西被拖着走，没好气地说。

陆禹琛俊眉紧锁，胸口的闷气逐渐积累。就当两人走到街角小巷时，冷不丁冒出五个黑衣人来，拦住了两人的去路。

陆禹琛心头一凛，几乎是立刻就把周西西挡在身后。

“又是你们。”

“他们是谁？”周西西好奇地冒出头来，结果被陆禹琛再度挡住，厉声交代，“老实待着。”

黑衣人并未应声，逐一亮出匕首来。朦胧的月色之下，刀身透出森冷的光芒。周西西心口一惊，抓着陆禹琛的力道不禁重了几分。

“没事。”陆禹琛伸手拍了拍她手，以示安慰。

就在此时，黑衣人突然发难，全冲了上来。眼看着对方越来越近，周西西竭力压住想要尖叫的冲动。

自始至终陆禹琛都镇定自若地立在原地，就在为首的黑衣人距离他还有不过两米时，却突然倒地不起。其余黑衣人稍稍一愣，但并未停止进攻，然而紧接着几个黑衣人也都一一倒在地上。

过了片刻，周西西想象中被刺伤的感觉并未袭来，她才从陆禹琛背后探出头来观察，却只见倒在地上的一众人等。

“这是什么情况？”

陆禹琛缓缓走到为首的那个黑衣人面前，他意识尚存，艰难地抬头看着陆禹琛，嘴里发出模糊不清的声音。

“你们以为，”陆禹琛居高临下地俯视他们，阴鸷的眼神如地狱修罗，“还能伤我第二次？”

第二次？听到这个字眼，周西西稍一思索就明白了：“陆禹琛，第一次是我救你那次吗？”

陆禹琛没有理睬周西西的问话，吩咐道：“带回去，问清楚。”

话音刚落，周围出现了几个陆氏的黑衣保镖，将几名黑衣人全部带走。周西西长舒了一口气，看着面色凝重陷入沉思的陆禹琛，忍不住安慰说：“已经没事啦，不要总是绷着脸。”

就在这时，周西西余光瞄到一个黑影冲着他们的方向袭来。陆氏的保镖都在处理那几个黑衣人，而陆禹琛却不知在思考什么并没有反应过来。周西西胸口一紧，身体却早一步做出了行动——

她挡在了陆禹琛的面前。

下一刻手臂上传来的巨大力道将周西西甩到一边，她重重地摔在地上。抬头看去，陆禹琛正一脚将黑衣人踹开，紧接着去而复返的陆

氏保镖们将这名黑衣人死死控制住。

“陆禹琛原来你身手这么好！”周西西忍不住出声赞叹，然而陆禹琛却回以一个冷冷的眼神，不由分说拉起周西西就急匆匆地走了。

“轻、轻点！啊！”

“没什么大事，只是擦破皮。”

医院门诊，护士细心地为周西西涂上碘酒，又不禁看了陆禹琛几眼：“当然，安全起见，明天请医生仔细检查一下，总没坏处。”

明天她一定要跟小丽换班来多看这个帅哥几眼！

“谢谢，我没事。”周西西为证明自己所言不假，还晃了晃手臂。这一晃可不要紧，陆禹琛的脸瞬间又黑了几个度，出手将周西西的胳膊按住。

护士见状，笑了笑，打趣道：“看把你老公给吓的，回家好好哄哄人。”

“他不……”听到护士认错人，周西西想出声解释，奈何人家已经转身离开。留下她和陆禹琛两人在窄小的门诊里，面面相觑。

“那个，我没什么大事了，咱们回家吧。”她起身要走，身后的陆禹琛却一把抓住她手腕。

“为什么替我挡？”陆禹琛声音低沉地问道，一双眼深深凝望着周西西。

周西西稍稍挣脱了下，发觉力道完全不是自己能够摆脱的，于是认命地转过身来，迎上陆禹琛探询的目光：“你是我的大老板，我不护着你，我护着谁？你要是有个三长两短，我的职业生涯也就断了。所以啊，我必须得护着我的摇钱树啊！”

多么完美的回答！周西西暗暗佩服自己。

然而陆禹琛走近她一步，气势汹汹道：“我仅仅是你的摇钱树？”

周西西眼眸半眯，道：“不然呢？”

陆禹琛被她不以为然的态度刺激得差点要暴走：“我从没见过你这种笨蛋。”

“陆禹琛！我替你挡刀哎，你居然说我笨蛋！”周西西倍感委屈，咬着嘴唇又气又恼。这个混蛋，早知道就该一脚把他踢到黑衣人怀里！

“我不需要。”陆禹琛淡淡地说道。

“对！你不需要！我狗拿耗子多管闲事！活该被你踹一边儿去！”周西西气急，自顾自地说着违心的话，眼眶却不由自主地红了。

下一刻，她就被拥进一个温暖而宽广的怀抱中。陆禹琛紧紧地、用力地抱着她，仿佛稍一松手就会失去她一般。

“我要你安全。”陆禹琛埋首在她颈窝，低声说道，“西西，我不要你出事。”

这一刻，周西西脑子一片空白，整个人都僵住了。周围的时间仿佛都定格了，她半天都没有回过神来。

男人身体的温度隔着衣服灼着她的身体，两人的心跳都加速了。

这是什么情况？

难不成陆禹琛真的对她……

就在她这样想的时候，陆禹琛倏然松开手，头也不回地离开。

周西西：果然是她想多了。

她还欠着陆禹琛的债呢，如果她出事了，就等于损失了几百万。虽说陆总不缺钱，但蚊子再小也是肉呀，是不是？

虽然她努力告诫自己不要自作多情，可为什么胸口那么闷呢？

从凉城回来后，周西西就马不停蹄地赶通告去了，连轴赶了五个城市，等再回A城时，已经是四天后了。

刚回公司，孙潇潇就急匆匆地赶往会议室，身后的小助理抱着一摞资料亦步亦趋地跟着。

“潇潇姐，自从你当了西西姐的经纪人，西西姐可是越来越红了。广告代言新戏一把抓，都快红过咱们公司的一姐苏玲沫了。潇潇姐，要我说你就是西西姐的贵人。”

“你这话说的，除了经纪人的功劳，西西自己也很努力。”瞥见苏玲沫和她的经纪人林琅迎面走来，孙潇潇稍稍提高了音调意有所指地说，“毕竟西西是要当上华天一姐的人，经纪人和自身能力都不能差不是。”

“华天一姐什么时候也能轮到阿猫阿狗来做了。”林琅闻言，毫不客气地呛声回去。

孙潇潇原本就是故意说给林琅听的，见她接话，哪里肯放过这个给周西西招黑的机会。停下脚步就冲林琅吼：“你说谁是阿猫阿狗？”

“哟，都会自己对号入座了，这阿猫阿狗养的狗倒是聪明。”林琅和孙潇潇不对付由来已久，拐弯抹角地骂道。

“林琅，你骂我不要紧，我们家西西是你能侮辱的吗？也不看看她的靠山是谁？”孙潇潇此话一出，围观的众人都开始窃窃私语。原本大家就对她蹿红的速度略有非议，而今孙潇潇这一句话，算是坐实了周西西有金主。

“我不清楚她的靠山是谁，但是要做华天的一姐，就要来真的。”林琅自然不肯相让，“顺便也让大家看看，究竟哪位经纪人更厉害！”

“林姐，都是一个公司的，何必搞得这么僵，况且我和西西情同姐妹，你们两个更没有必要跟仇敌一样。”苏玲沫出声相劝，“再说西西她的实力不弱，她也是历经艰难才有今天的，她的靠山和我一样，都是自己。”

“玲沫你——”林琅恨铁不成钢地看着苏玲沫，她这一辩解，可是为周西西洗白一大半。眼看着孙潇潇都要爬到她头顶上了，她还有心情为对方说情！

“看见没，林琅，你家艺人说的总不会是假话吧。凭我家西西的实力，坐上华天一姐的位子是早晚的事。”孙潇潇清楚林琅的痛处，踩起来更加肆无忌惮。

“林姐，再晚就该迟到了。”苏玲沫生怕两人在大庭广众之下继续争吵，连忙推着林琅离开了。

小助理战战兢兢地看着两家经纪人你争我斗，瑟缩着说：“潇潇姐，这样不太好吧。”平时西西姐可都是教导他们要跟别家艺人和平共处的，但孙潇潇这样摆明了是跟人抬杠啊！

“有什么不好，就该让他们知道西西真正的实力！”

等两人离开，一旁办公室微启的门被轻轻合上，肖衍远抬眼望向陷入沉思的陆禹琛。

“衍远，”陆禹琛终于开口，“明年的开年大戏《金镶玉》，下个月就要开拍了吧。”

“是，陆总。”这部戏可是华天乃至整个演艺圈的重头戏，女主迟迟不定就是为了等周西西稍微有些热度之后给她，“要不要我通知剧组那边官宣，小西西也该进组了。”

“女主角定苏玲沫。”

“什么？”肖衍远当场呆若木鸡。

“女主角定苏玲沫。”陆禹琛面无表情地重复了一遍。

肖衍远这下确定自己没有听错，对陆禹琛的想法完全想不通。他家陆总该不是被刺杀搞得惊吓过度吧。

“陆总，小西西怕是会伤心。”

“按我说的做！”陆禹琛沉静的眼底露出一丝不耐烦，肖衍远只得遵命。

几天后，《金镶玉》剧组的官宣一出，整个微博都闹翻了。

一方面是呼声最高的周西西不是女主角，惹得“西瓜们”很恼火。另一方面，苏玲沫虽然喜不自胜，但得到这个女主总是觉得有些莫名其妙，可又不好跟周西西说。而周西西这会儿，正戴着口罩全副武装在超市里选购晚上做菜的食材。

手机铃声响起，她接通电话，彼端孙潇潇火急火燎的声音传了过来：“西西！《金镶玉》的女主角定了，是苏玲沫！”

周西西一个手滑，险些没握住手机，她拉下口罩，低声确认：“你确定是玲沫姐？”

“哎呀，我还能骗你吗？不相信你可以去微博看看啊！”孙潇潇一副气急败坏的模样，实则早已乐开了花。不枉她费尽心思在公司里散布周西西要凭借靠山成为一姐的传言，试问高层怎么可能让这种传闻变成现实呢。

“什么时候的事？”

“就是刚刚。公司内部开过会了，下个月初，苏玲沫就进组。”

周西西的心渐渐沉了下去，她之前做了那么多努力，为了金镶玉

这个角色学习了那么多，甚至去找专业的武术大师学习，结果还是失去了这个角色。

她闷闷不乐地回了陆家做饭，直到陆禹琛回来，心情也没能好转。

陆禹琛敏锐地察觉出周西西心情低落，原因他自然也清楚。他走进厨房，站在周西西身旁，说："让开。"

"你干吗？"周西西不解地看他。

"今天我来做。"说话间陆禹琛已经夺过她手里的菜刀，将她撵到一旁，径自切起菜来。

周西西惊讶得老半天合不上嘴，陆禹琛这么殷勤倒是头一次，事出有异必有妖啊！

"陆禹琛，你是不是做了什么对不起我的事？"

陆禹琛丢了个白眼过去："我做的事一定是为你好。"

为了她好？

不知道为什么，听到这句话，周西西的心里莫名有些甜蜜，她哼着曲子回了房间，看到手机里张致臣发过来的语音消息，逐一接收。

"西西，明天晚上有没有空，约你吃个饭。地点在凯源山庄，我订好了位子。"

周西西听到这儿不禁想拒绝，但接下来的一条消息，却让她改了主意——

"我有一部新戏缺个女主角，你要不要来试试？"

摄影棚里，周西西和张致臣两人在镜头前相互依偎着，颜值爆破天际，看得周围的助理们忍不住赞叹——

"简直太帅了！怎么能这么登对！"

"西西太美了！这俩人简直颜值界扛把子！"

孙潇潇立在一边，虽然竭力隐藏，但眼神中仍旧透出一丝对周西西的妒意。她用尽心思让周西西在华天丢掉了好资源，结果这么一个国际奢侈品代言找上她不说，合作的还是超级巨星张致臣！单凭张致臣的流量就足够带动她的曝光率了！

这边两人默契十足，拍摄得极为顺利。

收工时摄影师忍不住对两人称赞一番："你们俩算是我拍过最有镜头感的艺人了，个人表现力这么好已经是难得，没想到两个人一起拍，效果也这么好！"

被肯定的感觉让周西西很开心，张致臣看她一副被老师夸奖的好学生模样不禁笑出声来："西西，夸你一句就乐成这样，要我说你得早点习惯被夸奖，否则以后可就高兴个没完了。"

"致臣哥，哪有你说得那么夸张。"周西西赧然道，"对了，我还没谢谢你推荐我拍《长亭记》那部古装剧呢！"

这么大一个 IP，也亏得张致臣推荐，她才能拿到女主角这个角色。

"现实里不好开口的话，借着拍戏说出来，也好。"张致臣模棱两可地说道，听得周西西倒是心里惴惴不安。

他这话的意思，怎么觉得有些怪呢？

孙潇潇见两人老友般聊天，心中不是滋味，于是上前把周西西叫到一边，压低声音说："西西，这个代言虽然比不上'六大蓝血'，但也是近年来国际上势头很猛的新兴奢侈品牌。能拿到这个代言很不容易，不过公司对你代言这个品牌，风凉话倒是不少，你回公司就权当没听见。"

"风凉话？我凭自己的实力拿到代言，有什么风凉话好说的。"周西西不解。

孙潇潇装作为难地说："还不是苏玲沫她们，说你抢了她的资源和代言，她们家粉丝撕你撕得还少吗？不过我已经让人控评，影响应该不大。"

"玲沫姐？"周西西皱了皱眉，狐疑地看了看孙潇潇，"是不是搞错了，玲沫姐怎么会背后说我坏话呢？再说这都是公司的安排，就像之前《金镶玉》女主角的人选一样，没什么可抱怨的。"

"关于你的事情，我怎么可能搞错。"孙潇潇愤愤地说道，"之前我和苏玲沫她们在公司就因为新戏女主角吵过了，她们非说你是凭关系爬上来的。"

听到"关系"两个字，周西西脑中一闪而过的竟然是陆禹琛的身影。她连忙摇了摇头，将那抹高帅的身影赶走。"潇潇，她们胡说八

道，咱们又何必放在心上。我知道你是替我抱不平。这样，晚上我请你去看电影，当是慰劳你。”

“还算你有良心。”孙潇潇笑说，没想到周西西和苏玲沫两人的关系这么好，竟然丝毫不受影响。但娱乐圈，怎么可能有永远的朋友。

“我好像听到说晚上有人请看电影呢？”张致臣已经换好了衣服，加入两人的聊天中。

“致臣哥一起啊！”不等周西西开口，孙潇潇就率先邀请。她已经做好通知狗仔的准备，上次的八卦没能好好利用，这次说什么她都不会轻易放过周西西。

周西西对于邀请张致臣还是有些担忧的，毕竟之前出过类似的事件。可她还没反应过来，孙潇潇就已经拖着两人离开拍摄现场。

三人并没有按照计划去看电影，而是被孙潇潇带到了夜店。

“潇潇，我们要不要换个安静人少的地方？”周西西有些担心，酒吧人多且杂，万一被人认出来，明天的头条是没跑了。

“今晚这里有个化装舞会。”孙潇潇眨了眨眼，变魔术一般拿出三个面具，把其中两个交给周西西和张致臣。

“有意思。”张致臣笑着接过来，又为周西西戴上精致的眼罩面具。“这样安全多了。”

周西西对张致臣太过亲昵的动作有些不适应，稍稍后退了些。

张致臣反倒丝毫不给周西西退却的机会，拉着她就往舞池中央走去。

“西西，来跳舞吧！”

跳舞？

周西西被张致臣搞得有些糊涂，她印象里的张致臣，并不是很热衷这种事才对啊！况且这么高调，别说记者，就算是路人认出他来拍视频发到网上，对他的形象也会有不好的影响。

周西西心不在焉地想着，自然跟不上张致臣的舞步。就在她迟疑着如何找借口离开时，手机嗡嗡振动起来。

是哪路大侠救她啊！

她看了一眼来电，居然是肖衍远。周西西甩开张致臣跑到安静的地方回电话，岂料刚一出酒吧舞厅，迎面就撞上一堵结实的肉墙。

“陆禹琛？”周西西讶异来人，“你怎么在这？”

“我怎么在这？”陆禹琛黑着一张俊脸，口气酸得不得了，“华天旗下的店面，我来视察。”

“华天旗下？”周西西愕然，此时陆禹琛身后的肖衍远撇着嘴冲她比了个抹脖子的动作，又以眼神示意陆禹琛现在正在气头上。

“你跟踪我？”周西西反应过来，这人怎么无处不在。

“自作多情。”陆禹琛吐出四个字来，抵死不认。

这时寻找周西西的张致臣也走了出来，见到陆禹琛时不禁一愣，随即上前打了声招呼：“陆总也来这放松？可真巧，我和西西正跳得高兴呢，不如一起？”

两个男人一左一右，把周西西夹在中间，以眼神暗中较劲。周西西此时也嗅出不对劲，可陆禹琛周身一股生人勿近的气息，她这种求生欲极强的人，怎么可能自己往枪口上撞。

“回家做饭。”陆禹琛仍旧盯着张致臣，话却是对着周西西说的。

周西西如逢大赦，就差给陆禹琛跪下了，脚底抹油跑得没影了。

等周西西离开，陆禹琛的神色越发凝重，周身的气场瞬间释放出来，压迫着张致臣，说：“你想要什么？”

“陆总说笑了，我没想要什么，只是和西西比较投缘而已。”张致臣双手插在口袋里，一副漫不经心的模样。

“投缘？我看是别有用心吧。说吧，你有什么目的。”陆禹琛面露不耐烦。

“陆总，我一直都很欣赏华天和您，这么说可就太伤人了。”张致臣耸耸肩，很是受伤地回应。

“怎么，夏盛容不下你这尊大神？”陆禹琛扯出冷笑来。

“夏盛自然不能和华天相提并论。”

“进华天，要资源，可以。”陆禹琛怎么会不清楚他的心思，“离周西西远一点。”

“陆总既然说了，我遵命。”和聪明人说话就是愉悦，张致臣面含微笑，“不耽误陆总视察了，改天见。”

待张致臣走后，陆禹琛的面色仍未好转。肖衍远静候片刻，上前说：“陆总，这个张致臣，真的要收进华天吗？”

“收进来，才好动手。”陆禹琛如是说。

这一切，统统被一旁盯梢的孙潇潇看了个清楚，心思一转，她便有了主意。

陆禹琛赶回陆家的时候，周西西已经着手在准备饭菜了。

“你的本职工作似乎忘得很彻底。”陆禹琛双臂环胸，好整以暇地看着她在台前忙碌。

“我今天跟你请过假了，拍广告嘛！”周西西心虚地辩解。

“为什么接拍《长亭记》这部戏？”陆禹琛也不绕弯子，单刀直入。

这部戏并不在华天给她的规划之内，是她背着公司私自接拍的。而这部戏的男主角，正是张致臣，想到这，陆禹琛的太阳穴就突突地跳。

“你怎么知道？”周西西停下手里的动作，讶异地问，“我看过这部戏的剧本，很不错，所以才想着接下来。”

“剧本当然不错。”陆禹琛哼笑一声，“《长亭记》抄袭《金镶玉》，剧本怎么可能差？”

周西西握着菜刀的手忽地一抖，声音透出微微的颤音：“你说什么？抄袭？”

“如果剧本好，为什么华天不投资？”陆禹琛的声音带了一丝责问的意味，“周西西，你什么时候才能长点脑子！”

一句简单的问话灌进周西西的耳中。是啊，如果剧本好，华天早就投资拍摄了，没有道理留着。

“我没拿到《金镶玉》的女主角，见到《长亭记》这么好的剧本，肯定想接下来。”

说这些都晚了，她接下抄袭剧就等于烙上了紧随一生的污点。

“你到底是为了剧本，还是为了人？”

周西西满心的担忧因为这句话一扫而空：“陆禹琛……你说我为了人？”

“你说呢？”陆禹琛可没忘，她家里那张两人的合影。

“我周西西对工作向来分得清，不会因为私人问题而影响半点！”周西西一怒之下把菜刀甩在菜板上，指着陆禹琛呵斥。

“那你知不知道，私接《长亭记》会有什么后果？华天又会损失多少？”陆禹琛逼近一步，强大的气势顿时让周西西噤了声。

“损失我赔！”周西西气不过，干脆说道，“反正欠了你不少，再多又能怎么样？”

“周西西！你就只会意气用事吗？”陆禹琛看她这副无所谓的样子训斥道。

“西西小姐，似乎是粥糊了。”七叔适时出现替周西西解围。这一提醒，周西西暗叫一声糟糕，慌忙处理烧煳的粥。

换作平时她肯定是会再重做一锅的，可眼下她实在没心情。

“西西小姐，交给我吧。”七叔看不下去了，自家少爷实在是蠢得可以，好好的非要把人家姑娘的好心情破坏得一干二净。

“谢谢七叔。”周西西向七叔道了谢，径自绕过陆禹琛回房。

“少爷，这锅粥其实还可以补救的，虽然多少还有些煳味，但总能入口，毕竟，是西西小姐亲自下厨做的。”七叔意有所指地说。

陆禹琛收回望向周西西身影消失的方向的视线，淡然说道：“我可以重做。”

“重做只会打击西西小姐的积极性。”七叔摇了摇头。

陆禹琛不再言语，只是盯着摆满食材的流理台，若有所思。

与此同时，周西西回到房间，重重地摔上门，手机就显示孙潇潇的微信消息——“西西，《长亭记》被爆出抄袭，公关部已经疯了！”

周西西喉间仿佛被紧紧扼住，慌忙打开电脑。翻了几个娱乐网站和微博，她呆坐在床上，一脸茫然。

陆禹琛并不是危言耸听，《长亭记》还只是官宣男女主角，就已经被网友们骂得昏天暗地，连同华天官微下的评论，也都被骂得惨不忍睹。

“抄袭《金镶玉》，抵制周西西！”

“接拍抄袭剧的演员‘一生黑’！”

“华天垃圾！周西西垃圾！张致臣垃圾！”

周西西大略翻了翻，除了这些类似的评论，还有她以往被杜撰的各种黑历史，也都被挖了出来。

“这帮混蛋，挖坟要不要这么狠啊！多少年前的帖子也能挖出来。”周西西一边感慨，一边接通响个没完的手机。另一端，苏玲沫的声音传了过来：“西西，睡了吗？”

“还没呢，玲沫姐有事吗？”周西西一边说，一边浏览着那些不实的跟帖。

“咱们好久没见了，我听潇潇说你最近不是很忙，明天咱们一起吃顿饭吧！”

“玲沫姐，我刚刚改了行程，最近都挺忙的。”周西西忙不迭地回答她，视线还在电脑上，“不然等过一阵子，到时候我请你。”

那头苏玲沫垂下头去，握着话筒的手稍稍用力，状似轻松地说道：“那好吧，咱们改天再约。”

挂了电话，苏玲沫还没开口，身旁的林琅就苦口婆心地开始教育她：“怎么样，玲沫？我没说错吧，这个周西西根本就没把你放在眼里。看你接拍了《金镶玉》，自己就拍了个类似的《长亭记》，这不是碰瓷吗？亏你当时还那么照顾她！”

“林姐，可能西西在忙其他的事，你用不着这么说。”苏玲沫仍旧在帮周西西开脱，但平心而论，周西西刚刚的态度的确让她察觉到有些不耐烦。

“又不是只有这些！你看看周西西的经纪人，就孙潇潇那个样子，现在眼睛都长在头顶上了！不过是个新晋小花，刚摸到流量的边，也敢吹嘘自己是华天一姐！她也不掂量一下自己的能耐！”林琅越说越气，她在公司里可没少被孙潇潇鄙视，但凡开会，总要把周西西是一姐的论调拿出来说一说。

苏玲沫沉默不语，她曾经以为周西西是能和她成为朋友的，然而在演艺圈这个大染坊里，她觉得自己越来越看不透周西西的心了。

第十三章 他们隔着千山万水

因为《长亭记》抄袭一事，张致臣和周西西的人气下滑不少，尤其是周西西，之前因为《倾城》攒下的路人缘也基本败光了。

转眼间到了《倾城》的点映仪式。

华天作为最大的投资商，陆禹琛出席点映礼，对这部电影的看重可见一斑。

后台，各路明星艺人和相关工作人员都在紧张地准备着。

周西西百无聊赖地坐在一旁，她算是新人，加上近来口碑下滑，鲜少有人和她搭讪。

“陆总过来了，快！”

周西西听见有人喊了一声，目光顺着人流聚集的地方望去，

陆禹琛一袭铁灰色手工西装，低调而不失格调，信步走了进来，脸上是万年不变的冰山表情。肖衍远在他身后亦步亦趋地跟着，隔着不远的距离他看到了周西西，便眨了眨眼以示问好。

“陈导，陆总亲自请您入席。”肖衍远恭敬地开口道。

陈请这边也不知道这个外甥葫芦里卖的什么药，虽说点映重要，但能让陆禹琛屈尊降贵出席，单凭他这个舅舅的面子可是不够。

“陆总请。”

等陆禹琛和陈请走去了观众席，后台才恢复平静。

“听说华天老总轻易不出席这些活动的，怎么今天来了？”

“你傻啊，肯定是为了苏玲沫啊！自从凌汀退出后，华天一姐的位子始终空着，你看现在除了苏玲沫，还有谁有能力坐上这个位子？”

“不是吧，当年凌汀参加活动也没这待遇啊！”

“要我说啊，肯定是两人之间有点什么。《金镶玉》这部年度大戏的女主角，不是给了苏玲沫吗？哪有这么简单。”

聊天的两人露出了暧昧的笑容，周西西听着这些论调，只觉得胸口闷闷的，如坐针毡。

“西西小姐，时间差不多了，请跟我来登台。”

“潇潇呢？”周西西兴致缺缺地问，她现在只想回去，好好睡上一觉。

“潇潇姐还在忙，让我过来带你过去，免得出错。”来人解释说。

周西西一心都在刚刚的谈话上，也没有多想，木然地跟着来人走了。等她回过神来时，人已经在主席台上。

左手边的苏玲沫正略带诧异地看着她。

“西西。”苏玲沫展颜一笑，却没能藏住眼底的尴尬，她的另一边站着的正是陆禹琛，这会儿正蹙眉望着周西西。

“玲沫姐，陆……总。”周西西意外陆禹琛和苏玲沫站在一起，隔着不过一米的距离，她却觉得和陆禹琛隔着千山万水。

“西西！”孙潇潇站在台下，面色焦急地冲她挥手，又不好大声喊，只能无声地以口形传话。

周西西读出来她的话——赶快下来，你不能上台。

她心里咯噔一下，不能上台那刚刚的那个人是怎么回事？

正当她提着裙摆要下台时，被站在她身畔的张致臣一把拦住。他面带微笑冲着台下观众，实则低声对周西西说：“你现在下去已经晚了，老老实实待着。”

周西西进退两难，下意识地向陆禹琛的方向望去，却见到苏玲沫正娇俏地笑着，胸口霎时抽痛起来。

心绞的感觉一直持续到点映礼结束。

刚一散场，周西西就被主办方负责人训斥了一通。

“我说你这个人，懂不懂规矩，说过不要你上台的，怎么自己就站上去了！为了曝光率，脸也不要了是不是？还有，那个位置是女主角的，你一个配角哪来的底气？我见过不少强行给自己加戏抢镜的，你这么狂妄的，倒是头一次看见！”

自始至终周西西都没有回应半个字，她孤零零地站在原地，听着周遭人的窃窃私语，指甲深深嵌进掌心。

苏玲沫在不远处听得一句不落，正在犹豫上前为周西西辩解几句，林琅却拽住了她，轻轻摇了摇头：“她现在风评太差，你和她交好，会被主流圈排斥的。”

苏玲沫终究没有开口，眼看着负责人把周西西骂得狗血淋头。此时，一道低沉冰冷的声音止住了无止境的谩骂：“我华天的艺人，还轮不到你来教训。”陆禹琛走到两人面前，对负责人冷言说道。

那名负责人见到陆禹琛动怒，吓得冷汗涔涔，连声向周西西道歉。

“现在道歉有什么用？你看你刚刚那是什么态度？就算我们西西不能上台，也轮不到你那么看不起人！”始终没有露面的孙潇潇这会儿突然冒出来，对着负责人一通指责。

陆禹琛扫了她一眼，说：“没安排好，这是你的失职。”

一句话说得孙潇潇瞬间腿软，她可是记得之前陆禹琛警告过她的话，现在又被他这么训斥，只怕是要拿她开刀了。

“陆总，没安排好西西的工作是我的错，很抱歉。但是……”她还在试图解释。

然而陆禹琛并没有耐心听她的解释，他冷冷道：“再有下次，直接走人。”

简洁的命令为这场闹剧画上句号，陆禹琛不再多做停留，大步流星地离开会场。

众人在陆禹琛离开后也都渐渐散了，只有周西西望着陆禹琛离开的身影，怅然若失。

以往她从没有在意过，可今天的站位一事却让她深深感受到，自己和陆禹琛之间的差距有多大。而她，别说正大光明地站在他身边，就算是上台的机会都没有。

一大清早，孙潇潇就被公关部叫去处理周西西的负面新闻。

“早啊，潇潇，这么着急赶去公关部，怕是你家艺人抢占C位（中心位）的消息压不住了吧！”林琅和孙潇潇仇人见面分外眼红，自然是要踩上一脚的，“哦对，还有抄袭剧的‘黑粉们’，搞得《倾城》的评分都被刷成一星了，公司损失大了。”

“开什么玩笑，明明是自己家艺人没那个本事站C位，非往别人头上扣帽子。《倾城》上映之后，哪个角色人气高，心里没点数吗？我们西西可是要做华天一姐的，还有之后的华帝奖，咱们等着看谁能拿奖！”

孙潇潇现在一心和所有艺人交恶，为的就是把周西西的人缘和名气搞臭。苏玲沫目前正当红，她自然是无所不用其极地和她们闹。

“那咱们走着瞧！”林琅冷哼一声，昂首挺胸从孙潇潇面前走过去。等一回到办公室，就忍不住向苏玲沫大倒苦水：“玲沫，你以后离那个周西西远一点。天天想着做一姐，也不掂量掂量自己有多少能耐！说咱们人气不如她们，观众是瞎了吗？”

苏玲沫微微皱眉，现在的局面实在不是她所期望的。她也试图找过周西西，可周西西总是以没时间为由拒绝她，这也让她心寒。

“玲沫，你以后离那个周西西远一点！你这个性格太容易吃亏了！”林琅一拍桌子，愤愤不平地说，“往后有周西西和孙潇潇俩人就没我，有我就没她们！”

另外一边，周西西正在陆家研究新菜谱，新菜刚做好，陆禹琛就一脚踏进厨房。

“果然馋狗鼻子灵。”周西西小声嘟囔了一句。

“然而你只有给馋狗做饭的份儿。”陆禹琛听得一字不漏，在餐桌前坐定，等着周西西把菜品都上齐。

猪蹄、排骨、羊腿、牛排，陆禹琛扫了一眼餐桌，挑眉说：“你终于有个厨师的样子了。”

“在你眼里我就是个厨子的命。”想到那天万丈光芒的陆禹琛，周西西突然低声说。

察觉出周西西情绪的莫名低落，陆禹琛改口说：“你收拾一下，过几天要去参加综艺节目了。”

“参加综艺？”周西西一脸茫然。

“你每周都追的那个《萌娃养成记》，公司已经决定让你参加。”陆禹琛咬了一口牛排，略微皱眉，“牛排煎得有点老。”

顾不上牛排老不老，周西西几步跨到陆禹琛身边坐下，闪着星星眼问：“真的吗？我要去参加《萌娃养成记》了？”

想想那几个萌娃，她简直做梦都要笑醒了好吗。

“没那么简单。”陆禹琛毫不留情地戳破她想见萌娃的期待心情。

“我明白，你想借综艺挽救我的名声，《长亭记》的负面影响太大了。”

陆禹琛倒是意外她看问题看得这么清楚，不禁露出赞许的目光。

“陆禹琛，对不起啊，因为我的原因让公司受损失。”周西西突然垂下头来，低声道歉。

陆禹琛倒是意外于她的道歉，说：“《长亭记》的拍摄推迟了。”

“啊？”周西西难以置信，推迟一天拍戏，那得损失多少钱啊！况且这部剧万事俱备，之前张致臣找上她也是因为女主角人选迟迟没有着落，原本定下她之后就要开拍的，现在推迟拍摄的话，投资商会愿意？

“投资商在这。”陆禹琛一眼看穿周西西的内心戏，指了指自己，脸上一副“颤抖吧，凡人们”的表情。

“有钱可以为所欲为，是吗？”

“是。”陆禹琛答得简单又理所当然。

“其实他就是看不得你和张致臣一起拍戏而已啦！”突然出现的肖衍远一语揭穿陆禹琛的真实想法，换来一连串的骨头攻击。

“喂喂！陆总，你这样小西西打扫起来会很麻烦的！”肖衍远完美避开，终于坐在餐桌前，无视陆禹琛杀人般的目光，理所应当地吃起饭来。

周西西瞥了陆禹琛一眼，仿佛听到天方夜谭，他为了不让她和张致臣拍戏，居然推迟拍摄。

“剧本要重写。”陆禹琛神色如常，“班底也要重新组建。”

总之就是不提张致臣的原因。

周西西也是服了他，自顾自地吃起饭来，不再理会他。

“陆总，我调过监控了，果然和你设想的一样，带小西西去台上的人，不是主办方的工作人员，也不是华天的员工。所以，这还是针对小西西设计的，让她站到C位，被人误解在抢C位。”吃饭归吃饭，肖衍远还是没忘汇报正事。

周西西没想到陆禹琛居然私底下还帮她调查这种小事，心里不由地升起了一丝丝甜蜜。

她托着腮，叹气道：“自从进了华天，我似乎变得更讨人厌了。以往我在剧组里最多被人误解一下，可现在倒好，总有乱七八糟的人给我下套。陆禹琛，你是不是有什么仇敌啊，动不了你只能动我。”

比如上次的刺杀事件。

陆禹琛自然清楚她所指的是什么，淡淡地说了句：“我的仇敌只要命，不玩这些低端手段。”

周西西翻了个白眼。

肖衍远酒足饭饱，毫无形象地摆出葛优瘫的造型，说：“小西西，你干脆别拍戏了，做陆家的专职厨子好了，保证你比现在轻松多了！”

“不行！”周西西想也不想地拒绝。

“为什么啊！”肖衍远玩心大起，非要问出个水落石出来，“是因为你喜欢拍戏呢，还是因为你为了某个人？”

提到某个人的时候，陆禹琛握着筷子的手稍稍一顿。

周西西沉默了片刻，旋即扬起一脸理所应当的笑容说：“我想红啊！就这么简单。”说着，她偷偷地看了一眼陆禹琛，然而他表情一如既往的淡漠，看不出情绪起伏。

这让她异常懊恼。

陆禹琛在凉城时的表白，果然是开玩笑的吧。

她到底在期待着什么呢？明明知道他们是两个世界的人，却生出了不该有的奢望。

“华天一姐？”此时，肖衍远的声音拉回了她飘远的思绪。

“这个我倒没想过，我就是想成为超级巨星。况且这是合约里写好的啊！我做饭，华天捧红我。”

“可你现在还没有苏玲沫红呢！”肖衍远哪壶不开提哪壶。

“玲沫姐颜值高演技好，出道比我早，进华天也比我早，比我红是应该的。”周西西说，“不过总有一天我会比她红的！”

“你红不过她。”陆禹琛用餐完毕，一句话打击得周西西如泄了气的皮球。

“喂，陆禹琛，说好要捧红我的！”

“华天捧红你，但没说把你捧成最红。”

周西西气结，但又找不到话来反驳，索性碗筷也不收拾了，自顾自地回了房间。

肖衍远咋舌：“陆总，你这么说话，难怪小西西受不了你！”

“记得收拾碗筷。”留下这句话，陆禹琛也回了房间。

什么叫自作孽不可活，肖衍远悔得肠子都青了。

《萌娃养成记》这档综艺节目，是要两个艺人组成临时搭档来照顾一个宝宝三天时间。除依靠萌娃赚足收视率之外，临时搭档的“爸爸妈妈”也是看点之一。

周西西是中途进组，所以行程安排得很紧张，在车上孙潇潇还在不停地告诉她注意事项。“潇潇，你说的那些人设，我根本做不来。”听完孙潇潇的嘱咐，她只觉得一个头两个大，什么贤惠人设，疼爱孩子，她是喜欢孩子不错，但贤惠什么的，是她装得来的吗？

“这可是公司的安排，要洗白总得有个人设，这样我也方便水军控评。”孙潇潇解释说。然而她打的如意算盘是一旦播出后，就把周西西的那些黑料放出去打脸，人设什么的根本就是为了攻击她才这么设计的。

周西西翻了个白眼：“随便你吧。”反正她是不会按照剧本来的。

孙潇潇就这么一路念到抵达剧组。

刚一下车，周西西就看到一个熟悉的人影伫立在大楼前——

“致臣哥，你怎么在这？”周西西讶然。

“来做临时工啊！”张致臣摆出老少通杀的温和笑容说，“剧组之前有对‘夫妻档’因故离开，又不能这么放着，只好派我来救场了。”

“‘夫妻档’？”周西西瞪大眼睛，隐约有种不太好的预感，“该不会是……”

她话还没说完，总导演就出现在众人面前，招呼着两人。“哟呵，新任‘夫妻’一起到了。”

总导演的话让周西西和孙潇潇险些惊掉了下巴，两人互看了一眼，眼中分明写着难以置信。

孙潇潇的神色随即恢复如常，摆出一副欣喜的模样对周西西说道：“西西，你们俩也算是老相识了，之前拍广告，合作就很默契，这次做‘夫妻’来照顾宝宝一定会碰撞出不一样的火花。”

然而周西西这会儿脑子里想的都是陆禹琛看到节目之后黑脸的样子，不过转念一想，他这个大忙人估计没什么时间来看这种综艺，这才稍稍宽慰了下，对张致臣伸出手来说：“致臣哥，请多指教喽。”

张致臣握住她的手，看着她的眼神分外迷人：“合作愉快，西西。”

进组第一天，周西西和张致臣就开始了拍摄。他们俩的“孩子”是个六岁男孩，名叫丸丸。对周西西和张致臣这对新父母，丸丸起初是有些抗拒的，直到上车赶往拍摄地，也没有亲近两人。

周西西坐在丸丸身边，看着他默不作声地望着窗外，想到之前几期节目中关于丸丸的镜头，便主动凑了上去，友好地说：“丸丸，你有没有去看《复仇者联盟》？”

提及自己的兴趣爱好，丸丸的眼神里有了神采，扭过头来，看着周西西不屑一顾地说：“早就看过了。”

“我说的是新上映的《复仇者联盟3》哦，灭霸打了一个响指整个宇宙就消失了一半的人口。”周西西描述得绘声绘色，“蜘蛛侠他们……再说我就剧透了。”

“蜘蛛侠怎么了？”丸丸焦急地追问，“蜘蛛侠消失了吗？”

“你想看吗？”

“想！”丸丸回答得十分痛快。

“叫一声西西妈妈来听听看。”周西西勾了勾手指，一副小人得志的样子，“你叫的话呢，等节目结束我就带你去看电影，另外还有你喜欢的提拉米苏。”

“导演伯伯说要看你的表现才能决定，是不是要叫你西西妈妈。”丸丸一语戳穿周西西美好的梦想。

“西西，你省省吧，这些孩子可是聪明得很，这么简单就想拐走叫你妈妈，你这如意算盘怕是打错了。”坐在前座的张致臣回头，取笑周西西说道，“是不是啊，丸丸宝贝儿？”

“宝贝儿也不可以乱叫。”丸丸小大人一般的口气正色说，惹得周西西一时间笑出声来。

一个小时后，车子驶进一座独栋别墅，周西西小心地解开丸丸的安全带，抱他下车。

“看样子咱们是第一组到达的。”张致臣环视四周后如是说。

三人一行进了别墅，后面的跟拍摄影师也跟了上去。

“阿姨，我想去湖边玩。”丸丸发现了这栋房子的新世界，一路上和周西西也聊了不少，算是认识，就对她放下了些许戒备。

周西西看出他还是不太熟悉，也不逼迫他，说：“倒也可以，不过你要注意安全。”

丸丸连连点头，在得到周西西的同意后迈着一双小短腿跑开了。

“你对付小孩子很有一套啊！”围观的张致臣不禁赞许道，“原本上这个节目，我还挺忐忑，不过看到搭档是你，瞬间就放心了。”

被偶像夸赞的感觉真是太美妙了。周西西内心里早已乐开了花。

“西西，很抱歉让你接拍了《长亭记》，如果不是我，你也不会被水军骂得这么惨。”张致臣低头叹了口气，垂下的眼眸也敛去了其中闪烁的精光。

周西西连连摆手：“这怎么能怪你呢？你也是受害者啊！”可张致臣的情绪并没有因为她的话而有所改善，仍旧垂头丧气的。周西西犹豫了片刻，终究还是把华天的安排告诉了张致臣。

“致臣哥，你也不用太担心。据我所知，《长亭记》已经换了投资商，剧本也会重新制作，到时候和《金镶玉》就没有什么关系了，不是抄袭剧的话，那些粉丝也就不会死追着不放了。”

“真的吗？”张致臣又惊又喜，其实《长亭记》的动向他始终在密切关注着，当时因为公司擅自替他接下了这部剧，导致他的口碑呈断崖式下跌，事后又无力做出补救，还好有周西西在。

他早在《倾城》剧组时就看出，陆禹琛对周西西，绝非表面上那么简单。

现在看来，他的猜想果然没错。

“真的，我保证。”张致臣这才露出阳光般的笑容。

周西西盯着他脸上的笑容，眼前的他与印象中的那个他渐渐重叠。就是这个笑容，当年在她最无助的时候给了她力量，可他似乎仍旧没有记起那段往事，她更加不敢贸然道谢。

“西西，你真的是我的幸运星。”张致臣拍了拍她的肩头，“亲爱的‘老婆’，之后几天请多指教了。”

周西西被这一句戏称搞得浑身不自在，最后只能尴尬地笑笑。

当晚，收拾好房间后，周西西为了能够早些和丸丸建立浓厚的“母子”亲情，就自发地跑去了丸丸的房间。

六岁的男孩，再聪明也只是孩子，远离亲生父母不说，之前几期的节目父母也都因故换人，心理上肯定是有些落寞的。

抱着安慰丸丸的心情，周西西敲响了丸丸的房门。

“丸丸，阿姨来跟你一起玩好不好？”

房门开了一条缝，丸丸露出头来，一双圆圆的眼睛盯着周西西：“太晚了，我该睡觉了。”

周西西咧嘴一笑：“那阿姨跟你一起睡好不好？这个……其实我怕黑。”

丸丸想了片刻，把房门打开大半：“进来吧。”

然而周西西刚进房门，“你好毒”的专属铃声就陡然响起。她不好意思地看了丸丸一眼，认命地接通电话。

“睡了吗？”电话那头陆禹琛的声音带着点沙哑，像是生病了的样子，周西西的心口一下子就被揪紧了。

“正要睡，你生病了？”

“没饭吃。”陆禹琛答非所问。

周西西顿时不知道该怎么接话：“我来之前咱们不都说好了吗？我没法按时做饭，你当时也准许我参加节目，况且这是公司的安排。”

“你出来一下。”

“什么？”周西西以为自己听错了，“出去？去哪？”

“出门。”

“我准备睡了啊！”

“准备睡就是还没睡，出来。”

周西西翻了个白眼：“现在咱们是拍摄节目，虽然现在是晚上，但外面可能会有工作人员，要是被发现我们这么晚见面，到时候传出什么流言蜚语……”

“我已经全部打发了。”不给周西西反驳的余地，陆禹琛挂断了电话。

这头周西西呆愣地看了看手机，又看了看丸丸，不得已露出一个窘迫的笑容：“丸丸，要不先不睡了。”

陆禹琛怎么都没想到，周西西竟然穿一身睡衣跑出来跟他见面，还带了一个“拖油瓶”。

“你居然还带着一个小鬼？”

周西西牵着丸丸，恶狠狠地瞪了陆禹琛一眼：“什么小鬼，他叫丸丸，我答应了要陪他一起睡的，总不能欺骗小孩子。话说你怎么会在这？”

“我想吃饭。”陆禹琛老大不爽地说。

“没地方。”周西西回应得十分迅速，“这房子里根本就没有食材，做不了。”

开玩笑，她是来录节目的，又不是来继续做厨子的！想让她做饭，有本事变一间厨房出来！

陆禹琛下巴一扬：“去那。”

周西西循着方向望去，小湖的另一边，同样耸立着一座三层别墅，与节目组的别墅不同的是，那座别墅被高高的围栏围起，显然是闲人无法进入的。

“陆禹琛，你疯了吗？为了做顿饭就追过来，这里距离A城千里

之外啊！”周西西彻底搞不懂他的脑回路了，“你还租了一栋别墅！”

“我买下来的。”

周西西当下转身默默朝那栋别墅走去，跟这种土豪根本没法聊天。为了吃饭他可真是无所不用其极。这可是上千万的别墅啊！早知道她的饭这么值钱，当初就应该按盘卖！

“你这样追女生太笨了。”许久后，默不作声的丸丸语出惊人。

陆禹琛看了一眼丸丸，后者正以一种难以描述的眼神看着他："你这个小鬼懂什么。"

“我不懂，我去找致臣爸爸，告诉他西西妈妈去给别人做饭。”说完迈着小短腿就要回去。

陆禹琛一把抓住他，面露不悦道：“小鬼，你说谁？致臣爸爸？”

丸丸鬼精灵地笑笑：“是啊，致臣爸爸可帅了，他还是大明星呢！西西妈妈也是明星，我的爸爸妈妈都是大明星呢！”

陆禹琛一张脸变成猪肝色，周西西的搭档居然是张致臣？那个心怀不轨的小白脸？

想到这，他三步并作两步，追上前方的周西西，质问道：“你的搭档是张致臣？”

“是啊，我也是来了之后才发现的。”周西西回头看了一眼，发觉丸丸没有跟上，又折回去抱起丸丸。

“不拍了，你马上订机票回公司。”陆禹琛想也不想地说。

周西西吃了一惊：“不拍？那是要违约的啊！”

“违约金我付。”

“这是公司的安排啊！”

“我说了算。”

“陆禹琛你讲讲道理好不好。”周西西无奈地看他，“你最近怎么说风就是雨的，这种事怎么能临时变卦。”

“总之你不许拍。”陆禹琛皱起的眉头始终没有松开。

“你给我个不拍的理由。”周西西的倔脾气也上来了。

“没什么理由，我不想你拍了。”

“怪叔叔知道是致臣爸爸和你拍节目，吃醋了。”正当两人你一言我一语地争吵时，丸丸冷不丁冒出一句话来。

什么叫语不惊人死不休，周西西今天算是见识到了。她偷偷瞄了一眼陆禹琛，可惜夜色下看不清他的神情。

“小鬼你话真多。”陆禹琛瞥了丸丸一眼，径自回了别墅。

周西西半晌后才从震惊中回过神来，换成她追陆禹琛了。

“陆禹琛，你不能这样，这个综艺对我来说很重要。你也清楚这是公司安排的洗白手段，我不能中途叫停。”就算是陆禹琛，她也绝不让步。

“你就算不洗白也一样可以成为当红女星。”陆禹琛越走越快。

“那不一样！”周西西出声反驳。她抱着丸丸，几乎小跑才能跟上他，“我失误接拍抄袭剧是我的错，但是既然有让观众重新接受我的途径，我为什么不去试？我是要成为当红巨星的人，怎么能在这时候放弃！”

“你为什么偏要执着成为巨星？”陆禹琛停下脚步不解地问，“为了钱？违约金我可以不要，你需要钱我可以……”

“我需要钱，但我不需要你送我的钱。”周西西飞快地拒绝，如戒备中的刺猬一般。陆禹琛的想法，正是她最不愿见到的。他向她表白，他说喜欢她，然而——

“你根本不知道我想要什么。”

周西西的这句话，犹如兜头一盆冷水，泼得陆禹琛透心凉心飞扬。

“你说你想要什么？我都可以给你。”

周西西隐隐觉得受伤，陆禹琛这种天之骄子，翻手为云覆手为雨，从没有什么是他得不到的，向来也是俯视他人的态度。之前她并没有计较过，因为那时候她只当他是老板，是上司，可现在，她接受不了两人的不平等。

她想堂堂正正站在他身旁。

“我去做饭。”周西西不再多作解释，抱着丸丸进了别墅。

望着她决然而去的背影，陆禹琛心情五味杂陈。都说女人心海底针，周西西的心简直就是银河心。他到底要怎么做，她才能接受自己的心意？

《萌娃养成记》总共有四个不同的明星家庭，分别住在四个不同的地方。第二天，节目组开始正式录制。

清晨六点钟，周西西顶着大大的熊猫眼起床。昨晚给陆禹琛做好晚饭已经是十点多钟，丸丸都已经睡着了。然而直到回来，她和陆禹琛也没再说一句话。

他们俩，似乎总在吵架呢。

周西西叹了口气，半眯着眼睛去了厨房为丸丸准备早餐。可她还没进厨房，就闻到一股烤面包的香气，诱得她食指大动。

“起来了？”张致臣系着围裙，正把炉灶上的煎蛋盛到瓷盘里，见周西西进来便冲她一笑，“早餐做好了，等下叫丸丸起床吃饭。食材比较少，先凑合一下，今天我去超市买些东西。”

吃饭，听到这个字眼周西西就想起昨天晚上被陆禹琛折腾到半夜的情形。她回房查看丸丸，发现他已经醒来，并且自己洗漱完毕也换好了衣服。

周西西带丸丸去餐厅用餐，张致臣早已经准备妥当，绅士地为周西西拉好座椅。

“‘老婆’，请用餐。”

周西西尴尬地笑笑，入座后就开始埋头猛吃。虽然知道张致臣是为了节目效果，但还是非常不适应。反倒是丸丸，喝了口果汁说：“致臣爸爸，西西妈妈昨天晚上去见了一个怪叔叔，还给他做饭。”

周西西一口牛奶险些全喷出来，虽然为了节目效果更逼真，他们的生活细节没有摄影师和工作人员在场，但是这栋别墅里遍布摄像头，就是为了记录他们最真实的一面。

丸丸现在说这些话，这是要卖了她啊！

“哦？”张致臣只是笑笑，并没有追问，“丸丸，致臣爸爸只能在白天的时候过问你西西妈妈去了哪里，晚上我目前还没有资格管。”说着饱含深意地看了看周西西，之后又看了看房间里的摄像头。

丸丸似乎是意识到了什么，他眼珠子一转，笑嘻嘻地说：“刚才说的怪叔叔，是我做梦梦到的。致臣爸爸，虽然这只是一个梦，但西西妈妈这么优秀、漂亮，你可要小心哦。”

张致臣的目光再一次落在了周西西的脸上。

周西西被盯得不自在，随口扯了个话题说：“致臣哥，你也太不给人留活路了，长得帅就算了，演技又好，更可恶的是连做个饭都这么棒。”

“不想当厨子的帅哥不是好演员。”张致臣冲她眨了眨眼，“我刚出道的时候在各种小剧组待过，那时候都是带自己前一天准备好的便当，因为买不起盒饭。”

鲜少听他提起以前的事，周西西一时有些意外。

“剧组也是个捧高踩低的地方，我被人欺负过，也见过不少被欺负的。”张致臣继续说，“总之能做演员的都不容易。”

听到这番话，周西西胸口犹如擂鼓。她紧张地握着玻璃杯，试探着开口：“致臣哥，那你记不记得，三年前在……”

“西西妈妈，我还想喝果汁。”丸丸突然开口，眨着一双大眼睛，可怜巴巴地看着周西西恳求道。

“不可以喔，丸丸你要把煎蛋和青菜吃光光。”张致臣竖起一根手指摇了摇，说罢将一个信封推倒周西西面前，“这是节目组的任务单，吃完早餐咱们可就要正式开始执行任务了。”

“好！”周西西干劲十足。

“那请多指教了，‘老婆大人’。”

“致臣哥你这么幽默我真是接不住，哈哈哈……”周西西笑了笑，内心里却哀号不止，她怎么觉得这三天的行程，不会太好过呢。

最新一期的《萌娃养成记》一经播出，原本就不错的收视率更是独占收视王座，秒杀其他综艺类节目。主要是这期张致臣和周西西的话题度足够高，加上在节目里“CP 感”太强，以及萌出天际的丸丸，高颜值的“一家三口”，任谁看了也是赏心悦目——当然也有例外。

陆家，书房。

陆禹琛看着节目里的周西西，笑靥如花地和张致臣一起完成任务，最后一人一边牵着萌娃在湖边散步，夕阳下三人的影子被拉得长长的，

整个一副现世安稳岁月静好一家和乐。

肖衍远缩在门边，警惕地观望着陆禹琛的神色，小心翼翼地又往门边缩了缩。

“站住。”陆禹琛冷冷地下令。

“我没动。”肖衍远一边回答，一边默默地收回已经挪了小半步的腿。

“你们想到的‘好’办法，”陆禹琛脸一绷，顿了顿说，“可真是好。”

肖衍远百口莫辩，他哪里知道节目组也请了张致臣，更好死不死地和小西西搭档，更可恶地是两人的化学反应看起来特别好！满屏的粉红色都要溢出来了，也难怪自家老板吃醋。

“可是陆总，这确实有效，播出后小西西的粉丝多了不少。之前观众是被她的演技所折服，现在是被她的耿直性格圈粉。”肖衍远不忘解释，借以来熄灭陆禹琛因为醋意而生出的怒火。

陆禹琛的视线依旧停留在屏幕上，周西西的一颦一笑都紧紧牵动着他的心。那天两人闹过别扭后他就回了公司，直到最近节目播出，他都没有再和周西西联络。这个女人也是沉得住气，一通电话、一条短信都没有。

他直直地望着周西西在节目里的各种反应，思虑良久说：“想办法把苏玲沫安排到这档综艺里。”

“啊？”肖衍远以为自己听错了，“苏玲沫？”

“苏玲沫要作为常驻嘉宾。”

肖衍远的下巴险些惊掉：“陆总，小西西也只是暂时的特邀嘉宾而已啊！一档综艺里总不能有两名华天的艺人争夺收视率吧，这怎么都该是小西西作为常驻嘉宾，如果苏玲沫做了常驻，那小西西会很伤心的。”

小西西不开心了，后面当炮灰的不还是他肖衍远吗。为了他的幸福，坚决不能让苏玲沫成为常驻嘉宾啊！

“我说得很清楚，是苏玲沫。”陆禹琛合上电脑，不耐烦地说。

肖衍远这会儿连惊讶的神情都没了，百思不得其解：“陆总，开年大戏给了苏玲沫，最受欢迎的综艺也给了苏玲沫，那小西西近期可就没有什么好资源了。难道华天最好的资源不该给她吗？”

“苏玲沫是要成为华天一姐的人。”陆禹琛下了定论，“华天最好的资源不给她，要给谁？”

肖衍远当场石化，华天一姐不是小西西，而是这个苏玲沫？这话真的是从他家老板嘴里说出来的？

他是中邪了吗？

转眼到了又一期《萌娃养成记》的拍摄。

嘉宾们提前都已经知道本期的拍摄又有一对搭档夫妻因为档期问题被换掉，女方人选已经公布是华天的苏玲沫，但男方人选却始终保密，让人更加好奇。

准备室里，周西西正陪着丸丸看漫威，听见门外传来不大的骚动声，心中猜测应该是苏玲沫到了。

果然，不消片刻，苏玲沫就进了准备室，身后还跟着一个可爱的小女孩。

“玲沫姐。”周西西起身跟她打招呼，而苏玲沫却不像之前那么热络，只是淡淡地点了点头。

周西西并未多想，只当是长途奔波后太过疲惫。她蹲下来对丸丸说：“丸丸，这是玲沫阿姨，跟阿姨问好。”

“阿姨好。”丸丸很是乖巧地摆了摆手，眼神却飘向苏玲沫身后的小女孩东东。

苏玲沫的眼神在两个孩子之间来回了几遭，俯身对丸丸说：“小帅哥，东东有点不开心，你帮阿姨个忙，陪东东玩一会儿好不好？”

“这不算帮忙，是我自己想陪东东玩。”丸丸立刻表明立场，上前牵过东东到一边。

丸丸的话让苏玲沫吃了一惊，周西西随即笑了笑说：“玲沫姐，丸丸可是特别早慧的孩子。”

嗯，泡妞也相当有一套。

“都挺可爱的。”苏玲沫也回以一笑。

“我还没恭喜玲沫姐拿下《金镶玉》的女主角呢！”

苏玲沫又是一怔，她是清楚周西西接拍《长亭记》的，也知道《长亭记》抄袭《金镶玉》，原本她顾忌周西西就没有提及，但没料到周西西会主动提及，一时间有些茫然不知如何回答。

“前段时间实在太忙了，抽不出时间来给你庆贺。”周西西坦然说，近来孙潇潇给她接的代言是成倍增加，搞得她分身乏术，“等拍完这期节目，回去我们庆祝一下。”

“好啊。”苏玲沫终于露出一抹真心实意的笑容，先前对周西西的隔阂也去了大半。

“不过话说回来，玲沫姐，你的搭档是谁啊？”周西西问出盘踞在心头的疑问，“要说现在圈子里能配得上你的男艺人，我还真想不出来几个。”张致臣倒是可以，不过已经跟她搭档了，自然排除在外。

提到这个苏玲沫摇了摇头：“我也不清楚，林姐问过节目组，说是不方便透露，等开拍就知道了。”

正说着，总导演满面春风地走了进来，看见苏玲沫也在，笑得更开怀了。

“来来来，玲沫，你的搭档到了。”

苏玲沫和周西西翘首以盼，自门外走进一个熟悉的身影，在导演身旁站定，面色冰冷，眸底是藏不住的火气和不满。

“陆禹……总？”周西西愕然，他居然是苏玲沫的搭档。

这边苏玲沫也是惊讶得半天说不出话来，华天老总来参加综艺就算了，还跟她搭档。这未免太匪夷所思了！

“陆总，这是您的搭档苏玲沫，就不用介绍了吧。这是周西西，也不用介绍了。”总导演略微尴尬，瞟了瞟陆禹琛，生怕他又像刚刚在办公室那样暴走。“致臣你也来了，这是华天的陆总，来参加这期的节目录制，和苏玲沫搭档。”

“哦？”刚一进门的张致臣扬了扬眉，颇有深意地笑笑，“那请多指教了，陆总。”

陆禹琛的脸色更臭了。

赶去别墅的途中，周西西的思绪还在神游，她怎么都想不明白，陆禹琛为什么会来参加这档综艺。实在想不通，干脆给肖衍远发微信询问——

周西西：小哥哥，陆禹琛怎么来参加综艺了！这是要吓死谁啊！

肖衍远：我是个人，不懂非人的脑回路。

周西西：他想提前练习一下当爹？

发送过这则消息，周西西的心隐隐失落起来，陆禹琛这回可真成了别人家老公。想到这，她的胸口不由自主地漾起浓浓的酸意。

肖衍远：他是不是想当爹我不知道，他是想练习一下当老公。

可惜人选不对。

节目组再次拒绝调换搭档，万般无奈，他只能和苏玲沫一组了。

周西西：当老公用得着上综艺？

肖衍远：老婆在综艺里啊！

周西西看到这条消息，心跳突然一紧。接着肖衍远又发了个同情的表情过来。

肖衍远：小西西，你自求多福吧。

依陆禹琛的性子，自己和别人一组也就罢了，亲眼看着小西西和别人搭档夫妻，这画面，肖衍远光是想想就很腿软了。

周西西心事重重地到了湖边别墅，一下车，却见到陆禹琛和苏玲沫那组的车子也紧随其后停了下来。

“啊？”她倍感疑惑，四个家庭应该在不同的地点拍摄才对啊，这是什么情况？

“我在那。”陆禹琛走到周西西面前，指着对面他那栋别墅说，“记得按时来做饭。”

周西西彻底无语，肖衍远说得对，他的脑回路压根儿不是人类所有的！

“‘老婆’大人，丸丸好像在叫你。”张致臣挂着人畜无害的笑容提醒道，换来周西西一记狠瞪。

一回眸，陆禹琛也送了他一记狠瞪。

别人拍综艺是正常模式，她拍综艺都是修罗模式。周西西头痛地

抚了抚额头，索性不管这两个男人，领丸丸进门。

“‘老婆’两个字也是你叫的？”陆禹琛目透寒光。

“节目里和西西就是夫妻关系啊，这么称呼没毛病。”张致臣笑着回答，偏头看了一眼不远处陪着东东的苏玲沫，继续说，“你也可以这么称呼玲沫。”

这话不过是张致臣用来激陆禹琛的，陆禹琛自然清楚。他不置可否，扬唇一笑：“有什么要求直说。”

“和陆总聊天就是轻松。”张致臣耸了耸肩，察觉到摄影师没有开录，便低声说，“我想要《长亭记》尽快开拍。”

他并没有多少时间可以等了，结束《长亭记》的拍摄，他在夏盛的合约也就满了。

“跟夏盛的合约到期，就以为能来华天了？”陆禹琛嗤笑一声，“那也要看我想不想接。”

“我自认为商业价值还是足够的。”张致臣胸有成竹。

“商业价值？”陆禹琛仿佛听了个笑话，“我的喜好就是这个圈子的商业价值。”

张致臣的脸色微微一白，又听到陆禹琛继续说：“我说过，你想来华天，就离西西远一点。”

这一刻张致臣才稍稍明白，和陆禹琛谈条件，他毫无胜算。

一大早，苏玲沫就准备好了早餐，并且耐心地为起床后的东东梳头发。

陆禹琛刚出房门，就看到这一副“母女情深”的画面，却因为严重的起床气没什么好脸色。

“陆……”苏玲沫习惯性地想称呼陆总，但想起是在节目里觉得不太妥当，于是鼓起勇气直接叫了他的名字，“禹琛，早饭我已经做好了，你先去吃。等下我给东东打扮好就去吃。”

“我不吃。”陆禹琛难受地抚额，连苏玲沫的称呼都懒得叫。站在他眼前的是苏玲沫，脑子里想象的却是周西西在照顾那个臭小子还有张致臣的情形。

周西西做的饭……想到这不光是头疼，胃也跟着疼了起来。

“禹琛……不吃饭怎么行？”苏玲沫有些担忧，“何况待会儿还要录节目……”

“你管好自己就好了。”陆禹琛说完就回了房，拨通周西西的电话。

与此同时，周西西正沉浸在美梦中，听到熟悉的手机铃声，条件反射性般地爬起来，火速接通电话：“陆总！”

“过来做饭。”陆禹琛的声音闷闷的，极度不爽。

“哦。”条件反射般地应声，周西西忽地回过神来，“不对啊，现在是在录节目，而且你和玲沫姐是一组。”

“你的意思是你不给我做饭，而是给张致臣做饭？”

周西西不用看就知道陆禹琛现在肯定一脸杀气，她正要解释，可想到陆禹琛居然跟苏玲沫同组参加综艺，气就不打一处来。

“我用不着做饭啊！跟致臣哥一组特别好命，致臣哥手艺特别好！”她特意加重末尾的三个字，心满意足地听到话筒里的磨牙声。

“周西西，你等着。”陆禹琛说完就挂了电话。

半小时后，等周西西洗漱完毕，也照顾好丸丸起床，刚和张致臣碰面，就接到节目组突如其来的通知——《萌娃养成记》本期主题：换爸爸。

换爸爸？周西西愣神片刻，该不会是……

“怪叔叔来了。”丸丸奶声奶气地说。话音刚落，周西西就见到推门而入的陆禹琛，俊朗的面容带着几分不悦、几分得意。

张致臣心知肚明，冲周西西笑笑说：“西西，这期你就好好照顾自己，咱们下一期再续前缘吧。”

“哎，致臣哥……”然而无论她怎么呼唤，也阻止不了张致臣撤退的步伐。

“人都走了还喊什么？”

“陆禹琛，你是不是故意的？”周西西稍一思索就猜出个大概，“是不是你命令节目组这么做的？”她的狐狸眼微微眯起，透出一丝狡黠。

陆禹琛该不会是吃醋了吧？这样一猜测，她的心跳猛然加速。

“节目的方式总不能一成不变。”陆禹琛堂而皇之地回答。

周西西抿了抿嘴唇，失落的情绪再一次将她笼罩了起来。大老板只是嫌弃节目的方式单一，所以才临场发挥，大开脑洞？

这时，等候多时的丸丸揪了揪周西西的衣角，小声说：“西西妈妈，我饿了。”

周西西这才回过神来孩子还饿着，于是半蹲下来轻声哄道：“丸丸乖，我这就去做早餐。”

“今天不是致臣爸爸做早餐吗？”丸丸苦着一张脸说，“我想吃致臣爸爸做的饭菜。”

周西西一见丸丸不开心，连忙去哄。谁料到陆禹琛却抢先一步开口说：“小鬼，想吃什么，你陆爸爸都能满足你。”

陆爸爸？周西西险些当场石化，她僵硬地转过身后，仰视陆禹琛帝王般的霸气神情，一时无语。

接下来周西西见证了她二十五年来最梦幻的一个小时。

陆禹琛居然在做饭！动作之行云流水，过程之熟练，绝非一朝一夕的工夫！

“陆禹琛，”周西西凑上前去，用探询的目光上下打量他，“你私底下没少练习吧！”

“看一遍，试一次，做一遍。”陆禹琛的回答简练非常，坐在餐桌前的丸丸很狗腿地鼓掌助威。

“陆爸爸！我还要章鱼肠！”

丸丸你未免太没立场了，刚刚你还说“只吃致臣爸爸做的饭菜”！周西西默默在心里吐槽。然而等陆禹琛把全部早餐都端上来，她尝了一口后，也立刻变节。

“天才，你是怎么做出这种味道的？你手艺这么好，干吗老是为难我给你做饭？”周西西忍不住赞叹，回头看到陆禹琛正靠在椅背上闭目养神，但眉头却始终紧皱。

“你不舒服？”周西西关怀地问，“我去叫节目组的随行医生来。”

陆禹琛一把抓住要走的周西西，半睁开眼睛，幽幽地说道：“我饿了。”

“这么多早餐不够你吃？”周西西指着满桌的早餐说道。

“我想吃你做的饭菜。”

周西西闻言，二话不说一头钻进厨房，等再回来时，手上已经端了一碗面。

“这个是最快的，你多少吃一点，想吃什么中午我再做。”

听到周西西这么说，陆禹琛才肯吃下去点东西。周西西望着陆禹琛的样子，不由自主地问出了盘踞在心头许久的问题。

“陆禹琛，你为什么喜欢吃我做的饭菜？甚至为了要我做厨子签下我当华天的艺人。”

陆禹琛握着筷子的手稍稍一顿，说：“你做饭的味道和我妈妈有点像。”

周西西闻言一愣，下意识地回道：“你恋母？”

陆禹琛嘴角一抽，回瞪了她一眼：“嗯，‘公母’的‘母’。”

真恶劣。

周西西撇了撇嘴，不过头一次听陆禹琛提到他妈妈的事，她倍感惊奇。能生出陆禹琛这样的怪人，他妈妈会是什么样子呢。

“和你一样。”陆禹琛仿佛看穿周西西的心中所想，说出一句让周西西脸颊微微发烫的话，然而他接下来的话却让周西西萌生了掐死他的冲动。

“貌美人蠢。”

“你说谁蠢呢？”周西西怒吼。

小肚子吃得圆溜溜的丸丸这会儿也有了精力加入大人间的对话，他来回看了看两人，笑得好不灿烂：“西西妈妈，怪叔叔夸你漂亮呢！”

“小鬼，你很有前途。”陆禹琛起身离开房间，拍了拍丸丸的头，“我先出去了。”

出了别墅，他就看到张致臣和苏玲沫以及那个小姑娘，三人在不远处的湖边有说有笑，好不和乐。

张致臣见到陆禹琛的身影，径自朝他走了过来，说：“陆先生怎么样，还能适应吗？”

“有工夫操心我，不如多担心担心自己。”陆禹琛不留情面地回击道，“《长亭记》是你唯一能靠周西西得来的资源。”

张致臣被说到点上，却也不觉得羞窘，说：“我和西西合作也算是双赢，目前我的流量无人能敌，凭西西的资质，爆红也是早晚的事。”

“爆红的会是苏玲沫。”陆禹琛说得斩钉截铁。

他们两人只顾聊天，全然没有注意抱着东东的苏玲沫悄然走近，并且将两人的谈话悉数听尽。

第十四章 想要你

周西西深深觉得，自己来参加的综艺和她之前追的综艺，完全是两档节目。

她追综艺的时候，主要都是萌娃们做任务，等她来参加之后，节目似乎突然转了画风，反而要求临时父母们去做任务，萌娃们吃吃喝喝在一旁就足够了。上一期还勉强说得过去，这一期压根儿就是来参加户外求生的！

节目组居然要他们去抓鱼做午餐！

“丸丸，”周西西面对毫无负担的丸丸，神色凝重地嘱咐，“咱们的午饭就靠你了，如果你借不来蔬菜，咱们中午只能喝白开水了。”

“西西妈妈，你不是要跟陆爸爸一起去抓鱼吗？”丸丸的大眼睛忽闪忽闪，边说边看向陆禹琛。

“能不能抓到鱼都是问题。”周西西来回打量了下陆禹琛小声说道。她实在是想象不出来陆禹琛光脚在河里抓鱼会是什么情形。

“不要蔬菜。”陆禹琛加入两人的谈话，表明自己对蔬菜的嫌恶。

“陆禹琛你不要教孩子挑食！中午一人一份青菜沙拉！”周西西恶狠狠地数落他，完全忘了是在录节目。

“红烧鱼或者糖醋鱼，不要清蒸。”陆禹琛完全无视周西西的话，一只手抓着她的胳膊就往外走，一副胸有成竹的样子。

等两人到了湖边，发现张致臣和苏玲沫已经早早开始。隔着不远的距离，张致臣正要和周西西打招呼，但瞄到陆禹琛的冰块脸，只好作罢，改而跟陆禹琛打招呼。

"陆先生早。"

"禹琛早。"苏玲沫甜甜地跟陆禹琛打招呼。

如果说之前她对陆禹琛还抱有几分疏离与敬畏，那么昨天的那句话足够将她对陆禹琛的种种不确定感全都打碎。她对陆禹琛不再是简单的下属和老板的关系，那些隐约的好感渐渐发酵成真切的喜欢。

陆禹琛并没有理会苏玲沫，站在湖边细细观察起来。反倒是周西西，在听到苏玲沫的那声"禹琛"后，心底泛起一丝丝酸涩感。

玲沫姐已经和陆禹琛关系好到称呼名字的地步了吗？

"玲沫姐，你们的成果怎么样？"周西西探身看了看桶，空无一物，"看来不太好抓呢。"

苏玲沫无奈地笑笑，随即又朝陆禹琛建议："不然我们组队来……"

不等苏玲沫说完，陆禹琛就牵着周西西离开。苏玲沫未出口的话被迫卡在喉间，场面十分尴尬。

张致臣了然地看了苏玲沫一眼，说："玲沫，不着急，咱们先休息一会儿吧。"

这边周西西被陆禹琛一路牵着进了山林，她很是不解："陆禹琛，家门前就有湖，干吗跑这深山老林里来？"

"湖里没鱼。"陆禹琛言简意赅。

"啊？没鱼？"

"观赏湖，怎么可能有鱼。"陆禹琛眺望了下前方解释道，"湖水清澈，也没有水草，换了你是鱼，你会在这湖里待着？"

周西西恍然大悟，望着陆禹琛刀刻般的侧颜说："陆禹琛，这你也知道？"

不远处传来细细的水流声，陆禹琛继续往前走，答道："户外求生是陆家人的基本功课。"

他只说了这么一句，但周西西听得出他话里不同平常的压抑。她曾经听七叔提过，陆家人虽然身处云巅，但付出的远多于外人所见所想。想到这她不由心疼起来，一只手覆上陆禹琛牵着她的那只手。

陆禹琛察觉到她的动作，脚步稍有一顿，回头迎上周西西的目光，彼此视线胶着。

两人对视片刻，陆禹琛上前半步，缓缓凑近周西西。周西西心如擂鼓，看着陆禹琛越来越近的脸，骤然间记起这是在录制节目，一把推开陆禹琛。

“那个，我好像听到有流水声。”周西西眼看陆禹琛的脸色一沉，赶忙编了个蹩脚的借口，说完丢下陆禹琛一个人跑到前方。

陆禹琛心下了然，望了一眼十几米开外的摄影师，沉默着追上周西西。

溪流沿着山脉蜿蜒而下，溪流两旁满目苍翠，阵阵微风拂过，山野间的清新气息沁人心脾。周西西驻足在溪边，伸了个大大的懒腰。

“陆禹琛快过来，这里景色真好！”

陆禹琛赶到溪流边，却无暇欣赏景色，而是找了些石头，投入到溪流中。

“你在干吗？”周西西不解。

“拦住水流。”陆禹琛解释。

“这也行？”周西西抱着怀疑的态度，但看陆禹琛认真的模样也就不再说什么，自己也开始收集大块的石头投放到溪水中。

溪水中的鱼儿渐渐汇集成群，周西西惊喜地叫了一声，不等陆禹琛开口，就踏入溪水中开始动手抓鱼。

“西西，你别动！”

陆禹琛的提醒迟了一步，话音未落，周西西的脚下一滑，身体失去平衡，整个人仰倒在溪流中。

“西西！”陆禹琛心头一紧，这溪水虽然不深，但遍布石头，难免磕碰到。“给我看看，哪里受伤了？”

“腰、腰疼。”周西西欲哭无泪，“我怎么衰成这样。”

陆禹琛当即掀开她的衣服，发现腰侧只是稍有红肿并没有出血，这才稍稍放心。“任务完成，我抓了一条美人鱼。”

此话一出周西西的脸霎时飞上一朵红晕：“你什么时候也学会油

腔滑调了。”

陆禹琛扶她在溪边的岩石上坐下，不置可否：“鱼是比较笨，拦住一边形成水坝，等鱼汇集得差不多了再拦一道，就好抓了。”

“你倒是早说啊，”周西西后知后觉，“不对，你说我笨？”

陆禹琛看着她，嘴角轻扬：“也有稍微不那么笨的。”

周西西正要反驳，发觉陆禹琛看着她的眼神渐渐不对，眼底升腾起一丝欲望，看得她浑身泛起热潮。她垂下头，避开他越发赤裸的目光，然而这一低头才看到自己落水后，轻薄的衣服湿透贴在身上，内衣看了个清清楚楚！

“西西。”陆禹琛低沉的声音近在耳畔，染上几分情欲的意味。他不由分说地拥住周西西，轻柔的吻落在她额头。

“陆、陆禹琛……”周西西试图推开他，可在陆禹琛的强硬力道之下终究徒劳。落水后的寒意遇上陆禹琛的身体倍觉热烫，然而他的吻却更加烫人。

炽热的吻逐一落下，蔓延至嘴边、耳畔、颈侧。火热的掌心自腰侧上移至前胸，引得周西西体内爆发出一阵战栗。

“有摄影……”意乱情迷间，周西西残存的理智冒出头来。

陆禹琛闻言咬了咬牙，挣扎着推开周西西，面色痛苦地呼出一口气来。他别过脸不再看周西西因情欲而绯红的双颊。

“画面我会交代都剪掉。”陆禹琛硬邦邦地说，“抓鱼吧。”

“我先回去换衣服好了。”周西西面色羞红，从小道穿行而去。内心忍不住一顿低咒，这抓个鱼抓湿身就算了，还险些失身！

她不过来参加个综艺，怎么就差点演变成限制级了！

经历了在溪边险些擦枪走火，之后的录制反而很是平顺，终于到了旅程的最后一天。

“前两天我们的爸爸妈妈以及宝贝们辛苦了，为了让大家能够愉快地结束旅行，节目组今天准备了很多可口的饭菜。”主持人很是热情地说。

然而四组家庭无一不谨慎地看着主持人，在被节目组坑过无数次之后，大家显然对主持人的话抱怀疑态度。

这时，主持人扬手一挥，百米开外搭建的摄影棚上的幕布唰地落下，高台之上，放着几个竹篮。

“今天的晚饭就在高台上，等一下爸爸妈妈们要从高台上取下晚饭。”主持人介绍说，“先到先得哦！”

嘉宾们一脸黑线：“这高台连个梯子都没有，飞上去拿啊！”

“爸爸妈妈真是聪明，就是飞上去拿！”主持人笑笑。

周西西瞄了一眼准备中的威亚组，对陆禹琛附耳说：“等下吊威亚我上。”

“我上。”陆禹琛想也不想地拒绝了她的提议，“你腰上有伤。”

此话一出周西西不禁又回想起溪边发生的种种，当下脸就红了：“那点伤不算什么，拍戏吊威亚我都是亲自上的。”

“你不用替身？”陆禹琛反问。

“我这种小角色怎么可能有替身啊！都是自己上。”

“那么谁第一个来？”主持人喊话问道。

不等陆禹琛反应，周西西一马当先地冲了过去：“我先来。”

周西西穿好威亚衣，狠狠系紧，调整好后冲工作人员比了个“OK”的手势。摄影助理固定好威亚线，开始移动滑轨。周西西缓缓升起，在心里估算自己和高台的距离，绷紧腰腹处，等飞近高台时，探手一捞，将其中一个竹篮稳稳勾起。而后从空中缓缓飘落，整个过程如行云流水，姿态优美宛如仙女。

刚一落地，周西西就回头冲陆禹琛挥了挥手。陆禹琛也接收她的目光，回以一笑。

苏玲沫远远望着周西西和陆禹琛的互动，心里如打翻陈年老醋，酸涩不堪。

张致臣仔细观察后连连摇头：“节目组太坑了，高台上有个摄影机，他们这哪是想送饭，分明是想拍下来嘉宾们吊威亚的痛苦样子。”

“致臣哥，我恐高……”苏玲沫不好意思地开口，以往拍这种动作戏她都是用替身上场，刚刚看了周西西完美如仙子的出场，生怕自己在陆禹琛面前表现不好丢分，就更加不愿意上阵了。

张致臣又怎会不明白苏玲沫的心思，他拍拍她的肩膀道：“我来，你和东东在这里等着。”

吊威亚的过程很顺利，半空中张致臣看到周西西在落点附近为他加油，笑靥如花的模样总觉得异常熟悉，神思瞬间恍惚。然而正是这片刻的恍惚，导致了他没有跟上摄影助理的节奏，落下几秒后才回过神来。张致臣强行要拿竹篮，岂料控制失衡，勾住竹篮却没能握住，整个人直直朝地上摔去。

千钧一发之际，周西西猛然跑到张致臣的落点处，硬生生地接住跌落的他！

两人摔作一团，节目组此时才反应过来，迅速上前查看，其余人也都围了过来。

“西西！”张致臣跌在周西西身上，毫发无伤。他连忙起身扶起周西西查看她是否受伤，心头涌起不知为何的感觉。

她保护他，她竟然会保护他？

“周西西，你不要命了？”陆禹琛气得七窍生烟，她居然为了张致臣不惜自己做肉垫！

“哎哎，疼、疼！”周西西四仰八叉躺在地上，刚一移动就痛呼出声。

随行医生简单检查了一下，说：“只是扭伤，还好没伤到骨头，我简单处理一下，送医院。”

“禹琛，你别太着急，西西她……”苏玲沫见陆禹琛焦急，出言安慰，可陆禹琛完全视而不见，打电话安排了附近医院的绿色通道。

在医院进行详细的检查后，周西西就被接回了陆家。

周西西半躺在床上，跟孙潇潇通电话。

“西西，你怎么就这么不小心呢，眼看着就是金樽奖的颁奖典礼了，你扭伤了脚要怎么出席！”孙潇潇表面上着急得不得了，暗地却喜不自胜，更恶毒地想着周西西为什么没再摔得重一些。

“出席倒是能出席，就是行动不太方便。”

“还有，你这一系列后续的代言拍摄，综艺节目那边，公司已经明令禁止你再参加了。”

如此一来，孙潇潇可是高兴坏了，这一摔，周西西至少两三个月不能露面，两三个月足够观众遗忘她了。

周西西秀眉微蹙，照孙潇潇的说法，她怕是几个月都无法工作，这样对她刚刚积攒起的人气可是大为不利。

“潇潇，我先不和你说了。”周西西挂了电话，正要拨通陆禹琛的电话，门外传来了一阵礼貌的敲门声。

“请进。”周西西应声，来人却令她略略吃了一惊。

“西西小姐，这位先生是来看望你的。”七叔有礼地说，做了个请的手势。

“西西，我来看看你。”张致臣将怀里的花束递给她，将手里提着的保温壶放在床头柜上，“那天如果不是你，估计现在躺在床上的就是我了。”

“致臣哥你不要这么想啦。”周西西说，“话说你是怎么知道我住这儿的？”整个华天知道她住所的人都寥寥无几，何况他一个外人。

“你的伤势怎么样了？”张致臣不答反问，事实上之前他一直以为周西西是为了蹭他的热度而接近他，发现她和陆禹琛关系匪浅后，就找人对她稍作调查，才查出她就住在陆家。

他虽然是夏盛一哥，但相比华天，夏盛不值一提，因此他萌生了借她接近陆禹琛以便进入华天获得资源的念头。然而他没料到的是，周西西竟然不顾自己的安危保护他。而且，在威亚上他看到她的那一瞬，尘封已久的记忆突然涌现。

“西西，我们以前是不是认识？”

周西西闻言一愣，她正要回答，门外传来了陆禹琛阴恻恻的声音：“张先生就是这么看望病人的？”

张致臣面对杀气冲冲的陆禹琛，温文一笑：“西西为了我受伤，我实在过意不去，只能聊表心意。”说完又拍了拍保温壶，看向周西西说，“西西，这是我炖的骨头汤，你多喝一点，等你康复了，我们还要一起拍戏呢！”

“哇，致臣哥你还会煲汤呢！我最喜欢喝汤了！”周西西等不及

打开保温壶，浓郁的鲜味钻入鼻腔。她满足地赞叹了一声，冲七叔喊道："七叔！麻烦帮我拿个碗可以吗？"

七叔瞧了瞧自家少爷的扑克脸，满是皱纹的脸藏不住笑意："西西小姐稍等。"

"站住。"陆禹琛喊住要走的七叔，"医生交代要清淡饮食。"

"我要喝汤。"周西西不满地道。

"新请的厨师做了营养餐。"陆禹琛难得耐着性子说。

"我要喝汤。"

"对你的伤有好处。"

"我要喝汤！"

"周西西！"陆禹琛忍无可忍，她就这么想喝张致臣煲的汤。

"我就是要喝致臣哥做的汤！"

"张致臣做的汤？"门外的肖衍远一脚踏进房间，听到这句话忍不住凑上前来，目光巡视一圈最后定格在保温壶上，他二话不说，捧起来就喝。

周西西愣住了。

张致臣呆若木鸡。

陆禹琛表面上不动声色，内心也是绝望的。

他高薪聘请的特助是不是该换人了。

"好喝，嗝——"肖衍远毫无形象地打了个嗝，"听说张天王做得一手好菜，今天可算是一饱口福了。"

张致臣面色一窘，他出道前是名厨师，肖衍远这是在暗讽他吗？

肖衍远咧嘴笑道："难得张天王百忙之中来探望小西西，我可是听说夏盛那边为张天王安排的行程可是满满当当呢！别说是张天王这位一哥了，就连阮凌天那位二哥也是行程满满，你们俩可是夏盛的顶梁柱啊！我刚跟夏盛的老总碰过面，他对你可是欣赏有加呢！"

"是工作就该尽心尽力。"张致臣的脸色略有些难看，"西西，你好好休息，我就先回去了。"

"致臣哥，我就不送你了。"周西西甜甜笑着说。

陆禹琛见状正要变脸，肖衍远却将他拖到书房，一副大事不好的神色。

“我的陆总啊，都什么时候了还在那争风吃醋！我都已经替你解决了那壶骨头汤，你能不能安心一下听我汇报大事？”

“你最好是有大事汇报。”一记凛冽的眼神甩到肖衍远脸上。

“金樽奖的获奖名单已经定了。”肖衍远艰难地吞了吞口水，“最佳女主角和最具人气奖都是苏玲沫。”

“然后呢？”陆禹琛波澜不惊地问。

“最佳女配角也是苏玲沫。”

也就是说，除却环球奖之外，金樽奖这个极有分量的主流奖项，周西西颗粒无收。

见陆禹琛毫无反应，肖衍远以为是暴风雨前的宁静，于是开口解释：“我和评委组交涉过，他们的意见相当统一，完全不像以往有可操作的余地。”

“这是我的意思。”

“我知道这是你的意思。”肖衍远后知后觉地明白陆禹琛话里的意思，话语一顿，“你的意思？”

“我说过，”陆禹琛垂眸，敛去满眼情绪，“华天的一姐会是苏玲沫。”

肖衍远愕然，他家老板这是移情别恋了吗？

金樽奖颁奖典礼现场，座无虚席。

典礼还没开始，周西西一早就被请到二楼的VIP间，百无聊赖地玩手机来打发时间。

“西西，要我说你没有必要来，又不露面，不如在家里好好养伤。”孙潇潇在包间内走来走去，拍了拍靠在一旁的拐杖，“你这样来回折腾，当心加重伤势。”

“潇潇，你别走来走去，晃得我头晕。”周西西摆摆手示意她坐下，“我头一次参加这么隆重的颁奖典礼，还不许我看看了？”

“是是是，西西大小姐说了算。”

孙潇潇无力地瘫坐在沙发上，暗暗窃喜，她还真怕周西西不来，

要知道，这可是有一场好戏等着她呢！

颁奖台上主持人热情的声音传来，周西西听见典礼开始，转而全神贯注地观看颁奖典礼。台上的张致臣内搭蓝色衬衣，外穿笔挺西装，尽现“正装诱惑”的无穷魅力。

“致臣哥是颁奖嘉宾哎。”周西西以手托腮，“他颁的是最佳女主角？”

“对，他拿过环球奖，《倾城》还没有上映，近段时间也没有什么作品，冲奖无望，就作为颁奖嘉宾出席。”孙潇潇解释说。

之后，两人一起观看颁奖过程。

然而四个提名都没有周西西的名字。

孙潇潇窃喜，却仍旧装作一副惋惜的神情：“西西，你别灰心，还有人气奖跟其他奖项呢！”

周西西默不作声，心里空落落的，直到宣布苏玲沫获奖时，她才稍稍舒缓了一下脸色。

“还好，玲沫姐拿奖我还比较平衡。”她是真心为苏玲沫高兴，“等一会儿庆功宴上要去祝贺玲沫姐。”

“到最具人气奖了！”

仍旧是苏玲沫获奖。

周西西心里的那股失望渐渐放大，等到最佳女配角奖项也报出苏玲沫的名字时，她整个人都无力地靠在沙发上。

她一个奖项都没有？她真的有这么差吗？

周西西望着颁奖台上苏玲沫欣喜若狂的模样，整个人陷入深深的自我否定中，连手机响了都没有注意到。

“西西，西西？”孙潇潇晃了晃她，没有得到丝毫回应。就在这时，大屏幕上出现了一个年迈垂暮的老人，坐在轮椅上，衣着整齐，神色严峻，给人的感觉十分压抑。

“西西，如果你还当自己是周家的人，就别再拍什么戏！乖乖回家！还有那孩子的事情，就算孩子的父亲身份不详，那也是你的孩子，是我们周家的血脉，我不会不认的！你在外头这么些年，闯也闯够了，闹也闹够了，该回来了。”

这段横插进来的视频不过短短一分钟，却使得全场哗然。视频中的老人提及的“周家”，还有“西西”，让人稍加思索就能够推断出是“周西西”。

这可是爆炸性新闻啊！周西西竟然有个父不详的私生子？

如果是以前，周西西一定会手足无措。但这段时间，她经历了不少大风大浪，这点小事在她眼里已经算不上什么难题了。而越是这种危急时刻，越不能自乱阵脚，否则会将自己置于不利的境地。

“西西，这个人是谁啊？怎么说你有个私生子啊！”孙潇潇惊愕地道。

“他是我的爷爷。”周西西偏头想了片刻，说，“我倒是很想认识一下我的私生子，还有我那个身份不详的‘老公’。”

“你还有心情开玩笑！”孙潇潇急得跳脚，“这可是金樽奖的颁奖典礼！圈内大咖云集，你却搞出这种丑闻来，你以后还要不要混了？你爷爷干什么啊！他真的是你爷爷？”

“如假包换。”周西西淡定地回答，随即说道，“我先出去打个电话。”

话落音，不等孙潇潇说话，她便离开了席位找了个安静的角落，拨通了陆禹琛的电话。

电话很快被接通，那头陆禹琛的声音带着几分笑意：“我以为你躲在哪个角落里哭呢。”

“我爷爷虽然古板，但是往我身上泼脏水这种事是不会做的。”周西西并没有预想中的惊慌失措，“他应该是误会了什么，如果我没猜错的话，十有八九和你有关系。”

“私生子的爹？”陆禹琛这回是真真切切地笑。

“当然也有可能是致臣哥。”周西西冷冷地开口，“毕竟我们俩是传过绯闻的人。”

电话那头沉寂了许久，接着传来肖衍远的喊声：“小西西啊！你到底说什么了！陆……陆总，您要淡定！小西西就算偷汉子那也是跟您！呸！你们俩那是正大光明谈恋爱！陆总！”

周西西轻笑了声，视线回到大屏幕上，周立峰历经沧桑的脸上竟

然出现了从未有过的愧疚与懊悔。

“西西，回来吧。爷爷知道错了，爷爷对不起你爸妈，也对不起你。你变成这样，爷爷有错……”

画面转暗，屏幕上切换成一副绿水青山的宜人景色。淙淙的溪流水声清脆悦耳，画面中央模糊可见两个人影。

焦距略作调节，人影变得清晰。那是一男一女两个人，正彼此相拥，男人被打上了马赛克，而女人的侧脸依稀可以辨认出，正是刚刚的新闻主角周西西。

现场又是一阵唏嘘，难道说视频里的男人就是传说中私生子的父亲？见到这些画面，周西西再也不淡定了，她冲着手机怒吼：“你不是说这段剪了吗？”

“节目组没这个胆子放出来。”陆禹琛气定神闲，倒是对遮住自己的脸略有不满，“肖衍远，去查清楚。”

肖衍远应了声“嗻”，火速逃开，谁知道待会儿他家老板会不会继续暴走，先走为妙。

这边，周西西不想再跟陆禹琛纠缠这些细节，她挂了电话后，又回到了自己的席位上。

“西西，那个男人是谁啊？”见周西西回来了，孙潇潇问道，“你不会真的有私生子吧？还有你爷爷是怎么回事？他为什么说对不起你爸妈和你？以前上大学没听你说过家里人，原来这么复杂啊。”

“你危机公关的本事如果有你提问题一半的本事就好了。”面对孙潇潇连珠炮似的问题，周西西叹了口气，“回公司。”

“现在吗？”孙潇潇哭丧着一张脸，“只怕公司门口全是记者。”

“他们堵的是周西西，不是我。”周西西狡黠一笑。

孙潇潇怎么都没想到，周西西居然让自己扮成她的模样偷偷摸摸地从公司地下停车场进去。更令她想不到的是，周西西的化装术居然这么好，她们俩身形相似，如果不是近距离分辨，几乎能以假乱真。

“西西，你这技术从哪学的？”

“自学喽。”周西西收起化妆刷，对孙潇潇左看右看，满意地点点头，“我跑龙套演配角，碰见好心的化妆师还给化化妆，多数情况就是凑合一下，逼得我只好自己学化妆。”

“我这么过去，记者们会生吞活剥了我，我还是不去了。”难得有记者围攻周西西的机会，孙潇潇才不愿意做她的挡箭牌呢！

“亲爱的经纪人辛苦一下，职责所在嘛。”周西西稍稍加重语气，孙潇潇冷不丁想起陆禹琛的威胁，只得咽下这口气。

“好，看在咱们姐妹一场的分上，我去引开记者们。”孙潇潇悲壮地抱了抱周西西，悄无声息地顺走了她的手机，“祝我好运，希望不会被记者们挤成肉饼。”

孙潇潇戴上帽子和口罩，一双眼睛经过化妆后与周西西的狐狸眼并无二致。她疾步走向华天大门，周围蹲点的记者们瞥见她都以为是周西西，瞬间一拥而上。孙潇潇当即按照既定计划撒腿就跑，周西西则拄着拐杖一瘸一拐地进了华天大门。

“你可真是有办法。”陆禹琛见到推门而入的周西西忍不住赞赏，公司安保和陆家护卫队汇报说周西西被记者追着离开，他就知道是她的调虎离山之计。

“累死我了。”她扔掉拐杖，瘫靠在沙发上。“今天是我二十五年来排名前三的倒霉日子。”

金樽奖颗粒无收不说，还多了个“有私生子”的传闻，加上最近发生的种种，周西西感慨自己运气背到家了。

“还有更倒霉的。”肖衍远从隔间休息室走了出来，恨不得把手里的手机从三十七层楼丢下去，“市场部的电话都爆掉了，合作商要求赔偿损失。”

“解决办法呢？”

“老爷子是小西西的亲爷爷，他的话不论真假观众都会相信。”肖衍远苦着一张脸，“陆总，老爷子是不是老糊涂了，自己孙女什么样心里没数吗？我们小西西冰清玉洁，怎么会是有私生子的人！”

“这得问当事人了。”陆禹琛深深凝望周西西。

周西西咬了咬嘴唇，处于纠结之中。那是她不愿触及的过往，稍一回想，就是深入骨髓的疼。

“我没有什么私生子，至于爷爷为什么要这样说，我也无法解释。其实……我跟他的关系并不好。”周西西闭上眼，终于说出深藏的秘密，“我爸妈是被他害死的。”

一室沉默。

“我妈是当地小有名气的女演员，因为工作接触不少异性和有钱老板，难免有流言蜚语传出来。当时的民风保守，我爷爷又特别古板，因为我妈的职业，经常训斥我妈，还教唆我爸跟她离婚。我妈心性高，忍不下这口气，跟我爷爷大吵一架后离家出走，把我寄养在姑姑家。我爸找了很久才找到我妈，费尽千辛万苦说服我妈回来。结果回家当晚我爸被我爷爷痛打一顿，然后爸妈决心带我离开，只是在去姑姑家的路上出了车祸，当场就没了。”

周西西说这些的时候，神色无波澜，像是在诉说他人的故事。可陆禹琛看得出，往常那双顾盼神飞的狐狸眼，如枯井一般毫无神采。

肖衍远听罢忍不住伸开双臂，心疼地道：“可怜的小西西，衍远哥哥在这里给你温暖的抱抱。”

周西西瞬间以一种看变态的眼神盯着他，而陆禹琛则将标志性的眼刀毫不留情地甩了过去。

“咳咳，我这是替陆总说的，他不善言辞，只好我来说这种肉麻话了。你说是不是啊，陆总？”

“我不善言辞，但会识人用人。”陆禹琛单手敲击办公桌，“中东就由你来开疆拓土。”

“我认为解决这件事的关键还是在老爷子身上，查清楚老爷子为什么认定小西西有私生子以及那段视频的来源，再由老爷子出面解释清楚，那就成功了一大半。”听见“中东”两个字，肖衍远终于端出一副精英的做派。

“那另外一小半呢？”

“看媒体的反应，再随机应变。”

周西西翻了个白眼以示回应。

“视频的事情查得怎么样？”陆禹琛问。

“确实是节目组摄影师传出来的，不过他还算有脑子，抹掉了陆总，不然金樽奖的颁奖典礼可就变成大型事故现场了。‘华天当红女艺人与老总情色交易’，诸如此类的标题，想想就很劲爆。”

怎么氛围有点不太对？肖衍远看了看陆禹琛，再看看周西西，两人正用“想死是吗”的眼神盯着他。

“劲爆并且无下限！令人发指！”肖衍远及时改口。

“把老爷子请到陆家，好好招待。”陆禹琛发话道，“苏玲沫包揽各奖项，庆功宴我必须出席。”

提及金樽奖，周西西刚刚恢复的神色再度黯然下去。

陆禹琛又怎么会不懂她的失落，但苏玲沫，他是必须要捧成华天一姐的。

“西西，我送你回去。”陆禹琛拿起车钥匙说。

“庆功宴我也想参加。”周西西说，“我想亲自祝贺玲沫姐。”

“你现在不适合出现在公众场合。”陆禹琛想也不想地一口否决，“回家。”

原本心情低落的周西西在听到那句“回家”时，莫名生出一股安定的力量来，她轻轻嗯了一声，转身走了出去。

“陆总，这么让小西西回去真的没问题吗？”望着周西西的背影，肖衍远有些担心。

“护卫队跟着她，没有问题。”陆禹琛收回视线，“再者，她没那么容易垮。”

这一路走来，她经历了多少事，他看在眼里，自然清楚她的性格。

这些流言蜚语还打不倒她。

“说得也是，小西西真那么柔弱，陆总也不会一见倾心了。”肖衍远笑得猥琐，“陆总，没想到呢，你和小西西已经干柴烈火，浓情蜜意。”

陆禹琛眼神一瞟，肖衍远立即识时务地改口：“也不该被这些丧尽天良的人偷拍乱传啊！”

“废话少说，去庆功宴。”

庆功宴上，一片喜庆热闹。苏玲沫一身淡紫色礼服，站在人群中央，

美艳动人。尽管四周人声鼎沸，她却心不在焉，频频抬头望向入口。

“玲沫，你一晚上看多少次门口了，等谁来呢？”林琅举着酒杯碰了碰她的杯子，灵光一闪，怒气冲冲地说，“你该不会是等周西西吧？玲沫我警告你，周西西那种人以后你离她远一点！”

“林姐，你说什么呢？”苏玲沫慌忙辩解，“我不是等西西！”

“不是等她就好。”林琅已经有几分醉意，得到满意的答复也就不再管她，跑去和同事们喝酒去了。

苏玲沫轻轻晃动酒杯，看着杯中艳红的液体随着自己的动作来回摇晃，心思却飘到华天大楼的三十七层上。

她拿了这么多奖，陆禹琛会来吗？

“玲沫姐。”

苏玲沫很诧异会在此时听到这个声音，一抬头，孙潇潇正一身狼狈面带窘迫地站在她面前。

“你怎么搞成这副样子？”

“玲沫姐，”孙潇潇可怜兮兮地攀住苏玲沫的胳膊，“我知道以前我对你说过很多过分的话，可我那都是为了西西。我把她当作好朋友，为她尽心尽力，但是我没想到，她居然威胁我做她的替身引开记者。我，我差点被那群记者踩死！”

“怎么会……”苏玲沫难以置信。

“西西她向来聪明，自然知道怎么样做对自己最有利。玲沫姐，实话告诉你，西西一直都把你当作取而代之的目标。”孙潇潇说谎话信手拈来，如果是之前，苏玲沫自然是不会相信，但在这之前她散布了那么多周西西要成为华天一姐的假消息，又几次三番地挑起她们两派之间的矛盾，日久必定生出嫌隙。

“潇潇，你大概被吓到了。”苏玲沫伸手朝林琅的方向举手，孙潇潇却眼疾手快地拦下她。

“你不相信我？玲沫姐，你就不想想，为什么周西西的爷爷早不出现，晚不出现，偏偏今天金樽奖的颁奖典礼上出现？他可是周西西的爷爷啊！如果不是周西西的主意，那么大年纪，又怎么会出现在镜头里？”

信任一旦被撕开一条口子，就有机可乘。

苏玲沫已经开始摇摆不定。

“周老爷子一出现，还有谁记得你是最佳女主角？就算你拿了大满贯，又有谁来采访你了？记者们全都去挖周西西的八卦消息去了！”孙潇潇做可恨状，“这就是周西西的目的，即便她拿不到奖，她也会想方设法抢尽原本属于你的风头！”

“可是，谁会拿自己的清白当噱头啊？”苏玲沫犹疑道，“这也不是什么光彩的事情，被传得满城风雨，对她有什么好处呢？”

“现在网络上不是有‘黑红’这个词吗？黑久必红呀。再说了，人家要的是风头和曝光度，至于过程是怎样的，根本不重要。”

“她之前不是这样的。”苏玲沫还在做最后的挣扎。

“之前？之前她没有靠山做依仗，自然是要对你嘘寒问暖。你仔细想想，是不是周西西有了人气之后就和你疏远了？”见苏玲沫已经被洗脑了七八成，孙潇潇丢出压倒骆驼的最后一根稻草——

“玲沫姐，你今天包揽各类奖项，周西西为你祝贺了吗？”

没有。

苏玲沫的心渐渐沉了下去。哪怕之前的事她都可以当作不曾发生，可今天她大获全胜，即便是做做样子，周西西也该打个电话。不，哪怕是发条消息祝贺，她也会依旧认定周西西这个朋友。

然而她没有。

周遭的喧嚣声仿佛与苏玲沫无关，她眼神无焦距地望着不知名的某处，心里那些与周西西曾有过的美好也都渐渐散去。

正当苏玲沫恍神的工夫，宴会门口传来一阵不小的骚动。

孙潇潇见朝这里的人越来越多，抓住最后的机会向苏玲沫嘱咐：“玲沫姐，你人好，和周西西不是一类人，我是看穿周西西的本性才告诉你这些，你一定要替我保密，不然我真的会死得很惨。”

苏玲沫还来不及反应，孙潇潇就已经隐没在人群中。

“陆总怎么来了？”

“当然是来祝贺玲沫姐的！”

“要我说，各类奖项傍身外加老总亲临庆功宴，玲沫姐这个华天

一姐没跑了！”

苏玲沫听着众人的言语，心跳不受控制地越来越快。她立在原地，眼望着陆禹琛信步向她走来，越来越近，面容也越来越清晰。

“祝贺你。”

陆禹琛的话只有简短的三个字，但于苏玲沫而言却是从未有过的天籁。

肖衍远适时地送上一大束鲜花，帅气的俊容洋溢阳光笑意：“玲沫大美女，恭喜恭喜！”

“过奖了，感谢公司对我的规划和栽培。”苏玲沫接过花束，笑得好不灿烂。

“除了祝贺，还有一件事要宣布。”陆禹琛自始至终都绷着脸，看不出丝毫笑意，众人无不退避三舍。如此一来就空出一片，将陆禹琛和苏玲沫围在中央，加上鲜花以及苏玲沫娇羞的模样，“怎么有点像表白呢？”不知是谁小声嘀咕了一句。

“公司决定成立玲沫的个人工作室，团队人员征集先交由林琅负责。”肖衍远闻言急忙出来圆场，生怕自家老板一个不顺心轰了庆功宴。

能够愿意分出团队为苏玲沫的演艺生涯规划，这妥妥的华天亲闺女啊！众人无不惊叹，自从凌汀走了之后，华天一姐的位子空置已久，今天可算是后继有人了。

这边苏玲沫被一连串的喜事冲击得头晕目眩。

成立个人工作室，即便是挂靠在公司名下，对于艺人而言也拥有了一定的自主权，华天这么看重她，难道说……

陆禹琛依旧沉默，肖衍远一眼看穿苏玲沫的想法，笑着打趣说：“玲沫姐，如你所想。”

“可凭我的资历……”

“咱们华天是凭能力，不看资历。”肖衍远接话，像小西西那样的，有能耐让大老板喜欢，呼风唤雨都不成问题，偏偏她还不乐意用，真是暴殄天物。

“衍远，今天这个庆功宴范围比较小。”陆禹琛说。

“陆总放心，我已经让人准备了，过两天补一个声势浩大的庆功宴，到时候整个公司都来庆贺一番。毕竟玲沫的成绩在华天史上也是从未有过的。”

苏玲沫这会儿连直视陆禹琛的眼睛的勇气都没有，平视他的衣领赧然道谢：“感谢陆总对我的重视，我一定会怀着一颗感恩的心去工作。”可惜她话还没说完，陆禹琛就已经转身离去。

“啊，陆总太帅了啊！”

“你觉不觉得他和玲沫姐好配啊！”

“要我说，玲沫姐这个华天一姐上位成华天老板娘也不是没可能啊！当年凌汀也没这待遇啊。”

听到这些话的苏玲沫，又联想到之前陆禹琛的种种言行，一颗芳心早已被陆禹琛深深攻陷。

周西西从没想到，自己和周立峰会有心平气和坐下来聊天的一天。

“老爷子请用茶。”七叔奉上泡好的茶水，轻手轻脚地掩上房门，为爷孙俩留下一个安静的空间。

“这房子，是那个男人的吗？”周立峰自从进来就一直在观察，连同七叔都看了个仔细，“我看着挺好，还是早点把婚事办一办，免得孩子没名没分。”

“有房子有钱，就挺好了是吗？”周西西反问一声，“您还是那么自以为是。”

一番话说得周立峰老脸通红，但这孩子还愿意尊称一声“您”，已经是难得。他重重叹了口气，说：“西西，我知道你恨我怨我，我不怪你，这是我自找的，如果不是我……”眼见他即将又陷入对过往的回忆诉说中，周西西抢先一步打断他：“您是通过谁得知我有私生子的事？”

“是个陌生男人，拿着你跟一个男人还有孩子的合照来找我，说那是你儿子。我起初不信，但那人又拿出孩子的出生证明和你休学的手续，那上头有公章。”

说着，他将一个档案袋递给了周西西。

周西西拿出一看，里面有好几张她和一个看不到正面的男人颇为

亲密的照片，而在他们身后还有一个可爱的孩子。通过这些照片她才发现，这些照片都是她和陆禹琛那天“抓鱼”时发生的亲密接触，而所谓的“私生子”是丸丸。

周西西只觉得无力：“出生证明和休学手续都可以伪造的，公章也可以伪造，我从来没有休学，这事你不知道也可以问问姑姑啊。”

他什么都不去调查，反而擅自录那些视频做什么，让她早些回家？

周立峰嗫嚅着解释：“我没敢让闺女知道，怕她伤心。我当时想，只要你能回来，哪怕带着孩子也没关系。”

临近暮年，垂垂老矣。周西西面对这样的爷爷，一时间也不知道该说些什么。

“我没有私生子。”周西西不知哪里来的耐心，“我的妈妈品行端正，我是她的女儿，更加不会做出有损她期望的事情。我只是想像妈妈一样成为优秀的演员。”

她的目光坚毅而清澈，周立峰一时出了神，不禁老泪纵横。

“我对不起你啊……”

“说什么都晚了。”周西西的眼眶微酸，站起来要走，“你和姑姑先住下，过段时间我会送你们回凉城。”

“那你呢？你也回去吗？”周立峰只关心这个，他伸手，想抓住周西西。

“我还有梦想没有完成。”言下之意就是不会回去。

周立峰的手忽地无力垂下，喃喃地说：“也好，她没有完成的梦想，你替她完成，也好。”

周西西走出屋子，门外，陆禹琛正靠着墙壁，双手插在裤子口袋中。见她出来，冲她一皱眉，说：“我饿了。”

周西西轻笑一声，压抑的情绪瞬间消散。

“你等着，我去做饭。”

她刚转身，就被陆禹琛强有力的胳膊给拽了回来，由于惯性，她猛地撞进了他的怀里。而他顺理成章地搂紧了她的腰，将她压在了胸口处。

“你……”她慌忙地想要推开他，然而陆禹琛一个转身，将她摁在墙上，手指捏住了她的下巴，“我说，我饿了。”

“所以，我去给你做饭。”如此近距离，她心跳如擂鼓。

他的脸靠近她的耳边，声音带着些许魅惑：“我并不想吃饭。”

“那，你想吃什么？”说这些话的时候，她没来由地有着期待，期待一个令她欢喜的答案。

然而——

陆禹琛刚准备开口，七叔便不合时宜地出现：“少爷，周小姐的爷爷安排在哪个房间比较合适？还有……有……”当七叔看清两人的暧昧姿势后，意识到他“闯祸”了。

看着陆禹琛黑如焦炭的脸色，七叔脚底像是抹了油，走得飞快：“少爷、周小姐，我什么都没看见，你们继续。”

气氛一旦被破坏，所有想说的话，最终也只能作罢。

陆禹琛揉了揉额头，转移了话题：“我想吃糖醋排骨。”

“好，好的。”周西西慌乱地应允，继而狼狈地进入厨房。

翌日一早，周西西起床后惊奇地发现陆禹琛居然早早地去了公司，并且让七叔给她留话，吃完早餐就去公司的办公室找他。

虽然不知道他葫芦里卖的是什么药，周西西吃完早餐就匆忙去了公司。刚一进陆禹琛的办公室，一个团子就扑进她怀里。

“西西妈妈！”

周西西惊喜地抱住丸丸，问：“丸丸，你怎么在这？”

“陆叔叔接我来的。”

“小鬼，你为什么叫她妈妈，叫我叔叔？”

丸丸一副没救了的神情看向陆禹琛：“我爸爸妈妈说了，要西西妈妈做我干妈，可是你又没说要做我干爸啊！”

“我现在就可以做你干爸。”他说着就准备拨通肖衍远的电话。

“我不。”丸丸想也不想地拒绝，一双眼睛滴溜溜地转，“我觉得致臣叔叔对西西妈妈比较温柔，西西妈妈，你觉得呢？”

“我也这么觉得。”周西西玩心大起，顺着丸丸的话说。

“滚进来。”陆禹琛咬牙切齿地说着，话音落下不过半分钟，肖

衍远就已经冲了进来。

“陆总！您有什么吩咐？”

“我要做这个小鬼的干爸。”

“啊？”肖衍远一时间没反应过来，“陆总，让小西西做丸丸的干妈是为了应对私生子的传闻。毕竟老爷子看见的所谓全家福就是小西西在节目里的合影。之后就这件事会召开一个发布会，老爷子也会解释清楚的。但是您这个做干爸的要求……”

除想跟小西西做对“干夫妻”之外，他看不出有什么必要。

陆禹琛眼神一凛，肖衍远急忙改口：“也是很有必要的，毕竟你在节目里也是做了丸丸的爸爸！我去联系丸丸的父母，告诉他们您要认干儿子！”

周西西抱着丸丸哭笑不得，道：“你这么喜欢孩子，赶快结婚生一个啊！”

“西西妈妈你真笨，陆叔叔才不是喜欢孩子，他是喜欢你。”丸丸一副小大人的口气说道。

陆禹琛也不反驳，只是看向周西西，云淡风轻地吐出一句话来：“你生的孩子我就喜欢。”

周西西的脸瞬间爆红——

“陆！禹！琛！”

“在。”

“你知道你在说什么吗？”周西西的脸红成了爆炒大虾。

陆禹琛靠近她并弯下腰，两人的视线处于同一平行线：“周西西，我认为我表达的意思已经很清楚了。”

“你……”周西西下意识地后退了一步，却被陆禹琛捉住了手腕，她无法再后退半分。

陆禹琛强势地逼迫她与自己对视：“连小孩子都能明白的事情，你当真什么都没感觉到？”

“我……”周西西只觉大脑短路，瞬间失去了思考的能力。

一旁的丸丸冲了上来，他的小手拉了拉陆禹琛的衣角，嘴巴撇了撇很嫌弃地说：“陆叔叔，你泡妞的技能简直弱爆了。追女孩子，是不能这么粗暴的。”

陆禹琛：他居然被一个小孩子嫌弃了泡妞技能！

随即，他看了看周西西。此时的她脸色绯红，眼神慌乱、神情茫然又无措。难不成真如丸丸说的，他刚刚的言行很“粗暴”？

短暂的沉默后，他拉着周西西的手，往公司书房的方向走去，而丸丸则紧紧地跟在后面笑个不停。

“陆禹琛，你干什么？”周西西被陆禹琛一路拖到书房，很是不满。

“看发布会。”

华天为了应对周西西的绯闻，专门召开了一场发布会，周立峰作为爆料人，自然得出席。

“我为什么要看？”她看了一眼书房正中央的屏幕，立刻又收回视线。

“我命令你看就看，少废话。”陆禹琛强行将周西西按在座椅上，任凭她再怎么动弹也毫无作用，即便不看，也能够听到声音。

“周西西和丸丸在节目中很是投缘，私下里也已经认丸丸作干儿子，所以周老先生误将丸丸认作周西西的私生子也属正常。至于那些亲吻的照片，我们已经找了相关鉴定中心鉴定，是后期合成的。”

发言人做出解释，并展示了鉴定中心的鉴定结果。记者们虽然对这些仍然抱有怀疑态度，但面对鉴定中心的结果，又无能为力，只得掉转方向，改而刺探周西西的其他八卦。

“周老先生，您之前说要周西西乖乖回家，据我们调查得知，周西西和周家几乎断绝往来，你们的关系是否因为您不赞同周西西从事演艺事业而闹崩？”

记者的提问让周西西将视线重新投向屏幕，她看着周立峰颤巍巍地拉近话筒，心头划过一丝哀伤。

他会怎么说？

“西西这个孩子，很不容易。她父母早亡，一个人为了梦想背井离乡来到A城闯荡，怕我担心，有什么难处都不肯跟家里说。我年纪大了，什么也不懂，所以才会被人骗，拍了那段视频，差点毁了我孙女。”

“那您为什么没有事先联系周西西问清楚，反而相信外人的话？”

更尖锐的问题抛出，发言人正要开口，周立峰却抢先一步：“因为是我害得她有家不能回。”

这边周西西怔住了，他这是要说出全部？他知不知道这么说出来自己会有什么后果？

“各位媒体，绯闻既然已经澄清，那我们的发布会就此结束。”发言人额头冒汗，这次发布会只是为了澄清有关周西西“私生子”的传闻，万一周老先生再说出什么爆炸性的话来，那他这个发言人可就完了！

“我害死了西西的父母，害得她成为孤儿，害得她背井离乡，我怎么有脸去见她，再问她那些话。我只能托那个骗子告诉西西，外头不好过，咱们就不拍戏了，回来团聚。”

全场哗然，任谁也没想到事实真相会是这样。

“西西啊，”周立峰直直地面对镜头，老泪纵横，“我也活不久了，只求你能原谅我。就算你不答应也没关系，我只是……只是想再多看看你。”

周西西是真的恨周立峰，可眼前的老人已经风烛残年，又在发布会上公开这些。她难以想象，凉城的那些亲朋好友，在知道这些事之后，会以什么态度来对他。直到发布会结束，周西西也没能从震惊中回过神。

陆禹琛将座椅转了个方向，和周西西面对面，双手撑在座椅扶手上，盯着她问：“怎么，感动得不知道说什么了？”

“我只是不知道该说什么，恨了他这么多年，现在看到他这样，我心里又空落落的。”周西西坦言，脸上的神色略有茫然，“我还记得当年在医院里，他指着我妈的尸体说是她害了这个家，他死都不会让我妈进周家祖坟。我坚持了那么久不回周家，可是现在，我却同情起他来，我甚至觉得自己这么对一个老人太过残忍。”周西西伸手环住陆禹琛的腰，“我这样是不是特别没出息？”

“你想怎样就怎样，”陆禹琛抚上周西西的头，难得宠溺地回应，“恨一个人也好，原谅一个人也罢，都应该由你来决定，任何人都无权干涉。”

面对陆禹琛少有的温柔，周西西调整了一下情绪，仰头看了看陆禹琛，笑着说：“陆禹琛，谢谢你。”

陆禹琛闻言俊眉紧拧：“谢我什么？”

周西西刚要开口，一直没说话的丸丸拉了拉她的手：“西西妈妈，我想你带我出去玩。”

美好的气氛被小屁孩这么一搅和，陆禹琛的眉头几乎都皱到了一起：“你先一个人玩一会儿，等我和你西西妈妈说完话，全世界的游乐场你想去哪我都送你去。”

“不嘛，我就要现在。”丸丸朝着他做了一个鬼脸，“就算让你和西西妈妈独处，你也说不出什么好听的话来。”

被小孩子三番两次地鄙视，陆禹琛的面子怎么也挂不住，他冷眼看向他，眼神凶得让人不敢直视。丸丸心虚地牵着周西西的手，然后使出吃奶的力气把她往门外拉：“西西妈妈，咱们不要跟这个喜怒无常的怪叔叔一起玩。”

周西西只好跟着他往外走，踏出门口的瞬间，她下意识地扭头看向了陆禹琛。心里，忽然有一股暖流划过心尖。

其实，她已经明白了陆禹琛想要表达的意思了。

“私生子”一事经过发布会澄清后，舆论渐渐消失，虽然坊间还会有些流言蜚语，但已经没什么威力了，周西西完全不放在心上。

这天，周西西刚拍完一个广告之后进入化妆间卸妆，门外便有人敲门。

“请进。”

周西西的话音刚落，张致臣就捧出一束花进门，他笑盈盈地将花交给她。

周西西一愣：“致臣哥，无缘无故送我花干什么？”

“鲜花送美人。”张致臣话说得分外好听，“前段时间，我看了发布会，没想到你背负了这么多。不过还好，都已经过去了。”

“嗯。”周西西显然不是很想聊这个话题，张致臣是她的偶像和目标，但涉及她的私事，她总是没有办法像在陆禹琛面前那样做到轻

松自如。

张致臣自然也看出她的疏离，说明了来意："西西，我听经纪人说，《长亭记》的剧本已经定下，拍摄也已经启动了，这都是你的功劳。"

"我还没有接到通知呢！"周西西有些意外，"不过能够这么快就开始拍摄，确实出乎我意料。原本我以为要等个一年半载呢！"

看来陆禹琛没少下功夫，怕是又投了不少钱。

一想到这，周西西的情绪再度陷入低落之中。她可是在他面前吹过牛说要成为一线巨星，现在可好，整天被绯闻缠身不说，更害得公司一再追加投资。这样一来，她和陆禹琛之间，就越加不平等了。

"西西，其实我这次来，是有求于你。"张致臣说明来意，"发布会虽然澄清了你的私生子绯闻，但关于那个男人的解释理由实在牵强。我想，不如我们来扮一对合约情侣，既解决你的问题，也为《长亭记》炒一炒热度。"

周西西当场愣住，天下红雨了吗？张致臣居然提出跟她做"合约情侣"！

张致臣表面上云淡风轻，手心里却早就已经沁出一层细密的汗。

"西西，我知道这个要求对你来说有些过分，但凭我对那些记者的认知，他们绝对不会善罢甘休。我们索性就将计就计，只要一段时间就好。"

此刻周西西说不出自己是什么心情，她一直视张致臣为目标，可现在张致臣居然也会利用合约情侣来炒热度，虽然部分本意是为她好，但她内心里却十分抗拒。

"《长亭记》的剧本虽然重写，但关注度已经下降不少，借助情侣话题可以吸引不少热度。"张致臣竭力劝说周西西。

"这的确是个好办法，可是……"

她不愿意。每每张致臣提出合约情侣的时候，她的脑子里总会闪过陆禹琛的脸。

"西西，你不是吧，出道这么久对这种习以为常的方法还有顾忌？"张致臣见她迟疑，拍了拍她的肩头，"你自己数数，那些公开的情侣有几对是真感情的？"

“我知道，但是我还是希望好好演戏。”这是她一直以来的目标。

“这两者并不冲突，有了热度以后，你才能接到更好的戏！”

周西西沉吟着思索片刻，最后还是摇了摇头：“致臣哥，我明白你的好意，也知道这个方法对我们都有好处，可是，我并不想通过这种方式来获取关注。”

张致臣见周西西还是不愿意，只能搬出撒手锏：“西西，你就当帮帮我不行吗？相比公司为我选的情侣搭档，我宁愿是和你一起。”

哀求的语气让周西西有一丝丝的心软，可事关她的原则，她只有狠心拒绝张致臣：“致臣哥，但是这是我拍戏的原则，对不起。”

“既然涉及你的原则，我就不强求了。”张致臣叹了口气，“不过你总得安慰一下我受伤的心吧，陪我吃顿饭可以吗？”

“吃饭？”周西西讶然，“出去吗？”

公开场合啊，万一再给八卦记者拍到，这画面太美她不敢想。

“你可真是警惕。”张致臣无奈地笑笑，“放心，是我一个朋友开的餐厅，绝对私密。”

“那好吧。”再拒绝下去周西西自己都不好意思了，卸了妆后她就跟着张致臣出门去了。

此时此刻，公司的书房里，陆禹琛站在监控前。早已经把化妆间里两人的对话一字不漏地听进耳中。自从礼服被划破那件事后，华天旗下除了卫生间，其他所有地方都装有隐形的监控，一来是为了防止同类事件发生；二来当时陷害周西西的“凶手”很精明，根本找不到漏洞，既然她害了周西西一次，找到机会就会害第二次，所以只要守株待兔就能抓到这个人。

没想到，却让他见到这么刺眼的一幕。

肖衍远正瑟瑟发抖地缩在一边，早知道他今天就请假了，现在可好，想跑跑不了。

“陆总，我还有事……”

“辛苦你了，我请你吃饭。”陆禹琛目光森寒，抓起车钥匙拽着肖衍远的衣领就往外走。

肖衍远欲哭无泪，这哪是吃饭，这分明是去送命啊！

肖衍远认识陆禹琛这么久，第一次见到他把自家跑车开成赛车。刚一下车，他就双腿虚软地靠在车门上。

“陆、陆总，你确定小西西在这里？”

陆禹琛快步进了酒店，边走边说：“我在她的新手机里装了定位。”

天啊，这简直变态。肖衍远在内心里吐槽，忍不住为周西西默哀。

一路上，陆禹琛的车开得飞快，坐在副驾驶上的肖衍远像是坐了一辆过山车，身体仿佛飘在了半空中，随时都有摔下去的危险。

好不容易到了目的地，肖衍远腿软地下了车，他捂着胸口，心里哀号着“得救了”。喘息不到几秒钟，陆禹琛沉着脸走进了酒店，肖衍远不得不硬着头皮尾随。

“欢迎光临，请问有什么需要？”前台接待小妹一见是两名帅哥，立刻摆出最灿烂的笑容，“请问帅哥有什么需要？”

陆禹琛环视四周，并没发现张致臣和周西西两人的身影，于是开口问道：“刚刚来的那两个人呢？”

接待小妹装糊涂：“帅哥是约了人吗？可以先点餐再等呀！”

“张致臣呢？”陆禹琛耐心告罄，直接问道。

“小美女，建议你还是把你们老板叫来，这位帅哥的心情可不太好，你也处理不了。”肖衍远见接待小妹绕圈子，索性挑明了说。接待小妹也是个聪明人，立刻就给老板打了通电话。

与此同时，周西西和张致臣已经在包间里就座。

而张致臣更体贴地为她布菜。

“有了你这个干妈，丸丸可算是开心了。前天我跟他打电话的时候，他还跟我炫耀了好久。”张致臣笑眯眯地说，“不过丸丸说陆禹琛成了他的干爸，西西，这是怎么回事？”

“就是陆禹琛想试试当爹的感觉吧。”周西西避重就轻地回答，兀自开吃。

张致臣搁下筷子，一动不动地盯着周西西，说：“陆禹琛这个人的风评，在商界一直都不怎么好。华天虽然是圈子里数一数二的娱乐公司，但这个老板确实让人记恨。”

听到张致臣略带诋毁地评价陆禹琛，周西西的笑容渐渐消失，道："致臣哥，你们没怎么接触过，这么轻易下定论未免太草率了。"

"但是他做事的确不留余地。"张致臣也收起笑意，"夏盛已经被他逼得步步后退，他还是不愿意收手。"

眼下夏盛内部的状况可以说是焦头烂额，表面上他这个夏盛一哥依旧风光，可他清楚得很，夏盛气数已尽，他没能接到《金镶玉》这部剧反而是《长亭记》这部抄袭剧，就足够说明一切。

"致臣哥，公司之间利益争夺很正常。"周西西隐约透出不快。

"你是华天旗下的艺人，我和你说这些的确不太合适。"张致臣见她不高兴，连忙打住，"你说得对，我和陆禹琛接触不多，这么说他，也难怪你生气。"

周西西沉默地吃着东西，没有应声。

果然，是因为陆禹琛而生他的气吗？张致臣暗暗叹了口气。

"西西，你真的不能做我的合约情侣吗？我现在是真的很需要一个搭档啊！"张致臣仍旧不死心地问，"我知道之前有段时间对你的态度很不好，我郑重地向你道歉。"

"致臣哥你误会了，我不是这个意思。"周西西连连挥手，"之前的事已经过去了，我也绝对不会生你的气，我知道你不是那种瞧不起小艺人的明星。"

这话说得张致臣莫名高兴起来："你这么肯定我。"

"因为我亲眼见过啊！"周西西笑了笑，"致臣哥，你当年救过我的。"

张致臣微微一怔，他想起之前吊威亚那时看到周西西时闪现的熟悉感，不由问出盘踞在心头的疑惑："西西，我们在拍《倾城》之前，是不是见过？"

周西西两手一摊："我就知道你忘了，三年前，在凉城，想起来了吗？"

张致臣回忆片刻，恍然大悟："你是那个小丫鬟！"

张致臣怎么都没想到，当年他救下的人，居然会是周西西！

张致臣仍然惊叹于命运的不可思议："我真是没想到，那个小丫

饕居然是你。”

提到这个，埋头吃饭的周西西不由抬头看他一眼：“我以为你多少会有点印象，可谁知道你半点都想不起来。”

“怪我怪我。”张致臣激动得语无伦次，“如果我能早点想起来，就不会——”

话音突然一顿，张致臣望着吃得开心的周西西，心中升起一股懊恼。不会怎么样？不会当她和别人一样有意蹭他的热度、传绯闻，还是不会拿她当作接近陆禹琛甚至交换资源的筹码？

想到周西西为接住自己而受伤的情形，张致臣恨不得抽自己几个巴掌。

“西西，真的很对不起。”张致臣再一次道歉。

周西西连连摆手：“致臣哥，你不用这么愧疚，不过是忘了我而已，想起来就好了。”

她心满意足地吞下一颗牛肉丸，忍不住发出一声满足的叹息。

听到周西西不再怪他，张致臣如释重负。眼下他知道自己和周西西的渊源，原本隐藏的情意也都变得明朗开来。他伸手覆上周西西的手背，眼中的深情简直要把周西西紧紧围住。

周西西这会儿也察觉到氛围的微妙变化，再看张致臣握住了自己的手，心里已经明白了大半。

而她的身体早在第一时间做出了反应——她抽回了手。

“致臣哥，这汤看起来不错，我盛一碗给你尝尝！”周西西急中生智地说道。

张致臣只能笑笑，暗暗责怪自己太过急躁。

两人都试图摆脱周围尴尬的气氛，就在此时，房门被猛然打开。陆禹琛双手抄在口袋里，沉着一张脸目不转睛地盯着周西西。

“陆禹琛，你怎么在这？”周西西动作一顿，不解地问道。

“真巧啊小西西，你们也在这里吃饭。”肖衍远笑眯眯地凑上前来，拼命地朝周西西使眼色，姑奶奶啊，陆总要暴走了你还看不出来吗？手啊！那手倒是离张致臣远一点啊！

周西西狐疑地看着两人，陆禹琛已经在她身边坐定，阴森的视线始终盯着张致臣，话却是对着周西西说的：“你前段时间还说要谢我，你的‘谢’就是丢下我跑来和别人吃饭？”

“嗯……”周西西被问得一时语塞，“那这顿算我请你吃饭？”

“我只吃你做的。”

“陆总，是我要请西西吃饭，如果真的不方便，就改下次吧。”张致臣不忍心看周西西被为难，出声说道。

“这里有厨房。”陆禹琛说。

“那我去跟人借一下厨房。”周西西认命地起身。

肖衍远摆了摆手，说：“小西西，不用借，这家店是陆总的产业，随你怎么用都行。”

周西西僵在原地，不是说是张致臣朋友的店吗，怎么就成了陆禹琛的产业。她不解地看了看张致臣，后者也是一头雾水。

“我买下来了。”陆禹琛答得干脆。

周西西再一次体会到什么叫有钱可以为所欲为。

肖衍远生怕陆禹琛醋精附身伤及自己，连忙拉着周西西跑得不见踪影。不大的包间内，只剩下陆禹琛和张致臣两个人相互对视。

“陆总好大的手笔，说买就买了。”张致臣笑笑。

“我说过，《长亭记》是你靠着西西拿到的最后一个资源。”面对张致臣，陆禹琛气场全开，毫不客气，“别再妄想从她身上套到什么资源，离她远点。”

这已经是明显的威胁加命令了。

“陆总，我想你误会了，我并不是要靠西西拿到什么资源。”

“不是更好。”

“我只是喜欢她。”

“她是我的。”陆禹琛眼中狠戾神色尽现，即便是张致臣这种见惯了大风大浪的人也不禁颤了颤。

“她不属于任何人，包括你和我。”张致臣扬唇一笑，“陆总，我虽然比不上你的实力，但我自问比你要了解西西。真的要西西选，我未必会输给你。”

“你想跟我争？”

“如果是西西，我愿意拼尽全力争一争。”张致臣笃定说道，“哪怕，对手是你。”

“我最后说一遍，离西西远一点。”陆禹琛已经失去了最后的耐性，“否则，你，连同夏盛，都只会消失在娱乐圈。”

张致臣完全相信陆禹琛有这个实力，但是周西西又的确是他不愿放弃的。

“陆总，你这样强取豪夺有什么意思？对西西也不公平，她需要的是平等的对待，不是施舍，不是胁迫。你如果真心喜欢西西，就该让她自己选出她的爱人。如果她选择了你，我只有祝福。”

“你这是在跟我宣战？”陆禹琛挑眉。

“你这么理解也可以，当然陆总要胜出易如反掌。华天的掌舵人，要打压我一个演员，简直跟石头砸鸡蛋一样简单。”

他是害怕的，怕陆禹琛用手中的权力封杀他，到时不要说是追求西西，他自己的生存都成了问题。但他也很清楚，像陆禹琛这种人非常好面子且有强烈的胜负欲，唯一能让他放下手中权力的，就是用这种激将法。

他一定会中招的！因为——他不但好胜，而且自负！

“你真是会留后路。”陆禹琛站起来，鄙夷地看了他一眼，“就凭这点，西西就不会看上你。”

“拭目以待。”

陆禹琛站起来，头也不回地离开包间。

张致臣的笑容在陆禹琛的身影消失在门外后也渐渐凝固，看陆禹琛的样子，是放自己一马，他不由得长舒了一口气。

这边周西西正在酒店厨房里忙得大汗淋漓，肖衍远对着做好的饭菜口水直流，趁周西西一时不察捏了几片肉塞进嘴里。

他家老板可真是有眼光，单凭小西西这一手好厨艺，就不亏！

“真是肉食动物，一口青菜都不吃！”周西西边煮饭边吐槽。

“陆总不能吃素。”肖衍远偷吃得很开心，忍不住为陆禹琛辩解，“他小时候被董事长丢到野外进行户外求生训练，开始什么都不懂，只能用些野果子野菜充饥，吃出心理阴影了。”

“户外求生？”这是周西西第二次听到，“很辛苦吗？”

“辛苦？”肖衍远翻了个白眼，“何止是辛苦，简直不是人过的。身无分文在原始森林里活下去，对一个七岁孩子来说简直就是酷刑。”

本以为周西西会露出心痛的表情，结果她略一思索后，吐槽道：“在原始森林应该用不到钱。”

肖衍远表示无语，沉默了片刻，他继续道：“原始森林里是有土著的，虽然他们与世隔绝，但也要花钱。”

“都与世隔绝了，还怎么花钱？”

肖衍远：这话他没法接。

沉默了半晌，他尴尬道：“不要在意这些细节，这些都不是重点。”

“重点是你编的故事漏洞百出。”周西西看着他，“陆总要是知道你帮他打同情牌，他一定会杀了你吧。”

听罢，肖衍远浑身一颤：“小西西，咱们是什么关系，你不会说出去的，对吧？”之后，他又补充道，“总之，我没必要编故事骗你，就是表述的时候，措辞出现了逻辑问题。你不信的话，可以找七叔打听一下，据说陆总的胃就是那个时候搞坏的。小西西，你对陆总的了解还是太少了。”

肖衍远的话让周西西沉默不语，她思及陆禹琛素日里冷漠的样子竟然隐隐有些心疼起来。

“久等久等，饭来啦！”

周西西端着热腾腾的饭菜回了包间，然而张致臣已经不见人影，只剩下陆禹琛一个人坐在桌前一言不发。

“致臣哥呢？”放下托盘，周西西问。

陆禹琛稍稍好看些的脸色因为这句话再度冷了下来：“就这么想看见他？”

得了，又踩到大老板的尾巴了，周西西摸了摸鼻子，说：“我就随口问问。”她动手盛了碗汤递到陆禹琛面前，笑得甜甜的，“你尝尝这个，时间紧，火候不太够，回家我给你做一锅正宗的养胃汤。”

“养胃汤？”陆禹琛接过汤碗，眉峰一扬，“肖衍远那家伙呢？”

“他先回去了。”他走的时候还说什么“自己再做电灯泡就命不久矣”，周西西想到肖衍远的那副模样忍不住笑出声来。

“喂我。”陆禹琛淡淡地说道。

正喝着水的周西西被呛得连连咳嗽，她不可思议地看着陆禹琛：“你说什么？”

“喂我喝汤。”陆禹琛丝毫不觉得有什么不妥，“你都能给张致臣盛汤，当然也能喂我喝汤。”总之就是他不能和张致臣一个待遇。

这冲天的酸味啊，周西西哭笑不得，她怕不是遇见个千年醋精。

“张嘴。”周西西败下阵来，持着汤勺递到陆禹琛嘴边，“丸丸如果看见你这样，肯定要嘲笑你——”

话未说完，她就已经被陆禹琛一把拥进怀里，紧紧抱住。力道之大，恨不得把她揉进身体里。

周西西反手抱住陆禹琛，伏在他的胸前，耳边是他有力的心跳声。

“离张致臣远一点。”陆禹琛的下巴搁在她肩窝，几乎是命令道。

周西西仰头看他，狐狸眼一眨一眨：“陆禹琛，你是不是不喜欢张致臣啊？”

“有所图谋的人我都不喜欢。”

“那我不也是？”这理由真是烂死了。

“你不一样。”陆禹琛一动不动地凝视周西西，冷然的眸子里生出几分温柔情意来，“我愿意让你图谋。”

周西西被陆禹琛说得心花怒放，表面上还是装作不动声色：“陆大老板，为了让我做饭，你可是什么都说。”

“我喜欢你。”

“你喜……”周西西话说了一半才反应过来陆禹琛刚刚说了什么。在这之前她虽然明白了陆禹琛的心意，但真正听到他说出口，还是被震惊到了。

“你该不是为了让我乖乖做饭才这么说的吧！”周西西开口就是这么一句，成功地让陆禹琛的脸色转为铁青。

“你的脑回路能不能正常点？”陆禹琛掐死她的心都有了，“我缺厨子？”

他怎么有脸说出这种话，明明脑回路最不正常的就是他了！周西西腹诽。

“谢陆总，以后我都不用做饭了。”周西西拍手道谢。

陆禹琛气结，眼眸微眯，透出隐约的怒气：“你知道在我面前不识好歹的下场是什么吗？”

“我不知道呀！”好不容易有了机会欺负陆禹琛，周西西怎么可能放过这么好的机会，扬着天真的眼眸，无辜地望着陆禹琛。

下一刻，陆禹琛就重重吻上她，一只手用力搂住她，另一只手按

住她的后脑勺。

周西西的脑子里霎时变得一片空白，唇齿间交缠的气息令她无法思考。她微微抗拒着，奈何在陆禹琛的钳制下只是徒劳。

“陆……唔……”她试图发声，却终究淹没在炽热的拥吻间。

长吻结束后，陆禹琛才松开手。看着她微喘的模样，他勾起嘴角：“现在知道了吗？”

周西西怯生生地看着他，视线相撞的瞬间，她不自然地别过脸。

“看着我。”陆禹琛修长的手指捏住她的下巴，两人的视线交错，“周西西，我什么都不缺，就缺你。”

这表白的言辞，全方位散发出霸道总裁范儿，她却甘之如饴。

许久，陆禹琛靠近她的脸，温热的呼吸扑在她的脸上，他的声音性感极了：“你有没有意向当陆太太？”

“不行！”周西西想也不想立刻否决。

陆禹琛上一秒还满面春风，这一刻就如暴风的来临。

“你说什么？”

“我不能做陆太太！”周西西重申，想了想有点太不给陆禹琛面子，于是改口，“就算我答应你的表白，也只能算男女朋友。”

理智告诉她，他们的距离隔着千山万水，如果不想以后痛苦，现在就该拒绝。

倘若她接受陆禹琛的感情，虽能享受爱情的甜美以及他带给自己的好处，但也要经受得住随之而来的千万倍压力。可是，比起日后可能会出现的痛苦，她更想要现在的幸福，哪怕是短短的一瞬。

“男女朋友？”陆禹琛皱眉。

“还不能公开。”不然她一定会被外界当成是依靠陆禹琛上位的女人，那么之前所做的一切努力都是白费！

她能当陆太太的那天，一定是事业最辉煌的时刻，那样才能足够与他匹配。

“不能公开？”陆禹琛的表情变得扭曲。

“绝对不能！我们还是像之前一样，在公司，你是老板，我是员工，私底下就……就是男女朋友。”

“私底下？”陆禹琛的神情已经可以用狰狞来形容了，“周西西，我那么见不得人吗？”

“拜托，拜托！”周西西双手合十，娇滴滴地哀求。

陆禹琛眼底的怒气越来越盛，双手紧握成拳，终究硬生生地被压了下去。

算了，她能答应当男女朋友就证明自己的告白被接受了，至于她成为陆太太也是早晚的事情，不必急于一时。

“我真是疯了才会看上你这个女人。”他把周西西抱在怀里，动作大却极尽温柔，“你最好有点女朋友的自觉，记住自己的身份。”

“是是是。”周西西明白陆禹琛做出多大的让步，甜蜜地依偎在他怀里。

苏玲沫的个人工作室成立之后，资源一路开挂，不单单是剧本和广告代言接到手软，更是趁热打铁出了一张数字专辑，一举拿下了最佳新人歌手的奖项。除此之外，各大美妆平台、直播平台纷纷抛来橄榄枝，邀请她入驻。

“玲沫，我还是觉得直播平台不错，可以和粉丝近距离接触，看收益的话，也不错。上次你试开的直播，不过几分钟，就收到不少礼物呢！至于美妆平台就要考虑一下，给软广的品牌定位都不是太高，影响你目前的身价。”

林琅絮絮叨叨说了半天，再看苏玲沫压根儿没听进去，一双美目直勾勾地盯着平板上的采访节目。林琅上前瞄了一眼，见是陆禹琛刚回国时的商业采访，心里顿时就明白了。

“听说摩比直播的老板谢部和陆总是发小，俩人在国外也是校友。”林琅状似无意地说，“就是这个摩比直播的规模目前在国内还算不上一流，还是看看别家的好了。”

“林姐，摩比直播邀请我了吗？”苏玲沫的注意力终于从采访上转移过来，“谢部既然和陆总是发小，人脉资源肯定不差，摩比这个平台的发展自然也不会太差。”

“你啊，一听见和陆总有关就有精神。”林琅戳了戳她的额头，

“他们虽然是发小，但是差距可不小，这个谢部的风评不太好。”

“林姐，那些风评你又不是不明白怎么来的。”苏玲沫说，“陆总的风评也不太好，不就是因为他经常冷着脸对媒体、商场上又不留情面吗。”

“也许吧，不过，摩比那边确实邀请你参加一场游戏直播解说……”

“我去！”不等林琅说完，苏玲沫就满口答应。

恋爱中的女人，果然都是傻子。

林琅叹了口气：“好吧，我和摩比方面接洽一下。”

等林琅离开，苏玲沫又打开微博查看陆禹琛的动态，他的微博自从注册后只有一条转发华天十周年庆的微博，再无其他。

她失望地叹息，转而去看周西西的微博。

周西西偶尔还会找她聊天，可孙潇潇的那些话，犹如一根刺，平时几不可查，却终归扎在肉里，不时刺痛。

通过周西西的微博，她可以看出对方最近似乎痴迷做饭，各种美食轮番晒，还有她那个干儿子丸丸。

苏玲沫百无聊赖地点开了周西西最新一条微博的评论，却发现热评第一位的居然是娱乐圈的头号八卦记者，评论内容只有简短的一句话——无名指有戒指。

苏玲沫当下大惊，周西西有恋人了？

“西西，你这招厉害啊！”

周西西正在跑步机上挥汗如雨，后背冷不丁被孙潇潇重重拍了一巴掌，一个踉跄险些跌倒。幸好眼疾手快地拍下紧急制动的按钮，不然只怕是脸着地外带滚一圈了。

“潇潇，你是嫌我命长吗？”她略带火气地问。

“对不起，我太激动了。”孙潇潇笑着道歉，“你看微博了吗，网友都在讨论你男朋友是谁！”

周西西心里咯噔一下，面上毫不改色：“什么男朋友，我哪有男朋友？”

“别装了，你微博配图戒指都戴上了，现在跟我装没男朋友？”

孙潇潇旁侧敲击，就是想问出周西西是自导自演，还是确实有男朋友了。

戒指？周西西回想了一下，忍不住暗骂一声！都怪陆禹琛那个二货！情侣戒指这种玩意儿他也会喜欢！她就戴过一次，怎么拍照的时候就没注意。还好死不死地用这张照片上传微博！

孙潇潇用手肘蹭蹭周西西，揶揄地说：“西西，老实交代，什么时候的事？”

“没有的事儿。”周西西理直气壮地否认，“不过是一枚戒指，网友的想象力未免也太丰富了一点。”

“周西西同学，请你务必对你的经纪人坦诚、公开、透明。”孙潇潇义正词严，“万一被记者抓包，我也有应对的办法。”

“没恋情他们抓什么包啊！”周西西没好气地看了孙潇潇一眼，毛巾一甩搭在肩上，昂首离开。

孙潇潇留在原地兀自冷笑，没恋情？她可以为周西西制造出恋情啊！要知道，上次那个不知名男子，可仍旧是媒体的关注点呢！

周西西一进更衣室就拿出手机翻微博，果不其然，微博上已经闹翻天。网友们已经扒出这是珠宝龙头 D&U 刚刚发行的全球限量版情侣对戒，这下她想推说戴着玩的都没得辩了。

因为她压根儿买不起！

微信提示音接连响起，周西西气急败坏地点开，肖衍远贱兮兮的声音传了过来：“小西西啊，这回你可跑不掉了。这情侣对戒一眼就能认出来，陆总可是天天不离手啊！你都不知道陆总今天的心情多好，没事就把左手摆出来，生怕别人不知道啊！”

肖衍远你这个贱人！

“小西西你肯定在骂我对不对？呵呵！你有空骂我不如想想公开恋情之后该怎么继续拍戏吧！华天老板娘，啧啧，顶着这个名号去拍戏，这画面太美，我不敢看。”

“肖衍远，我要是成了华天老板娘，第一件事就是让陆禹琛把你派到印度分公司！”

刚把语音发送过去，周西西就接到了陆禹琛的电话。

"晚上有空吗？"电话那头的陆禹琛心情大好，周西西从没听过他这么轻松愉悦的语气。

"没空。"心情烦躁的周西西想也不想地拒绝。

"晚上一起来做饭。"

"做什么做！"那是做饭吗？压根儿就是借做饭之名行揩油之实！"上下其手"不说，还妄想大战厨房！

"你不回来我只好自己做饭。"陆禹琛淡淡地说道，"顺便也拍一张图片发到微博上。"

"你那天故意给我拍照的是不是？还怂恿我发微博，说什么展现精湛厨艺有利于吸粉。"周西西越想越气，"你分明是有预谋的！"

简直是心机男！

"我并没有违背对你的承诺。"陆禹琛的笑意已经隐藏不住，"你晚上到底要不要回来做饭呢？"

"你等我。"周西西深深明白此时被陆禹琛捏着命门，只好低声下气做恳求状。

"晚上七点，家里厨房见。"

七点，周西西准时抵达陆家别墅。七叔一反常态地没有在客厅迎接，反倒是陆禹琛，一身休闲家居服，跷腿靠在客厅沙发上等着。

"此情此景，你有什么感慨没有？"陆禹琛双手交握放在膝上，无名指上的戒指闪啊闪，好不刺眼。

"请君入瓮。"周西西美眸圆睁，对陆禹琛咬牙切齿，"羊入虎口、阴险狡诈、诱敌深入……"

"诱敌深入啊……"陆禹琛听到这个成语忽地笑了，"我倒是想看看，你能深入到什么程度。"说话的同时，陆禹琛已经起身走近周西西，拿出准备好的围裙为她系上，又执起周西西的右手，将那枚戒指一套到底。

"我不戴啦！"周西西想把戒指取下来，陆禹琛岂会让她如愿，一个用力扭住她的双手，紧接着便重重吻上她的唇。

周西西的双手被陆禹琛强行扭至身后，重心不稳的她只能倚靠在陆禹琛身上，傲人双峰紧紧贴在陆禹琛硬实的胸前，随着激烈的亲吻来回摩擦。气息交缠间，陆禹琛改为单手攥住周西西的双腕，另一只手探入围裙内侧，将她的衣扣逐一解开，热烫的大手如入无人之境，在如凝脂般的肌肤上肆意游走。

周西西被吻得意乱情迷，尽管陆禹琛已经放开了对她的钳制，她也不像刚才那样激烈反抗，反而双手环住陆禹琛的脖颈儿，生涩地回应。两人边吻边跌跌撞撞地往楼上走，就在这情欲渐浓的时候，周西西的手机煞风景地响起。

陆禹琛停下亲吻，和周西西鼻尖相抵："不接！"

"不行！"周西西毫不退让。接通电话时就听到肖衍远近乎求饶的声音："小西西，如果陆总和你在一起的话麻烦告诉陆总，我也不想打扰你们，但是十万火急啊！"那头的肖衍远一听周西西的呼吸声就知道自己坏了好事，自我了结的心都有了，"你的微博评论又闹翻天了，还有张致臣的微博也……"

听到"张致臣"三个字，陆禹琛的欲火瞬间变怒火，夺过电话冷声问道："出什么事了？"

"陆……陆总，张致臣出席活动的照片被扒出来，他手上戴着D&U的那款情侣戒中的男戒。"

什么情况！周西西头疼地一拍额头，完了。

陆禹琛俊眸直扫周西西，道："你不和我公开，绯闻倒是一个接一个。"

"明明我才是无辜受牵连的那个人，好吗？"周西西辩解。

"绯闻对象还都是张致臣！"

得了，"醋精本精"隆重登场，周西西深知陆禹琛这人一吃醋就进入疯魔的状态，干脆闭口不言。

那头肖衍远颤抖着问："陆总，这要怎么办？"事关小西西，没有陆总点头，借他十个胆子，他也不敢私自处理啊！

陆禹琛冷漠如霜地下令："肖衍远，明早我要看到事件汇报，不然你就等着收印度的机票吧！"

第二天清晨，周西西顶着一双熊猫眼去了摩比公司。她赶到时，苏玲沫作为受邀参加摩比直播的游戏解说之一，已经等候多时。

“玲沫姐。”周西西先打招呼，苏玲沫淡淡一笑，算是回应，疏离的态度让周西西心头怅然若失。

什么时候开始，苏玲沫变得对她这么客气了。

孙潇潇将周西西拉到化妆间，按下心头的怒气：“西西，你可算来了，我带着那帮记者绕了大半个A城。”

她是经纪人，这个周西西居然当她是替身，每次出事都派她出去挡记者！那群记者也是眼瞎，她和周西西除身形比较像之外，哪里有相似点。

“辛苦你了，潇潇。”周西西感激地道谢。

“西西，你和张致臣该不会真的是情侣吧，你俩闹绯闻也不是一次两次了。咱们同学这么久，你好歹跟我说个实话，我也好为你想对策啊！”孙潇潇一副担心至极的模样。

“解说稿呢？我再熟悉一下，免得等下忘词。”周西西岔开话题，明显不愿多谈。

直播开始，周西西和苏玲沫挨着主持人一左一右，笑容洋溢地望着摄像机。

“大家好，这里是摩比直播《阴阳使》竞技决赛现场，今天我们荣幸邀请到了大满贯演员苏玲沫以及新新人气王周西西作为直播解说。”主持人一一介绍，“请问两位美女，平时也会玩游戏吗？”

尽管苏玲沫没有接触过这款游戏，但她还是笑着点点头，有些可惜地说：“偶尔会玩一下当作放松，毕竟工作忙，只能忍痛不玩了。”

“西西呢？”主持人转而问她。

“我可是《阴阳使》的‘骨灰级玩家’，当初我可是抢了很久才抢到内测码。就是运气不好，‘SSR’还没有凑齐。”周西西不好意思地笑笑。

“从内测到现在，‘SSR’还没凑齐，那运气是真不好了。不过不要紧，今天你不抽卡，而是负责解说，尽管放飞自我！”

现场观众一阵哄笑，接着镜头切换到游戏中的竞技画面。

周西西驾轻就熟地解说，对竞技中的各类技能都很了解。反观苏玲沫，只能时不时地凑上一两句，因为不了解游戏机制和内容，发言的尴尬简直溢出屏幕——

“苏玲沫尬聊无极限啊！不懂游戏为什么要来解说呢？”

“导播能不能别切苏玲沫的镜头啊，又不是来看电视剧的。”

大屏幕上的弹幕疯狂吐槽，三人尽收眼底。苏玲沫望着那些夸赞周西西的弹幕，心底里的嫉妒隐约浮现。

这可是摩比直播，观众的评论必然要反馈到负责人层面，凭谢部和陆禹琛的交情，一旦知道这些观众的评论，对自己的印象会不会就此打了折扣？

听着周西西谈笑风生地解说游戏，苏玲沫的指甲深深嵌进手心。

“西西，你的主持功力不容小觑啊！也多亏你，我轻松多了。”直播结束，主持人对周西西赞不绝口，忽然想到还有苏玲沫，又转而说道，“两位一唱一和简直就是黄金搭档，辛苦了！”

“您客气了。”苏玲沫娇笑回应，心里却不是滋味。

从头到尾她就没搭上几句话，尽管有解说稿，但周西西调动气氛的能力实在太强，她的风头全被抢了。

“今天的工作到此结束了，希望以后还有机会和两位一起工作。”主持人说道。

“工作结束了，但总得慰劳一下两位美女。”说话的人从后台阴影中走来，一袭铁灰色西装，微长的黑发衬得深邃五官，越显桀骜。

苏玲沫认出这人正是摩比直播的总经理谢部，冲他微微一笑。

“谢总……”主持人愣了一愣，没想到总经理本人会亲自到场。

“感谢两位美女亲临解说，今晚摩比直播的在线人数可是破了纪录，我身为总经理，总得表示一下。”谢部嘴角扬起魅惑的弧度，单手做了个邀请的动作，“两位美女请吧。”

苏玲沫和周西西相视一眼，都没有出声。

华天的合约里明令禁止旗下艺人出席酒局，可谢部总归是合作方

的老板，这个面子给，还是不给？

“多谢谢总的好意，这是工作之内的本分，谢总就不必破费了。”片刻的沉默之后，周西西开口拒绝。她并不知道谢部和陆禹琛的关系，只是单纯不愿出席这种场合。最主要的，被家里那只“醋精”知道她不回家做饭，估计又是一阵腥风血雨。

“周小姐不赏脸，苏小姐同属华天，看样子是更不可能卖我这个面子了。”谢部的脸色一沉。

“怎么会呢，谢总的美意，我们自然不会拒绝，我们稍作收拾，还请谢总稍等。”苏玲沫柔声说道，不等周西西反应过来，一把抓住她就回了化妆间。

“玲沫姐，公司规定不能私下参加酒局！”周西西很是不解。

“西西，你好好想想，公司的规定还不是陆总定的，谢部是陆总的发小，就凭这层关系，我们怎么可能推了邀请！”苏玲沫劝说，“而且是我们的合作方，于公于私都不该拒绝。”

在周西西的印象里，苏玲沫是个温柔善良又正直的人，可眼前的她，却有些陌生。

“玲沫姐，我不去。”她仍旧坚持。

“我们是同一个公司的，必须立场一致。”苏玲沫见周西西不愿去，心下一慌，生怕又泄露了自己想接近谢部得到陆禹琛情况的想法，只得搬出其他借口来，“西西，我接下来和摩比还有合同要签约，这么拒绝谢部，到底不太合适，你就当帮帮我吧。”

看着苏玲沫犯难的模样，周西西也不好再说什么，只得答应：“那好，我跟你一起去，不过我待不了太久。”

“西西你最好了！”苏玲沫挽着她的胳膊道谢。

一行人到了A城规格最高的五星级饭店。

路上苏玲沫和谢部谈笑风生，反观周西西，时不时地查看手机。她刚刚已经给陆禹琛发了消息解释，却不见回信，一颗心始终悬着。

“周小姐有急事？”谢部将周西西的一切尽收眼底，“如果不方便我就先派人送你回去。”

反正他的目标已经得手，这个周西西在不在就无所谓了。

“那……”周西西几乎要答应，可接收到苏玲沫求助的眼神，只好压下离开的冲动，“那就不用了。”

进了包间，看到房间里已经就座的几个男人，周西西顿时有种上了贼船的感觉。

这哪里是请她们俩吃饭，这分明是陪酒！周西西扫了一眼谢部，诱骗她们两人来这，绝不是陪酒这么简单，他究竟有什么目的？然而现在知道已经太晚，苏玲沫和周西西互看一眼，假装镇定地入座。

“这不是苏大明星吗？”紧挨着苏玲沫座位的男人色眯眯地望着苏玲沫，一双毛手蠢蠢欲动。

“可不是，谢总说有大人物要来，没想到是来这么两个如花似玉的大人物。”

“这位是周西西？”挨着周西西坐的男人又惊又喜，“周小姐，我特别喜欢看你的戏，真的，尤其是你在《倾城》里关于‘妖妃’的演绎，简直是夺人心魄啊！”

“过奖。《倾城》是陈导的作品，我能有这么好的表现也离不开陈导的指导。”周西西干笑几声，“也要感谢公司给我们的机会。”

“要说这陆禹琛也是能耐，做什么都顺风顺水。刚接手陆氏，就把商界翻了个天，收购了娱乐公司后，轻而易举就把夏盛压得翻不了身。谢部，你这发小是个人物。”

谢部仰靠在座椅上，一抹冷酷自眼底闪过：“他也不是没栽过跟头，不过命大而已。”

“有意思，说来听听？”众人来了兴趣，追着要听。

命大……周西西闻言一股寒意浸透后背。尽管只有一瞬，她还是捕捉到谢部令人毛骨悚然的神情。

他和陆禹琛，真的是发小吗？

“你们也太煞风景了，美人当前讨论什么陆禹琛。”苏玲沫旁的男人已经按捺不住，强硬地握上了苏玲沫的手，“苏小姐，我可是你的铁杆粉丝，今天能够见到你，真是我三生有幸。”

华天对艺人的保护向来到位，苏玲沫自然没经历过这种场合，想

要挣脱开，奈何男人的力气太大。

“这位老板，既然是玲沫姐的粉丝，怎么都要先敬玲沫姐一杯啊！”周西西捧起酒杯走到那人面前递给他，一双狐狸眼含羞带笑，分外动人。

那人瞧见周西西的动人模样几乎呆愣住，呆呆地要接过酒杯。周西西抢先一步松手，一杯红酒不偏不倚洒了那人一身。

“哎呀，都怪我不小心，您别生气啊！”几乎是立刻，周西西的眸子里就漾满泪水，神情慌乱地道歉，抽出纸巾不住地为那人擦拭，“不然，西西给您清洗一下。”

听见周西西这些话，那人哪里还肯等，抓着周西西就往外走：“谢总，我回房换件衣服啊，你们尽兴。”

周西西面色如常，实则心跳如擂鼓，只要出了这个房门，她就有机会跑出去联系陆禹琛，这样她和苏玲沫就能得救了。

眼看着房门近在眼前，身后却传来了谢部的声音：“何必那么麻烦，找服务生把衣服拿来，就在这里换。”

周西西僵在原地，许久不见动作，犹豫如果现在冲出去她有多少概率成功逃脱。

“谢总，这一屋子男人，我换什么衣服，您可就放过我吧！”那人朝谢部不断地使眼色，揽着周西西的肩头就要走。

谢部伸出手指来轻叩桌面，这人是摩比的大股东之一，目前他是得罪不起，于是懒懒道：“既然朱总不好意思，我也不强求，只是小狐狸要绑起来才好玩。”

朱总乐呵呵地点头，周西西装作温顺的模样跟着他出了房间。

“哎呀，我可是对周小姐慕名已久，只是你们公司实在古板，想单独见周小姐一面都难。”

“这不就见到了。”周西西巧笑道，暗暗密切关注着周围的环境。

很好，没有什么保安之类的。来时的方向她留心记下了，接下来就是怎么甩掉这只色猪了。

“哎呀！”刚过楼梯拐角，周西西就痛呼一声，倒向走廊一旁的墙壁。

“周小姐你怎么了？”见美人出了意外，朱总很是关心地问。

“我脚扭伤了，这高跟鞋太难受了。”周西西说着抬了抬腿。

笔直细白的腿在眼前晃来晃去，优美的腿部线条看得朱总眼都直了，他俯身摸上周西西的脚踝：“既然不舒服，那就脱了嘛！”

“你帮我脱嘛！”狐狸眼波光潋滟。

“好好好！”朱总乐呵呵地为周西西脱掉高跟鞋，就在他要站直身体的那刻，周西西看准时机，使出全身力气，用力地、狠狠地踢向他双腿之间！

一声惨痛的号叫响彻走廊，周西西见状，拔腿就跑！

两部电梯都处在一楼，周西西回头观望，生怕被人追上，最后索性放弃乘电梯，改走楼梯下楼。她步履慌张，一边下楼，一边拨通陆禹琛的电话，可惜电话始终没有拨通。

这个死陆禹琛啊！用不着他的时候和牛皮糖一样，用到他的时候满世界找不到人！

就在此时，周西西刚刚路过的两部电梯同时缓缓开启。其中一部电梯内，陆禹琛如地狱阎罗一般满面肃杀之气，身后跟着十几名戴着墨镜的黑衣人，而另一部电梯里，则是肖衍远率领着十几名黑衣人。

一行人出了电梯就直奔谢部的包间，刚踹开门，陆禹琛就见到苏玲沫双目含泪地被两个男人围在中间，死死护住自己的胸口，而谢部正好整以暇地观望着一切。

“禹琛，你来得可比我想的要快。”谢部扯唇一笑，“正赶上好戏开场。”

陆禹琛早在进门时就扫视了一圈，并未发现周西西的身影：“谢部，你现在连我华天的人都敢动了。”

几名黑衣人闻声上前，将围着苏玲沫的男人一把推开，把苏玲沫护送到陆禹琛的身后。苏玲沫紧绷的神经这会儿终于放松下来，望着陆禹琛高大的背影，一时间又委屈又安心，不禁怔怔落泪。

“到底是华天的一姐，陆大老板居然出动了陆氏的护卫队。”谢部望着苏玲沫，眼神越发玩味起来。

“谢部，我就该对你赶尽杀绝。”陆禹琛一字一顿，异常冷酷。

谢部犹如听了个笑话，道：“你对我做得还不够赶尽杀绝吗？陆禹琛，你居然有脸说出这种话！”

“从明天开始，我会让你知道，什么叫赶尽杀绝。”陆禹琛手握成拳，眼底浮现噬骨的森然。

“陆总，没找到。”肖衍远翻遍了整个楼层，就是没见到周西西。

“拆了这家酒店，也要找到人。”陆禹琛牙根紧咬，吐出这句话来，“带苏玲沫回公司。”

可苏玲沫这会儿谁都不愿跟着，只死死地抓着陆禹琛的衣角，泫然欲泣。

“陆总……”肖衍远犯难，这么个我见犹怜的美人，他可下不去手硬拽啊！

谢部的眼神自始至终都紧盯着，陆禹琛转身望着苏玲沫，道：“回公司收拾下，我马上回去。”

肖衍远石化了。

他家老板这是在哄人，之前他可从来没见过他家老板给过苏玲沫好脸色啊！

陆禹琛的眼刀稳准狠地甩向谢部，肖衍远识趣地带着苏玲沫离开。临行前苏玲沫还依依不舍地看了看陆禹琛。

肖衍远由衷地叹了口气，完了，这个算是被他家老板攻下了。只是，他家老板为什么要这么做，他可不是脚踏两只船的人啊！

房间里的人已经被黑衣人清理，只留谢部和陆禹琛二人，相视而立，一个肃杀，一个桀骜。

“华天一姐确实是个小可爱。”谢部再度出声。

“谢部，收起你的肆意妄为，不然，摩比这最后一方阵地你也会丢了。”留下这句话，陆禹琛头也不回地走了，只剩谢部望着陆禹琛的背影，眼底恨意弥漫。

此时此刻，周西西光着脚一口气跑到了楼下，却见到陆氏护卫队站成一列，肖衍远正扶着苏玲沫上车，瞬间大喜过望。

“肖衍远！”周西西张开双臂跑上前去。

肖衍远隔着老远看到周西西扑向自己，当即干净利落地上车关门落锁，他家老板可是随时会过来的！

周西西被肖衍远的行为搞得莫名其妙，正在不解时，身后却传来一道蛮横的力量拉住她往后带，之后她就跌入一个温暖坚实的怀抱中。

“周西西，你敢抱他我就剁了他！”陆禹琛酸溜溜的声音响起。

“陆禹琛，你总算来了。”周西西一改往日的泼辣，转身有些后怕地抱住陆禹琛。如果今天她没能顺利逃走，如果刚刚陆禹琛没能及时赶到，她不敢想象那个朱总甚至谢部会对她做出什么事来。

陆禹琛警惕地观察四周，随即带她上车。而后心疼地握住她的脚踝，轻轻拭去脚底沾染的尘土。

“我收到你的消息就来了。”慌乱中竟然忘记把手机带来，陆禹琛垂下头，敛去眼中的担忧。

他活了二十八年，第一次体会到心惊的感觉，那种随时可能失去珍宝的感觉，直到刚刚看见周西西安全无虞才终于消散。他闭了闭眼，等再抬头时，目光已恢复成往日的冷酷。

“西西，你退出演艺圈吧。”

他的声音如刀，狠狠捅进周西西刚刚平静的心。

第十六章 爱的告白

《长亭记》的拍摄启动，周西西也已经进组。可拍了两天戏，导演始终称赞周西西的演技好，但只有她自己明白，她并不在状态。

“西西，这两天你心不在焉，有什么处理不了的事？”摄影棚一角，张致臣拿着剧本走了过来，关心地问道，“如果你还在因为情侣对戒的事情忧心，我可以写一份声明。”

“那件事已经没问题了。”周西西捏了捏眉心。

张致臣的戒指只是和 D&U 的情侣男戒有些相似，那张照片经过了后期修图，分明是有人故意为之。但澄清照片作假的力度太小，华天方面选择了买通营销号制造两人为了新剧炒热度的舆论，引导大众往炒作的方面想。

令她心绪不宁的，是陆禹琛让她退出娱乐圈的那句话。

“西西，”张致臣搬来一张座椅与她面对面，耐心地劝导，“你有什么事情尽管告诉我，憋在心里会憋出毛病的。我认识的周西西，对待演戏是无比认真勤勉的，你现在已经影响到拍戏的发挥了。”

张致臣的话句句戳中周西西的痛处，从来没有什么人或事能够影响她拍戏，哪怕当初被导演训斥，被剧组其他演员欺负，甚至无戏可拍，她都没有受到过半分影响。可如今，陆禹琛的一句话，纠缠了她半个多月。

“华天老板来了！”摄影棚外有人兴奋地高喊着。

周西西闻言抬头，正巧看到陆禹琛站在入口处，众人围着他，可他表情始终漠然，只死死地盯住她。

“陆总。”大庭广众之下，周西西只好起身打了个招呼。

“陆总好。”原本在保姆车里休息的孙潇潇收到消息也连忙赶了过来，满面笑容地道，眼神不住地在陆禹琛和周西西之间来回游移。

“华天对这部戏很看重，所以陆总也分外上心，今天来呢，也是想慰劳一下大家。”肖衍远见陆禹琛阴沉着脸，只好出来打圆场，“陆总知道剧组条件有限，所以特地请了大厨来为大家改善一下伙食。大厨已经准备着，大家先过去吧！”

人群里一阵欢呼，天知道剧组的盒饭有多难吃！

导演和制片人等原本是要等着陆禹琛一起，这会儿也被肖衍远一道叫走。偌大的摄影棚里，只剩下周西西和陆禹琛以及张致臣三人。

“出去。”陆禹琛对张致臣简短下令。

可不等张致臣有所反应，周西西就迈步往外走。

“你站住！”陆禹琛一把握住周西西的胳膊，隐忍着怒火说，“我说的不是你。”

“既然陆总看我不顺眼，那我走就是，免得碍了陆总的眼。”张致臣摸摸鼻子，自嘲说，“西西，你记得我刚刚跟你说的话。”

“冷脸半个多月，你闹够了吗？”

周西西闻言难以置信地望向陆禹琛，用力甩开他的掌控：“陆禹琛，你觉得我在和你闹？你莫名其妙地让我退出演艺圈，还反过来说我在闹？”

她愤怒而委屈，愤怒的是他如此践踏她的梦想，委屈的是他完全视自己在耍性子。

“你不适合演艺圈。”陆禹琛淡然开口。

“你凭什么认定我不适合？”周西西抬眼看她，他的否定轻而易举让她红了眼眶。

生平第一次，陆禹琛知道什么叫心如刀绞。周西西强忍泪水的模样，紧紧地揪住他的心。

“凭我认定的。”

出口的话伤人万分，周西西深吸一口气，缓缓呼出，一字一顿：“如果陆总觉得我不适合，我也不配在华天待下去。”

“你休想离开。”听到周西西有了离开的念头，陆禹琛的额角突突地跳。

看着他沉沉的脸色，周西西分外委屈，他自作主张要她退出娱乐圈，有没有考虑过她的感受。她在这里摸滚打拼了多年，好不容易有了现在的成就，眼看胜利的曙光即将来临，就这样退出她真的不甘心。

除了演戏，她实在想不到自己还有什么闪光点，能在短时间内获得认可。

陆禹琛是天之骄子，他根本不需要为金钱和地位忧愁，可是她周西西愁啊！

如果她周西西没有独立的自我，靠着他现在的一腔热情，他们的感情能维持多久。靠颜值吗？且不说这个世界比她好看的女人千千万，就算她是世界第一美人，也有迟暮的那天。

只有真正的、不会褪色的“能力”才能让她长长久久地自信下去，而一个自信的人，永远都会魅力四射！

“违约这种事，我也不是第一次了。”周西西无所谓地说完，头也不回地离开摄影棚。

陆禹琛，他根本就不了解她内心的渴求！他总是居高临下地俯视她，要求她。既然如此，就算是决裂，她也要坚持自己的立场。

身后传来陆禹琛稍显嘶哑的声音：“你知道违约的后果吗？”

“十分清楚！”周西西的脚步只是稍稍顿了顿，她并没有转身，“但所有的后果，我愿意全部承担！”

对不起，陆禹琛。

我喜欢你。

也因为喜欢你，我更不能丧失自我。否则总有一天，你会厌弃一个没有灵魂的女人！

酒局事件之后，苏玲沫就被林琅劈头盖脸一顿训，直到她参加综艺，也是再三嘱咐绝对不能私自去这种场合。

“丸丸，你小心一点！”苏玲沫一个不注意，丸丸就自己跑到溪边玩耍。虽然有人跟着，但她总归是不放心。

“你放心，我没事。”丸丸毫无畏惧地拍拍胸脯，“你比我西西妈妈还小心，胆小鬼。”

听到丸丸提及周西西，苏玲沫心里浮现些微不舒服。但在拍摄节目的期间，她也不好发作，只是一边跟着丸丸往深山里走，一边装作不在意地问：“丸丸，你每天都和西西妈妈见面吗？”

“差不多吧，但是和陆爸爸不是每天见面。他啊，每次见到我都一脸生气，总怪我抢了西西妈妈的时间。”

陆爸爸？苏玲沫心下一惊，故意牵起丸丸，挡住摄影师的拍摄，问道：“哪个陆爸爸？”

“就是和西西妈妈一起的陆爸爸啊！”丸丸沿着溪水往深山走去，“我跟他们视频的时候。陆爸爸总嫌我耽误西西妈妈的时间。哼，明明就是西西妈妈喜欢我，他吃醋了。”

这边苏玲沫已经猜了个七八成，如丸丸所说，似乎陆禹琛和周西西的关系并不像她所以为的那么差。而周西西，也没有透露半点关于这些事——比如她和陆禹琛成了丸丸的干妈、干爹。

苏玲沫驻足溪边，远望一山苍翠，心中说不出是什么滋味。

看来林琅所言并不是空穴来风，周西西待她，当真是没有从前那么坦荡。

丸丸一蹦一跳地跑到溪边的一块大石上，异常兴奋地观望着溪水里游来游去的鱼儿们。苏玲沫怔然看着，总觉得那块岩石分外眼熟，她仔细搜寻记忆，熟悉的片段猛然闪现。

周西西被爆出和男人亲热的地方，不正是在这块岩石上！

苏玲沫心下一惊，再度打量起周围的景色，越看越觉得这四周的景色与被爆料的照片上并无二致。没错，这里是那照片上的地方，周西西是在这被拍到的，绝对没有错，那么那个被马赛克处理的男人——是陆禹琛。

此时此刻，苏玲沫只觉得自己被欺骗了。她一直视作姐妹的人，

居然一早就和陆禹琛暧昧不清，并且把她瞒了个彻彻底底！

拍摄完这一期的综艺之后，苏玲沫刚一回家，就约了孙潇潇。

“玲沫姐。”孙潇潇戴着棒球帽、口罩和墨镜，进门了也始终不愿意摘下。

“潇潇，这大热天的你怎么打扮成这样？”苏玲沫很是诧异，这都已经八月了，她还包得这么结实。

迟疑了片刻，孙潇潇才缓缓卸下装扮，这一看可吓到了苏玲沫，只见孙潇潇的眼角红肿一片，看起来好不瘆人。

“你怎么搞成这样？”

孙潇潇望着苏玲沫，眼眶一红，抽噎道：“玲沫姐，你不知道，周西西最近绯闻一件接着一件，烦心事太多。她怪我这个经纪人没有能力，前几天气极了就动手打我。”

这件事带给苏玲沫的冲击太过震撼，许久没有回过神来。

“玲沫姐，我现在是没办法，也不知道她用了什么办法，找了什么人。公司非要我做她的经纪人，我几次和上面反应想换个人带，哪怕让我去做助理，可公司始终不同意。”

“经纪人换艺人的先例不是没有，如果西西真的这么对你，公司肯定不会这么包容她的，除非……”苏玲沫稍一停顿，没有继续说下去。

孙潇潇看着她脸色一变，心里明白她是想到了缘由，于是说：“华天向来赏罚分明，之前有过艺人苛待小助理结果被华天雪藏的事，你也不是不知道。我被打成这样但是公司一点责罚都没有，能够把这件事压下来的人，还能有谁？”

看着苏玲沫的眼神一点点黯淡下去，孙潇潇知道自己的话起了作用，就继续添油加醋地说：“玲沫姐，你知道吗，周西西一直在勾引陆总，之前陆总对她不屑一顾，但是最近这段时间，陆总的态度似乎有所转变。之前爆出的照片里的男人，就是陆总。”

实际上孙潇潇并不知道照片中的男人是谁，但没人知道，自然就可以随便捏造。

苏玲沫近来被华天捧成一姐，甚至陆禹琛出席庆功宴，以她对苏玲沫的观察，她必然是对陆禹琛有些想法的。

果不其然，苏玲沫眼里闪过一抹刺痛："你是说，西西她和陆总……"

"D&U 的情侣对戒，陆总手上确实有一只。"这可是她从陆禹琛的机要秘书那里打听来的，"但周西西的那枚戒指，根本就是她在淘宝上买的仿货，目的就是等着被人发现她和陆总的情侣戒指。只是可惜，她的如意算盘被八卦记者破坏了，反而把张致臣牵扯进来。"

见苏玲沫不说话，孙潇潇决心给她最后一击："玲沫姐，你如果不相信可以尽管去查，周西西现在已经住进陆家了。"

"不可能！"苏玲沫不愿相信，但微微颤抖的话音却泄露了她的慌乱。

"玲沫姐，你别太激动了。我和你说这些乱七八糟的事情干什么呢。"孙潇潇佯装一脸自责地说，"玲沫姐，你今天找我来是有什么事吗？"

"是有事。"苏玲沫惊觉自己反应过激，迅速调整心情恢复如常，"我记得之前你是公司的练习生，不过后来不知道怎么就变成了公司经纪人。我看你外在条件都不错，也挺有资质，现在我又成立了个人工作室，就想问你愿不愿意和我签约。"

孙潇潇当即感激涕零："玲沫姐，你能这么为我考虑，我真的很感谢你，当演员曾经是我的梦寐以求的，可周西西仗着陆总撑腰，把我紧紧捆在身边，我已经不敢奢望做艺人了。"

桌子下面，苏玲沫的手已经紧握成拳，眼神也不若以往那样娇柔。如果真如孙潇潇所说周西西在勾引陆禹琛，那陆禹琛这段时间对她不闻不问就说得通了。

既然周西西不顾她们之间的情分，那她也没有什么好顾忌的，就算决裂也不过如此。

"这件事交给我。"苏玲沫望着孙潇潇，"潇潇，以后周西西再有什么动向，你记得告诉我，我一定会让你出道成为艺人的。"

"谢谢玲沫姐！"孙潇潇喜极而泣，可内心里却禁不住地狂笑。

苏玲沫不过是华天的一个艺人，就算开了个人工作室又能怎样，

资源怎么能和华天相提并论！她要的，就是苏玲沫和周西西反目成仇，她则坐收渔利。至于出道一事，她已经有了新的计划。

周西西也好，苏玲沫也罢，都将成为过去，华天的一姐，只会是她孙潇潇！

华天总部大楼，三十七层一片愁云惨雾。

肖衍远躲在总裁办公室一角，眼睁睁地看着陆禹琛把人事部部长训得狗血淋头。等人事部部长夹着文件夹出去，肖衍远内心哀号一声，这下轮到他了。

“交代你的事查清楚了吗？”

“陆总，和你之前的猜想一致，谢部合作的对象，都是华天旗下的艺人。因为外界清楚你们是发小的关系，所以他和华天的合作都比较顺利。我已经通知各部门负责人，凡是和谢部有关的公司企业，华天一律不再与其有商业上的往来。”

陆禹琛眉心紧皱，原本他有机会让周西西缓慢接受他的计划，然而这个谢部横插一脚，局面才会如此失控。

“陆总，这女人都是要哄的。”肖衍远虽然不知道发生了什么事，但能够影响到他家老板的，天上地下只有小西西一个人，“这不马上到七夕了吗？你给小西西制造一个惊喜，浪漫一下，什么不愉快都过去了。”

“惊喜？”陆禹琛斜睨看他，“什么惊喜？”

“缺什么送什……”

“你是真的挺想去印度的。”陆禹琛白他一眼，“之前就是信了你的鬼话！”

“陆总，小西西不像其他女人，她这种姑娘是走心的，所以啊，攻心为上。”肖衍远胸有成竹，冲陆禹琛挑了挑眉。

攻心为上。陆禹琛默默思索这四个字，别说攻心了，最近周西西为了躲他无所不用其极，先见她一面才是当务之急。

“谢部的事情你继续查，能挖多少挖多少。”陆禹琛吩咐，抓起外套赶回陆家。

肖衍远应声，望着陆禹琛的背影长长地呼出一口气。哄好了小西西，华天上下就算是得救了。

临近七夕，剧组为了炒热度，就安排周西西和张致臣以剧中角色的身份拍了一段小剧场发到微博。两人原本在《倾城》中就有过感情线，虽然不得善终，但还是有一批粉丝的，小剧场一发出来，立刻引起了小范围内的讨论。

这波热度刷得好，配合各大营销号的转发造势，《长亭记》的热搜愣是在榜单上挂了整整一天。

而肖衍远也胆战心惊了整整一天，进出陆禹琛的办公室都提心吊胆。然而令他吃惊的是，陆禹琛完全没有反应！

“陆总，你还好吧？”趁着送文件的机会，肖衍远开口询问。

现在微博上小西西和张致臣的七夕视频已经传开了，难保陆禹琛不会“醋精”上身。

埋首于电脑前的陆禹琛不知道在忙些什么，目不转睛地盯着电脑屏幕，说：“我觉得你会不太好。”

还有心情皮这一下，说明心情还不错。

“陆总，明天的行程都在这……”

“统统取消。”

“明白。”肖衍远一副意料之中的模样。他家老板现在每天必做的就是上微博偷窥小西西，明天又是七夕佳节，能安心工作那才是有鬼了。

陆禹琛在电脑前又研究了一会儿，才起身出了办公室，临行前交代：“《长亭记》的宣传该换了。”

“明白。”肖衍远一边为剧组宣传默哀，一边快步跟了上去。

“西西姐，对不起！”

剧组已经收工，化妆间里也只剩下寥寥几个人。周西西怀里抱着一盒抽纸，无奈地望着眼前的年轻演员。

“西西姐，真的很抱歉！如果不是因为我总是 NG，你也不会在

水里泡那么久，更加不会感冒！对不起！”

“对不起有什么用？一句对不起就能了事了？”孙潇潇声色俱厉地训斥说，“要不是因为你，我们西西怎么会感冒？明天的七夕活动要怎么参加？”

“好了，你吓着她了。”周西西原本就因为感冒而全身无力，这会儿又吃过感冒药，阵阵困意不住袭来，只想赶快回去睡觉。偏偏孙潇潇执意不放过这个演员，足足训斥了半个多小时。

“西西！如果不是她，你怎么会生病，我心疼你才这么教训她的！”孙潇潇抱怨说，“你倒好，向着一个外人！”

“大家都是从新人过来的，何必对她那么苛刻。”周西西强撑着说，冲年轻演员摆了摆手，示意她离开。那演员也是个明白人，连连道谢后急忙走了。

“你对她是不苛刻了，那明天的活动怎么办？”

“什么活动？”周西西整个脑子晕乎乎的，眼皮沉重地问。

“福生珠宝的店庆活动，你是至臻系列的代言人，苏玲沫是挚爱系列的代言人，你们两个都要出席的。”孙潇潇提醒道，眼底却闪过一抹狡诈神色。

“玲沫姐也去啊……”周西西喃喃道，“那我能不能请假不去了啊，真的是累……”

“你是累，还是想休假和张致臣出去约会啊？”孙潇潇揶揄地问她，“别以为我不知道，他今天可是约了你好多次。西西，你们俩什么时候开始的？”

周西西把披肩往头上一披，压根儿不愿回答孙潇潇这种没营养的话题。

孙潇潇也不逼问她，环视化妆间内只剩下两人才低声开口说：“现在的代言、商演资源基本都流向苏玲沫那边了，你再这么不争气，只怕早晚要被赶出华天。”

“赶就赶吧，经纪公司也不止华天一家。”周西西昏昏沉沉地说。

“欠了公司的债还给你资源让你拍戏的经纪公司，只有华天一家。”低沉醇厚的嗓音陡然响起，周西西和孙潇潇闻声看去，正见到陆禹琛的挺拔身姿出现在门前。

“陆总。”孙潇潇笑眯眯地问好，而周西西却只是看了他一眼，就继续趴在桌子上休息。

陆禹琛示意孙潇潇离开，而后走到周西西的身前，探手在她额上试了试温度，却被周西西躲开。

“闹也闹够了。”

“我没闹。”周西西闷声反驳，陆禹琛明白自己之前的话带给她极大的伤害，可即便周西西怨他恨他，他也不得不这么做。

“我已经和导演打过招呼了，明天让你休息。”

“你凭什么替我做主？”周西西闻言来了火气，一拳打在陆禹琛身上，虚弱的身体只能挥出软绵绵的力道。

陆禹琛接下她的一拳，顺势拉她起身，一个打横抱起她来，径自朝外头走去。

完了，这会儿连反抗的力气都没了。周西西侧靠在陆禹琛怀里暗暗想着。可等睁眼看清陆禹琛抱她去了哪里，她瞬间从陆禹琛的怀里跳出来，手指着他问：“陆禹琛，你想干吗？”

直升飞机都开到片场了，他这是要上天吗？

“跟我来。”陆禹琛把她塞进舱内，随后自己也钻了进去，为周西西戴好耳麦，吩咐起飞。

“你这是要去哪？”

“回公司。”

“坐直升飞机回公司？”周西西觉得自己因为感冒而出现了幻觉，“你在开玩笑？”

这次剧组的摄点地点距离 A 城很近，回华天简直就是几分钟的事好吗。

陆禹琛把她的头按向自己的膝盖，柔声说：“你先好好休息，等到了我叫你。”

周西西哪里睡得着觉，坐起来狐疑地盯着他。

“你往下看。”远远看到华天大楼，陆禹琛说。

周西西越发不解，趴在窗边往下看。这一看不要紧，吓得意识瞬

间清醒。

以华天大楼为中心，向外摆满了鲜花，从半空中看，正是一个心形。

“你这是……”这一瞬间周西西恍惚觉得生病的人不是自己而是陆禹琛，还是大病的那种。

“七夕礼物。”

“七夕礼物？”周西西怪异地重复了一遍。

陆禹琛稍显得意地看着她：“这个只是其中一部分，明天会有更多礼物。”

“更多？”周西西倒抽一口凉气，“你是不是疯了？摆这么多花要干吗？改行卖花？”

她明白陆禹琛是要哄自己开心，只是这方式，未免也太“直男”了一点。

“敢堂而皇之拒绝我的心的人，也只有你了。”陆禹琛脸色不像刚刚那样，低声道。

“这算哪门子送心啊？”明明就是大型花卉市场。

“不然咱们就去斐济，”陆禹琛改口说，“看看心形岛，我买下来送你。其他国家也有心形岛，你看上哪个了告诉我。”

“土豪，能折现吗？”周西西抹了把脸，痛心疾首地问。

“你做梦！”陆禹琛咬紧牙根吐出一句话来，决定回去就把肖衍远剥皮拆骨抽筋！

而正在休息的肖衍远莫名感觉膝盖中了一箭，身后还凉飕飕的，仿佛有一双阴魂不散的眼睛在瞪着他。

“陆禹琛一定是疯了！疯了！”

陆家厨房，周西西戴着口罩一边切菜，一边不住地吐槽陆禹琛。旁边帮忙的七叔倒是笑得开怀，说道：“西西小姐，我倒是觉得少爷没疯，非但没疯，反而更像个人了。”

“像什么人，他根本就不是正常人！”她抽了抽鼻子不以为然。

“西西小姐，我是看着少爷长大，他很少会有情绪波动的时候，只有你能让他坐立不安。”七叔解释说，“我虽然不知道你们之间最近发生了什么，但是少爷做事一定有他的理由，尤其是牵扯到西西小姐的。”

周西西停下手里的动作，怔怔地望着窗外的天色，沉默不语。

“七叔，我明白了，谢谢您。”

七叔慈爱一笑：“你是个好孩子，如果夫人在的话，也一定会喜欢你的。”

周西西鲜少听到七叔提及夫人，于是好奇地问：“夫人她……”

“西西小姐，您可以跟少爷谈谈，关于夫人的事，或许，您就会明白少爷的所作所为了。”七叔开导说。

关于夫人的……周西西望着满桌子的饭菜陷入沉思。自从两人冷战之后，她都是做好饭菜后回到自己房间，可今天听了七叔的话，她觉得自己有必要去了解一下。

轻手轻脚地踏上三楼，周西西的心里充盈着从未有过的忐忑与好奇。要知道她可是从来没有来过三楼，正当她暗暗地想偷偷参观一下时，一扇紧闭的玻璃门挡住了她的去路。

什么情况？周西西难以置信，居然会有人在自己家里装这种东西。陆禹琛这到底是防谁呢。

“这家里除了他自己就是七叔和我，七叔肯定没什么关系，那肯定就是防我的了，哼！”她看了一眼门上的智能锁，伸出手来狠狠地戳了戳。

谁料这一戳不要紧，玻璃门居然自行打开了！

周西西一脸蒙，这是什么情况，是锁坏了？

“这门自己打开的，也不算偷偷进来。”她自顾自地念叨，踏进门内。可下一刻她望着走廊两旁众多的房门，再度蒙了。

这……陆禹琛会在哪间房里？

周西西迟疑了许久，想走又不甘心，索性从第一扇门开始开。心里默念不会那么巧陆禹琛刚好在第一间房里的。

然而现实狠狠给了她一巴掌，三度蒙了。

陆禹琛非但在！还是一脚踏出浴池的全裸模样！

“七叔让我叫你吃饭。”电光火石之间，周西西想出这么一个理

由，强装镇定地说完转身就走。

陆禹琛自然不会放过她，几步跨到她身后，一下关上微开的房门，成功拦住周西西的去路。

“进来了还想跑？”陆禹琛低哑的嗓音在周西西耳畔响起，水滴沿着他的发丝滴落在周西西的颈侧，滑至她胸前。

“我不跑又怎么样？”周西西一咬牙，干脆转过身来仰头直视陆禹琛的双目。可她刚转过身来，就被陆禹琛狠狠吻住。

周西西试图推开陆禹琛，但双腕被陆禹琛紧紧压在门扉之上，狂风暴雨般的吻令她毫无反击的能力，险些被逼得喘不过气来。

陆禹琛的身体贴上她的，灵活的舌头钻入周西西口中攻城略地。唇齿间的丝丝情欲渐渐迷乱了周西西的意识，她开始浅浅地回应着。

陆禹琛终于放开她，眼底野性的欲念闪烁，道：“不跑就在这吃饭好了。”

周西西察觉得到小腹上的滚烫热度，脸颊瞬时染红。

“这里不是餐厅……”

“谁规定吃东西一定要在餐厅。”陆禹琛浅笑出声，稍稍用力，将周西西逼得更紧。

“我们还在冷战！”周西西别过脸赌气说道。

“我已经赔罪了。”陆禹琛轻轻吻了下她的唇。

“心形花海，简称‘花心’？”周西西毫不留情地嘲笑。

陆禹琛无言以对。

“陆禹琛，我有时候真的不明白你。”周西西眼底闪过受伤的神色说道，感冒未愈而带着的鼻音更显可怜，“你说要捧红我，可到头来却让我退出演艺圈。我的梦想，我的追求，被你这么轻易地否决，你想过我的感受吗？”

提及这个陆禹琛的眼神也不由黯淡下来，他双手捧住周西西的脸，轻声道：“我是为你好。”

周西西冷眼看他：“我爷爷也曾经这么对我爸说过。”

陆禹琛明白，不给她一个答复，她是不会谅解他了，于是将下巴搁在她的肩窝，挑了个舒服的姿势，说：“因为我不能让你冒险。”

“冒险？”周西西不解，一只手打掉摸上她腰侧的毛手，“有什么可冒险的？”

“我的仇家一直都在找机会下手。”陆禹琛锲而不舍地摸上她的腰，得寸进尺地探进那一对波涛汹涌，“你继续拍戏，早晚会被他们发现。”

周西西忽然明白了他的目的，她错愕道：“你是在担心我？”

“我妈就是这么去世的。”陆禹琛并不愿意多说，一语带过，“西西，我不能让你和我妈一样。”

他父亲因为这件事毁了对手的全部产业，可即便这样，也救不活他母亲。

周西西心头一颤，为他话里压抑的痛心，也为他的隐忍。

“陆禹琛，我不是你妈妈，我会没事的。”她轻轻吻了一下他，“如果你因为这样就让我放弃我的梦想，那我和行尸走肉又有什么分别？”

陆禹琛叹了口气，他怎么可能辩得过周西西呢。

“你不说话，我就当你答应我继续拍戏喽。”周西西抢着说，接连在他脸上亲了十几下。

本来他是不愿意的，可是见她这样撒娇，所有拒绝的话到了嘴边又说不出口。最终，他像是妥协了一般，道：“戏可以继续拍，但是——”

“谢谢陆总！”周西西生怕他会立刻反悔，说完这句话后迅速开门闪人。

七夕当天，各大媒体争相报道前一天心形花海示爱的盛况，更大肆猜测能够让陆禹琛砸下这么大手笔示爱的人，究竟会是何方神圣。

坐在车上赶往福生珠宝店庆的苏玲沫，看到娱乐新闻里的报道，险些把手里的平板电脑丢出车外。

“你生什么气？”林琅很少见到苏玲沫生气，尤其是气到这种程度，递给她一杯水，“消消火。”

苏玲沫接过杯子，轻抿了一口。

孙潇潇昨天就给她打了电话，说陆禹琛把周西西单独接走，想也知道那些花是为了周西西准备的！

这个女人，平时一副清高的模样，还不是把陆禹琛骗得团团转。

今早她赶到公司的时候，入眼的鲜花犹如针一般刺痛着她的眼。

林琅自然清楚苏玲沫的心思，安慰说："我打听过了，这个'心形花海'是为了配合今年的七夕主题特意设置的，并不是媒体写的求爱告白。"

苏玲沫冷笑一声，不置可否。

"好了好了，已经到福生珠宝的店面了，你给我摆出平时的温柔甜美笑容来！"林琅拍拍手说道，苏玲沫只得一扫刚刚的怒气，扬起明媚的笑容下车。

苏玲沫一袭白色鱼尾礼服，一头波浪乌发披散在身后，雪肤红唇，脖颈儿上佩戴着福生珠宝今天的主打项链，更显华贵气质，当下秒杀一片菲林。她刚走了两步，另一辆车子便停在她身后，人群中有人高喊"周西西来了"，听得她一咬牙根。

相较于苏玲沫的装扮，周西西则是充满了青春气息，身着维纳最新高定，嫩绿色的伞裙衬得她灵动异常。除了一对设计精巧别致的钻石耳坠，她并没有佩戴多余的饰品，整个人显得简洁干练。

"玲沫姐。"看到苏玲沫，周西西率先问好，"你今天可真美。"

"彼此彼此。"苏玲沫回以一笑，佯装关切地问，"怎么感冒了？"

"已经好很多了。"周西西并没有多说，和苏玲沫并肩走向活动大厅。

期间苏玲沫一边向周围的记者们挥手问好，更不忘向周西西打探消息："昨天七夕的约会怎么样？"

周西西暗暗一怔，表面上却轻松自在："玲沫姐，我一个人约什么会啊！"

苏玲沫心里冷哼一声，她果然是瞒得密不透风。

"我倒是听说，你昨天有专车接送，你这是不把我当姐姐看，瞒得这么紧。"

"我每天都有专车接送，车上只有我、潇潇和司机，我难不成跟他们俩约会吗？"周西西做无辜状，"倒是你，玲沫姐，听说那个谢部昨天在华天大楼前等了你一天啊！"

“你什么时候也热衷这些无聊的八卦绯闻了？”苏玲沫嘴边依旧噙着笑意，但出口的话已然多了几分冷意。

要说这个谢部，葫芦里卖什么药她也不清楚，在华天大楼前等了她一天，也不见她，只打了个电话说等她，神神秘秘不知在搞什么鬼。她虽然并没有理会，可经他这么一闹，整个公司都知道了，谢家大公子在追求她。

不知道陆禹琛有没有听说，会是什么反应。苏玲沫不安地想着。

周西西自然是听出来了，不过现在马上要进行拍照，她也就不再多说什么，安静地笑着接受采访和拍照。

“两位身为华天的新晋女星，在戏路、定位上有很多重合的部分，请问面对这种资源互抢的情况，两位是否真的像外界说的关系很好？”

不知道是哪家媒体的记者，冷不丁丢出一枚棘手的炸弹，苏玲沫反应不及，一下子蒙了，不知如何回答。

“这位帅哥记者，你说我是新晋没错，玲沫姐可是华天的台柱，你不能因为玲沫姐貌美年轻就说她是新晋女星啊！”周西西反应极快地接过话题，“况且我们俩的定位并不完全相同，毕竟在资历上，我还是有所欠缺的。”

周西西的本意是表达不论在演技，还是作品及知名度上，比起苏玲沫她都有所差距，可听尽苏玲沫的耳中，却赤裸裸地表达两人年龄差距大一样。可任凭她再生气也没有办法，她想不出更好的理由来答复记者，只得干笑。

“两位美女，华天大楼的心形花海和两位中的哪一位有关呢？”

“都说是华天大楼的心形花海，自然是和我们两个华天艺人都有关了。至于有什么关联，等大家看过福生珠宝推出的‘心欢’系列，就明白了。”周西西得体应对，更把话题引到今天的福生珠宝上，听得在场的福生珠宝负责人喜笑颜开。

记者又陆续抛过来几个尖锐的问题，都被周西西一一化解。可这在苏玲沫眼中，无非都是抢风头之举。

庆典活动告一段落，苏玲沫在休息室里郁闷至极。手机接连收到了几条微信，她打开来看，发现是孙潇潇的消息——

“玲沫姐，周西西的裙子是山寨货！维纳压根儿就没有赞助高级定制服装！也没有租借给她！这条裙子是她今天早上自己穿来的，我都不知道她哪里弄来的！”

好一个周西西，为了博出位，山寨货都敢往身上穿，这种触碰时尚界底线的行为无异于自寻死路。她稍一思索，走到周西西身旁，笑容满面地说：“西西，难得今天见了一面，合个影吧。”

周西西自然求之不得，拍完了以后抱着手机开始修图。

“都美成这样了还修什么图。”苏玲沫取笑她，打开微博就要上传照片。

“我单独拍没什么问题，和玲沫姐一起拍照对比太惨烈，修图是必须的！”

“感谢福生珠宝的邀请，庆典活动上终于和亲爱的西西成功会师。西西小狐狸今天的礼服美翻啦，给维纳的设计师点赞！”

点击发送之后，苏玲沫的嘴边扬起一抹不易察觉的得逞笑容。

周西西还在埋首修图中，完全不知道，自己已经一脚踏进苏玲沫设计好的陷阱之中。

有了苏玲沫的微博这个引子，加上各大营销号的推波助澜，网络上突然对周西西开始了批判和谩骂——维纳并没有发布赞助周西西礼服的消息，这就说明她的礼服并不是由维纳赞助，而是山寨的。

事件经过一段时间的发酵，舆论又一次指向了周西西，铺天盖地的嘲笑全部应声而来。

张致臣得知消息后的第一时间就拨通了周西西的电话。

周西西正在给陆家给丸丸做菜，手机响个不停，忙碌得无暇顾及。丸丸圆溜溜的眼珠转了个圈，拿着手机就跑去找陆禹琛了。

“干爹，好像是张叔叔打来的电话。”他邀功似的显摆。

“最新款的漫威手办。”陆禹琛露出一个赞许的表情，“拿回去接通电话，接免提。”

丸丸重重点了点头，迈着小短腿跑回厨房，陆禹琛紧随其后。

“西西，你的礼服是怎么回事？维纳真的没有赞助吗？”

“没有赞助。”周西西动作麻利地将饭菜盛好，一一摆在餐桌上，顺便瞪了一眼跷腿听电话的陆禹琛，后者却一脸无辜。

“你这就麻烦了。”张致臣略显焦急地说，“这些品牌是最忌讳明星穿山寨礼服的，你现在穿了山寨礼服，只怕是要被列入品牌的黑名单了。”

“张叔叔，你这么关心我干妈呀？”丸丸一改往日的精灵古怪，童声童气地问。

周西西不由自主地看了一眼陆禹琛，无声说道：丸丸怎么可能问出这种话来，肯定是你教的！

陆禹琛耸了耸肩，意思很明显：我没有。

周西西的眼神凶恶：不是你会是谁？

“西西，刚刚是丸丸在说话吗？他说什么，我没听清。西西？你在听我说话吗？”张致臣见许久没有回应，急忙追问。

“丸丸刚才摔了一跤，让我扶他起来。”周西西听到他说没听清丸丸说什么，便随口胡诌，“至于礼服的事情，你放心好了，我没事。”

“真的没事吗？你不要强撑着，如果有需要尽管找我帮忙。”张致臣不放心地交代她。周西西就是习惯什么事都自己扛，从来不把苦累露给他人看。这样的周西西，让他心动，也令他心疼。

“我知道了，谢谢你，致臣哥。”眼见陆禹琛的脸色越来越青，周西西急忙挂断了电话。

“礼服的事为什么不让我说。”陆禹琛铁青着脸，十分不悦。张致臣这家伙又来献殷勤，搞得他十分不爽。

“我自然是有我的目的。”周西西坐在丸丸身边，细心地喂他吃饭，眉眼间是掩不住的得意，“山寨礼服，这帽子一旦扣上我就基本和时尚界无缘了，接下来跟几大奢侈品牌的接洽代言也就泡汤了。”

陆禹琛眉峰一扬，难得来了兴趣：“所以，你推掉了维纳的赞助改为买礼服？”

“对。”就是这高定买起来太贵了，简直肉痛。

“接下来你想怎么做？”

“让维纳方面发一个没有赞助礼服的微博，但是不要提我买高定的事情。”

陆禹琛以一种玩味的眼神看向周西西："小狐狸，你想套路谁？"

"等着看吧！"周西西高傲自信地一扬下巴，随即凑到陆禹琛面前，"那个，买礼服的钱，我能不能晚点还你？"

之前欠公司的钱还有一部分没补上，现在她实在付不出高定礼服的钱啊！

陆禹琛修长的指敲了敲桌面："喂一口，一万块。"

这简直就是血赚！周西西大喜过望，拿着勺子就要送到陆禹琛嘴边，谁知被他扭头躲过。正当她疑惑不解的时候，陆禹琛充满恶意地说："用嘴喂。"

"陆！禹！琛！"一张脸霎时通红，"丸丸还在这，你要不要这么无耻！"

"我吃饱了。"丸丸很识时务地擦擦嘴，噔噔噔跑开，"干爹干妈，你们继续。"

陆禹琛伸手把周西西揽进怀里，鼻尖抵着她的鼻子，若有似无地触碰着她的樱唇："坐着喂，一口两万。"

周西西冷哼一声，坐地起价："一口价，三百万。"

刚好一件礼服的价钱。

"小奸商，如你所愿。"语罢，陆禹琛轻吻住她。

在网友骂了周西西一天之后，维纳终于不负众望地发了一条声明，表明并没有赞助周西西礼服。这条声明一出，"黑粉们"沸腾了，竭尽全力地诋毁周西西。

"玲沫，有了周西西穿山寨礼服的事，估计接下来奢侈品牌的代言选角也就没她什么事了。我已经联系了相关负责人，为你争取代言人的机会。"

公寓里，苏玲沫正在手机上翻看着维纳的声明，隐约感觉到有些不对劲，却又说不出缘由来。

"现在联系会不会太早了？"她有些担心地说。

"这种好事向来都是挤破头，去晚了连肉渣都不剩。"林琅说道，"还有，谢郜的电话又打到我这儿来了，说想向你道歉，看你给不给机会。”

苏玲沫秀眉微拧：“他没联系周西西吗？”

“问过了，孙潇潇说没有。”

“这个谢部究竟在搞什么？”苏玲沫不解。

林琅也摇了摇头，说：“公司已经明令禁止旗下艺人不许和谢部的公司有任何商业往来，我觉得私底下你也不要和他过多接触，免得惹祸上身。”

“我只是觉得他和陆禹琛是发小，想多了解一点陆总，从他那下手是最快的。”苏玲沫解释。

林琅嗤笑道：“华天不和他有业务往来，你觉得陆禹琛心里能多待见这个发小？”

“嗯，我会注意分寸的。”苏玲沫嘴上答应，心里却盘算着谢部的真实意图。就在此时，她的手机接到了一条陌生号码的短信，她打开来看，映入眼帘的文字紧紧攥住她的呼吸——

“明晚八点，我在市中心的拍卖会等你，你想知道的，我都会告诉你。”

苏玲沫偷偷删除了这条短信，装作无事发生一样回了卧室。

她辗转反侧，最后给孙潇潇发了一条消息，让她明晚务必带着周西西赶去拍卖会现场。有周西西在，就算发生了什么事，她也绝对会让周西西去做替死鬼。

翌日傍晚，周西西睡得正香，就被孙潇潇一通电话吵醒了。

“西西，赶紧收拾一下来A城公馆的拍卖会！”电话那头，孙潇潇的声音火急火燎。

周西西整个人埋进被子里，不情愿地咕哝道：“我明天就要去剧组了，今天难得睡个好觉，拍卖会跟我有什么关系，我一个穷鬼……”

“穷鬼小姐，你知不知道今天这场拍卖会凯撒在！凯撒啊，我的大小姐！”

一听到凯撒两个字，周西西整个人瞬间清醒，霍地就从床上弹起来，火速梳妆打扮。

凯撒，时尚界无人不知无人不晓的设计师，居然会出现在A城的拍卖会上！她可是凯撒的粉丝，从高中的时候就关注他的作品，久而久之发现他本人也非常有魅力。

“潇潇你应该早告诉我！”周西西忙中有序地化妆，站在衣柜前沉思许久，忍不住哀号一声。

完蛋！她一件能出现在凯撒面前的衣服都没有！

忽然间，她的目光锁定在其中一件皮衣上，狐狸眼乍然闪现亮眼的光芒。

这边，苏玲沫已经到了拍卖会场，她四下张望，终于看到谢部的身影。

“苏小姐真是明艳动人。”谢部望着她熠熠发光的礼服，做了个邀请的动作，将两张邀请函递给入口旁守着的人员，抬起臂弯，示意苏玲沫跟上。

苏玲沫许久没有动作，谢部反倒一笑：“苏小姐戒备心未免太重了，不过我尊重女士的意见，进去吧。”

两人沿着长长的走廊进入内场，苏玲沫低声问：“谢先生把我约到这里究竟有什么事？”

谢部停下脚步，冲她一笑：“苏小姐，难道不是你为了得到答案才来这里的吗？怎么反倒问起我来？”

“你——”

“想知道陆禹琛的什么事呢？他的家庭，他的过去，还是……”

“代价呢？”苏玲沫可没有傻到以为他会白白告诉她，尤其在经历了上次酒局的事情之后。

“真是冰雪聪明，难怪陆禹琛会这么喜欢你。”谢部轻轻鼓了鼓掌，“你知不知道，今天这场拍卖会，凯撒也会参加。”

苏玲沫点了点头，她也是在接到谢部的邀约之后才得知，凯撒是这场拍卖会的特约嘉宾，并且，他是为了一枚胸针而来。

“多年前，凯撒曾经把自己最喜欢的一枚胸针送给当时还没出嫁的陆禹琛的母亲。后来陆太太为了所谓的慈善，把这枚胸针拿出来拍卖，直到最近这枚胸针才又出现在拍卖会。今天就算买不到这枚胸针，说不定还能偶遇陆禹琛，再差也可以吸引凯撒的注意，怎么算都不亏。”

苏玲沫冷眼看着谢部：“代价是什么？”

谢部见她一心都在陆禹琛身上，索性也不再卖关子，说：“我只是希望玲沫你能够成为摩比的代言人，这样我这个发小聊聊以前的事也会比较心甘情愿。”

华天严令禁止的事，苏玲沫自然不愿违抗，但陆禹琛三个字，好比散发着致命吸引力的漩涡，她早已深陷其中。

“帮我拿到胸针，我就和摩比签约。在此之前，我要知道我想知道的。”苏玲沫不慌不忙地说出自己的要求。她早就已经打探清楚，凯撒对这枚胸针势在必得，凭谢部根本就不可能和凯撒对抗。

“华天带出来的人，果然会算账。”谢部一笑，不动声色地敛去眼底的阴鸷。

看来，猎物已经上钩了。

第十七章 往事

周西西抵达会场的时候，孙潇潇整个人都傻眼了。

“西西，你就这身打扮？”孙潇潇怪异地看着她。

带有银色拉链的皮革上衣散发出硬朗的中性气质，一字肩的设计展露出肩部的优美线条，配合缀着金属铆钉的颈链，狂野而又不失女性的妩媚气质；硬挺奔放的纱裙中和了上身的叛逆气质，两种截然不同的气质在周西西的身上碰撞，显得分外有冲击力。

“这样也挺好。”周西西摆出一个帅气的造型，揽着孙潇潇就往内场走，“倒是你今天，打扮这么优雅，是要去约会吗？”

“我穿成这样还不是为了你！”孙潇潇横她一眼，掩去心里的小算盘。

两人进了内场，周西西一眼就看到凯撒标志性的一头银发，径自走向前排。孙潇潇也不拦她，就近坐下，只等着周西西被保安撵回来。

周西西刚走到一半，一道强大的力道就将她拦了下来。她回头看去，陆禹琛正讶异地看着她：“你不是在家睡觉吗？”

“我想见你！”周西西脸不红气不喘地低声回答。

陆禹琛也不拆穿她：“那咱们回去，看个够。”

“哎哎！来都来了，我还没参加过拍卖会呢！”

“继续装。”陆禹琛冷哼一声。

周西西朝凯撒所在的方向稍一抬下巴，陆禹琛这才改成牵着她走了过去，坐在凯撒的旁边。

陆禹琛刚一坐下，凯撒就转过头来打招呼。原本他是戴着墨镜的，当视线不经意扫过周西西后，他不禁摘下了墨镜。

“她是？”

“凯撒叔叔，这是华天旗下的艺人，周西西。”陆禹琛解释道。

“凯撒先生，初次见面……”周西西礼貌地问好，可话还没说完，就被凯撒打断。

“太美了，真是太美了，东方娃娃和西方风格的完美融合。”凯撒由衷地赞美，“禹琛，她和你母亲的气质太像了，太像了。”

像陆禹琛的母亲？周西西想到陆禹琛说她做菜的味道像他母亲，再加上凯撒的话，难道他有“恋母情节”？

周西西偷偷在陆禹琛的手心里写下这几个字，换来陆禹琛冰冷的一记瞪视。

而在左侧席位上坐着的苏玲沫早已火冒三丈，她原本是怕发生什么意外才想要拉着周西西一起，结果她连凯撒的面都没见到，而周西西却和凯撒相谈甚欢！这个孙潇潇到底在搞什么，居然让周西西去找陆禹琛！

“胸针被凯撒提前买走了。”离开席位许久的谢部回来后第一句话就是这个。

“谢先生，这场拍卖会我一无所获，真不知道谢先生邀请我来到底是干什么。”苏玲沫冷冷说道，起身就要走，谁料被谢部按住。

“陆禹琛的母亲死于十六年前的一场车祸，而周西西的父母，也是死在同一场车祸中。”谢部意味不明的笑容渐渐放大。

苏玲沫怔住，他的意思是……

“苏小姐，你说究竟是谁害死了谁呢？”

“不论是谁害死了谁，都是一出好戏。”原本阴霾的心情一扫而空，苏玲沫分外愉悦，“谢先生这个消息，实在是分量十足。”

“苏小姐开心就好。”

“既然胸针已经被凯撒买走，我在这里待着也就没什么意思了。”

苏玲沫起身准备离开。

这次谢部并没有拦她，而是将一个精致的蓝色丝绒盒子交到她手里，说："送给苏小姐的，为上次的不愉快赔罪。"

苏玲沫本想拒绝，但谢部根本不给她机会，转身就走。她望着那个盒子，又看了看喜笑颜开的周西西，默默地将盒子握在手心。

如果谢部能和她联手，或许对付起周西西来会更加容易一点。

等苏玲沫离开后，谢部走到角落里，深深地看了一眼陆禹琛，刚刚还噙着笑意的眼眸此时此刻布满冷漠与仇恨。而这一切，都被后排的孙潇潇尽收眼底。早在之前的新闻里她就见过谢部，现在他会出现在拍卖会上并且和苏玲沫有说有笑，那必然是为苏玲沫而来。

事情真是越来越有意思了。孙潇潇翻看着刚刚拍下的照片，得意地想。

整个拍卖会凯撒都缠着周西西天南地北地聊天，好不容易结束了，他又要跟着他们回陆家，被陆禹琛一票否决。

回程的车上，周西西捧着凯撒刚刚送她的胸针，这枚制作精巧的胸针在车厢里闪烁着璀璨的光芒，分外耀眼。

"我听说凯撒十分高冷，可今天一见似乎不是这么回事。"周西西打开化妆镜左看右看，"看来是被我的容颜所倾倒了。唉，走到哪里都有粉丝，真是头疼。"

"你怎么不上天呢？"陆禹琛见她如此厚颜无耻忍不住打击她。

"陆禹琛，我上不上天是不清楚，你这话是想入土倒是真的。"周西西翻了个白眼，把胸针别在胸前，"我算是知道了，你根本就是有恋母情结。说，是不是打从第一眼见到我就看上我了！"

如果不是开着车，陆禹琛是真的挺想把周西西的脑子打开看看是什么构造。

"我怎么可能有恋母情结？"

"凯撒说我和你母亲很像，你自己也说过啊！"

"我妈没你漂亮。"陆禹琛解释，"你们俩像的是气质。"

"气质？"凯撒刚刚倒是说了，她身上有种东西方结合的特殊美感，难道是这种类似的美，才让他不过初次见面就把刚买回来的胸针送给她了。

“这胸针是我妈的遗物，我不会让它落在别人手里。”陆禹琛笃定地说。

周西西听到他这么说，立刻就想把胸针摘下来还给他。可陆禹琛却握住她的手，以极其温柔的语调说：“你不是别人。”

这句话犹如一阵暖流缓缓淌进周西西的心间。

回到《长亭记》剧组后，周西西一改先前的低迷状态，场场发挥超常，赢得剧组一片称赞。

“西西，你终于找回之前的感觉了。”休息时，张致臣忍不住为她喝彩，“不，是比之前更好，再过一阵子，我和你对戏都要有压力了。”

见到周西西心情转好，张致臣是真心高兴，只要能够见到她的笑容，他就别无所求。这种心情是他从未有过的体验，新奇而又美好。只是，每当他稍稍提及有关表白心迹的话语，周西西都会不动声色地岔开话题。

“致臣哥你太夸张了，你再这么说我真的飘飘然了。”周西西捧着剧本赧然地回答。

张致臣呆呆地凝望她的笑靥，一时失了神。

“西西，中秋的时候我回了一趟凉城，顺道去看了你爷爷。他说很想你，姑姑也是，她年纪大了，身体经常有些小毛病，却又不敢告诉你。”

周西西没料到张致臣会去看望她的家人，顿时一怔：“致臣哥，谢谢你，但是你没有必要特地回凉城看望我爷爷他们。”

“西西，并不是我多管闲事，只是想替你力所能及地照顾他们而已。况且我真心希望在经历了这么多事之后，你能够放下，也算是放过自己。”

“致臣哥，你并没有必要替我照顾他们。”周西西试图划清界限。

“哟呵，张大影帝什么时候改行做知心姐姐了？”肖衍远皮皮的声音响起，“不过张影帝，小西西是我们华天的艺人，没记错的话，华天和夏盛正斗得不可开交呢。你这么关心她，夏盛知道吗？”

肖衍远指的是近来的热门话题——奢侈品界的龙头品牌正在寻找亚太地区的代言人，华天和夏盛因为这个撕得正欢，首当其冲的就是周西西，因为她之前刚被人扒出来穿山寨礼服，有了这个“黑历史”，基本上这个代言人和她无缘了。

“公平竞争怎么就成了抢得不可开交？”张致臣不以为然。

“公平竞争会找人带节奏抹黑小西西穿山寨礼服？”肖衍远嗤之以鼻，“我可是都查清楚了，消息都是夏盛散布的。”

“肖先生有什么证据吗？”张致臣气定神闲地发问。

他不是不知道两家公司暗地里的争斗，但摆在台面上惹周西西讨厌是另外一回事，这不是他愿意见到的。

“这还需要什么证据？有点脑子的都知道好不好？”孙潇潇突然插进来，冷不丁地说道。“之前拍《倾城》的时候你们夏盛就和西西过不去，现在又在背地里抹黑西西，能不能离我们西西远一点？”

孙潇潇说得直截了当，完全不给张致臣面子。其实把那些消息散布出去买通营销号的人正是她，她就是要一点点地把周西西身边的人挤对走，让她孤立无援。

面对孙潇潇的指责，张致臣一时语塞，深深地看了一眼周西西后便不再争辩。孙潇潇是周西西的经纪人和好朋友，他如果当面反驳，怕是会惹得周西西为难。

为了防止场面尴尬，张致臣找了个借口顺势离开了这场风暴中心。

等张致臣走后，肖衍远火速从口袋里掏出手机来，毕恭毕敬地打字：“陆总，已经顺利完成任务，怎么样？我的语气还可以吧！”

周西西站在一旁看到了这条消息，难以置信地看着肖衍远，本想问，但一想到孙潇潇还在旁边，到时候知道她和陆禹琛的关系就不好了。于是她立刻拿出手机给肖衍远发了一条信息：“你居然是为了赶走张致臣？”

肖衍远看到信息后，下意识地看向了周西西。

周西西指了指身侧的孙潇潇，肖衍远见状便明白了她的意思。为此，他回了信息：“没有办法啊！陆总今天实在没时间，只好派我来做你的护花使者。”

孙潇潇见肖衍远拿着手机发信息，便假装焦急地哀求："肖先生，你别这么悠闲了，赶紧想想办法，西西现在因为那件礼服，网上的人一直在骂她！"

周西西倒是不急，悠闲地翻开微博。刚一刷新，维纳的微博就发布了——@周西西小姐的礼服确实是我们品牌的，尽管没有赞助，但周西西小姐却自己将礼服买了下来，对维纳的喜爱是我们前进的动力，也希望在以后的日子里，能够有机会合作！

"物极必反。"周西西看着这条微博下为自己辩白的评论，扬起一个胜利的笑容。

孙潇潇探头看了一眼，脸上露出大喜过望的神色，实则恨得牙痒痒。这个周西西，又被她顺利洗白了！

"原来礼服是你买的啊——"孙潇潇道，"西西，你……哪来的钱买礼服呀。"

"贷款。"周西西信口胡诌。

"原来是这样啊。不过维纳出面帮你澄清真是太好了，这样就不会再有人拿这个来攻击你，接下来和几个奢侈品牌的代言也就好谈多了。"孙潇潇一脸为周西西高兴的表情，随即又转为愧疚，"不过西西，我没能及早应对这些事，也没能帮你解决，是我失职了。"

"没事啦！都已经解决了，还想这么多干吗？"周西西拍拍孙潇潇的肩膀，示意她放宽心。

孙潇潇的本意就是装可怜博取周西西的同情，见她并没有计较，也就重新展露笑颜："西西，我不跟你说了，还要跟合作商敲定你的档期，先撤了！"

等孙潇潇离开视线，周西西幽幽叹了一口气。

"事情都解决了，怎么唉声叹气？"肖衍远不解地问，接着做恍然大悟状，"该不是你没见到陆总太失望吧！不过陆总这次是真的抽不开身，毕竟要处理——"

肖衍远忽然噤声，周西西听出他话的话音，追问道："处理什么？"

"处理工作啊，你都不知道你俩冷战那会儿陆总拖了多少工作。以往陆总可是标准的工作狂，自从遇见你，他可就越来越没有一个总

裁的自觉了。”肖衍远连连叹气，实则心有余悸，幸好没告诉小西西陆总在处理谢部，否则他可就吃不完兜着走了。

“衍远，你帮我一个忙。”周西西凑近肖衍远，低声说，“帮我调查一下林琅。”

“林琅？”肖衍远不解，“你调查她干什么？”

“福生珠宝的庆典之后，上次玲沫姐发的微博提到了维纳官方，还感谢了设计师。但是这件礼服属于维纳的私人订制款，不在秀场发布，玲沫姐是怎么知道那件礼服是维纳的？”周西西分析道。

“你是说，苏玲沫故意发微博揭露你山寨礼服的事？”肖衍远接话，“这女人未免太阴险了一点，她这是明摆着让你出丑啊！”

周西西摇了摇头：“艺人的微博不一定是由本人使用，也有可能是林琅或者团队在打理微博，那条微博不一定出自苏玲沫之手。”

礼服的事她只和孙潇潇简单提了一句，众所周知，孙潇潇和林琅不和，两人见面向来分外眼红。如果孙潇潇为了显摆而找上林琅，告诉她这一切，林琅一气之下揭露她山寨礼服的事让她身败名裂也在情理之中。

“行了，这事儿交给我。”肖衍远虽然应允下来，也还是忍不住抱怨，“你们夫妻俩可是夫唱妇随，使唤我起来顺手又顺嘴。”

周西西脸一红：“谁跟他夫妻俩了！”

“爱谁谁吧，我还要回公司，走了。”清楚周西西口是心非，肖衍远也不逼迫，匆匆就离开了。

周西西眉头紧锁，她没有告诉肖衍远的是，这些可能是林琅做的，也有可能就是苏玲沫本人做的。

想到苏玲沫近来对她的态度，周西西的心头如针扎一般。

高档酒店里，苏玲沫将手里的剧本砸在了电视机上。

“周西西她到底用了什么办法迷住陆禹琛？维纳的高级定制也肯买给她！”

“也有可能是她自己买的啊！”听到苏玲沫的话，林琅停下手头上正在看的合约说。

“就凭周西西？几百万买一件穿一次的礼服？”苏玲沫嘲弄一笑，“林姐，就算是我，也不可能出手这么阔绰。”

林琅把笔记本电脑搬到她面前，敲了敲屏幕说：“摩比把合约发来了，玲沫，你真的要和摩比签约？你就不怕陆禹琛生气？”

提及陆禹琛，苏玲沫眼神黯淡下来。拍卖会之后，她仍旧没能见到陆禹琛，见他一面真是太难了。

“不签。”她又没有拿到胸针，凭什么和摩比签约。

林琅一副“就知道这样”的表情，又把一把钥匙交到苏玲沫的手里：“谢部送你的车子，你要怎么处理？”

原本苏玲沫是想开口退掉的，但话到了嘴边又硬是咽了回去。谢部对她还是有用的，暂且吊着他的胃口也好。

“交给我吧。”略一停顿，苏玲沫开口问，“林姐，我想请个朋友在《金镶玉》剧组里客串一下，可以吗？”

“这个不难，本身这部戏就是华天投资最多，你现在又是华天的一姐，带个人进组客串一下还是不费什么力气的。”林琅说，“你想带谁？”

“张致臣，”苏玲沫把玩钥匙，嘴边浮起意味不明的笑容，“还有周西西。”

“你疯了！”

“这怎么是疯了呢，西西原本就是华天的艺人，客串一下也没什么要紧的。另外，致臣哥以前也帮过我，现在夏盛日薄西山，我帮他提升一下曝光率也是件好事啊！”

林琅十分不解，苏玲沫最近的行径真是越来越让人搞不懂，哪有捧着剧送到竞争对手手里的。这丫头怕不是失恋受刺激了吧！

“林姐，你放心，我知道轻重。”苏玲沫轻轻拍了拍她的手。

“算了，算了，都由你。”林琅也拿她没辙。

苏玲沫打开微信，拨通了和周西西的视频通话，不过几秒钟，对方就接通了。

“玲沫姐！”周西西正敷着面膜，面无表情地看着镜头，声音却是压抑不住地开心。

“西西，我有事和你商量。”苏玲沫笑得甜甜的，“《金镶玉》里有个哑女的角色，还没找到合适的演员，你之前不是提过想多试试不同的角色吗？怎么样，要不要来客串一下？”

“真的？”周西西惊喜地一把揭掉面膜，兴高采烈地欢呼，《金镶玉》啊！这可是国内一流的制作班底和导演，能够得到这个出演机会，哪怕是个小角色她也心甘情愿！

“玲沫姐谢谢你！我老早就想挑战不同的角色了！”以往不是演丫鬟就是演反派，她早就腻了，这次的哑女倒是很新颖，值得挑战！

“看你兴奋的。”苏玲沫取笑她，“我还打算邀请致臣哥呢，到时候咱们三个又能一起拍戏了！不过《金镶玉》是在沙漠取景，到时候怕是要吃不少苦。”

“玲沫姐你放心吧，吃苦当吃补，我现在就去收拾行李！”

“好，咱们剧组见吧。”苏玲沫挥了挥手，挂断视频，不过转瞬间，刚刚的甜美就变成了恶毒的神色。

周西西，等着你的，可是一出好戏呢！

三个小时的会议结束，肖衍远身心俱疲地迈进办公室，直接葛优瘫到办公椅上。他家老板对付生意场上的敌人确实是心狠手辣，但跟对付摩比相比，那都是大发慈悲。

这个谢部啊，惹谁不好，偏偏招惹上小西西。

还没来得及喘口气，秘书就敲门进来:“肖特助，有位小姐想见你。”

透过单向玻璃，肖衍远歪头看了一眼，外头的女子正背对着他低头看手机，乌黑长发遮住了半边侧脸，但看那身形，必定是小西西了。

“小西西！”肖衍远飞奔到门外，张开双臂就要把女子抱进怀里。可岂料女子霍地抬头，肖衍远却被吓了一跳。

不是小西西，是她的经纪人孙潇潇。

肖衍远一个踉跄止住了脚步，尴尬地收回双臂：“是你啊，找我有事？”

他和孙潇潇并没有什么交集，只是因为周西西的缘故见过几面，印象里是个相貌不错的姑娘，不过，她俩有这么像吗？

“肖特助，我来找你是因为西西的事情。”孙潇潇左右看了看，肖衍远当下了然，将她带进办公室。

“西西怎么了？”

“她前几天跟我说要去《金镶玉》剧组客串，我怎么劝都不听。”孙潇潇急得红了眼圈，“《长亭记》和《金镶玉》两部戏原本就因为抄袭被网友们骂，后来《长亭记》大改了剧本才消停下来。但是西西这么一去客串，肯定又会被有心人做文章，她总是出这种消息对她是很有影响的。再说她还在剧组，中途客串会被指责轧戏，以后哪个名导演敢用她？”

这些分析的确在理，但是——

“你考虑得对，不过两部戏都是华天投资的，友情客串一下也没什么大问题。至于轧戏，不耽误拍摄就好。”

他家老板都能为了小西西砸下重金把这么一部抄袭剧给洗白了，轧戏算什么啊！

何况凭小西西的业务能力，必然是不会耽误拍摄进度的。

肖衍远的态度出乎孙潇潇的意料，她没料到这事肖衍远竟然都不用汇报陆禹琛就这么决定，可见陆禹琛对周西西纵容到何种地步！

“但是夏盛的张致臣也去客串啊！”一计不成，孙潇潇抓住这个理由再度劝说，“原本他们俩之间就时不时传出绯闻，现在又一起去客串。”

“虽然不耽误拍摄，但总归是对名声不太好。”一听说张致臣也要去，肖衍远立刻正色道，“你劝住她，等我向陆总汇报过后再决定，就说是公司的要求。”

“好，谢谢肖特助了。”孙潇潇感激地看了他一眼，波光流转的眼眸让肖衍远神情恍惚了一下，几乎让他以为，站在他面前的是小西西了。

等孙潇潇离开，肖衍远才回过神来，匆匆赶去陆禹琛的办公室。

“陆总，出大事了啊！”

“不许去客串。”

周西西正坐在床边收拾行李，冷不丁地陆禹琛闯了进来，低气压地甩出一句话来，她愣神片刻，才反应过来。

“这是我的房间！”她起身指责，他又不敲门！

“这是我家。”陆禹琛几步跨过去，将她搂进怀里。

“我要去，哑女的角色我没试过。”周西西目光坚定地看着他。

“你去了谁做饭。”陆禹琛加重手上的力道，将她的身体紧紧压向自己。

狐狸眼瞥了瞥陆禹琛：“我最近拍戏，你不都是吃外卖。”

“不许去。”陆禹琛就是铁了心。

硬的不吃只好换软的，周西西趴在他胸口嘟起红唇，委屈巴巴地看着他，纤细的手指若有似无地在他胸前画圈圈：“不嘛，人家好不容易有这个机会，就去几天而已。再说，你想吃我做的饭可以过去找我嘛！”

陆禹琛目光熠熠生辉，默不作声。

“你不说话，我就当你同意喽！”周西西抓住时机不给陆禹琛反悔的机会，开心地在陆禹琛的唇上印了一吻，“谢谢亲爱的！”

“不够。”陆禹琛眼底升腾起些微欲望，一个跨步上前将周西西压在床上，深深地吻住。

周西西捧着陆禹琛的头，深陷在浓烈的吻中，浅浅回应。正当两人浓情蜜意时，房外中气十足的声音由远及近。

“陆总！出事了！出事了！”

原本来蹭饭的肖衍远在接到一个爆炸性消息之后慌忙跑上楼来，见房门没关就大大咧咧地闯了进去，刚一进门就收到陆禹琛杀人般的瞪视。

此时此刻，肖衍远只觉得新德里在向他招手。

“滚。”陆禹琛不带丝毫感情地说，看了一眼因为羞窘而爬进被子里的周西西。

“陆总，我也很想滚，可是，容我说完再滚。”肖衍远一副英勇就义的模样，抹了把脸颓然说道，“苏玲沫车祸被送往医院，正在抢救。”

“你可以滚了。”陆禹琛的话音更冷，正要发作，肖衍远及时补了一句——“那辆车是谢部送她的。”

已经转身的陆禹琛蓦地回身，一双眼紧紧盯住肖衍远：“说清楚。”

“目前苏玲沫还没有醒，倒是谢部，始终守在苏玲沫床前，简直是深情贵公子。”

“玲沫姐伤得重吗？”被子里，周西西终于露出头来，抢着问。

肖衍远脸色一黯：“大腿骨骨折，脸颊受伤，差一点就伤到眼睛，近期是不可能再拍戏了。除了这些，谢部才是真为难。”

陆禹琛冷笑：“有什么为难的？”

“他赖在医院不走了啊！嘘寒问暖，竭尽所能地照顾苏玲沫，简直是二十四孝好男人啊！”

“有记者守着吗？”陆禹琛问得一针见血。见肖衍远点了点头，说：“果然。”

周西西裹着被子，满腹疑问地看向陆禹琛：“你似乎对玲沫姐出车祸一点都不惊讶，也不担心。”

“我只担心你。”陆禹琛淡淡地说道。

肖衍远这会儿倒是识相，自动自发地退了出去，还细心地关上了门。下一刻陆禹琛就反身拥周西西进怀，说道：“还好。”

他像是说给周西西听的，又像是说给自己听的，手在微微颤抖着，完全没有刚刚的镇定自若。

周西西虽然不清楚他这么反常的原因，但还是无声地环住他的腰。

得知苏玲沫受伤后，周西西第一时间就去了医院探望。刚一进VIP病房，一个杯子就迎面砸了过来，庆幸病房里张致臣手疾眼快把周西西拉到一边，躲过一劫。

“玲沫姐——”看着苏玲沫暴躁的模样，周西西一时不知道该怎么安慰。

苏玲沫躺在病床上，左脸包着纱布，憔悴的模样，哪里还有华天一姐的风范。她原本就心情恶劣，见到周西西好端端地站着，更是气得胸闷。

为什么出车祸的不是周西西！

“玲沫，医生交代过你要静养，你这么折腾对身体康复也是有影响的。”张致臣看出苏玲沫眼里深浓的恨意，不着痕迹地将周西西护在身后。

周西西这会儿也看出自己不受欢迎，默不作声地躲着。

在场的人都心知肚明，苏玲沫这一场车祸，怕是不能继续拍戏。《金镶玉》开拍不久，等她复原续拍的代价，可是要比换角重拍大得多。

“致臣哥，如果真的是车祸那是我活该，可这分明是有人故意害我。”苏玲沫不甘心地重重拍打被子，恶狠狠地说。

周西西当下一惊，迈步上前却被张致臣给拦了下来。

他抢先说道：“玲沫，你想多了，这只是意外。”

“这不是意外！”瞬间苏玲沫的情绪激动起来，“警方的调查结果是车子被人动了手脚，凶手想让我死！我能活下来已经是命大！”

“玲沫姐，警方已经在调查了，你先安心养病要紧。”周西西安抚道。

“我怎么可能安心！你知道我这一场车祸会有多大影响吗？”

骨折、毁容，这些都不足以和陆禹琛的冷漠相提并论。

车祸之后，陆禹琛别说是嘘寒问暖，连探望都没有！反而是她出事以后，媒体平台对周西西一边倒地夸赞，孙潇潇告诉她这都是周西西在背后依仗陆禹琛得来的。

她怨，她恨，她甚至怀疑这场车祸就是周西西一手策划好取她而代之！

周西西对苏玲沫莫名的敌意不解，只当是她受伤后的过激反应。张致臣见状知道现在苏玲沫什么都听不进去，对周西西更是充满敌意，于是开口说：“玲沫，你不要太担心了，现在最要紧的就是静养，好好休息。”

“呵呵，静养，我现在想不静都难了。”

门庭冷落，哪里还有当年的风光。

苏玲沫这副样子，张致臣也不愿多逗留，找了个借口就拽着周西西离开了。

“西西，你最近还是不要单独来见玲沫了。”张致臣忧心忡忡地说，“她的情绪很不稳定，对你还充满敌意，万一……”

“致臣哥，你不要这么杞人忧天好不好？”周西西认真道，“玲沫姐只是一时受打击，等伤好了就没什么了。”

人陷入绝望的境地时，难免情绪会暴躁，伤及无辜也在所难免。再者，虽然她感觉到了苏玲沫对她比以前冷淡了，可是她依然感激自己刚入华天时，她对自己的种种照顾。

张致臣也意识到周西西不喜欢这个话题，于是问道：“西西，有件事我一直想要问你，你和陆禹琛之间，是不是男女朋友？”

“致臣哥，我的钥匙落在病房了，我回去找一下。”周西西扯了个谎，一溜烟地跑走了。

张致臣望着她的背影，无奈地叹了一口气。

“不论周西西再怎么‘洗白’，还是洗不掉这些黑料。”

“整容要像周西西这样心机，不动声色地变漂亮！”

“劲爆！苏玲沫受伤隐退，周西西上位！”

“这都是什么玩意儿？造谣都不打草稿的？”

陆禹琛的书房里，周西西趴在地毯上翻着娱乐新闻，啼笑皆非。她身旁的陆禹琛双手在笔记本电脑上弹指如飞，冷冷地道：“傻瓜才会信。”

“这写得绘声绘色，不知道的还以为你真的和苏玲沫有一腿。”周西西咋舌道。

“吃醋了？”

“我不仅吃醋，还喝酱油呢！”周西西翻了个白眼，自恋狂！

陆禹琛这会儿已经放下了电脑，转而将周西西抱进怀里，以手为梳，理着她的长发，平板上硕大的标题引得他轻笑一声——周西西隆胸后变身火热辣妹。

“你是真胸。”

“喂！你有完没完？”周西西戳了戳他的胸口说。

“真凶，脾气臭。”陆禹琛握住她的手。

周西西懒得理他，冷哼一声继续看她的八卦去了。刷新到八卦区

新发布了一个名为《华天内部惊天秘密》的帖子，好奇地点了进去。

帖子的叙述很平淡，讲述的内容却是劲爆——谈及了陆禹琛母亲死亡的真相以及当年的那场车祸。并说陆禹琛母亲的过世，非但重创了华天，更加毁了另外一个家庭。

这场车祸，连累了另外一对夫妻无辜枉死。

周西西渐渐往下翻，十六年前，凉城，周姓夫妇，爆料中的种种线索，在别人看来或许没有什么大关联，可在她看来，却是心惊胆战，手脚冰冷。

陆禹琛察觉到周西西僵硬的身体，凑上前看了看，这一看自然是发现了帖子，霎时面容就覆上一层寒霜。

“下去做饭。”陆禹琛起身拉着她下楼。

如果说刚刚周西西只是怀疑，但陆禹琛的行为却让她对帖子的真实度相信了几分。她甩开拉着她往外走的陆禹琛，盯着他问：“这帖子里说的，不是真的吧。”

这怎么可能是真的呢？她的父母和陆禹琛的母亲……压根儿就是两个世界的人，怎么可能在凉城一起出车祸，还说她的父母是被连累身亡。

“西西，”陆禹琛一字一顿道，“我说去做饭。”

周西西深深看他一眼，独自下楼。陆禹琛则火速拨通了肖衍远的电话，刚一接通，那边就传来火急火燎的声音。

“陆总，车祸这事被压了这么久，现在被抖出来，恐怕不是冲着你来的。”

言下之意，是因为周西西。

“查。”

“我已经在查了，陆总，你还是想想怎么哄哄小西西吧！”肖衍远挂了电话，长长地叹了一口气。

才刚刚恢复晴空万里的华天，怕是又要愁云惨雾了。

不过短短几天时间，那篇关于华天车祸的帖子就火遍整个网络，并且在网友的抽丝剥茧之下，深挖出被牵连的那对夫妻正是周西西的父母。

“陆总，西西她这几天电话也不接，也不见人，戏也不拍了，再这么下去可是要出事的！”

孙潇潇闯进陆禹琛的办公室，顾不得其他人，一个劲儿地说起周西西来，假装关心地掉下几滴泪来，一副感情深厚的样子。

“出去。”

“啊？”孙潇潇一时没反应过来，她今天特意细细地化了妆，照上次肖衍远的反应来看，她应该和周西西有七八分相像才是，怎么陆禹琛看起来，一点反应都没有呢。难道还不够像？

“滚出去。”陆禹琛看也不看孙潇潇，不耐烦地说，“找不到自家艺人，还有脸来找我？”

一旁的肖衍远见陆禹琛已经到了暴走边缘，连忙冲孙潇潇使了个眼色让她先离开。

孙潇潇见陆禹琛丝毫不为所动，心知计策没有起效，灰头土脸地就离开了办公室。

“陆总，这小西西不见人影……”

不等肖衍远说完，陆禹琛就手朝里间的休息室一指。肖衍远一愣，顺着指示进了休息间，却发现里面周西西正跷着二郎腿，优哉游哉地看着电视剧。

“西西，你怎么在这？你知不知道外头找你都找疯了！”这个姑奶奶居然没事人一样地在陆总这里看电视剧！

“找我干什么，采访我吗？”周西西轻蔑地哼了一声，“那些记者们难得挖出来一个大事件，肯定像闻着肉味的苍蝇一样，我肯定要躲着。”

“所以你最近都躲在这里？”肖衍远看了看陆禹琛，又看了看周西西，问道。

“是啊，每天都来，你还别说，陆禹琛这个休息间可真舒服。”周西西伸了个大大的懒腰。

等等，有谁能告诉他，这究竟是怎么回事吗？遇到这种事一般情况下两个人岂不是要撕破脸，最差也要冷战吧！那现在是什么情况？

“我当时看见帖子的确很震惊，也很生气，因为看陆禹琛的表情他明明是知道的，但知道又瞒着我，我肯定要生气。”周西西说话的同时，陆禹琛也走了进来，两人目光相对，视线纠缠在一起。

“我气的是他对我不坦诚，至于车祸的事……”他母亲也是被人谋害，她即便要恨，也是恨那个真正的罪魁祸首，而不是同样身为被害人的陆禹琛。

陆禹琛明白周西西的意思，上前握住她的手，真切地感受着她的体温，内心的不安才渐渐退去。他不是没有怕过，那天周西西质问他的时候，只有他自己才明白自己有多恐惧，有多害怕会失去周西西。

肖衍远呆若木鸡，这剧本不对啊，不该是小西西视陆禹琛为杀父杀母仇人吗？这俩怎么就不按套路出牌呢？

苏玲沫正在病房里翻看着最新的新闻，冷不丁地房门被人推开，陆禹琛带着肖衍远以及一众黑衣人浩浩荡荡走了进来。

“陆总！”苏玲沫见到陆禹琛不由得喜出望外。

“你自己交代。”陆禹琛坐在沙发上，看都不看苏玲沫，冷冷地说道。

苏冷漠听得一愣，问道：“交代什么？”

“那个华天内部的八卦帖子，是你找人发的。”肖衍远也不再兜圈子，直截了当地说，“除了这个帖子，你也没少找人诬陷周西西。”

“谁给你的胆子？”陆禹琛微微眯眼。

原本苏玲沫见到陆禹琛格外开心，但他的问话却犹如一盆冷水兜头泼下，冷得她整个人几乎没了反应的能力。

他在怪她！

“这还需要别人给胆子吗？”苏玲沫冷笑一声，“早在她从我手里把你抢走的时候就该有这个觉悟，抢别人男朋友，这种结果对她来说已经算是优待了！”

肖衍远偷偷看了陆禹琛一眼，后者额头上的青筋若隐若现，显然是动气了。

肖衍远嘴角一抽，他严肃道：“苏小姐，我想你搞错了，男朋友这个称号可不是张口就来的。”

“她没有抢走你吗？”突然间，苏玲沫的情绪爆发了，几个黑衣人当即挡在陆禹琛面前。

“她抢了你！她就是‘小三’！”苏玲沫指着陆禹琛说，“在她勾引你之前，你眼里只有我！”

闻言陆禹琛缓步走到病床前，盯着苏玲沫一字一顿地说：“我从来没把你放在眼里。”

这句话好似一颗炸弹，投进苏玲沫的心里，将她的内心世界全部破坏。

“你胡说！你有！你捧我做华天一姐！你出席我的庆功宴，你把各种资源都给了我！我看得出来你是喜欢我的！如果对我没有意思，为什么？为什么单单对我这么特殊呢？如果不是周西西，一切都还会和从前一样！都怪她，都是她的错！”

“自以为是。”陆禹琛瞥了她一眼，“我从没喜欢过你。”

“这不可能！”苏玲沫不愿相信地大喊。

“我不那么做，”陆禹琛不带一丝感情地说，“今天躺在床上的就是周西西。”

苏玲沫如遭雷劈，她不敢想，或者说不敢承认陆禹琛话里的含义。

陆禹琛大手一挥，两名黑衣人架着谢部来到了病房。此时的谢部灰头土脸，早已不复平日里的意气风发。见到躺在病床上的苏玲沫安然无恙后，他的眼里透出复杂的情绪。

“告诉她。”陆禹琛已经懒得开口，吩咐肖衍远。

真是狠心啊，肖衍远在心里默默同情苏玲沫。

同情归同情，但该说的话还得说。

肖衍远一字一顿道：“苏小姐，你之所以会出车祸，是因为谢部送你的那辆车子本来就有问题。那辆车的刹车片被动过手脚，不过庆幸你没有生命危险。”

“谢部……”苏玲沫转而看向谢部，难以置信，“你要杀我？”

“我就是要杀你。”谢部的双手被陆禹琛的手下反剪在身后，他阴鸷地看着苏玲沫，“我原本是想让陆禹琛也尝尝失去爱人的滋味，

不过你运气好，捡回一条命。”

“那你这段时间对我这么好，是为了……”

“后来我想，让你爱上我也不错，得到你或许比杀了你更能让陆禹琛心痛。”谢郜满是恶意的双目浮起一丝冷笑，“只是可惜，我还没来得及动手，就被陆禹琛抓到了。”

陆禹琛勾起嘴角，冷笑道：“你真是自作聪明，明明那么蠢，却要耍手段。”

“胜王败寇，要杀要剐，随你的便。”谢郜咬牙切齿道，“我只是运气不好罢了。”

“你确定你只是运气不好？”陆禹琛每一句甚至每一个字都在诛心，“你玩的小把戏，我早就知道了。苏玲沫不过是一个障眼法，我真正在乎的人怎么可能让你知道。”

闻言，谢郜面如死灰：“你这话是什么意思？”

“在我眼里，你就是一个跳梁小丑罢了。”陆禹琛漫不经心地嘲讽，“我不过是想引蛇出洞，揭穿你的真面目，我的‘好兄弟’！”

谢郜咬咬牙，绝望地闭上了眼睛。

可笑，真可笑！

他的精心谋划，原来不过是一场笑话！

“你早就知道谢郜的目的，是不是？”苏玲沫望向陆禹琛，颤抖着声音问，“你对我好，是为了……是为了让我做周西西的挡箭牌，替她死是不是？”

“是。”陆禹琛的回答冷漠如霜，毫无感情。

苏玲沫拍戏多年，入戏时经历的撕心裂肺，也敌不过现在。陆禹琛的坦诚，仿佛插入她心口的刀肆意搅动，让她痛彻心扉。

“你爱周西西，为什么把我牵扯进来？”她有气无力地躺在床上，双眼已经失去了先前的神采，如一尊破败的娃娃，了无生气。

“你还不明白吗？这就是陆禹琛，这就是陆家人，这就是他们一贯的行事作风！”谢郜突然大笑起来，“他们为达目的不择手段！商场上这样，感情上也是这样！”

“你的这些手段，还不如你父亲。”陆禹琛淡淡地道。

"你不配提我爸！"谢部双目怒睁，大吼一声，险些扑向陆禹琛，奈何被黑衣人控制住，"如果不是陆永泽那个老东西对谢氏赶尽杀绝，我爸怎么会破产，我妈又怎么会抛下我改嫁？你妈死了就是报应！"

话音刚落，陆禹琛便一脚踹向谢部，森冷的眼底浮起噬人的怒意："你爸害死我妈，陆家留你一条命已经是客气了。"

"谢先生，陆永泽董事长只是在生意场上对谢家不留情面，并没有对你本人施加伤害，但你却派人几次三番追杀陆禹琛。"肖衍远出声道。之前如果不是机缘巧合遇见了小西西，陆禹琛怕也是凶多吉少。加上在电影院的那次以及之后被他发现的几次小动作，分明都是要陆禹琛的命。"陆总看在你们是发小的分上没和你计较，你倒好，一条道非得走到黑。"

"发小？你当我是发小，这些年会这么打压我？"谢部不以为然地呛声，"你在生意场上对我不留情面，就是对我赶尽杀绝！不是用刀砍在身上就是害人，你毁我企业比杀人诛心更惨无人道。"

"陆永泽董事长虽然长居国外，但要收拾一个人还是易如反掌的。就凭谢家害死陆夫人，依着陆董事长的作风，绝对要谢家全家陪葬，更不要说你还能经营企业了。后来，为了让你有条活路，陆总亲自向董事长求情，他来处理这些私人恩怨。"肖衍远实在看不下去谢部智障一般的脑回路，"陆总这些年，确实打压了你旗下的产业，但那都是做给陆永泽董事长看的，让他消消气。如果由董事长亲自下手，你们谢家早就完了，还轮得到你在这里混下去，有吃有喝？陆总已经放你一马了，你偏偏自己找死。"

谢部呆若木鸡，难以置信地望向陆禹琛："你在帮我？"

陆禹琛完全没有回答他问题的意思。

"那我呢？我又做错了什么，要被你这样对待？"苏玲沫顿时泪如雨下。

"我确实利用了你，但你如果按照规则行事，不私下跟谢部有牵扯，怎么会落到这个地步？"陆禹琛居高临下地俯视苏玲沫，"我警告你，离周西西远点。"

"陆禹琛！"苏玲沫再难压抑住崩溃的情绪，声嘶力竭，"你从

头到尾顾虑的就只有周西西吗？你对我就半点情分都没有吗？”

只要有一丝丝，哪怕一丝丝的情意也好！

“你的小动作我清楚得很。”陆禹琛丝毫没有受到她指责的影响，“再对周西西不利，这个圈子再没有苏玲沫这个人。”

到此，陆禹琛的耐心彻底告罄，皱着眉走出病房。肖衍远冲黑衣人使了个眼色，也连忙跟了上去。

“陆总，我现在总算明白当初为什么不让小西西做一姐了。陆总你可真是深谋远虑，对小西西情深似海，我对陆总的佩服犹如你对小西西的情意绵延不绝……”

陆禹琛闻言顿时停下脚步，回头盯着肖衍远，眯眼问：“你背着我做什么了？”

马屁拍马腿上了！肖衍远暗叫糟糕，他家老板未免太敏锐了点吧！这都能看出来？

“肖衍远！”

“小西西她早上赶去《金镶玉》剧组客串了！”肖衍远在陆禹琛暴走前火速说出来，成功观看了一把四川“变脸”绝技。

“半个月，”陆禹琛从牙缝里挤出话来，“肖衍远，我要看到夏盛完蛋。”

“好的，陆总！”肖衍远欲哭无泪。夏盛也是倒霉，当家一哥看上不该看上的人，这倒好，经纪公司一并被拖累。

第十八章 换角风波

周西西一行人赶到《金镶玉》剧组的时候，已经临近傍晚。剧组人员早已安排好了她的住宿，带着她就直接到了房间。

“西西姐，你可比荧幕上漂亮多了。”勤快的助理小哥嘴巴甜得很，“玲沫姐受伤没能过来，不过已经让剧组安排好你的房间，就怕你来了住得不好。”

“谢谢剧组了。其实我就是客串一下，不用特地为我准备的。”周西西不好意思地道谢。

孙潇潇可就没有周西西那么好说话了，一进房间就挑三拣四：“这就是你们准备好的房间啊？这怎么住人啊，堂堂一个大剧组，没有星级酒店就算了，好一点的房间都不舍得准备吗？”

助理小哥被说得一阵尴尬，可还是好脾气地笑着说：“西西姐你先住着，你的意思我再和导演反应一下，条件有限，西西姐受委屈了。”

“这大沙漠的，能有个住的地方遮风挡雨已经很好了。”说罢，她又温柔地转向对助理小哥，“辛苦你了，没什么事你就先忙去吧。”

助理小哥又是一阵道歉，这才感激地离开。

“西西不是我说你，来这客串有什么意思啊，一个不知道几番的小角色，千里迢迢地跑到这里来，图个什么？”孙潇潇抱怨道。

周西西把行李放下，开始动手收拾东西，不想看到门口立着个人，

抬头看去，正是同样前来客串的张致臣。

“致臣哥，你先到了。”周西西礼貌地上前打招呼。

孙潇潇佯装收拾东西，不动声色地注意这两人之间的互动。

张致臣笑了笑：“男女主一起轧戏，这传出去还不知道媒体怎么写呢！”

“反正和导演打过招呼，不会耽误《长亭记》的拍摄。”周西西满不在乎地说着。

“我就住你隔壁，没事的时候咱们可以多对一对戏，等回去接着拍也比较容易入戏。”张致臣见她胸有成竹的模样，眼里满是欣喜的光亮，“西西，你刚来，我带你四处转转怎么样？”

“好啊！”周西西痛快地答应，转头就叫上孙潇潇，“潇潇你也一起来，我还没来过沙漠呢！”

“我哪有你这么好命！”孙潇潇假装为难地说，“我在这收拾东西，你们俩想去哪逛去哪逛，记得给我带吃的回来就好了。”

“吃货！”周西西笑了笑，就随张致臣一同出去了。

等两人的身影消失在视线里，孙潇潇的嘴角扬起一抹恶意的弧度。

“周西西，能开心就开心一下吧，你的好日子怕是到头了。”

辽阔的金色沙海一望无际，绵延不绝的沙丘沿着长长的垂直线起伏波动。在这苍茫的沙海之间点缀着零星的湖泊绿洲，为这雄浑的自然景观增添了一抹生机。

周西西摘下墨镜，忍不住发出一声赞叹，大自然的鬼斧神工实在令人称奇。沙砾被狂风卷起，肆意刮过，强势地掀开了她的纱巾，娇嫩的皮肤立刻暴露在酷热的阳光之下。

隔着不远的距离，张致臣被这一幕深深震撼住。周西西侧身而立，纱巾随风在身后翻飞舞动，一片金灿的日光之下，茕茕孑立的少女，辽阔与渺小，粗粝与柔美，强烈的反差撞击出动人心魄的张力。

他拿出手机，抓拍住这一瞬的精彩。

“西西，你这样会晒伤的。”成功留住动人时刻后，张致臣上前为周西西系好纱巾。然而他刚一动手，就被周西西本能地躲开。

“致臣哥，我哪有那么娇弱。”周西西笑了笑，自己塞好纱巾。她不是没看出张致臣的受伤，但她是有男朋友的女人，不宜跟男性过于亲密！

“是是是，都忘了你是个女汉子了。”张致臣双手抱拳朝周西西作了个揖，借以缓和刚刚的尴尬，但心里仍旧免不了一阵酸涩。

“你好毒你好毒你好毒……”

陆禹琛的专属铃声骤然响起，周西西慌忙接通，电话彼端传来了陆禹琛冰冷彻骨的声音。

“你在哪？”

“我？”周西西暗叫不妙，却仍旧选择坦白从宽，“我在《金镶玉》的剧组。”

“周西西！”

“我真的很想试试哑女的角色！”周西西正色说道，“公司安排的角色有很大一部分是相似的角色，我只是想有所突破。”

“和张致臣一起？”

老坛酸菜都没你这么酸，周西西在心里默默吐槽。

“我只是出来逛逛，毕竟第一次来沙漠嘛。况且我一个人出门也不安全，说到底还不是你不愿意跟我来，不然护花使者必须是你啊！”

“十分钟内，回到酒店。”说完这句话，陆禹琛一如既往的任性，直接挂电话。

周西西瞬间如战败的斗鸡，耷拉着脑袋往回走：“致臣哥，回酒店吧。我的好日子怕是到头了。”

张致臣跟在周西西身后，一步一步地踩着她的脚印，心头百感交集，却终究什么也没说。他觉得，眼前的女孩越走越远，而他，不论如何追赶，也只能在她背后默默地注视着她。

果不其然，陆禹琛已经到了酒店，人就杵在周西西的房门前。孙潇潇一脸委屈地在旁边候着，神情明显是刚被训过。

“陆总。”周西西识时务地打了声招呼。

“你该换经纪人了。”陆禹琛淡淡地开口。

“陆总，是我自己要出去的，和潇潇无关。”周西西下意识地替

孙潇潇开口解释，“她也劝过我，是我不听。陆总……”

不对啊，这陆禹琛的眼神，怎么就越过她落在她身后呢？

“陆总，又见面了。”张致臣始终带笑。

然而陆禹琛却不怎么买账，一脚踢开周西西对面房间的房门，回头对她扬起一抹得逞的笑容说：“我也住这儿。”

周西西只差抱头痛哭了！

下午的时候，周西西和张致臣第一次试拍。

周西西扮演的哑女和张致臣扮演的书生是一对夫妻，却因为张致臣家中阻拦劳燕分飞。最后在苏玲沫饰演的女主的帮助下，破镜重圆，有情人终成眷属。

这场戏拍的就是哑女和书生重逢的戏。

导演给周西西和张致臣又强调了下情感把控，随着一声“Action”，摄像机开始随着两人的步子缓缓移动。

“阿香，真的是你？”书生看着哑女，难以置信地喜极而泣。

哑女点了点头，只一瞬间便泪如雨下。她捧住书生的手，放在颊侧细细摩挲，而后又伸出手来，轻抚书生的脸颊。

周西西没有台词，只能通过眼神和肢体动作来表现人物的情感。

书生回以一笑，正要紧紧拥住哑女——

“停。”

猛然响起的声音打断了沉浸在戏中的所有人，导演正要发火，扭头一看出声的是投资方爸爸，顿时没了脾气。

“陆总，您怎么来了？”

“发乎情止乎礼。”陆禹琛双手插在裤子口袋中，漫不经心地说，“不能有拥抱。”

“啊？”导演愣神。

“吻戏更不行。”

“这……”

“悲剧更适合这部戏，把男主和这书生的结局都写死吧。”

此时此刻，不光是导演，在场所有人都沉默了。

“陆总，您的建议……”导演本想婉转地拒绝，可一接触到陆禹琛的眼神，瞬间就蔫了，“我们觉得非常好！”

周西西翻了个白眼，这马屁拍得，跟肖衍远比有过之而无不及！

“既然陆总提出建议，我们还是暂时缓一缓拍摄，剧本再稍作修改。”导演说。众人也都依着导演的命令，收工。

“有钱真的可以为所欲为。”周西西摇了摇头，喃喃说道。这一停工，得浪费多少钱啊！

“你，”等众人离开，场内只剩下他们三个人时，陆禹琛才走到张致臣面前，“离她远一点。”

“陆总，我和西西拍戏，是正常的工作，你这样干涉剧组的行程和计划，对华天、对你、对西西，都不是好事。”张致臣搬出大道理来。

“我乐意。”

“我一直认为华天在你的领导之下能够成为演艺圈的常青树，但照今天的情形看，只怕是也存活不了多久。”

“那又怎么样？”陆禹琛嗤笑一声，“华天倒了，我再造一个就是。”

周西西倒吸一口凉气，完了完了，俩人要杠上了！

张致臣也不相让：“有钱是好，能逼迫人做很多不愿意做的事。”

“你在侮辱西西。”陆禹琛眼神一凛。

周西西见形势不妙，慌忙站在两人中间，伸开双臂将两人隔开，并出声劝说。然而怪异的是，任凭她怎么发力，喉间都像被堵住一样，完全发不出声来。

她这是演了个哑女就真的变哑了？

几乎是同时，陆禹琛和张致臣两人都发现了西西的不对劲。

周西西摸着自己的喉咙，奋力呼喊，可任凭她用多大的力气，也喊不出一言半语。

下一刻陆禹琛就拉着西西往外走去，边走边掏出手机拨通电话：“把医生叫来，现在，马上！”

周西西无助地由着陆禹琛拉着，脚步踉跄。

张致臣也紧随其后跟上前去，陆禹琛却转身瞪了他一眼。

“离西西远点。”

“陆总！”张致臣不怕死地喊了一声，“我不放心……”

“西西和我一起。”陆禹琛眼神肃杀，气场上完全压制住了张致臣，“不用你操心。”

周西西被陆禹琛带回房间，刚一进门，肖衍远的电话就打了进来。

“陆总，我已经带着医生赶过来了，大概一小时后到。”肖衍远的声音没了平时的戏谑，透着从未有过的严肃。

“护卫队呢？”

“陆总放心。”肖衍远只说了这一句话，陆禹琛稍稍放下心来。他切断通话，望着眼神茫然的周西西，轻声说：“西西，你看看我。”

周西西的视线缓缓对上陆禹琛的双目，她张了张嘴，仍旧只能发出低低的嘶哑声。

“从你和我通完电话，都做了什么？”陆禹琛把手机递给她，不能说就用写的。

“回来后一直在看剧本，因为角色是哑女，我一直没有开口说话，只是对着镜子练习表情。”

“吃过些什么？”

“房间里有准备好的饮料和水，还有一些小点心。”

陆禹琛目光闪过寒意：“谁准备的？”

“房间是剧组准备的，我进房间时，这些都已经准备好了。”

陆禹琛握了握周西西的手说：“你在这等我。”说罢他起身离开，却被周西西用力拉住。她连连摇头，眼底的恐慌泄露了她的担忧。

“凶手能对我下手，自然也能对你下手！”周西西在手机上打下一串字。

“西西，我不会有事的。”他安抚地在她额间印下一吻，转而离开。临行前将房门紧紧锁住，并安排暗中跟随的护卫队守好周西西。

他第一个找上的就是孙潇潇。

“陆总，我真的不清楚！”孙潇潇也得知了周西西不能说话的事情，一见陆禹琛，便急忙为自己辩解。

“身为周西西的经纪人，”陆禹琛的眼里没有半点情感，“你到底在干什么？”

“陆总，我没有想到会发生这种事，毕竟这是华天投资的剧，西西身为华天的当红艺人，又是受苏玲沫的邀请来客串，照理说不会有什么人和她结怨才对啊！”孙潇潇仰头凝望陆禹琛，一双眼睛含着泪水，神情动人。

陆禹琛看着孙潇潇泪眼婆娑的模样，竟然想到刚刚周西西流泪的模样来。

“我知道西西出事之后就去问过给我们安排房间的小助理，他说房间是苏玲沫之前就准备好的，连同房间里的用具和饮料等等。苏玲沫和西西关系不错，自然知道西西爱喝什么类型的饮料。”

苏玲沫。

听到这个名字，陆禹琛微微眯起了眼睛。如果所有一切都是苏玲沫准备的，那么……

“陆总，我来了！”肖衍远拽着一个中年男人，风尘仆仆地闯了进来。

“跟我来。”陆禹琛一刻也不愿意等，临跨出房，他对孙潇潇说：“以后不用来华天了。”

“陆总？”孙潇潇愣在当场，她被炒鱿鱼了？

“人都护不住，”陆禹琛嫌恶地别过眼去，“要你有什么用。”

肖衍远也算称职，把陆家的私人医生带来不说，设备也带了几台过来。经过初步的检查和诊断，医生断定，周西西是中了毒。

“这瓶水里，被检验出含有毒素。”医生捏着矿泉水瓶说，“毒素的剂量不是很重，如果再重一点剂量，出事的可就不是嗓子了。”

陆禹琛第一次明白什么是后怕。

“西西，你好好休息。”他抚了抚周西西的发丝，温柔说道。可刚等周西西躺下合眼休息，他眼底的无尽温柔瞬间变为藏不住的杀意。

出了房间，明白陆禹琛想法的肖衍远不怕死地上前劝说：“陆总，这件事可还有不少疑点，你可得冷静啊！冷静！”

“我没说要对她下手。”陆禹琛淡淡地瞥了肖衍远一眼，“你继续查。”

“是，陆总。”见陆禹琛没有动苏玲沫的意思，肖衍远长舒了一口气。他倒不是怕陆禹琛怎样，而是怕小西西得知这些以后，会产生抗拒，到时候惹得他家老板不开心，倒霉的不还是他吗。

“可是陆总，西西是喜欢拍戏的。”他太清楚周西西的个性，哪怕天塌了，也还是要拍戏。“这毕竟是小西西的梦想嘛。”

肖衍远的解释得到陆禹琛的一记怒瞪。

“这部戏的编剧，拉黑名单。”

“是是是，陆总你开心就好。”再借他几个胆子，肖衍远也不敢说陆禹琛是殃及无辜，“七叔刚刚来了消息，说老爷今晚就到。陆总，你是在这守着小西西啊，还是回陆家？”

赌五毛钱，回陆家。

果然，陆禹琛双眉皱成一团，无力地说：“我回陆家，你留在这里照顾西西。”

等陆禹琛走后不过一个小时，张致臣就来探望周西西。

“小西西很好，张大天王就不要来瞎掺和了！”肖衍远拼死挡住张致臣进门，一左一右的护卫队也恪守本职，将他拦了个结结实实。

“西西她真的没事了吗？”张致臣忧心忡忡。

“你放一百二十颗心！绝对没事！”有事的是你自己啊大哥！再这么下去你可是真的要从演艺圈消失了！

张致臣望着紧闭的门扉，无奈地叹了一口气，转而回到自己的房间。可刚一进房，就闻到一股特殊的香味。他略感疑惑，伸手触碰灯光开关，不期然触到一双手，一双女人的手，将他的双手捧住，并在他的手心里迅速写下两个字——西西。

“西西？”张致臣念出声来，房内昏暗，他借着窗外淡淡的月光只能看到女人的轮廓和一双晶亮的眼眸，盈盈波光的狐狸眼这会儿仍然残留着泪意。

“我偷跑出来我的。”掌心里传来的字迹让张致臣心口酥麻，不知为何，他总觉得自己莫名燥热起来，身体里似乎像燃着一把火，而手心里的触感仿佛火上浇油一般，令他越发难受起来。

“西西……”张致臣眼前的景象开始迷幻，他情不自禁地拥住眼前的人，仿佛置身于梦境一般——

如果这是梦，那么他愿意沉睡不醒。

陆禹琛赶回A城，直接杀进苏玲沫的个人工作室，却发觉一整个团队都不见人影。

陆禹琛没了耐性，一个电话拨了出去，不过几分钟，一条带有苏玲沫地址的消息就发到了他手机上。等他一路飞车赶到苏玲沫家时，已是半个小时后。

对陆禹琛的到访，林琅惊掉了下巴，苏玲沫也很是意外，不过仍旧是开门放他进来。

“我说过，要你离西西远一点。”陆禹琛开门见山。

苏玲沫的腿伤未愈，听见被这么指责，也不好受，推着轮椅说：“陆总，你进了我家的房门，居然让我离周西西远一点。就算是欺负人，也没有你这样的。”

“你做的小动作心里清楚！”

“我做的小动作？”苏玲沫听到指责简直啼笑皆非，“我现在跟个废人差不多，能够做什么小动作？倒是你自己，把人捧在手里，放在心里，可惜最后又得到了什么？”

林琅见状连忙阻止苏玲沫：“玲沫！别多说话！”

可是已经晚了，陆禹琛抢先一步，一把掐住了苏玲沫的脖子，神情分外狠绝。

“啊——”苏玲沫被扼住喉咙，求生的本能让她只能对林琅伸出双手。林琅自然接收到她的呼救，拉着陆禹琛的手臂哀求道：“陆总，您放过玲沫吧！再这么说，她都还是华天的艺人，如果真的出了什么事，华天也不好解释啊！”

陆禹琛这才冷冷地收回手：“自己坦白吧。”

“咳咳，坦、坦白什么？”重获自由的苏玲沫大口地呼吸着空气，过了许久，才顺过气来。她看着陆禹琛紧张周西西的模样，再想想自己，不禁悲从中来。

"陆禹琛，你对别人弃如敝屣，拿周西西当宝贝，可她自己对你又是什么态度？你对别人的绝情，对她的痴情，又换来了什么？"

"你什么意思？"陆禹琛听出她话里的含义，问道。

苏玲沫凄惨一笑："你看看你，对周西西疼着爱着，可周西西都做了什么？你还不知道吧，刚刚网络上掀起一道滔天巨浪。"

陆禹琛隐约察觉出不对，苏玲沫也不多说，拿出手机打开微博就丢进陆禹琛的怀里，一副看好戏的模样："你自己看，这是不是你心爱的周西西！"

"当红小生花旦私会，激情时刻令人汗颜"

随便打开了一个标题，陆禹琛就被其中的几张图片惊呆了。

图片里，张致臣和一名女子相互缠绵在一起，虽然灯光昏暗又做了处理，但张致臣的脸却是看得清清楚楚。女子的相貌被长发遮去了大半，但从身形和发型上来看，这名女子就是周西西，而媒体也顺理成章地认定这名女子是周西西。

"你觉得我会相信？"陆禹琛嗤之以鼻。

苏玲沫滚动轮椅走近陆禹琛，轻轻笑道："陆禹琛，你太不懂女人了，你的财力和背景确实是理想中的丈夫，但凭你的性格和言行，我能够断定，你绝对不是个理想的情人，而张致臣，他是。"

陆禹琛微微眯起了眼睛。

"不管周西西发生了什么，但人在脆弱的时候很容易对真正的爱人真情流露。张致臣出道这么些年，从来没有传出过这些花边新闻，可自从遇见了周西西，他们俩的传闻就没有断过。"

下一刻陆禹琛就决然转身离去，苏玲沫遥望那个她爱慕的身影渐行渐远，心底止不住地狂笑。

笑着笑着，眼泪猝不及防地坠落。

《金镶玉》剧组几乎乱了套。

一觉醒来，网上就爆出张致臣和周西西的香艳床照，并且注明是在客串某剧时发生的事。

张致臣已经另外开了一间房，在他报警后，警方在他原本的房间里搜出了几个针孔摄像机。

虽然清楚图片是怎么流出去的，但张致臣的一颗心始终悬在半空。他记得昨晚掌心的触感，记得肌肤相亲时的感受，他认定了那个女子是他心心念念的周西西。这令他惊喜，也令他忧心。

因为此时网络上有无数的网友都因为泄露出去的床照而攻击辱骂周西西，他却无能为力。

傍晚时分，张致臣终于下定决心，即便要面对陆禹琛的怒火，他都要向周西西表明心迹。

他来到周西西的房间，门前的黑衣人立刻伸手拦住他的去路。

“西西！我知道你在里面！西西，我想见你！我有事要和你说清楚，西西！”

在门外高喊了几声后，房门终于打开，肖衍远谨慎地冒出头来，分外头痛地看着张致臣说：“你能不能消停一会儿啊！你不要命了是不是？”

“肖先生，我想见西西，我有事要和她说清楚。”张致臣急切地说。

“小西西没空。”他想也不想地拒绝。

“肖先生，我真的有急事！”

“不行。”肖衍远就是不松口，他这要是松了口，他家老板回来那是要剥了他的皮的！就现在这情景，还不一定能留个全尸给他。他守着小西西一个晚上，结果呢？全网爆出小西西和张致臣的艳照！

然而下一刻，肖衍远摁住房门的手就被一道温柔的力量给移开。

“小西西，你是真不想我活啊……”肖衍远欲哭无泪。

“总要说清楚的，跟他在一起的人并不是我。”周西西在手机里敲进一行字给肖衍远。

肖衍远无奈地开了门：“好好，你说。”

张致臣向肖衍远投以感激的一眼，推门而入。可就在他刚要进房间的时候，身后响起了一道充满怒气的叫声。

“张致臣！”

张致臣应声回头，迎面就是陆禹琛重重的一拳。

肖衍远倒吸一口凉气，他真是流年不利，让自家老板看见自己给

男人开门进小西西房间，真的是嫌命长了。

张致臣被这一拳打趴在地，嘴角渗出丝丝鲜红。周西西见状连忙护在张致臣身前，对陆禹琛一直摇头。

“让开！”

陆禹琛红了眼，周西西以身相护的行径惹得他越发暴怒。

事到如今，她竟然还让张致臣进入房间，她难道不知道有多少人背地里盯着吗。原本他对网上爆出的一切还存有疑惑，可眼前周西西望着他的哀求的眼神，令他不禁想起苏玲沫的话来——你绝对不是个理想的情人，而张致臣，他是。

嫉妒和愤怒，使得他几乎要失去了理智！

“我再说一遍，”陆禹琛扯动嘴角，暴戾之气溢满双目，“让开。”

周西西坚定地摇了摇头，在手机上一阵敲打后递给陆禹琛。然而，陆禹琛却没有接过。

他一步步走向周西西，以极其缓慢的声音说道：“你护着他，就是和我作对。”

霎时周西西的眼中浮现惊诧的神色，只能更加用力地摇头，反对陆禹琛的说辞。可陆禹琛现在早已被漫天醋意冲昏头脑，哪里还有心情看她打了什么字。

此时此刻，陆禹琛仿佛被抽干了全身力气，怔怔地望着周西西，低声说：“跟我回家。”

时至今日他才深深明白，自己有多爱周西西，哪怕她现在这样，为了护着张致臣而跟他作对，他也仍旧想要继续拥有她。

周西西何尝看不出陆禹琛的挣扎与痛苦，她了解他承受的所有。即便没有这次的艳照，她和张致臣之间也一直是纷乱不堪的状态，这全是因为她。但是，如果她现在就这么跟陆禹琛回去，她绝对相信，张致臣必然会从此消失——演艺圈也好，现实里也罢，这都是她不愿见到的情景。

“啊——”周西西把手机捧到陆禹琛面前，试图开口说话，也只是徒劳。

陆禹琛自嘲地扯动嘴角，眼底的痛楚分明。他闭了闭眼，等再睁眼时，眼睛里已变成一副漠然的神情。

“不愿意跟我走，”陆禹琛冷冷道，“那就留下。”

说完他霍地转身，大踏步上了车，绝尘而去。

周西西听出他话里有话，一连追了车子许久，也只能追上飞起的沙尘。她遥望渐渐远去的车影，心中好像失去了一块，空落落的。

“小西西，以往我都是站你这边的，但是今天我站不稳了。”肖衍远拍了拍她的肩说，“发生这种事，陆总要打张致臣已经是手下留情，而且，他是想借此机会试探张致臣在你心目中的地位，只是……唉。”

她这是重重伤了陆总的心。

在旁观看了全程的孙潇潇佯装担忧地上前，语带焦急地说：“西西你这个笨蛋啊！你现在和陆禹琛闹僵，那以后怎么办？《长亭记》可没拍完呢！”

“这么揣测陆总，我看你也是不想干了。”肖衍远投以一个轻蔑的眼神。

“肖先生，我也只是担心西西的未来发展才会这么想的。”孙潇潇垂下头解释。

“西西，”张致臣拭去嘴边的血迹，捧起周西西的双手，眼中尽是期待，“如果华天你待不下去了，那就来夏盛！虽然夏盛不能和华天相比，但总归是有个去处。”

“张大天王，你现在都泥菩萨过江自身难保了，还好意思拉着小西西下水呢？”肖衍远看不下去了，拉着周西西就走，“小西西，我劝你尽快给陆总撒个娇道个歉，我跟他这么久，从来没见过他这副样子，我怕……”

周西西又看了一眼张致臣，肖衍远气急败坏：“都什么时候了你还有心情管他？放心，他死不了！”

周西西被说得脸色一阵青白，连肖衍远都说气话，看来自己是真的过分了。

她跟着肖衍远上了车，关上车门的一刻，孙潇潇终于露出一抹得意的笑容。

近来，华天又陷入了一股低气压之中，并且这种低气压是前所未有的。

肖衍远坐在办公室里，透过玻璃看到市场部部长毫无形象地从陆禹琛办公室里逃出来，身后跟着飞出来几个文件夹。

他幽幽叹了一口气，自从俩人闹崩，华天就只有凛冽寒冬了。

就在他感慨的时候，一个红衣身影朝陆禹琛办公室走了进去。肖衍远微微扫了一眼，立刻喜出望外。

小西西来了，那就万事大吉了！

与此同时，陆禹琛坐在办公室正气闷地捏着眉心，察觉到有脚步声，猛地睁开眼睛，映入眼帘的正是一双波光流转的狐狸眼。

然而却不是周西西。

“你来干什么？”

孙潇潇略感无辜地微微噘嘴，抚弄了一下长发，举手投足间流露的风情总让陆禹琛想起周西西来。

自从那天分开后，陆禹琛就再也没回过陆家，自然也没有见到过周西西。听七叔说，她正在接受治疗，但七叔并没有细致地说她到底情况如何。

“陆总，因为西西的艳照问题，《长亭记》剧组方面发函希望能够更换女主角人选，由公司方面再指派人员续拍。”孙潇潇将文件摊开放在陆禹琛面前，“另外，有部分代言商要求我们赔偿名誉损失费。我已经和公司法务部沟通过，但是因为事态比较严重，所以还是来向陆总做个简单的汇报。”

陆禹琛大致翻看了一下文件内容，双眉拧得更紧。

“男主角人选呢？”片刻后，陆禹琛问了个不相干的问题。

孙潇潇没想到陆禹琛会这么问，先是一愣，随即很快应声道：“听说夏盛方面派了阮凌天来代替，而张致臣现在已经算是被半雪藏了。”

“你出去。”

孙潇潇又是一愣，陆禹琛这家伙的思维未免也太跳跃了些，净问些无关紧要的不说，连个正眼都没看过她。

“出去，你聋了吗？”陆禹琛的口气不善，孙潇潇见他有动怒的征兆，连忙快步走出办公室来。

等孙潇潇一离开，肖衍远就敲门而入：“陆总，有什么吩咐？”

他定睛一看才发现来人不是小西西，而是孙潇潇，这女人近来越来越像小西西了。

不过来人如果是孙潇潇的话，只怕也和小西西有关，于是他就自动自发地闯进了目前华天危险系数最高的办公室。

“苏玲沫已经辞了职，《金镶玉》那边现在女主人选空下，剧组已经很不满意了。”陆禹琛静静地说。

肖衍远安静地听着，以为下一句就是要接回小西西来出演，但岂料，他却听到一句如平地惊雷的话来。

“国际巨星王雨薇已经和华天签约，就由她来出演《金镶玉》的女主角。”

“陆总，那《长亭记》的女主角呢？”肖衍远不怕死地问了句。

“先解决代言商的赔偿问题。”陆禹琛并没有正面回答，反而岔开了话题。

肖衍远忍不住叹了一口气，这对冤家，怎么就这么一波三折呢？他家老板这副样子，小西西那边也没好到哪去。

“西西，公司那边虽然已经出面公关了照片，但这件事带来的影响实在太严重，现在各大代言商都要求你赔偿损失，公司又不出面，我快要顶不住了。”孙潇潇在电话里快要哭出来，暗地里却快要乐上天了。

做周西西经纪人的这段时间，她已经积累了不少资源和人脉。现在只要周西西倒台，她就有机会上位，哪怕在华天她无法出道，也可以跳槽到其他公司。

周西西安静地听着，这段时间她一直在陆家养伤，嗓子还没有痊愈。每天她都翻看网上的消息，无数的攻击与谩骂出现在她的微博评论里。她再难过，但只要一想到陆禹琛那天悲伤的眼神，她就觉得这些谩骂算不上什么。

“西西，我去找过陆总了，可他根本不见我！再这么下去，你真的要完了！而且我听说，苏玲沫辞职之后，公司找了王雨薇来接替。王雨薇是谁，国际巨星啊！几年前就出国闯荡好莱坞的女艺人，要我看华天的一姐非她莫属了。”孙潇潇不忘在周西西伤口上撒盐，还故意摆出一副后知后觉的模样，“西西对不起，我不是故意的。总之你先好好养伤，我有消息会及时和你联系的。”

直到通话切断，周西西也没能从刚刚的话里回过神来。孙潇潇去找过陆禹琛，但他却不愿意见她。事到如今，他连她身边的人都不愿意见了。

还有王雨薇……

她找到王雨薇的微博，大略翻看了一下内容。都是她拍摄的杂志和广告宣传，但唯独置顶的那条微博，写着——“终于回来了，我的爱人。”

令人诧异的是，陆禹琛转发了这条微博。

周西西心里犹如吞了苍蝇一般难受。

“阿七，这小子经常夜不归宿？”

陆永泽整个人靠在餐桌前，望着满桌子的好菜，诧异地问道。他回国几天，也没看到自家儿子多关心一下他这个孤寡老人，整天就知道在公司里忙，这个年龄分明就是谈情说爱的年龄！简直浪费了从他和曼曼那里继承来的颜值。

七叔面对陆永泽的问题，只得如实相告：“老爷，少爷他平时很守规矩的，最近会这么反常是因为西西小姐。”

陆永泽眉尾一扬：“西西？”

“周西西小姐。”七叔恭敬地说，并简略地把周西西来陆家的缘由简单说了一下。

“你是说她现在就在楼上？”陆永泽兴致盎然地看向楼上，一副看好戏的样子。

“老爷，西西小姐现在遇上了一点麻烦，少爷也因为她的事情很苦恼，您就不能稍稍帮帮他们俩吗？”七叔请求道。

“你也说了，是这个姑娘遇上了麻烦，禹琛那小子出了问题我也没怎么过问。”陆永泽摆明一副“事不关己高高挂起”的模样，七叔忍不住翻了个白眼。

这个老爷，说得比谁都好听，其实就是想看热闹。

陆永泽清楚七叔心里所想，也不辩解，反倒自得其乐地拿起筷子吃饭。这姑娘他是没见过，不过能做出这么一桌子饭菜来，想必是心灵手巧。

一口菜送进嘴里，陆永泽就愣住了。这个味道，实在像极了曼曼的手艺！

“阿七，你这家伙，故意带我来餐厅，就是想要我吃东西吧。”陆永泽心知肚明，但他却没有因为这顿饭菜被收买，“阿七，不是我不管，而是我答应过曼曼，绝不插手儿子的事。”

七叔闻言眼神黯淡下来，照这么说，西西和少爷两人怕是渐行渐远了。

这边，周西西正在床上休息，冷不丁地接到了肖衍远的几条微信语音。

“我的姐，赶紧来公司吧！我家老板这是要完啊！虐我们下属也就算了，还自虐！”

“你也不是不知道陆总的身体，原本就不好，现在都是怎么虐怎么来。你知不知道他一天没吃东西了，好不容易我订了个外卖他就吃了几口。现在他是吃喝拉撒睡全在公司，他不疯我都要疯了！”

“他现在还在公司吗？”周西西打字问道。

“在在在，他现在就差长在公司了！你快来吧小西西！”

听了肖衍远的描述，周西西这会儿坐立难安。跑去厨房把饭菜重新热了热，一一打包，就朝着华天出发了。

她挺久没有出现在华天，一进华天的大门，就被路过的员工认了出来，一路指指点点。周西西也不避讳，依旧昂首挺胸直奔三十七层。电梯缓缓打开，周西西抱紧了怀里的保温桶，想象着等一下见到陆禹琛时的情景。

她嗓子还没有完全康复，要怎么开口问他呢？还有这些饭菜……

正当周西西纠结的时候，一名性感艳丽的女子搀着陆禹琛从办公室里走出来，只一眼她就认出这名女子是近日签约华天的王雨薇。

陆禹琛的神情看起来很是痛苦，脸色青白，王雨薇时不时地抬头询问他些什么。两人一路相持相扶着走到电梯前，周西西躲闪不及，就这么跟陆禹琛碰面。

“你来干什么？”陆禹琛话说得有气无力，整个人都贴在王雨薇的身上。

周西西张了张嘴，又把保温桶递了过去。

“让开，我们要出去。”陆禹琛无情拒绝，揽着王雨薇踏进电梯。

直到电梯门缓缓合上，周西西才转过身来，把保温桶丢进电梯前的垃圾箱里，独自离开。

刚一进电梯，陆禹琛就撤回手来。王雨薇自然是不肯放手，硬是抓着陆禹琛的胳膊。

“禹琛，你现在在生病！”王雨薇焦急地说，还在试图扶住陆禹琛。

“滚开。”陆禹琛因为疼痛额头渗出细密的汗珠，强忍着不适而甩开了王雨薇，他扶着墙壁，用尽气力拿出手机发消息给肖衍远。

“禹琛，我知道你恨我，但当年我出国也是迫不得已。”王雨薇望着陆禹琛，一向骄傲的脸上不禁浮现几分懊悔。如果她当年没有一意孤行非要离开，也就不会有苏玲沫之流。好在现在苏玲沫已经跟华天解约，省下她不少功夫。

“禹琛，现在我回来了，有我在，华天一定会更胜以往，我们也可以继续从前的缘分了！”

尽管王雨薇真情流露，陆禹琛仍旧一副厌恶至极的表情。此时电梯门缓缓打开，王雨薇见陆禹琛冷若冰霜地往外走，便伸手抓住他的手，近乎哀求：“禹琛，你原谅我好不好？”

“嗨，儿子。”电梯外，陆永泽捧着一包牛肉干嚼得津津有味，满脸揶揄地看着纠缠的两人，“难得我觉得你工作辛苦来慰问一下你，看情形，你是不需要我关心了。”

“陆董事长。”王雨薇一见是陆永泽，便收回手来，恭恭敬敬地问了声好，内心却忧心忡忡。

“东西给我。”陆禹琛狠狠甩开王雨薇，上前作势就要抢那包零食，奈何胃痛中的他比起自己老爸来实在是动作迟缓，只能眼睁睁地看着陆永泽把最后一块牛肉干塞进嘴里。

身后的七叔小心翼翼地探出头，他往零食袋里看了看，嘟囔道：“陆董，你还真全部吃完了，也不给少爷留一点。”说着，他心疼地看向了陆禹琛。

“你还别说，这小丫头的手艺确实和你妈有些像。饭菜的口味像，做这些小零食的味道也像。”陆永泽咂嘴，“我看也不用她做华天的艺人了，招进陆家做专职厨子不错。”

“你敢！”陆禹琛额上青筋暴怒，尽管已经疼得几近虚脱还是和陆永泽叫板。

“儿子，你不了解你爸我吗？只要我想做，那就没有做不成的事。”

陆永泽说这话的时候，锐利的目光一直盯着王雨薇，后者视线始终在躲躲闪闪，不敢正面回应。

“老爷，少爷好像支撑不住了。”七叔心疼地提醒，话音刚落，陆禹琛就直直地栽向前方，所幸被七叔眼疾手快地接住，他才免于和大地亲密接触的命运。

“阿七，带少爷回家，叫医生过来看看。”

“是，老爷。”

等两人走后，只剩下陆永泽和王雨薇两人。

“陆董事长，我还有事，就先走了。”在陆禹琛面前她还能够强撑，但在陆永泽迫人的气场面前她却毫无抵抗的力量，唯有找个借口离开。

“三年前你告诉我再也不回A城，我居然就信了你。”陆永泽惋惜地说，言语间的语气却让王雨薇禁不住打了个冷战。

她事先打探过陆永泽不在才敢回A城，可谁料到他竟然也会突然回来，扰乱了她的计划不说，自身难保才是真的。

“人老了，有些事已经看开了。你嘛——”陆永泽摸了摸下巴，与陆禹琛相似的面容上浮起一抹玩味，“如果真的能收了我儿子，随意吧。”

王雨薇愕然，他的意思是不干涉她了。

“不过我有条件，不许对我儿子用那些下三烂的招数，否则，后果自负。”

留下这句话，陆永泽就慢慢踱步离开了。

反观王雨薇，重重呼出一口气来，如果陆永泽不为难她，那么陆禹琛对她而言就好比探囊取物。

她一定会让他成为她的裙下之臣！

休息了许久，周西西的嗓子终于康复，她能正常地与人交流，因此她立马开工。然而等她再度回到《长亭记》的剧组，才发现男主角已经换人。

“你就是周西西？”

问话的人正是替代张致臣的阮凌天，他仔仔细细地把周西西打量了个遍，随即露出轻蔑的笑容：“的确是清纯动人，我见犹怜，难怪能一路飞升到现在的地位。”

还不等周西西反应，紧跟其后的孙潇潇就第一个冲出来，厉声呵斥：“你什么意思啊！我们西西凭的是自己的本事，你以为都像你靠着那张脸吗？不过你毕竟在夏盛被张致臣压着打了那么多年，人送称号‘万年老二’，难得做一次男主角，刷刷存在感也是可以理解的。”

孙潇潇依旧是见人就呛，明面上看是护着周西西，实则令她四处树敌。

孙潇潇的一番羞辱让阮凌天变了脸色。

他在夏盛的确是永远的男二号，如果这次不是因为张致臣出了艳照事件，《长亭记》的男主角又怎么会轮到他来出演。也正是因为这样，他对周西西更加没有好感，直觉认定她是靠着皮肉关系才保住现在的角色。

“能够接替致臣哥出演男主角，必定演技不差。”周西西出口还是很尊敬的，可下一秒狐狸眼中就透出傲然的璀璨光芒，“我究竟靠什么飞升到现在的地位，等会儿你就知道了，何必在这浪费口舌。”

阮凌天没料到背着艳照污点的周西西竟然还如此有底气，他扬了扬唇，决心让周西西知道什么才是真正的演员，也让她明白，自己绝不比张致臣差！

“拭目以待。”

一切准备就绪，周西西在后台小口地喝着水，借以抚平喉间的痛感。除此之外，还不断地默念台词，反复揣摩剧中人物的心境。

这场戏是女主角被男主角误会与人私奔，周西西从未如此的感同身受过。

那天在办公室里看到陆禹琛搂着王雨薇出来的时候，她胸口的痛楚难以言喻，几乎将她整个人淹没。

“就是她啊！说是去客串，其实是做些见不得人的事。”

“都这样了怎么剧组还用她，男主角都被换掉了，她也是当事人就没事？”

“关系硬呗！”

流言蜚语不绝于耳，周西西假装听不到，径自走到机位前，闭上眼深深地呼气吸气，几个来回后，将自己的情绪融进戏中。

“Action！”

随着导演的一声令下，周西西霍地睁开双目，杂糅了委屈与傲气的狐狸眼直直撞进阮凌天的目中。

“你就这么……不信我？”

只这一句，话中百转千回的情感就险些让阮凌天怔住。

这届网友行不行啊，不是都说她演技不好吗？怎么就好到自己险些没接住？

阮凌天稍稍一愣，这才从怔然中回过神来。

“眼见为实，你要我如何信你？”阮凌天拂袖怒言，不再看周西西一眼。

“好一个眼见为实！若只信眼中所见，不顾心中所念，那郎君对我与他人又有何异！”周西西手指苍天，泪眼盈盈却强忍泪意，直直看着阮凌天，“我是你的发妻！然而你可有半分信我！你说你与我心意相通，可又有丝毫懂我！你的疼宠，你的爱意，眼下皆成了打脸的巴掌！你有负于我！”

阮凌天暗叫一声“不好”，这会儿他脑子里全都是周西西的控诉，

完全记不起自己的台词。他拍戏多年，演技虽然不是炉火纯青，但吊打一众小鲜肉还是没问题的。可现在他居然被一个稍有名气的靠金主上位的女演员按在地上摩擦，这实在是丢人。

“你！”阮凌天的脑中仍旧一片空白，“强词夺理！”

“噗。”周西西猛地笑出声来，冲导演不好意思地一笑，“对不起，对不起，我笑场了。”

“那咱们再来一遍。”导演自然清楚周西西是为了给阮凌天解围，顺势给了个台阶下。

第二遍，这边一开拍，周西西瞬间就进入了角色，情绪浓烈比刚才更甚。阮凌天再一次被周西西的演技震慑住，记台词什么的完全办不到。

导演的脸色微微泛青：“要不休息一下。”

“再来一次！”阮凌天严正抗议，帅气的双眼直直瞪向周西西。这个女人，分明是故意给他难堪！

真是聪明——周西西微微挑眉，读出了阮凌天的心思，以眼神回应他。

结果，那天的一场对手戏，阮凌天足足NG了十几遍，直到拍摄结束，他也没能顺利拍过那一条。

“周西西，你什么意思？”拍摄结束后，阮凌天拦住要走的周西西，不客气地问她。

跟在周西西身后的孙潇潇见状，不管三七二十一就是一顿吐槽：“阮二哥，你这话是什么意思？你自己记不住台词接不住戏，反而来找我们西西的麻烦，夏盛都养了一群什么人啊！真有水平。”

“经纪人就该有点经纪人的样子，别一副恶犬护主的样子。”阮凌天完全没把孙潇潇放在眼里，“狗仗人势的我见得多了。”

“抵不过正主，只好拿我来出气呗。”孙潇潇连连摇头，“也是我苦命，谁叫我只是个经纪人呢？连个正大光明对打的机会都没有。”

“潇潇，你先上车。”见孙潇潇对阮凌天毫不客气，周西西特意支开她。等孙潇潇离开，她才正色道：“阮老师有事吗？”

“你今天是故意的是不是？”阮凌天毫不客气地说，“让我出丑，拖慢进度，这就是你的目的？”

“我做了什么？”周西西似笑非笑地问。

“你演戏……”阮凌天刚一开口就噤了声。不对，周西西只是正常拍戏，他一时忘词也是因为被她的情绪所感染而代入到角色中，要说她故意，那岂不是说明自己技不如人？

“说啊。”周西西笑意更深，却分明带着一丝丝警告。

你小子再不老实，信不信我每天让你NG个十几次！

“告辞！”

阮凌天忽然觉得脚底一凉，他是不是招惹到了不该招惹的人？

第十九章 你永远不像西西

周西西回到陆家，依旧和平常一样直奔厨房。她今天接到肖衍远的消息，说陆禹琛终于回了陆家，内心雀跃不已。只要见到陆禹琛，她就可以……

然而她的欣喜，在走到厨房门前的时候瞬间被浇熄得彻彻底底。

厨房里传来切菜炒菜声，不时伴着王雨薇的娇笑声。

周西西的心渐渐沉入深渊，迟疑了许久，她还是伸手打开了厨房房门。

陆禹琛坐在餐桌前，正抱着平板看新闻。正巧王雨薇刚把盛好的饭菜端上餐桌，巧笑倩兮的模样令周西西觉得分外扎眼。

心口犹如缺失了重要的一块，空虚与失落，瞬间充斥她整个心房。

“既然来了，”陆禹琛突然出声叫住扭头要走的周西西，“就一起吃饭，难得雨薇下厨。”

周西西驻足片刻，再转身时，已经是一副笑盈盈的模样。“既然陆总邀请，盛情难却，我就不客气了。”

她一屁股坐在陆禹琛的旁边，与王雨薇面对面，埋头开吃。

“西西，你未免也太工作狂了，下了班也要追到禹琛家里办公啊。”王雨薇旁侧敲击地出声询问。她早就怀疑陆禹琛和周西西的关系匪浅，毕竟在发生艳照事件后，她还能丝毫不受影响地继续拍摄《长亭记》，这其中肯定大有问题。

“我才不是为了工作。”周西西狼吞虎咽地说，“是陆总要我做他家厨子，不过看样子，我怕是马上要失业了。雨薇姐，你可真会做菜。”

王雨薇当下进入戒备状态：“做厨子？”

“吃饱了就出去。”陆禹琛重重搁下筷子，明眼人都看得出他怒火中烧。

可周西西偏偏不怕死：“我还没吃饱呢！雨薇姐，以后你是不是经常会来啊！好矛盾啊，如果你不来我就吃不到这么好吃的饭菜了；如果你来了，我这个厨子就要失业了，也吃不到你做的美味佳肴了，好惆怅。”

“周西西，出去。”陆禹琛忍无可忍，她就这么毫不在意？大大咧咧地谈论自己被取而代之？她难道不明白，他只爱吃她做的菜。

“陆总你别生气嘛，我这就走。”周西西讪笑着退开，一溜烟跑出客厅。

“禹琛，你何必这么生气，你不想周西西来蹭饭，直说……”

“滚。”

“禹琛！”王雨薇倍感受伤，她都已经甘心为他洗手做羹汤了，为什么他还是这么将她视为敝屣！

“七叔！”陆禹琛喊了一声。早在门外等候多时的七叔冲王雨薇做了个请的手势，明摆着就是赶人。

王雨薇深深望着陆禹琛一会儿，双手紧握成拳，却只能一言不发地离开。

陆禹琛凝视周西西的座位，久久沉默。

她对他，已经毫无感觉了吗？

周西西是被手机铃声吵醒的，昨晚在餐厅里被陆禹琛赶走后，她就回了自己的房间。脑子里想的全是陆禹琛和王雨薇两人相处时的情景，加上白天拍戏时情感消耗太大，竟然迷迷糊糊地睡着了。

她闭眼从枕头底下翻出手机接通电话：“喂？”

“西西，是我。”

乍一听到张致臣的声音，周西西的瞌睡虫跑了个干干净净。她握着手机，久久才喊出一声："致臣哥。"

"太好了西西，你的嗓子已经康复了，又能听到你说话了。"电话里张致臣安心地说，但仍旧掩不住声音里的沧桑和疲惫。

"我已经没事了，致臣哥，那天——"

"西西，我决定退出演艺圈了。"

不等周西西说完，张致臣就抢先一步说出自己的打算。简单的一句话，却是震慑威力十足。

"你说什么？"周西西难以置信。

"我要退出演艺圈，不再拍戏了。"张致臣重复了一遍，"西西，你跟我一起走吧，我们离开 A 城，去国外生活。"

离开 A 城，去国外？

如果说刚刚周西西是震惊，那么这会儿就是蒙。迟疑了片刻，她一拍脑门，才发现自己居然忘了一件大事。

她还没跟张致臣解释清楚那天的事！

"致臣哥，你误会了，其实那天……"

"西西，我们两个的事现在已经说不清楚了！"张致臣霍地出声，厉声说，"背后有人利用这件事攻击我们，公司自然不可能放过我。我现在所有的商业活动都被停止，几乎算是被封杀了，网友都往我们两个身上泼脏水。西西，这种环境，我待不下去了。"

周西西握着手机的手稍稍用力，坚定而缓慢地说："致臣哥，我不能，也不会离开。"

"西西！"张致臣略显焦急，"你留下还有什么意思？"

"我还有戏要拍，我不能放弃我的梦想。"

"你的梦想？我们能在一起难道不是最重要的吗？"

"不，我的梦想是拍戏，是证明给所有人看我有成为一线巨星的实力。"周西西斩钉截铁地说道，"我要变得足够强大，站在顶峰。"

"顶峰？"张致臣无力地笑了笑，心中已经有了答案，"西西，背负着我们两个的事情，你觉得你还能成为你想的那样吗？"

"致臣哥，那天晚上我一直在自己的房里休息，和你在一起的人，不是我。”

张致臣并没有诧异周西西的说法，而是反问她：“西西，就算我信你，可别人会信吗？”

“别人信不信不要紧，陆禹琛相信就够了。”

周西西终于说出自己的心里话，这是她第一次在外人面前提及自己真正的心意。

“他会信吗？如果他信你，你会是现在这个样子？”

“他信不信我都没关系，事实就是事实，改变不了。”周西西意有所指地说。

张致臣自然听出来她话里的含义，不甘心地问：“西西，如果那晚真的……你现在会不会跟我走？”

“不会。”周西西想也不想地回答。

“你为什么就不能考虑一下我的感受，假装纠结一会儿再回答。”张致臣佯装抱怨，借以掩盖自己的真实情绪。

“致臣哥，我一直都当你是我的偶像、朋友和老师。”周西西明白张致臣已经了解自己真实的心意，真挚地说，“永远都是。”

可是我要的并不是这些。

张致臣在心里默念，然而他知道，他再也没有机会了。

“那么，我祝你幸福。”

挂断电话，周西西叹了一口气，幸福这玩意儿说得容易，可哪有那么容易，尤其现在陆禹琛已经移情王雨薇。

门外突然传来的敲门声拉回了周西西的思绪，她慢吞吞地走了过去，打开房门，见到一个笑容和蔼的中年男子。

“西西你好，我是陆禹琛的父亲，能和我谈谈吗？”

华天大楼，三十七层，哀鸿遍野。

“陆总，”肖衍远扶着门框，几乎要哭出声来，“你大发慈悲，饶了我们吧！”

开了五个小时的国际会议，虐得总部和各大分公司的负责人体无完肤，好不容易挨到休息时间，他就连忙跑来求大老板开恩。

“工作都做不好，”陆禹琛冷冷地说道，“有脸了？”

肖衍远十分想把这口锅丢回陆禹琛脸上，明明是自己媳妇儿被别人拐了，就只会找这些冠冕堂皇的借口！他眼神投向门口，冷不丁的一抹倩影让他顿时精神振奋。

“小西——”肖衍远定睛一看来人后，神情立刻萎靡下去，“你有事吗？”

“肖特助，我有事要和陆总汇报。”孙潇潇捧着一摞资料，眼睛一眨一眨，“是关于西西的。”

“去吧。”肖衍远退开一步，放她进去。这个孙潇潇，真是越来越像小西西了，从背后看，那背影那身段，简直一模一样啊！

“陆总好。”孙潇潇甜甜地叫着。

埋首看文件的陆禹琛略略一僵，抬眼看去：“你再叫一遍。”

“陆总好。”孙潇潇把长发别到耳后，眉眼弯弯。

陆禹琛放下文件，起身走到孙潇潇身前，锐利的目光注视着她，低沉地道：“你似乎不一样了。”

孙潇潇仰头看向陆禹琛，这会儿换上一副清纯无辜的神情，说：“陆总，这是在夸我吗？”

陆禹琛并未回答，深邃的目光紧紧盯住她。

孙潇潇微微一笑，暗暗觉得时机差不多，双手试探着抚上陆禹琛的胸口，见他没有推开自己，便顺势将身体贴上陆禹琛，吐气如兰：“陆总夸得我有些不好意思了呢！”

自始至终，陆禹琛都没有半点反应。

孙潇潇见状，一只手抚上他的肩头，另一只手缓缓往下游走，红唇逸出柔柔的撒娇：“陆总，你怎么不理我了呢？”

正当她的手要探到那一方禁区时，被陆禹琛一掌隔开。他端着一张扑克脸，毫不留情地说：“理你这个冒牌货？”

孙潇潇的脸色倏地变得煞白，他看出来了？

“再怎么模仿，”陆禹琛毫不掩饰自己的嫌恶，“你也永远不像西西。”

“陆总，你在说什么，我为什么要像西西？”短短的时间，孙潇潇已经恢复了镇定，她学着平时周西西委屈的模样，可怜巴巴地看着陆禹琛。

她和周西西大学四年，又做了她的经纪人，对她了若指掌。之前她能够化妆瞒过一众记者，能骗过肖衍远，没道理会被陆禹琛看穿！

“收起你那副嘴脸。”陆禹琛呵斥，“令人恶心。”

“陆总，我只是来汇报关于西西的事情。”她拿起放在一旁的资料，捧到陆禹琛面前，微微俯身，紧身的衣服勾勒出姣好的线条，更故意用双臂挤压胸前，试图继续勾引。

“汇报？”陆禹琛冷笑一声，一把推开资料，“什么时候轮得到你汇报了！”

“陆总，我是西西的经纪人，向您汇报是我的正常工作啊！”只是一瞬间，孙潇潇的眼里就噙满了委屈的泪水，弯腰捡起散落的文件。

“你的演技做华天的练习生都不配。”陆禹琛踩在文件上，居高临下地俯视她。

孙潇潇听到这话身体一顿，他居然知道她做过华天的练习生！

“到此为止了。”

孙潇潇霍地抬头：“陆总，您这话是什么意思？”

“离开西西，滚出华天。”陆禹琛一字一顿地说，眼底的冷酷将孙潇潇包围得密不透风，“否则我会让你知道什么是生不如死。”

他不是没想过私下解决了孙潇潇，但如果他真的按照自己的行事作风处理，只会把周西西推得更远。

“陆总！我在大学时就和西西交好，成为她的经纪人之后更是尽心尽责，她出道以来的各种事宜都是我一手打理。虽然我有做得不够好的地方，可我的确是对她尽心尽力！你现在居然让我离开她，离开华天？”孙潇潇捂着胸口，痛不欲生地说，“我知道我资质不够，没能在华天出道，但我自问是一个合格的经纪人！”

“别再让我说第二遍。”陆禹琛双眉紧皱，耐心尽失。

“陆总这么对待下属，真的不怕被其他员工知道寒了心吗？”孙潇潇大喊道，仍旧在做最后的挣扎。

陆禹琛忍无可忍，按下座机分号，开口就是近乎咆哮的命令：“把

她轰出去！”

几秒过后，肖衍远就冲进办公室，一把抓住孙潇潇往外拖。

“陆总！陆总！”

“我说，别喊了。”一路把人拖到电梯口，肖衍远才松开对孙潇潇的控制，“你那点小心思，不要太容易猜。”

对于小西西的一切，他家老板都是异常敏感的，何况突然出现一个和小西西十分相像的人，尤其还是她的经纪人。

陆禹琛老早就派他查证了，就目前的调查结果来说，虽然没有什么实质性的证据证明孙潇潇对周西西不利，但她总是打扮得跟周西西相仿，肯定是居心不良。

这样的人，陆禹琛不可能让她留在周西西身边。

“就算我和西西装扮有些像又怎么样？我们同学几年，兴趣爱好有些相同又能怎么样？”面对肖衍远，孙潇潇很是理直气壮。

“不怎么样。”肖衍远笑眯眯地看着她，指着电梯的方向，“请滚不送。”

孙潇潇翻了个白眼，径自朝着电梯走去。既然陆禹琛这么不识好歹，那她只好做些事情来自保了！

这边，周西西望着陆永泽，一时失措，但很快就回过神来：“原来是陆董事长，请进。”

早就听说陆禹琛的父亲回来了，但是他们父子关系紧张，两人各住各的，所以她只听其人，未见其人。

这会儿见到了，一时有些不知所措。

“哎呀，在家不用那么拘谨，叫我陆叔叔就好。”陆永泽进了房间，稍一打量，心中便有了个大概了解。

比起曼曼，这姑娘的闺房可是整洁多了。

“陆叔叔。”周西西很识时务地改口。

“西西，你不用紧张，我来不过是想和你说说话。”陆永泽抽开梳妆台前的凳子坐下，示意周西西也坐下。

说说话？周西西倍感疑惑，他们俩能有什么好说，不过是陆禹琛的问题。

“我来找你禹琛并不知道。”陆永泽一眼看穿周西西，提及自家儿子，他不禁叹了一口气，“我这个儿子啊，口嫌体正直，就算心里想我来找你，也不会跟我说半个字的。真不知道我和曼曼是怎么生出这种怪胎的。”

怪胎，周西西的笑容僵在脸上，陆家人都这么相处的吗？

“陆叔叔，禹琛他只是表达情感的方式比较单一。”

“是挺单一的，只会端着那张扑克脸。”陆永泽很是嫌弃地吐槽，脸上的神情渐渐转为愧疚，“这也不能怪禹琛，他从小就被我带出去训练，能活下来就不错了，又怎么可能养出温和阳光的性格。”

果然如同肖衍远说的那样，陆禹琛也曾经过得很艰辛。周西西心疼地想着。

“这都是陆家人必须经历的，所以尽管当年曼曼竭力反对，我也还是要那么做。”提及爱妻，陆永泽的眼底泛起一丝温柔，“西西，你和曼曼真的挺像。”

“是长相，还是性格？”周西西摸了摸脸颊，“陆禹琛也这么说过，我真的很像他母亲吗？”

“你们给人的感觉很像，再有就是做菜挺像的。”陆永泽说，“不过你比曼曼要坚强很多，听说你很小的时候父母就去世了？”

“对。”周西西眼眸微微垂下，“因为一场车祸。”

“那也是曼曼出事的车祸，对吗？”陆永泽温和地问。

周西西没料到陆永泽也知道这件事，抬头看向他：“陆叔叔，您知道？”

“知道，我当年只顾着追查曼曼车祸的真相和凶手，只是吩咐手下安置好出事的另外一对夫妻。毕竟，他们是因为有人要杀害曼曼而受了连累。”陆永泽神色带着歉意，“西西，很抱歉连累了你父母卷入这场预谋的意外里。”

周西西连连摇头：“陆叔叔，这也不是你们能够预料和控制的，我并没有怪过任何人。”

“哦？你不怪禹琛？”

“我为什么要怪他？”周西西有些好笑，“我知道真相的时候是很生气，但是因为他瞒着我，而不是因为这件事本身。”

“你能这么想，我很欣慰，也很感激。”陆永泽笑笑，敛去眼底的一片精光。没想到他家儿子眼光还是很不错的，挑上了这么个通情达理的姑娘。“我还以为你是因为这件事和禹琛分开的。”

“不，我们分开是因为……”周西西有些难以启齿。

“禹琛虽然行事狠绝，但对感情向来专一，只是会放不下。西西，如果你有喜欢的人，大可说出来，我可以去做禹琛的工作，不会让他纠缠你。”

“陆叔叔，我喜欢的人——”周西西迎上陆永泽的目光，坚定而缓慢地说，“只有陆禹琛，从来都只有他。”

“继续查孙潇潇？”

办公室里，肖衍远很是惊讶地看着陆禹琛。

之前已经查过孙潇潇了，除最近在模仿小西西之外没查到什么特别的，怎么现在还要继续查。

“往深了查。”陆禹琛吩咐道，自从孙潇潇堂而皇之地勾引他之后，他就觉得这个女人应该还藏着其他事情。

“是。”肖衍远满口答应，“陆总，陆董事长回来之后我还没跟他见面，怎么说他都是我的恩师。他总在陆家待着，也不来公司，所以今晚我想去陆家……”

“做梦。”

简简单单的两个字粉碎了肖衍远的美梦，陆禹琛扫了他一眼，说：“休想蹭饭。”

家里老头天天在他面前夸赞周西西饭菜做得好也就罢了，再来一个肖衍远，当他死的吗。明明周西西是跟他签的合约！现在倒好，做出来的饭全喂了别人！

肖衍远见陆禹琛一脸的山雨欲来，连忙改口：“也没什么特别的事，就不去了。”

闻言，陆禹琛的脸色这才有所好转，肖衍远见状小心地退了出去。

此时，陆禹琛文件也看不下去，满脑子都是周西西的倩影，以至于刚刚响起的手机铃声令他更加心烦意乱。

打电话的人是苏玲沫。

陆禹琛原本不想接电话，可那天路过客厅时听到周西西跟老头子说了一句“玲沫姐对我特别好”，突然就软下心来，随即按下接听键：“什么事？”

语调平板得毫无感情，那头苏玲沫也早已经料到，她淡淡地笑了笑，说：“陆总，我现在正在机场，马上就要出国了，以后也不再回来。你……能不能……来送送我。”

陆禹琛闻言正要拒绝，却听到苏玲沫说：“还有一些关于西西的事，我想当面告诉你。”

“好，我马上到。”

挂断电话，苏玲沫苦涩一笑，周西西可真是好用，只这一句话，就能让陆禹琛改变主意。

一个小时后，陆禹琛赶到机场大厅时，苏玲沫正戴着帽子和墨镜站在门口等他。

“到底什么事？”陆禹琛压抑着显而易见的不耐烦。

苏玲沫站下墨镜，一汪水盈盈的眸子盯着他：“陆总，我在住院的这段时间想了很多。”

“然后呢？”陆禹琛焦躁地问。

“其实我对你也不全是真正的感情，而是突然有一个各方面都很优秀的男人摆在我面前，动心是人之常情。我没有看清你对我好的真正含义，也算是我识人不清的代价。还有，你说得对，虽然你利用了我，但如果我按照规则行事，也不会落到今天这个地步。医生说我得了抑郁症，建议我出国治疗，毕竟国内的环境已经不适合我疗养。”苏玲沫苦涩一笑，看出陆禹琛拔腿要走，突然抓住他的手腕，“只是我不愿带着你对我的误解离开。”

“误解？”陆禹琛冷冷地看着她，她害得周西西嗓子被毒哑，这事算是误解。

“我没有做过任何实质性伤害了西西的事情。”苏玲沫早就猜到

陆禹琛的意思，解释说，“我邀请西西进组客串确实是有别的意图，不过我中途出了车祸，还没来得及实行计划。”

“不是你做的？”陆禹琛反手抓住苏玲沫的手腕，眸底寒光闪现，“你有什么证据？”

面对陆禹琛的不信任，苏玲沫心头一疼：“我已经落魄成这样了，没有必要骗你。”

陆禹琛陷入沉思，如果不是苏玲沫做的，那就是说害周西西的另有其人，而眼下这个人还安然无事！

令陆禹琛没想到的是，苏玲沫趁着他出神的时机，忽然死死地抱住他。

“放手！”陆禹琛呵斥。

苏玲沫并不理会，仍旧紧紧抱住陆禹琛，像是要把这个拥抱紧紧刻在生命里。陆禹琛忍无可忍，稍一用力就推开了苏玲沫，森然的目光射向苏玲沫，扭头便走。

机场周围人潮涌动，他们都没注意到，不远处一个娇俏的身影早在两人拥住的那刻黯然离开。

总裁办公室里，陆禹琛正偷看《长亭记》的路透图，周西西和新任男一号的对戏画面看得他醋意横飞。这个女人，自从和他闹翻之后，在家是能躲就躲，他已经很久没见到这么生机勃勃的她了。

“陆总！”

几个小时后，肖衍远拿着文件夹门都没敲一路闯进总裁办公室。

“你赶着去印度分公司，我没意见。”他懒懒地抬眼。

“陆总！你别闹了！”肖衍远一改往日的戏谑，把手里的文件递了过去，“你自己看看就知道了。”

陆禹琛狐疑地打开文件夹，却在浏览文件内容后倏然变色。

调查结果清清楚楚地写明了孙潇潇加害周西西的一切。

快递恐吓事件、礼服事件，到之后的绯闻和下毒，所有的一切，竟然都是孙潇潇的手笔！

“好一个经纪人。”陆禹琛的眼底露出慑人的阴鸷光芒。

“没想到她藏得这么深。”肖衍远愧疚地说，“陆总，是我忽略了小西西身边的人，我回去再把人员重新查验一遍，以免再出纰漏。”

“你马上收拾东西……”

“陆总！”肖衍远哀号一声，就差给陆禹琛下跪了，“我是真的不愿意去印度分公司啊！请陆总看在我没有功劳也有苦劳的分上，留下我吧！”

陆禹琛以一种看疯子的神情看着他：“我让你去查艳照的事。”

“你不是要派我到印度分公司啊！”肖衍远长舒一口气，这才缓下心神，“陆总放心，这事儿我已经在查了，不过还没有查清楚，所以就没汇报。初步情况了解了，这事儿还真不是表面上那么简单。警局前几天破获了一起贩卖针孔摄像机的犯罪团伙，在他们的电脑里发现了艳照的视频。据嫌疑人说他们这是用来敲诈一个买家的，不过还没有到跟买家联系上就被抓了。”

“买家是谁？”

“我还在查，一有消息马上来跟您汇报。”

“查不清楚，就滚去印度做一线员工。”陆禹琛合上文件，漠然道。

他有预感，这个买家必定就是周西西身边的人，甚至就是孙潇潇。如果真的是她，那么他倒是要好好跟她算一算。

藏了这么久的恶人，终于浮出水面了。

“得嘞。”肖衍远应声后便要走。

“让孙潇潇滚出华天，不许待在周西西身边。”

肖衍远一听，有些犯难道：“这么做就明显让孙潇潇感觉到危险在临近，到时候就是打草惊蛇了。”

陆禹琛冷声道：“有问题，你自己解决，我只看结果。”

闻言，肖衍远在内心哀号不已。

大佬，你轻轻松松地动动嘴发出一个命令，只要几秒钟，可他这个做事的人会愁到秃头！

离开总裁办公室后，肖衍远想了半天也没有想出两全其美的法子。最后，他咬咬牙，暗想将在外君令有所不受。

为此，他拨通了周西西的电话。此时的周西西正躺在家里，整个

人像是跌入了低谷，怎么也提不起精神来。

她的脑海里一直浮现陆禹琛与苏玲沫在机场相拥的场景。那天她接到孙潇潇的消息，说苏玲沫想在出国治病前见她一面。可当她赶到机场时，见到的却是陆禹琛和苏玲沫相互拥抱的场面！

纷乱的思绪很快就被肖衍远的来电打断，她刚接通电话，那边就传来对方絮絮叨叨的声音："小西西，陆禹琛下了死命令，让孙潇潇滚出华天，且不能当你的经纪人。具体什么原因我只能透露一点点，那就是她别有用心，极大概率会对你不利。但是，如果我这么做，又会打草惊蛇，对方肯定会有所防备，那时候我就抓不住她的小尾巴。所以，我个人觉得最好的方式是，现在保持原状。但你一定要对她抱有戒心，不要轻易相信她，明白吗？另外，如果陆禹琛一定要开除她，你就顶住压力，私下跟他沟通解决，短时间内绝对不能开除孙潇潇，他一定会听你的。最后千万别说我给你打过这个电话，然后让你这样做，否则我小命不保！"

"潇潇对我不利？"周西西从一大段话里提炼出了重点。

"大概率是这样的。"肖衍远继续说道，"陆总关心你，所以才会这么做，但是一旦我执行了这个命令，后续的事情就不好开展。"

听到陆禹琛关心自己，周西西的心里甜丝丝的，但很快又被酸涩代替。

机场那一幕，像是植入她脑海里，怎么也挥之不去！

电话那边，肖衍远哀求道："西西，希望你能配合，不然我就死定了！"

"潇潇确实有些小心思，但都是一些女人之间的小动作。再好的关系，都有磕磕碰碰的时候，也不至于对我不利吧。"毕竟她是自己的经纪人，她们是一荣俱荣一损俱损的关系，自己出了什么事对她没什么好处。

"总之，暂时还没有确切的证据。但很多细节都能看出，她不是一个简单的人。所以，你小心就对了。最好能配合我行动，如果是我们多想了，对你也没损失。反之，你也能看清一个人，对不对？"

"好吧。"周西西应允。

“这段时间，你装作跟往常一样，不要露出端倪，可以吗？另外如果陆总发现孙潇潇还是你的助理，这个压力就需要你来扛住。”

“知道了。”

肖衍远几乎要跳起来：“小西西，我就知道你会帮我。”

在此期间，只要他细心照看周西西，不让她出任何差池，等到事情办妥了，陆禹琛应该也就无话可说了。

维纳的新品发布会，娱乐圈明星云集。而这其中最为惹眼的，就是和华天签约不久的王雨薇。

“话说这个王雨薇也是厉害，刚从国外回来，华天的好资源就全砸到她头上了。就说今天，前排看秀不说，还有亲自走秀的环节，这是要代言的节奏啊！”

卫生间里，两名十八线女艺人一边对着镜子补妆，一边聊天，却被一旁的周西西听了进去。

“这都不算什么，你刚刚看见陆禹琛了没？陆禹琛啊！他居然亲自陪王雨薇来看秀！你看之前华天的历任一姐，谁有这个本事让华天老总亲自陪同。要我说，这王雨薇距离华天老板娘也不远了。”

“人家就是好命，哪像咱们。”

两人出了卫生间，周西西才从门后走出来，满心都在刚刚那两个人的谈话上。

陆禹琛向来讨厌这种场合，现在居然会陪王雨薇看秀。周西西神思恍惚地盯着镜子里的自己，抑制不住的酸涩在心间游荡。

“西西，你怎么还在里面？”孙潇潇满脸焦急地闯进来，一把拉住她就往外走，“走秀要开始了，摄影师也都准备好了，就差你美美地坐在那了！”

见孙潇潇来了，周西西便想到了肖衍远的叮嘱。

他说，孙潇潇大概会对自己不利，而陆禹琛因为关心自己，所以让孙潇潇离开华天。这对肖衍远来说，是无解的难题。一旦孙潇潇离开了华天，那么她会发现其中的猫腻，行为就有所收敛，肖衍远自然抓不到她的把柄。

为此，肖衍远希望自己配合他。只是，如果陆禹琛真的关心自己，又为什么跟其他女人传出绯闻呢？

“潇潇，我就是想来看个秀而已。”周西西跟平常一样，没有露出端倪。

可孙潇潇哪里肯听她的，径自把她推到走廊上：“你就只要假装看秀好了，记得摆好造型就好了，我还有事，你赶快过去。”

周西西依言回到观众席，可刚出拐角，就见听到王雨薇怒气冲冲的声音：“你长什么眼睛，拿这个手包配我的衣服？你是瞎了，还是傻了？”

“雨薇姐对不起，我马上回去换！”小助理被训得泪水涟涟，急忙道歉。

“我马上就要去走秀了，现在换你是让我丢人吗？”王雨薇气急败坏，难得今天陆禹琛肯陪她出席发布会，她自然要表现好，现在可好，首先外观上就打了折扣！“回公司领工资走人，我不需要你这样的助理！”

小助理望着王雨薇离开的背影，偷偷地抹了一把眼泪。

而这一切都被周西西看在眼里，她走上前去，轻轻拍了拍小助理的肩膀：“嗨，这个给你。”

小助理抬头，一见是周西西递了纸巾给她，就连忙接过来问了一声好：“西西姐。”

“工作被批评是难免的，开心点。”周西西劝导她说，“我当年也是这样过来的，下次当心点就好。”

“谢谢西西姐。”小助理感激地看她一眼。

“好了，去忙吧。”周西西拍了拍小助理的肩，转身回了观众席。

等两人离开，大理石柱后面闪出一个人影，正是阮凌天。他好奇地望着周西西的背影，内心疑惑丛生。

这个女人，居然这么善良。

等周西西坐好后，发布会也正式开始了。模特们依次走出来，将各种新款一一展现在众人面前。

原本周西西的眼神是在模特儿身上，可不经意间，她却看到对面坐着的陆禹琛，他的身旁正是王雨薇。

如同卫生间里那两个明星所说，他是来陪王雨薇看秀的。自始至终，王雨薇都紧紧挽住陆禹琛的手臂，更时不时地在他耳边说些什么。

酸楚、委屈、嫉妒……各种各样的情绪杂糅到一起在周西西的身体里游窜。她就那么直直地看着陆禹琛，巧的是这时候陆禹琛的目光不经意间撞上她的视线，然而只在她身上停留了不过几秒，就又垂头看向王雨薇。

只见陆禹琛说了些什么，王雨薇笑得花枝乱颤，娇嗔地扭了扭身体。这时走秀也进入尾声，王雨薇才恋恋不舍地离开，进入后台准备。

片刻之后，王雨薇一身华丽的海蓝色礼服，佩戴着璀璨夺目的珠宝，从T台正中款款走来。她神色高傲地环视四周，满意地欣赏着观众们赞叹的眼神，最后目光定格在陆禹琛身上。然而刚刚还任她撒娇的陆禹琛，这会儿却用一种难以言语的眼神望向对面。

王雨薇顺着陆禹琛的眼神看去，发现对面坐着的竟然是周西西，当下就心头一股怒火烧了起来。

就在此时，王雨薇脚下突然一歪，原本就心思不在走台上的她整个人失去平衡，重重摔在T台上。倒霉的是，她摔倒的地方正是个台阶，她就顺着台阶一路滚了下来。

“啊！”

王雨薇痛叫出声，陆禹琛则在第一时间冲上前来，低低地问道：“摔伤哪里了？”

“禹琛。”王雨薇眨了眨眼，泪如雨落，“脚好疼——啊！”

助理稍稍掀起王雨薇的裙摆，只见脚踝处已经红肿一片。陆禹琛稍一思索，打横抱起王雨薇，朝着外头走过去。

王雨薇顺势揽住陆禹琛的脖颈儿，冲旁边的周西西投以得意的眼神，还不忘在陆禹琛耳边哭诉：“禹琛，真的好疼啊！”

周西西看着陆禹琛对王雨薇照顾有加的样子心头一阵酸涩，不过——这女人未免也太能装了点吧！

另一边，陆禹琛抱着王雨薇出了秀场，转手就把她交给一旁的肖

衍远。

“送医院。”他一改刚刚的温柔，冷漠地吩咐。

“禹琛，你不陪我去医院吗？”王雨薇依旧一副娇嗔的口气，奈何陆禹琛却有如不曾听到，转身钻进车子里，绝尘而去。

“王小姐，就由我送你去医院检查。”肖衍远恭敬地说，内心却忍不住吐槽陆禹琛，把这个女人丢给他，他耳根子又没法清净了。

果不其然，去医院的路上王雨薇始终在问他有关陆禹琛的事情，好不容易送到医院办好手续，肖衍远就急不可耐地跑了。

没有陆禹琛的陪伴，王雨薇自然心情不佳，气冲冲地躺在病床上。听到病房门被人打开，看也不看地吼道：“谁准你进来的！滚出去！”

“雨薇姐，是我啊。”孙潇潇一脸纠结地站在玄关处，双手叠握，欲言又止地看着王雨薇。

“你来干什么？周西西让你来的？”王雨薇翻了个白眼。

“雨薇姐，我有事情要告诉你。”孙潇潇走到病床前，“我知道这么做对不起西西，可是我更不能对不起自己的良心。”

“你到底想说什么？”

“你的鞋子被周西西动过手脚，所以你才会摔倒的！”

王雨薇听到后先是一怔，随即眼底浮现狠戾的神情：“你给我说清楚，周西西到底做了什么？”

孙潇潇点点头，将眼底得逞的笑意如数掩去。

“雨薇姐，走秀的鞋子都是精心制作的，事先也有人检查，怎么可能随便就坏了。是周西西偷偷做了手脚，把鞋子弄坏，才导致你走秀摔倒的。”孙潇潇继续她煽风点火的拿手好戏，“可惜我知道得太晚了，没能及时通知你。”

“谁给她的胆子敢动我？”王雨薇沉着一张脸，对孙潇潇的话还抱有几分怀疑。

“不需要谁给她胆子，就凭华天老板娘这个头衔，她就敢无所不用其极。”孙潇潇说，“雨薇姐，你回来得晚，还不知道周西西是怎么赶走了前任华天一姐苏玲沫吧。当初苏玲沫可是拿她当姐妹，可结果呢？她为了上位，硬是把陆禹琛从苏玲沫手里抢过来不说，还把苏玲沫逼得退出娱乐圈。”

苏玲沫和陆禹琛的事，王雨薇倒是有所耳闻，只是没想到这其中是周西西在捣鬼。

孙潇潇见王雨薇陷入沉思，知道自己的话起了作用，又添油加醋地说：“现在周西西又故技重施，开始对付雨薇姐了。”

“你是周西西的经纪人，却跑来告诉我这些？”王雨薇始终怀有戒备心。

“雨薇姐，实话告诉你，我也是华天的艺人，但是因为周西西的缘故，始终不能出道，她还用计让我成为她的经纪人。她就是见不得别人比她好，我是她的大学同学，我比任何人都了解她。”

孙潇潇装作一副无奈又可怜的模样：“我告诉雨薇姐这些，一是希望你能有所防备；二是希望有一天雨薇姐能替我说句好话，让我离开周西西成为艺人出道。毕竟，陆总那么疼你，你的话，陆总多少都会听的。”

这一番话说得王雨薇很是高兴：“这倒不是难事，你放心，我绝对会记着你的好。”

“谢谢雨薇姐！”孙潇潇喜出望外，“那我就不耽误雨薇姐休息，先回公司了。”

她转身要走，却又回身看向王雨薇：“雨薇姐，还有件事——周西西她现在住在陆家。”

“你说什么？”王雨薇大惊失色，她太清楚这件事的冲击力，就算是她也只是去过陆家两次。上次在陆家见到周西西，她以为不过是偶尔，却没料到她已经住进陆家！这个女人究竟用了什么手段。

等孙潇潇离开，王雨薇依旧处于震惊之中久久不能回过神。她拨通电话，压抑着怒火说：“以最快的速度查清周西西的一切，报给我。”

这边刚挂断电话，王雨薇就接到了经纪人的电话。

“雨薇，我刚问过医生，你的伤不是很严重。今天你好好休息，明天再去剧组接着拍戏。想赶在春节上映，近期就要结束拍摄了。”

“我的戏份儿不就还剩下几场吗？让他们找个替身拍一拍再抠一抠图就好了，我这还伤着呢！”王雨薇不情愿地说，眼下她的心思都

放在周西西身上。

三年前她就已经错过了一次，三年后的现在，她说什么都不能再错过陆禹琛！

经纪人的火气瞬间就烧起来了："雨薇，你未免太不爱惜羽毛了，替身抠图这对一个演员来说是最要不得的！"

"我现在受伤了！"王雨薇气冲冲地吼了一句，"要么剧组就等我伤好再拍，要么就用替身抠图，总之你现在要我过去，不可能！"

说完王雨薇就挂断了电话，她现在满心想的都是拿下陆禹琛，其余的都不重要！

《长亭记》剧组现场，周西西正全神贯注地观看自己刚刚的拍摄，秀眉紧皱，明显不太满意。

"导演，我觉得这里我的表现还是不够，咱们再来一次吧。"

"西西，你对自己要求太严格了。"导演笑眯眯地说。

"导演，既然西西这么说了，那就再来一次。"同在一旁观看的阮凌天已经见怪不怪，这些日子相处下来，他也一改先前对周西西的花瓶印象，被她的演技和实力所折服。

周西西略微一惊，没想到阮凌天会帮自己说话，便露出一抹浅浅的笑意。

两人已经配合得很是默契，拍摄也极为顺利。等拍摄结束后，阮凌天不禁对周西西小声抱怨来："西西，你收着点演好不好，万一接不住，我又该忘词了。"

"阮大影帝开什么玩笑，我不过是靠着一张脸罢了。"周西西故意酸他。

"别谦虚了，你这是祖师爷赏饭吃，明明可以靠脸偏偏要靠实力。"阮凌天明白她这是暗讽，暗暗感慨女人真是惹不起。"西西，之前是我误会你了，也一直想找个机会跟你道歉，今天有空的话，我请你吃饭当赔罪怎么样？"

"西西，看这里！"

不等周西西回答，陆永泽的声音突然响起。周西西循声看去，不远处陆永泽正架着摄像机笑着冲她挥手。

周西西嘴角一抽，陆家的男人一个比一个奇葩，小的这样，老的也这样。

“陆董事长——”周西西走到陆永泽面前，刚一开口就被打断。

“说了多少次，叫叔叔。”

“陆叔叔，”周西西乖乖改口，“您就别再拍了，这剧组也有保密制度的。”

“我拍你又不是拍戏。”陆永泽冷哼一声，“你今晚回家吗？七叔可是念叨酸菜鱼好多天了。”

哪里是七叔念叨，明明是你自己想吃吧！周西西腹诽道。

“我今天戏份儿都拍好了，收拾一下就回去。”周西西认命地走回化妆间卸妆。

“西西，那我——”阮凌天开口叫住她。

“等下次吧！”周西西不好意思地冲他摆摆手，一头钻进化妆间。

陆禹琛刚进客厅，就被眼前的情景惊住了。

自家老爹正坐在客厅里，津津有味地看着幕布上的周西西，还时不时地跟身旁的七叔交流些什么，完全没注意到他的存在。

他本想直接回房，可幕布上的影像却让他拔不动腿，胸口那股酸酸的感觉如波涛一般再度翻涌起来。

这个男人是谁？为什么总围着周西西？还笑得那么猥琐。导演都喊咔了，那副深情款款的模样是做给谁看啊！

夏盛那帮猪头，换走了张致臣怎么又换来个阮凌天。

“哟，儿子回来了。”半天过后，陆永泽回过头来看了一眼陆禹琛，视线又转向幕布上，兴致勃勃地跟七叔聊天，“阿七，看着西西我就想起当年的曼曼，我已经很久没见到像曼曼那样的女孩子了。现在的姑娘为名为利就是不为情，一言难尽，西西真是少见。”

陆禹琛知道父亲这是故意说给自己听的，也不搭理，默不作声地推开厨房的门，却没料到会见到日思夜想的人。

周西西正在流理台边井然有序地忙碌着，听到动静以为是陆永泽

或者七叔，便甜甜地开口：“马上就可以开饭了，今晚有钦点的酸菜鱼哦！”

陆禹琛兀自立在门边，眼神随着周西西来去，像是看不够一样。

这边周西西已经大功告成，一个转身，却正好撞上陆禹琛幽深似潭水的目光。

会见到陆禹琛是周西西意料之外，太久没有面对面，她也不知如何打破这一室沉默。

“公司让你去拍戏，”陆禹琛先开口，出口的话却十分刺耳，“不是让你去勾搭人。”

此时客厅里，支着耳朵偷听的陆永泽和七叔互相望了一眼。

“阿七，我和曼曼如此优秀，怎么就生出这么个傻子。”

七叔伸出食指做了个噤声的动作，专心偷听。

那边周西西听到这番话霍地抬头，眼底闪动受伤的神色，随即消弭不见，反而是一副毫不在意的神情：“陆总是去片场探班了，还是又看到什么照片了？”

“没有我不知道的事。”

周西西不以为然地撇撇嘴：“事到如今，你还在意我是不是勾搭人？”

“周西西！”陆禹琛连名带姓地叫她，周身散发着怒气，“你别忘了，我们还没分手！”

“左拥右抱的人还记得没分手，我以为贵人事忙忘得一干二净呢。”周西西冷嘲热讽道。

“我左拥右抱，总好过琵琶别抱。”想到刚刚周西西和阮凌天有说有笑的画面，陆禹琛醋意横飞，更毫不退让地呛声。

任凭周西西竭力控制住情绪，还是忍不住红了眼圈。她向来清楚言语伤人的力量，然而真的从陆禹琛口中听到这些话时，却仍然抑制不住地心痛：“既然你已经给我定罪，那咱们就正式分手吧。”

说罢她解下脖子上的项链，放到餐桌上，头也不回地离开。

周西西错身而过的那瞬间，陆禹琛险些就伸出手拦住她，然而他终归是任由她离开。片刻后，陆禹琛才徐徐走到餐桌前，银色的项链上穿着一枚精巧的戒指，正是 D&U 的情侣对戒。

她一直随身戴着情侣对戒？

陆禹琛拾起那串项链，从西裤口袋中也拿出对戒来，穿进项链里。两枚对戒紧挨着，在灯光下熠熠生辉，却照不亮陆禹琛的心。

偷听完毕，陆永泽忍不住嫌弃道：“‘猪队友’，带不动。”

“老爷，要不要去看看西西小姐？”七叔担心地看向楼梯方向。

“看了也没用。”陆永泽叹了一口气，起身舒展筋骨走进厨房，“咱们吃咱们的吧。”

周西西和陆禹琛正式分手之后，原本就身处地狱的华天直接沦为炼狱。

肖衍远趴在办公室门框上，哀怨地看向陆禹琛。

“陆总，这会再这么开下去，会死人的。”

“不想开会就滚去新德里。”

肖衍远顿时蔫了。

“还有那个孙潇潇，我让你开除她，远离周西西，为什么今天早上我还在公司看到了她？”

肖衍远的心咯噔了一声，他悄悄地将锅甩在了周西西身上：“我照做了，但是小西西不肯啊，说她们姐妹情深。如果要开除孙潇潇，她也会离开华天。我觉得，陆总你还是自己跟小西西沟通一下比较好。”

“这种小事你都搞不定，那我要你干吗？”陆禹琛语气森冷，“一周内，我要看到孙潇潇消失在周西西身边，否则我让你消失！”

肖衍远欲哭无泪。

正当陆禹琛心烦意乱的时候，陆永泽慢悠悠地踱步进了办公室。

“陆董事长。”肖衍远立刻站直了身体恭敬地弯腰，“您来视察怎么不通知我一声，我也好去接您。”

“我不是来视察的，我是来找西西的。”陆永泽叹了一口气，“西西三天没回来了，我到处找不到人。看样子她也不在这儿，我再去别处找找好了。”

陆禹琛心头一颤，到底是没忍住：“你说西西没回去？”

“是啊！自从那天你们正式分手之后，我就再也没见过西西了。这孩子可别想不开啊！”陆永泽哀叹，心满意足地欣赏自家儿子担忧的神情。

“正式分手！”肖衍远大喊一声，难怪他家老板这几天大开杀戒！都正式分手了，这还得了。

“肖衍远，去找。”陆禹琛下令。

陆永泽见目的达成，也不多作逗留，便云淡风云地离开了。

可怜了肖衍远，找了一圈居然没人知道周西西的下落！硬着头皮回到办公室，小心翼翼地汇报：“陆总，人没找到。”

“什么叫没找到？”陆禹琛一句话杀气尽显。

“《长亭记》最近都没有小西西的戏份儿，剧组自然没人知道，陆家没有，其他小西西可能去的地方我都找遍了，都没有。”

“夏盛那边呢？”陆禹琛问道，表面上镇定自若，内心里早已经乱作一团。

她难道是和张致臣一起离开了？

“找过了，张致臣前段时间就出国了，可没有查到小西西的出境记录。”

“凉城呢？”

“没敢惊动小西西的姑姑和爷爷，问了附近的邻居，说是没见到小西西回去。”肖衍远也忍不住担心起来，“陆总，小西西孤身一人，能去哪，该不会是出了什么意外？”

“胡说八道！”陆禹琛眉头紧锁，厉声呵斥。

就在此时，肖衍远的手机发出响声，他以为是聊天消息，拿出一看却是手机微博的推送消息，上面是周西西进妇产科的照片，内容是新晋小花疑似怀孕。然而就是这么一条推送，却让肖衍远低落的心情转为欣喜。

“陆总，我知道小西西在哪了！”

他把手机递给陆禹琛，兴奋地说：“陆总，大喜事啊！小西西怀孕了！”

一旦小西西怀孕，分手什么，都是不存在了，肖衍远甚至开始想象华天的美好生活了。

可陆禹琛却惨白着一张脸，愤恨地把手机丢给肖衍远，大踏步地冲了出去。

肖衍远一脸蒙，陆禹琛这神情，该不会是被戴绿帽子了。

一夜之间，周西西怀孕的消息就惊爆全网。微博上各种花式热搜，全都围绕着周西西怀孕以及孩子父亲是谁，更有大批吃瓜群众猜测，孩子的父亲就是隐退不久的张致臣。

躺在自家别墅的卧室里，王雨薇翻看着微博里的评论，心情分外愉悦。

“雨薇姐，到底是你聪明，让我跟着周西西，这才发现她的惊天秘密。”孙潇潇奉承道，“她以为回凉城的医院就能瞒天过海了，未免想得太简单了。”

“所以说她蠢。”王雨薇微微晃动着酒杯，注视着其中的红酒，轻蔑地说，“妇产科对女艺人来说，就是禁区。换个地方就敢正大光明地出入妇产科，进娱乐圈都不带脑子吗？”

“雨薇姐，接下来咱们怎么做？”

“我手底下养的那批营销号，你继续跟进，一定要把周西西往死里踩！绝对不能让她翻身！”王雨薇妖娆的妆面上浮现凶狠的表情，完全没有平时的艳丽动人，她仰头一口喝尽酒杯中的红酒，嘴角扬起狠绝的笑容。

“是，雨薇姐放心。”孙潇潇应声道。以往周西西有陆禹琛帮忙，现在陆禹琛对她不闻不问，那她还不是迟早完蛋！

“除了这个，还要有更重的罪名。”王雨薇狠戾地盯着屏幕上笑靥如花的周西西，“我要让她在华天彻底待不下去。”

另一边周西西哈欠连连地出了车站，她接到姑姑病危的电话连夜赶回凉城。庆幸的是姑姑子宫里的肿瘤是良性的，做一个手术休养一阵子就好。

为此，她便钻进出租车中准备回去。

一脚踏进陆家，周西西顿时就察觉到空气中凛冽的气息。

陆禹琛站在客厅正中，手里捏着平板，冰冷的眼神盯着周西西，说："舍得回来了？"

周西西清楚他现在和她不对盘，也不愿多作解释，快步走回房间。然而陆禹琛却在她经过时一把抓住她的胳膊，冷声质问："为什么？"

"什么为什么？"周西西不解地看向他。

望着周西西一副茫然的神情，陆禹琛心头的怒火烧得更旺。他猛一用力，将周西西拉到跟前，强忍着怒火说："我当你是宝贝，你当我是什么？"

"陆禹琛你放手！"周西西挣扎着喊，可胳膊上的力道丝毫未减，"你疯了是不是？你当我是宝贝？你的所作所为哪里当我是宝贝了？"

"就凭我没动你一根头发！"想到那些绯闻，陆禹琛红了眼，"可你给了我什么？"

先是几次绯闻，再来是艳照，现在倒好，连出入妇产科的照片都被拍了下来！更令他生气的是，她完全没有半分做错了的自觉！

"为什么背叛我？"

陆禹琛漠然的质问之下，藏着难以察觉的痛楚。而被伤到的周西西此时已经无暇察觉这些微小的情绪，只是纠结于字面上的言辞。她轻哼了一声，反问道："我背叛你？陆禹琛，你认定了我会背叛你是不是？你连让我解释的机会都不给我，就先入为主判了我死刑。你——"她深吸一口气，又徐徐呼出，"就是这么拿我当宝贝的？"

陆禹琛沉默不语。

"陆大少爷，这样的宝贝，我当不起。"她用力甩开陆禹琛的控制，强大的力道让她重重摔倒在地上。

陆禹琛潜意识想上前扶起她，却硬生生收回了脚步。

"我不该回来，碍着你的眼了。"周西西爬起来冷冷地说着，随即转身就要离开。

眼看她要走，陆禹琛像是想起什么，他沉声道："如果你想让我消气，那让孙潇潇离开华天，你远离她。"

想到肖衍远前段时间给自己打的那通电话，她立刻说道："陆总这是迁怒我的经纪人是吗？那我建议，你把我们一起扫地出门，否则免谈！”

丢下这句话后，周西西头也不回地走了。

剧组里，阮凌天几天没见到周西西，心里既担心又焦虑，正纠结是不是要打电话时，周西西却一脸疲惫地走了过来。

“西西，你最近去哪了？你知不知道现在网上都传遍了……”

“我生孩子去了。”周西西没好气地回了一句，她现在走到哪里都要迎接众人的议论。就是现在，周围也还是有几个人暗中观察着她和阮凌天。

阮凌天一时无语，见周西西不高兴，只好换了个话题：“你上次说改了下剧本台词，改好了没？”

“早就改好了，拿去。”周西西把厚厚的剧本交给阮凌天，“我只针对咱们俩的台词做了部分修改，你先看看，有想法咱们再交流。”

“好，为表谢意，今天请你吃饭，怎么样？”阮凌天伸手接过剧本，然而两人一个措手，剧本不小心掉在地上，被一旁的摄影助理捡了起来。

“好啊，私自改剧本，这要是让导演跟编剧知道了，你们俩可吃不了兜着走！”摄影助理取笑说，随意翻动起剧本，“不过如果你们带上我一起的话，我考虑考虑就没问题了。”

阮凌天自然清楚这些人是想跟着一起观察他和周西西，于是说：“我正打算去叫你的，你就自己来了。最近大家都挺累的，晚上一起吃饭休息一下，我请客！”

现场一阵欢呼，摄影助理笑眯眯地翻着剧本，突然间一本方案从剧本书页中掉了出来，他疑惑地捡起来，略略翻看，脸色变得煞白。

“这是……”

周西西这会儿也察觉到不对劲，上前看了一眼。就是这一眼，让她整个人怔住了。

华天收购夏盛的企划案，为什么会出现在她交给阮凌天的剧本里。

“什么私自改剧本，我们西西那是敬业好不好？还不把剧本还回

来。”趁着大家都愣神的工夫，孙潇潇一把夺过摄影助理手里的剧本和方案，推着周西西和阮凌天往休息室走。

“敬业归敬业，可别忘了晚上的聚餐啊！”摄影助理反应快，也跟着转了个话题。

三人一行来到休息室，孙潇潇反锁上门，这才一脸惊慌失措地追问周西西：“西西，我的祖宗啊！这种企划案怎么会在你手里！”

“我怎么知道？”周西西一脸无辜，她刚从凉城回来，剧本一直扔在保姆车上，为什么会出现公司的企划案她也是一头雾水。

三人面面相觑，阮凌天最先反应过来，分析说：“不论真假，华天收购夏盛都是大事，这种程度的企划案绝对属于机密。它现在出现在西西交给我的剧本里，西西是华天艺人，我是夏盛艺人，别人可能胡思乱想些什么。”

“这还用‘可能’吗？这是必然啊！”孙潇潇假装急得跳脚，“西西，你这怀孕的热搜还没撤，明天的热搜估计又该被你屠榜了。”

“那也挺好，别家艺人真金白银买来的热搜，到我这都是白捡的了。”周西西自嘲一笑，伸手就要从孙潇潇怀里把剧本和方案拿回来。

孙潇潇身子一横，躲过周西西的手，面色严肃：“你还想看啊！这种时候就算不知道企划案怎么出现在你这里，你也不能看！我拿去销毁，这件事就当没发生过！”

阮凌天也表示赞同：“西西，这份文件是绝对不能看的，就交给潇潇吧。”

周西西满心狐疑，但当着阮凌天的面也不好多问，只好同意：“不过这消息估计是藏不住的。”

既然有人有心陷害，那必定会让消息传出来，即便没有被摄影助理看到，也仍然会有其他途径让人发现。

“走一步算一步吧。”孙潇潇说完就拿着企划案走了出去。

“西西，你别太担心了。”阮凌天看着周西西若有所思的模样，以为她是忧心被发现了如何跟公司解释。

“我这都要被‘黑’成炭了，能不担心吗？”周西西叹了一口气。

“如果有必要，我可以为你作证。”

“你的证词不足为信。”周西西摸了摸下巴回答。

“那就先不想这些不愉快的事情了，你想想今晚吃什么，化悲愤为食量吧！”阮凌天绽开一抹灿烂的笑容。可惜，周西西却毫不领情。

“不想只会死得更惨。”

三杀，出局。

阮凌天泄气地看着沉思中的周西西，从前哄那些小姑娘随便说点什么就一哄一个准儿，怎么到了周西西这儿通通都不管用了呢？

周西西拍了拍剧本：“先来对戏吧，不然不用明天，等会儿导演就该把我大卸八块了。”

周西西怀孕

周西西张致臣

华天收购夏盛企划案外泄

周西西阮凌天

一如周西西所料，隔天微博上前十条热搜有四条和她有关。

点进去一看，各大营销号口径一致，都是说她为了恋人张致臣不惜背叛华天，偷了企划案改投夏盛旗下。然而就算是这样，她的手机除早上肖衍远发过的一条微信外，再无动静。

横竖等不来了，周西西索性拨通了孙潇潇的电话。

“潇潇，公关部那边的方案出来了没？”

面对周西西的发问，孙潇潇的回应很是吞吞吐吐：“还没呢……”

“潇潇，你明白点告诉我，我现在这样还有什么承受不起的。”

“西西，我一早就去公关部问过了，部长说你这是泄露公司机密，要等警方调查！西西，公司这样就等同于放弃你了。”

“既然公司不愿出面，那就算了。”周西西哀叹一声，“潇潇，我走到今天这一步，被黑得体无完肤，真心累了，我决定等拍完《长亭记》就退出。”

“退出？”孙潇潇吃了一惊，她没料到周西西会说出这种话，转念一想，如果周西西退出，那她离自己出道的梦想就又近了一步！

“嗯，我查过了，公司的欠款我已经还清了，我现在这样，公司

也不会挽留。”

“西西，你别放弃，说不定还有转机。”孙潇潇假装不舍得挽留，“你这一走，我在华天又是一个人了。”

“对你来说，跟着我未必就是好事。”周西西笑了笑，“你出道我没帮上忙，以后你自己小心吧。”

挂断了电话，周西西发了一会儿呆。一早肖衍远就发了微信告诉她，陆禹琛已经让公关部拟好了应对方案，就等她一通电话打过去求救。然而孙潇潇的说辞却是公关部在等警方调查。

以往很多事她只是怀疑，现在回想起来，似乎可以确定了。

手机铃声打断了周西西的思绪，她瞄了一眼屏幕，爽快地按下接听键。

“衍远哥！”

肖衍远这头正哭丧着脸，听到这称呼瞬间打了个冷战：“小西西，你是不是受什么刺激了？”

“大概是妊娠反应？”周西西调皮地回了一句。

“小西西，你别皮了。你这辈子但凡怀的不是陆总的孩子，我就要引咎离职。”日子不过了啊！摊上这么个醋精老板和绯闻制造机老板娘，他算是消停不了了。

“说正经的，衍远哥，我有事请你帮忙。”

“小西西，只要你一声令下，别说帮忙，信不信整个华天，陆总都能送给你！”肖衍远险些喜极而泣，她终于想开了啊！华天上下的员工有救了！

“我是找你帮忙，不是陆禹琛。”周西西强调。

“不帮！”肖衍远想也不想地拒绝，他家老板翘首以盼等着小西西求救，他要是帮了，再被他老板知道了，绝对会让他生不如死。

“你不帮我，那上次你跟我说孙潇潇的事情，万一陆禹琛追责下来，我也要考虑考虑愿不愿意继续给你扛下去。另外，我要退出娱乐圈了。”周西西无奈地说，“行了，明天我就收拾收拾走人。”

“开玩笑，你合约还没到期呢，想跑？”

“当初签的合约是我做饭，华天就捧我。最多我不要华天捧我了呗。”周西西得意地说。

肖衍远努力回想了一下，合约似乎还真是没有规定期限。都怪当初他太过欣喜，这要是被他家老板知道，又免不了发配“边疆”。

“好！我帮你！”

周西西的狐狸眼漾开柔柔的笑意，但眼底却透着无比的坚毅。

想“黑”她，尽管来战！

第二十章 爱就像蓝天白云

凉城中心医院，妇产科 VIP 病房。

几个戴着帽子的男子鬼鬼祟祟地蹲守在走廊尽头，一动不动地注视着病房门前的情况。

“老大，咱们这都蹲了一个上午了，究竟行不行啊？”

“去去去，我可是接到可靠消息说周西西在这做手术，不愿意蹲，麻利地滚开，别挡着我抢第一手大新闻。”

被训斥的那人吃了个瘪，又继续安静地盯着病房去了。

不多时，一名男子推着轮椅出来。轮椅上坐着的明显是个女人，旁边还跟着一个五六岁的男孩，三人背对着盯梢的狗仔越走越远。

“那小孩不是周西西的干儿子吗？”为首的那人一拍大腿，“肯定错不了！弟兄们给我上！拍到这条劲爆新闻咱们就再也不用受主编的窝囊气了！”

话音刚落，几个人就一拥而上。可刚踏出一步，四面八方突然间涌出了许多人，拦住了那三人的去路。紧接着就是镁光灯闪烁个不停，众人的问题也接踵而来——

“周西西小姐，请问你是自愿放弃这个孩子的吗？”

“请问张致臣现在在国内吗？他为什么没有来陪你？”

“你选择不要这个孩子，那么之后还会跟张致臣在一起吗？”

连珠炮似的问题悉数丢了过去，坐在轮椅上的人这才慢吞吞地摘掉帽子和口罩，一脸不悦地看着周围的人群，稍显虚弱地说：“你们在胡说八道些什么？”

说话的不是别人，正是周西西的姑姑。

这可看傻了一众人等，不是说是周西西吗，怎么突然换人了？

“你们干什么打扰我姑姥姥养病！”丸丸张开双臂，小小的身子护在轮椅前方，“你们偷拍我西西妈妈，现在又来偷拍姑姥姥，你们烦不烦！”

一干人等见不是周西西，转身都要走，谁知却被姑姑轻轻地叫住。

“你们做记者的，怎么能胡说呢？我们家西西虽然进了娱乐圈，但向来洁身自好，绝对不会做这些乱七八糟的事。”姑姑咳嗽了两声，继续说，“之前为了陷害我们西西，把我爸都骗了。你们已经冤枉过西西一次了，现在又故技重施。娱乐圈啊，就是被你们这些颠倒黑白的媒体搞得乌烟瘴气的！”

“是你们把我西西妈妈逼走的！”安静多时的丸丸突然抽泣起来，“姑姥姥生病了，西西妈妈没有时间来，上次来看姑姥姥还被你们乱写！都怪你们，不然我就能见到西西妈妈了！”

丸丸原本就可爱讨喜，这会儿一落泪，惹得几名女记者忍不住心疼起来。其中还有几家不死心，跑去找了主治医生了解情况，确认周西西是不是真的没住过院，结果却被悉数轰了出来。

媒体这才知道消息有误，不光是周西西做手术的消息，就是怀孕的消息，也都是被人诬蔑的。

“老大，我们怎么办啊！拿不到大新闻，回去会被主编弄死啊！”

“猪脑子！怎么就没有大新闻了？”那人冷哼一声，“反正所有人都拿不到大新闻，干脆我们就做个大新闻出来！做个周西西的专访，把这些年她受的苦全都报道出来！”

“老大，可是周西西不在啊！”

“蠢！不在不会找她在的时候来吗！”

“说得也对。”

而没人注意到，丸丸脖子上系着的小领结上，藏着一枚小小的摄

影机，将现场的情况都如数传到窝在家里的周西西那儿。

一连几天，网上的风评还是有转向的。之前追踪爆料周西西的媒体大多开始就事论事地报道。

陆禹琛靠在办公椅里，目光不离电脑里关于周西西的报道。他准备好了一切，等着周西西来向他求救，可结果，他什么都没等到。

她宁愿被“黑”下去，也不愿意向他服软。女人一旦狠起来，还真是没男人什么事儿了。

肖衍远敲了敲门，汇报说：“陆总，人带来了。”

陆禹琛示意带进来，而后一名男子被带进办公室里。颀长的身影，消瘦的面庞，正是出国许久的张致臣。

“好久不见，陆总。”张致臣开口打招呼，他的神色平静，除人消瘦了不少之外，与先前并无多少差别。

“我恨不得现在就杀了你。”陆禹琛双手撑在桌面上，冷冷开口。

张致臣忽地笑了笑：“陆总不喜欢我可以理解，只是——”他抬了抬眼，眼底的责问一览无余，“你这么喜欢西西，为什么从来不相信她？”

“你敢质问我？”

“陆禹琛，我质问你是因为我知道自己不可能和西西在一起。比起你，我无条件地相信她，就算全世界都指责她，我也会坚定不移地站在她这边，因为我爱她。而你呢？只会猜疑她，伤害她！与其这样，你不如放她离开。”

陆禹琛面上一凛。听到最后，他毫不犹豫地拒绝：“你做梦！”

“其实我明白，就算你放西西离开，她也不会跟我走。”张致臣苦笑一声，“其实那一晚……我后来已经猜到那个人不是她。可是，我不愿意清醒。我想顺着网上的报道，西西或许……就真的能够和我在一起。”

“你！”陆禹琛闻言冲到张致臣面前，一把揪住他的衣领，握紧的拳头高高扬起。

“我是该打。我知道，西西因为被我救过，所以一直都对我很尊敬，而我却把她对我的感激当作男女感情，以至于在最该澄清的时候没能站出来。”张致臣懊恼地说。他在国外的这段时间，想了很多，也终于想通，“我不能和西西在一起，但我希望，她能够幸福。陆禹琛，我告诉你这些，就是要你明白，西西她自始至终心里都没有我，我们也没有发生过任何不该发生的事。”

陆禹琛的眼眸半眯，收回拳头，放开张致臣。

就在这时，肖衍远出去接了个电话，不出半分钟，他就火急火燎地闯了进来。

“陆总，查到视频买家是谁了。”

刹那间，陆禹琛的目光转为森然，他一字一顿道：“是谁？”

“孙潇潇。”

肖衍远的回答并没有给陆禹琛带来过多的惊讶，反倒是令他眼底的阴鸷骤然升腾而起。

“陆总，你别生气啊！”肖衍远眼见陆禹琛的怒火猛然烧起，急忙劝说。

“我让你处理孙潇潇，让她远离周西西，你就处理成这样？”

“陆总冤枉啊，我真的尽力了，可是小西西一直相信自己的小姐妹，说如果开除了孙潇潇，就连她一起扫地出门。”肖衍远战战兢兢道，“女人都是感性的，她们凭感觉做事。我如果执行你的命令，万一小西西跟孙潇潇一起跑了，那就更麻烦！好歹现在孙潇潇还在咱们眼皮子底下做事，只要她露出尾巴，咱们就能抓住。”

陆禹琛先是怒气冲冲，想到那天周西西离开陆家时说的那番话后，随后渐渐稳住了情绪。半晌，他对肖衍远说：“你，按我说的，发消息给周西西！”

“是！”肖衍远迅速地拿出手机来，就等陆禹琛一声令下。

“告诉她，你看见张致臣回国了，现在正在机场。”

肖衍远按他的话把微信消息发送了出去，不过几分钟，周西西的回复就传了过来——

“你见到致臣哥了？他已经回国了吗？替我跟他问好！有空了我会去看望他的！”

陆禹琛的脸色，在看见这条消息后一阵青白。

“陆总，现在……”肖衍远举着手机追胆战心惊地问。

“你问她要不要来接张致臣。”陆禹琛自顾自地琢磨，“或者问她，为什么不跟张致臣一起出国？”

肖衍远按要求一字不落地把问题发了过去。

张致臣看着陆禹琛和肖衍远一唱一和，通过手机“欺骗”周西西，不禁开口道：“你们又是何必，直接问西西不是更好。”

“你懂什么！”肖衍远瞥了他一眼，示意他坐下，不然依照自家老板的性格，指不定会做出什么事来。

“我现在在剧组呢，没办法去接致臣哥。不过衍远哥你为什么会以为我和致臣哥会一起出国呢？我们俩可是纯哥们儿！当年他救过我，我也一直以他为目标和动力。可以说没有他就成就不了今天的我，但是我和致臣哥的关系也只是这样而已。”

“那陆总呢？”不等陆禹琛开口，肖衍远就自动自发地补了一句。

手机屏幕显示着“对方正在输入”，片刻之后，肖衍远才收到周西西发来的信息。

“他是不一样的。”

隔了半分钟，又一条消息发送了过来：“我爱过他。”

爱就爱，什么叫“爱过”啊！肖衍远额头冷汗直冒，这要是让他家老板看见得什么样啊！

果不其然，陆禹琛在看见这条回复后，脸色陡然转沉。他一把夺过手机，噼里啪啦一顿敲，问出了盘踞在心头许久的问题——“你现在还爱陆禹琛吗？”

摁下发送键的时候，陆禹琛的手几乎是颤抖的。即便他签下价值上亿的合同时，也从未如此紧张过。

时间分分秒秒地过去，许久之后，周西西仍旧没有回复。

陆禹琛的心渐渐沉了下去，他把手机丢还给肖衍远，竭力藏住脸上的失落。

肖衍远恨不得一个电话打给周西西，现在可好，他从没见过陆禹琛这种神情，只怕往后华天日子难过——说不定还不如去印度分公司来得好！

“衍远，你记得把监控发给西西。”陆禹琛闭了闭眼，驱散心底的沉痛吩咐道，“不要说是我的意思。”

“陆总，没这个必要啊！”肖衍远不解，“那监控是王雨薇翻动你办公桌的记录，还有他们偷偷塞企划案到西西剧本里的视频。你大可直接把这个交给小西西，告诉她你已经查清楚企划案泄露的幕后人。这样一来小西西和你就冰释前嫌，皆大欢喜……”

肖衍远自顾自说了半天，这才发觉陆禹琛始终一言不发。

他何尝不想像肖衍远说的那样，但刚刚周西西的态度已经表明，他，陆禹琛，已经不再是她心底的人。高傲如他，又怎么肯用这段监控来挽回感情。

与此同时，另一边的周西西凝视肖衍远发送来的问题，久久不能回过神。

“你现在还爱陆禹琛吗？”

爱，一直都爱，怎么会不爱。但他的不信任，令她不敢再向前。只要她身处娱乐圈一天，就还会有李致臣、王致臣、赵致臣出现，媒体会捕风捉影，如果陆禹琛不能够给她全然的信任，那么两人的未来还要经历无数次的波折。

这不是她想要的结果。

“西西！准备好就出来了！”孙潇潇在化妆间外高喊道。

“马上过去！”周西西握紧手机，回答道。

输入框里的“爱”字，最终还是没有发送出去。

不过才几天，网络上的各大媒体平台争相报道周西西被冤枉的新闻，虽然说人气并没有回到之前的高度，但比起前几天“全网黑”的情况改善了不少。

见此，王雨薇坐不住了，她拿起手机拨了一连串的号码。那边刚接通，她便气急败坏地吼着：“你们究竟在搞什么，控评带节奏都带不动了！”

“微博继续发啊！有关她和阮凌天，她偷企划案的事，继续刷一

波热度，总之不要让热搜掉下来！”王雨薇继续大声命令道。

那头的人嘀嘀咕咕了半天，无非是想要加钱的意思。王雨薇见他们坐地起价，顿时一把怒火烧得冲天。

“你们这些营销号，哪个不是我大把的钱养出来的？现在我有难，你们不帮的不帮，剩下几个帮忙的又趁火打劫，你们就不怕我撤了你们的资金！”

“雨薇姐，这话可就是你说得不对了。你看之前多少次都是我们几个造势，你出国在外那几年，我们在国内也没少刷你的通稿。对，之前的运营是靠你养，但是后来你的钱可就越来越少了。最近这段时间，更是一两个月见不到钱进账。我们还以为雨薇姐你换了路线，不再需要我们呢！”

这话正好戳中王雨薇的痛处，其实这三年来她虽然在国外有了一定的知名度，但隐约已经有了颓势，养这些营销号对她而言也是笔不小的开支。她选择这个时候回国，就是想一举拿下陆禹琛，成为陆太太。可谁料到现在跟三年前相比，少了个挡道的陆永泽，却多了个劲敌周西西！

“你们放心，钱我不会少你们一分，先按我说的去办！继续‘黑’周西西，她的所有黑历史都给我挖出来！”

挂断电话，王雨薇长长地舒了一口气。事情发展到现在，只差临门一脚，绝对不能够输在这上头！

真是一帮废物！

思来想去，王雨薇决定打电话给孙潇潇。

“潇潇，在忙吗？”

“姐，我在片场呢！”言下之意说话不太方便，“有什么话要说的话，我们老地方见，晚上七点吧。”

“好。”

七点钟，华灯初上。

星巴克门前，一辆红色跑车安静地等候着。孙潇潇从小巷出来，警惕地环视四周，确认安全后才钻进车里。

王雨薇已经等候多时。

“雨薇姐，有什么安排吗？”

“你那还有什么关于周西西的‘黑料’吗？”落下中控锁，王雨薇摘下墨镜问。

孙潇潇沉思了片刻，摇了摇头：“我知道的‘黑料’也只有之前的那些，她这个人很小心，我和她大学同学几年，知道的也不多。”

蠢材，指望那点“黑料”能有什么用。

孙潇潇暗暗鄙视王雨薇，脸上却仍旧一副为她苦恼的样子：“雨薇姐，我觉得那些‘黑料’就算有也没什么用了。一是周西西现在已经被全网嘲讽了，再多一点‘黑料’，网友们也是虱子多了不怕咬，不会觉得怎么样。二是《长亭记》就快杀青了，一旦杀青进入宣传阶段，随便放点花絮之类的吸一波粉。粉丝滤镜一戴，观众们还能记得什么？”

孙潇潇这么一说，王雨薇就更着急了，她的戏还没拍完，反倒是周西西那边先结束，怎么看她都处于劣势。而且近来陆禹琛也不像开始那样和她那么亲密，这令她分外不安。

“就没有让周西西永远滚出娱乐圈的方法吗？”王雨薇愤恨地拍打方向盘，

“方法倒是有，就是太过铤而走险。”孙潇潇稍稍思索说道。

“只要能让周西西永远消失在我眼前，铤而走险也是值得的！”

孙潇潇露出一抹得逞后的笑意，又迅速地敛去神情，回答说：“雨薇姐，周西西的杀青戏有一场爆破镜头，爆破多危险，稍有不慎，那可就是……你说是不是？”

听到这些，王雨薇犹如醍醐灌顶，她没有丝毫惊讶，脸上浮现的都是惊喜的神情：“潇潇，我听说华天马上要推出一个女团，队长人选至今没有归属。”

“谢谢雨薇姐！”孙潇潇看风使舵地道谢。

“记住，我要周西西毁得彻彻底底，永远消失在娱乐圈！”

网上有关周西西的风评，随着日子的流逝，渐渐好转起来。

周西西坐在片场一角，安静地研读剧本。

阮凌天在不远处打量了她好一会儿，这才敢上前开口聊天。

“西西，需不需要我来陪你对戏？”阮凌天伸出手拍了拍自己的胸口，“全天候随叫随到，就问问你这等级，这如公主般的待遇，还有谁！”

周西西仍旧沉浸在剧本里，完全不理阮凌天。

阮凌天一脸尴尬，索性上前戳了戳周西西：“喂！”

“啊？”周西西回过神来，愣了一下才反应过来，“你是来找我对戏的？”

最近这段时间他一直在犹豫是否要向周西西表明心意，然而思前想后，他总觉得太过急躁。

见她心不在焉，阮凌天也没打算跟她继续聊天了，只是说：“马上就有我们的戏了，不过有一场爆破戏，你要小心点。”

周西西合上剧本，狐狸眼眯起来：“走吧，差不多要开始拍了，咱们先去准备一下。”

阮凌天附和地点头，两人一行朝着拍摄点走去。

隔着老远，周西西就看到一抹熟悉的身影，背对着她，双臂环胸站在导演身旁。只这么看着背影，周西西心底就滑过一阵酸楚。

“小西西！”

肖衍远的喊声让陆禹琛蓦然回头，两人的视线直直地撞在一起，彼此胶着。陆禹琛双唇紧抿，看了一眼她和并肩而行的阮凌天，沉默着又收回了视线。

这时导演拍了拍手：“各位准备一下，马上准备开拍！这场戏是爆破戏，各小组都注意听口令！安全第一！”

正式开拍前，周西西进行了两轮试戏，熟悉了一下逃生安全点，导演也反复强调了安全问题，这才开始实拍。

孙潇潇也装模作样地嘱咐周西西注意安全，之后才退出拍摄现场，找了个远远的角落站着，暗自雀跃等待着开拍。

自始至终，陆禹琛都在旁边看着，却一言不发。

“陆总，你不跟小西西说点什么吗？”肖衍远看不下去了，出声劝道，“注意一下安全啊，小心别伤着自己啊，好歹哄一哄她。”

“闭嘴。”陆禹琛看都不看他，冷冷地抛出两个字。

肖衍远缩了缩头，这就是死鸭子嘴硬，分明就是被那天的微信消息刺激到了。想来现场探班，非得说成是视察拍摄进度，没点新意还惹人嫌。

一切准备就绪，导演一声“Action”，周西西瞬间就进入了角色。

随着剧情的推进，爆破师掐着点进入倒计时，准备引爆炸点。

“砰”的一声，周西西所处的房间里响起一声爆炸声。她巧妙地配合爆炸所带来的巨大冲击力倒向一旁，但令她有些诧异的是，这次的冲击力尤其大，耳鸣声许久才散去。与此同时，另外一声爆炸声也紧接着响起。

按照预先试戏的安排，周西西此时只要趁着火势没有烧起来逃出来就可以了，余下的火焰部分由后期补上。但令在场的人大惊失色的是，周西西所处的房间，此时正以极快的速度被火焰所吞噬，眼看着火势就要失控！

“快！快！灭火器！”导演连忙喊道，工作人员抱着灭火器上前灭火，但搭建影棚的都是易燃的材料，眨眼间火势就蔓延开来，灭火器已经收效甚微！

火灾发生得令所有人措手不及，周西西在火海之中慌乱不堪，肆虐的火舌意图舔上她的衣服和皮肤。她捂住口鼻，但仍挡不住强烈的浓烟，被呛得直咳嗽。

就在众人忙于救火时，一个身影却义无反顾地钻进火场之中！

“陆总！”肖衍远后知后觉地反应过来，眼看着陆禹琛闯进摇摇欲坠的影棚里，当即就倒吸一口气。这还得了？陆禹琛要是有个三长两短，陆董事长铁定杀了他陪葬！

“导演！你们的洒水车呢！”急得跳脚的肖衍远忽然灵光一闪，想到了剧组模拟下雨的洒水车来。导演这会儿也恍然大悟：“对对，怎么忘了这茬儿！快，快把洒水车开过来灭火！”

周西西被浓烟熏得几乎睁不开眼，灼热的温度渐渐笼罩她。她在

心里默默哀叹，这下自己怕是要葬身火海了。

就在这时，一个人影冲了进来。下一刻，周西西就被拥进一个宽厚的怀抱中。

这个怀抱她太过熟悉，也太过怀念，只这样被拥住，她就感受到浓浓的安全感。

“西西，没事吧。”

“没事，不过——”周西西从他怀里抬头，对上他的双眸，她清楚地看到他眼底的深深的担忧与惊恐，“你进来干什么？”

“跟我走。”面对周遭的火势，陆禹琛淡然说道，刚迈出一步，就听到周西西痛呼一声。他回眸，火光映出他眼中的惊惧，“受伤了？”

“没什么大碍，我挺得住。”周西西说，刚刚的爆炸威力比预想的要强太多，她那一摔是真真切切摔倒了。

陆禹琛不再多言，脱下外套罩在周西西头上，而后一个打横将她抱起。略一思索，他就顺着刚刚印象里记住的安全点往外走。

陆禹琛的每一步都走得万分小心，头顶的影棚随时都有崩塌的可能。火苗攀上他的衣角，烧及皮肉，他微微皱了皱眉，将怀里的周西西抱得更紧。

孙潇潇望着眼前的大火，缓缓退开，心里抑制不住地狂喜。周西西她逃不掉的！她把炸药的分量加了一倍！就算炸不死周西西，引起的大火也足够烧死她了！

周西西被蒙着头，察觉到陆禹琛的脚步稍稍慢了下来，想要揭掉外套。然而刚一有动作，就被陆禹琛坚定的声音制止了。

“不许动！”

他的声音在周遭噼啪燃烧的声音中显得格外虚弱，但她还是听出了他的嗓子已经被烟雾熏得嘶哑。

外头，肖衍远催促着众人把洒水车开过来，手忙脚乱地打开水阀，开始救火。在灭火器和洒水车的双重扑救之下，火势渐渐被控制住。

缕缕烟气中，陆禹琛怀抱着周西西走了出来。两人刚一走出来，身后的摄影棚便轰然坍塌。

“陆总，你没事真是太好了！”肖衍远几乎喜极而泣，他的命保住了！

浑身湿透的陆禹琛轻手轻脚地放下周西西，还没来得及抹一把脸，迎面就接了一个脆生生的巴掌。

“陆禹琛！”周西西暴怒地吼着，眼里却盈满了泪水，下一秒就要夺眶而出，“谁要你进来的！”

陆禹琛不答话，看着她中气十足的模样，轻轻扯动了下嘴角：“还有力气，不错。”

“你不要命了吗？”周西西反手又是一巴掌，谁料却被陆禹琛扣住手腕，丝毫动弹不得。

“我压根儿就不稀罕你进来！不稀罕你救我！你这种人，我行我素，从来都不考虑别人的感受！”无法动手，周西西就干瞪眼看他，原本就被烟气熏红的眼这会儿更加红了，狐狸眼泪光盈盈，“万一你受伤了怎么办！万一你出了什么意外，万一你……”

她说不下去了，泪如断线的珠子。

刚刚在火场见到陆禹琛的那股心安，这会儿全都变成了后怕。

“陆总，小西西说得对，你太冲动了！冲进火场救人，这要是有个万一……”

“我要你没事。”陆禹琛深深凝望周西西，简洁地说道，“西西，你不能有事。”

肖衍远都忍不住给自家老板点赞了，无形情话最为致命啊！

周西西显然也被打动了，眼泪吧嗒吧嗒直落。刚刚的生死一线间，她才终于明白，对她而言，陆禹琛是多么重要。

陆禹琛将她散落的发丝别在脑后，以指腹拭去她的泪珠，与她额头相抵。

肖衍远看着两人浓情蜜意的模样，整个人呆若木鸡。

这俩人有没有搞错啊！这可是拍摄现场！虽然说经历了死里逃生，可旁边一帮群众的眼睛都不是瞎的好吗。他都可以预见，明天的头条绝对是这俩人没跑了！

“咳咳！”他冒着被陆禹琛发配印度的风险出声提醒。

然而，两人仍旧沉浸在二人世界，完全视他为无物。

“咳！咳！”肖衍远重重地咳道。

仍然没有人理会他。

倒是在场的女性同胞们纷纷朝他投以责怪的眼神，分明就是指责他破坏了这如偶像剧一般的场景。

即便如此，肖衍远还是以赴死的心态准备上前分开两人，因为，周遭已经有人拿出手机拍照录像了！

“陆——”

“西西！西西你没事吧！”

就在肖衍远正要开口的时候，阮凌天突然冲了出来，一脸焦急的神色，口中还叫着周西西的名字。

周西西终于反应过来，猛地推开陆禹琛，站直身体说：“我没事，你怎么样，受伤了吗？”

肖衍远清楚地看到陆禹琛的脸色就像歌里唱得那样——爱就像蓝天白云晴空万里忽然暴风雨——瞬间由青转黑。

“衍远，”陆禹琛极其不爽地开口，“带西西回去做全身检查。”

“是，陆总！”肖衍远伸手做了个请的姿势，“小西西，跟我走吧。”

周西西看着陆禹琛的神情，生怕他迁怒阮凌天，犹豫着不愿离开。肖衍远见状附耳过去：“你不走，陆总该气炸了，那阵仗绝对伏尸百万血流成河，到时候倒霉的就不止阮凌天一个人了。”

周西西听他这么说，才愿意跟他离开，临走前眷恋地看了陆禹琛一眼：“你快点回来好不好？”

陆禹琛听罢，嫉妒的表情瞬间换上一副如沐春风的疼惜之情，柔声应道：“好。”

肖衍远发誓，这绝对是他见过陆禹琛最温柔的神情，没有之一！

阮凌天极其不识相地迈步跟着周西西离去，却被陆禹琛厉声呵斥住：“站住。”

“陆总，”阮凌天知道自己踩了陆禹琛的雷区，但对周西西仍旧不死心，硬着头皮违抗他，“我要亲眼看到西西没事，医院我必须去。”

“随你去医院，不过——”陆禹琛冷冷地开口，脏污的面容上却是一副睥睨天下的傲气，“西西是回的陆家做检查。”

阮凌天语塞，陆家？

“她住在陆家。”补刀狂魔的声音掺杂着一丝愉悦。

阮凌天一阵胸闷。

“华天收购夏盛的签约仪式在下周一。”陆禹琛难得好心情说这么多，“往后你也算是我华天的艺人了。”

这是来自老板的警告？

阮凌天呆呆地看着陆禹琛离去的背影，仿佛吞了苍蝇一般。等等，他还什么都没说什么都没做，这就从情敌变成了下属了？

华天大楼，王雨薇在办公室里心神不宁地来回踱步。自从《长亭记》剧组出了意外，她就处于极度恐慌之中。她是想让周西西消失，但她怎么都没想到，这事会把陆禹琛牵扯进来！一旦伤到了陆禹琛，陆永泽绝对不会放过她。

正当她想着陆家的时候，办公室的房门冷不丁地被人撞开，陆禹琛绷着一张脸站在门外以及还有她做梦都恨不得让她消失的周西西。

“你、你们干什么！”眼见着周西西昂首挺胸地走了进来，王雨薇瑟缩了一下。

“干什么？”周西西姣好的面容上仍旧还带着火灾后留下的印记，狐狸眼一转，跑到王雨薇面前，轻轻敲打桌子，“当然是来算账的。”

整个事情的来龙去脉，肖衍远已经一字不漏地告诉她了。王雨薇害她，她认了，可孙潇潇也参与其中，还想置她于死地，这让她内心难以接受。

但既然“秋后算账”，那就一个一个地算！

“你跟我算什么账？”王雨薇的反应很是强烈。

“算一算她的。”周西西素手一指，正好指向门外被两个黑衣人挟持着的孙潇潇，“雨薇姐，你该不会是忘了吧。”

陆禹琛悠闲地往旁边一靠，视线重新落在周西西的身上，后者冲他投来一抹心领神会的笑容。

“雨薇姐，自从你回国之后，签约华天，就开始百般针对我。先是在公司里散布我的谣言，到这为止，你都是属于正常的‘互黑’。

但是，接下来利用孙潇潇，跟营销号合作构陷我怀孕的事，把收购企划案放在我的剧本里，还有在爆破戏里动手脚，这些就都是你自己的意愿了。”

面对这些指控，王雨薇强装镇定，咬紧牙关不承认：“你说的是什么，我听不明白。”

周西西嘴边浮现起一抹冷笑：“不明白？那这样明不明白？”

说罢她把一沓流水账单和几张照片摔倒王雨薇面前的办公桌上，王雨薇略略翻看了一下，脸瞬间就惨白了。

这些和营销号博主本人的打款记录还有会面的照片，她是怎么得来的？

“孙潇潇可是全都交代了，你是怎么威胁她暗地里伤害我的，一件不漏哟。”周西西说着露出不解的神情，“王雨薇，我和你素未谋面，你却想方设法置我于死地，咱俩多大仇多大怨啊！”

“你抢了陆禹琛！”王雨薇近乎咆哮地说，“如果不是你，陆禹琛早就和我在一起了！我们认识了那么久，早在三年前我们就该在一起的！”

周西西无可奈何地翻了个白眼：“我说陆大少爷，你可真是处处留情，怎么谁都觉得能和你在一起啊。”

冲天的酸味倒让陆禹琛扬了扬嘴角：“自作多情而已。”

“怎么是自作多情！”王雨薇难以置信地看向陆禹琛，“你让我进陆家，你让我出现在你身边，除了我，还有谁有这种待遇？这些，这些说明你爱我啊！”

“我从没把你放在眼里。”一旦看向王雨薇，陆禹琛的眼神瞬间冷了下来，“你不过是为了让西西吃醋的工具。”

周西西同情地看了看王雨薇，陆禹琛这话说得可是真伤人。

“工具……”王雨薇愣住，“从头到尾，你都当我是为了让周西西吃醋的工具？”

“三年前你和我爸的交易，真当我不知道？”陆禹琛嗤笑一声。

此话一出，王雨薇眼底闪过一丝慌乱。这事……他居然也知道。

“老皇历就别再翻了，王雨薇，你犯下的这些事，以我的建议呢——”周西西指了指陆禹琛，“你自己离开A城，再也别回来，就得了。”

“你……愿意放我走？”王雨薇挂着泪水的脸上浮现惊喜，现在的局面，能留她一条命已经是万幸。

“走吧，走吧。”周西西笑眯眯地说，“等下陆董事长就回来了，还是说你要等他回来？”

王雨薇一听陆永泽要来，连滚带爬地夺门而去。

“你真的就这么放她走了？”陆禹琛不解。

“情有可原，毕竟你先给人家希望了。”周西西戳了戳陆禹琛的额头，转而望向门旁站着的孙潇潇，神情忽然一凛，“可是，我不明白的是，潇潇，你为什么这么对我？”

隔着不远的距离，孙潇潇清楚地看到周西西凛然而决绝的眼神，除了在戏里，她鲜少看到周西西这样的神情。

陆禹琛一个示意，黑衣人就将孙潇潇带进了进来，但仍旧控制着她的双臂，令她动弹不得。他回望了周西西一眼，略带担忧地问：“真的要我出去？”

周西西轻轻点了点头：“我想和她单独聊聊。”

“我就在门外。”陆禹琛探手抚上她的脸，极尽温柔，等再转身时，又恢复成那个冷面修罗，“都出去。”

偌大的房里，只剩下周西西和孙潇潇。

“现在只有我们两个人，有什么话都可以说。之前，肖衍远说你大概率对我不利，让我小心防备你，我那时候还半信半疑。没想到，你比他说的还要狠！虽然我们之间也曾有过矛盾，我也只是当闹个别扭。就算大学时候相处，我们也曾经吵架冷战，最后不也都和好了。我只想知道，你为什么这么做。

“我当你是同学，是好朋友，是闺密，可你都做了什么？从我进华天开始，就不断地陷害我，毁坏礼服栽赃我，寄给我恐吓快递，捏造莫须有的绯闻，在公司里造谣我，挑拨我和玲沫姐的关系，制造艳照泼我脏水，王雨薇就更不必说了，甚至还想杀了我。如果不是陆禹琛和肖衍远把那些证据摆在我面前，我还不信！你知道我有多心寒吗？潇潇，你到底有多恨我！”

她双目圆睁，愤恨心痛的泪始终在眼眶中打转，却竭力忍住没有落下。

“你当我是同学？是好朋友？是闺密？”孙潇潇仿佛听到了笑话，接连反问，“周西西，你从大学时候就处处压我一头，现在卖什么好友人设？你不过是好命，傍上陆禹琛，卖身得来的这些资源，你以为你有多高贵？”

话音刚落，一声清脆的巴掌声骤然响起。

“你凭什么打我？”孙潇潇潜意识地想打回去，可她清楚陆禹琛就在门外，自然不敢，唯有捂着被打的脸颊，恶狠狠地瞪着周西西。

“孙潇潇，如果说我们之间有恩怨，那玲沫姐、致臣哥呢？王雨薇呢？他们和你毫无关系，就因为你的嫉妒，他们被牵扯进来，毁了前途，甚至一辈子！”

前几天她和苏玲沫视频通话，曾经貌美清丽的当红女星，却因为抑郁症而消瘦憔悴，完全没有当年的风采。张致臣远走国外，再无音讯。昔日的璀璨巨星，都因为孙潇潇而陨落，华彩不再。

“到底是我毁了他们，还是陆禹琛毁了他们？”孙潇潇冷笑道，“我确实煽风点火了，但是陆禹琛给了他们沉痛的一击！对，陆禹琛对你来说，是完美无瑕的好男人。他对你的好，就像小说男主角那样的无脑。但他对对手可从来都不留情面！你记住，他们三个人落到今天这个地步，我只是其中一个凶手罢了！”

“我承认，陆禹琛脾气坏，性格不算好，甚至会用一些手段，但他绝对不会像你这样虚伪！你明明是恶人，却处处伪装成好人！”

“那也是因为你！”孙潇潇咆哮着，“因为你毁了我！因为你我才无法出人头地！我的所作所为都是你欠我的！就算是把自己变成魔鬼，我也要跟你同归于尽！”

疯子。

周西西彻底看清孙潇潇没有半分悔过的意思，于是幽幽说道：“既然你认定我毁了你，那我圆了你这个心愿。华天已经解雇你，并且下了封杀令，相信以后你在演艺圈是混不出什么名堂了。”

“周西西！”

孙潇潇的一声大喊引得门外陆禹琛一脚踹开房门，黑衣人瞬间就围了上去，将孙潇潇的双臂反剪在身后。

陆禹琛见周西西没事，才放心下来，上前握住她的手，说："结束了？"

"嗯。"周西西点头，随着陆禹琛离开。刚走两步，她又停下脚步，回身说道，"忘记告诉你了，剧组已经报了警，爆破事故原因正在调查，估计很快调查结果就会出来了。"说完她头也不回地挽着陆禹琛走了出去。

"各位观众早上好！这里是八卦我最爱栏目，我是主持人小八。首先来关注一下今天的头条爆料：华天老总陆禹琛求婚大作战。各位观众都知道，咱们华天一姐周西西的新剧《长亭记》收视大爆，昨天全网加播了剧组主创人员的感谢 VCR。意外的是，在 VCR 的最后，居然是陆禹琛的求婚！要说这段深情告白，这三个多月来陆禹琛可是没少说，看得小八是各种羡慕嫉妒，不过可惜，周西西还是没有答应。求婚尚未成功，陆总仍需努力啊！"

陆禹琛靠在办公椅上，冷着脸看完这条新闻，缓缓抬头看向对面的肖衍远。

"不是让你取消了这个栏目吗？"

"陆总，陆董事长特意嘱咐过，这个栏目必须保留。"肖衍远竭力忍住笑意，"陆董事长说，没道理别家都播，自己家占尽先天条件放过这么一大块肥肉。不过陆总，这个栏目的收视率的确是同时段最高的。"

高，实在是高。

他一连求婚了一百天，这个栏目在他亲爹的授意下播了一百天。现在整个 A 城无人不知无人不晓，他求婚失败了整整一百天！

就连舅舅陈请都特意打来电话消遣他——"你绝对不是我老陈家的后代，太逊了！"

"肖衍远，你有没有……"

"没有。"肖衍远当机立断地回答，"陆总，是你自己跟陆董事

长说要自己想办法求婚的。”

开玩笑，他家老板这求婚求了三个多月都没成功，已经满腹怨气，现在让他想办法，成不成都得死，他还是明哲保身！

陆禹琛忍不住发火，他爹那只老狐狸，下了个套让他钻，非要他自己想办法求婚！

“陆总，其实你没有必要这么大张旗鼓。”虽然不能出主意，但肖衍远还是委婉地提醒了下，“真情流露就足够了。”

“我时刻都真情流露中。”

“对对，陆总说得是。”肖衍远连连点头，却忍不住腹诽——活该求婚失败！

陆禹琛冷冷地看了肖衍远一眼，再度陷入沉思。

傍晚时分，陆家一片祥和。

陆永泽坐在客厅里翻看着当年的照片，不时跟七叔两人讨论一番，而周西西则在厨房里忙碌着准备晚饭。

“老爷，您折腾少爷也差不多了，该松口了。”七叔心疼地劝说。

这三个多月来，他眼看着陆禹琛想尽办法求婚，可就是得不到周西西的应允，每次回到陆家总是一肚子怨气。

“我哪儿折腾他了，明明就是他自己没本事，人家西西不答应求婚。”陆永泽把自己撇得干干净净。

“老爷，您让少爷自己想办法求婚不许别人插手也就算了，还让自家公司的八卦节目爆料，这不是给少爷难堪吗？”现在A城谁人不知谁人不晓，陆禹琛求婚失败的事。

“西西是当红演员，他身为华天老总，一旦他们真的结婚了，曝光在公众面前也是早晚的事，他应该早早习惯这种生活。”陆永泽解释说，“况且他这个脾气，磨一磨也好，免得以后欺负西西。”

少爷怕不是抱养来的，西西才是亲女儿吧！七叔忍不住想。正当七叔还要开口时，周西西加入两人的谈话中：“陆叔叔、七叔，饭菜我做好了。不过我有事要出去一下，你们先吃就好了，不用等我。”周西西冲两人一笑，飞快地上楼换衣服，不过几分钟就下楼出门了。

陆永泽眼底精光闪烁，拿出手机准备拨通电话：“阿七，咱们跟上去。”

七叔后知后觉地反应过来：“西西这是……去见少爷？”

“都这么久了，禹琛那小子也该开窍了。”

“什么要紧的东西非要今天过去拿啊！”周西西骑着电动车，好奇地自言自语。刚刚她接到陆禹琛的电话，她之前租住的那个乡下小院的房东打电话来，说是有东西落下了，又联系不到周西西，只好找上华天公司物归原主。

周西西赶到时，天色已晚，小院里亮着暖黄的灯，在这乡下显得分外安心。

“陆禹琛？”周西西推开院门，轻声呼喊道，却无人应答。

她穿过院子，走到房门前，推开虚掩着的房门，踏进屋内，顺手开了灯。

“陆禹琛你在吗？”望着空荡荡的客厅，周西西又喊了一声。她越发觉得奇怪，此时听到厨房的方向传来一声微微的声响，便循着动静走了过去。房门下的缝隙透出光亮，陆禹琛应该就在。

“陆禹琛你搞什么……”周西西推开厨房房门，眼前的景象却让她未出口的话全都吞了回去。

与空荡荡的客厅相比，厨房的摆设一应俱全，还是当时她租住时的模样。

而陆禹琛也如她所料在这，只是正端着一锅汤摆在餐桌上。

“时间刚好。”陆禹琛冲她扬起笑容，招呼说，“西西，快坐下。”

“你这是……干吗？”周西西看了看他围着的小熊围裙，忍不住展颜一笑，“你还别说，你这身打扮还挺萌，比公司新捧的男明星萌多了。改天你也出个道算了，肯定红透半边天。”

陆禹琛脸色一沉，正要开口，却听见周西西揶揄道：“哎呀，我忘了，你现在也是大红人呢，微博粉丝都快追上我了！”

不提这个还好，一提这个陆禹琛满腹的牢骚就压不住了。

自从求婚开始，他的微博就彻底沦陷。无数网友为他操碎了心，每天日常花式催婚，更有催婚超级话题，热度高居榜首。

“西西，这是我们第一次相遇的地方。”

周西西闻言神情变得温柔，回想当初的情景，仿佛刚发生一般。

“严格说来，我可是你的救命恩人！要不是我，这世上还能有你陆禹琛？”周西西瞬间趾高气扬，“可看看你都干了什么，不是欺负我，就是打压我，还让我天天做饭，一天三顿，不许重样！”

“我……”

“明明喜欢我，还想方设法地虐我！”

“我不……”

“还诬陷我和致臣哥有什么！跟其他女人卿卿我我！”

“西……”

“求个婚都这么不走心！一点诚意都没有！”

“西西，我怎么没诚意了？”

其他的，忍忍就算了，求婚这事儿陆禹琛忍不了。他辛辛苦苦求了三个多月，一百天的劳心伤神，结果就得到周西西一句“不走心没诚意”，这能忍？

周西西看他气势上来了，眼神一凛，陆禹琛瞬间就没脾气了。

这能忍，不忍没老婆！

“西西。”陆禹琛上前揽住周西西的双肩，垂眼看着她，“过去我做得不对，但你总要给我改过的机会，顺便也让我尝尝被欺负的滋味。这样对你才公平，对不对？”

周西西忽地笑出声来，看来陆禹琛是真的被她虐到了，以往高冷话少的华天老总，这会儿跟个做错事求饶的孩子一样。

“西西，我只想和你平平淡淡地在一起。我希望每天早上一睁眼就能看到你，希望不论快乐忧愁都有你陪着，希望能和你一起吃饭一起做很多事，希望你不仅仅是周西西，还是陆太太，希望我不仅仅是陆禹琛，更是周西西的丈夫。”

陆禹琛握住周西西的手，单膝下跪，拿出准备好的钻戒，轻轻套进周西西纤细的手指，轻轻印上一吻。

“西西，我爱你，嫁给我好吗？”

周西西眼中闪着幸福的泪光，她要的不是什么声势浩大的求婚，而是平平淡淡真情实意的表白。她低头看着陆禹琛，重重地点了点头：“好。”

刹那间，一股前所未有的暖流冲进陆禹琛的心房。他从未有过这种体会，胸膛里溢满难以言喻的心安。就在他起身想要拥周西西入怀的时候，冷不丁响起一阵热烈的掌声。

“啧啧，儿子，我养你这么大，也没见你说过这么多话，真是豁出去了。”陆永泽感叹道。

陆禹琛霎时变脸，他爹怎么会来这？

“少爷、西西小姐，恭喜恭喜。”七叔乐呵呵地说。

“西西妈妈！你要和陆爸爸结婚啦！”丸丸从陆永泽身后冒出头来，鬼精灵地笑着，“我是不是很快就要有弟弟妹妹啦？”

逼仄的厨房里陆续进来了好多人，陆禹琛一脸蒙，这到底是什么情况，为什么所有人都出现在这里了。

“陆总！”肖衍远几个大步冲了进来，“恭喜你抱得美人归了！第一百零一次求婚总算成功了！可喜可贺啊，陆总！”

“你也知道？”陆禹琛平静地问，强压着风雨欲来的暴怒。可周西西反手握住他的手，柔柔一笑，暴风雨瞬间又归于平静。

“儿子，你和西西好好地过二人世界吧！我们就不打扰了。”陆永泽狡猾一笑，带着众人浩浩荡荡地离开。就在陆禹琛想要感激父亲的时候，陆永泽的一句话再度成功地点燃他的怒火。

“还好我事先做好了准备，这段求婚播出去，估计收视率会爆掉，哈哈哈！”

“爸！”陆禹琛大喊。

周西西一边安抚着陆禹琛，一边忍不住偷笑。以后的日子，大概会很热闹。她望着陆禹琛的侧脸，丝丝甜蜜从心底生出，蔓延。

她和陆禹琛，终成眷属。